MW00878929

El secreto de tu magia

Cassandra Santiago

El Secreto de tu Magia

Cassandra Santiago

El secreto de tu magia

Segunda Edición: Octubre de 2023
ISBN: 9798859707645

Edición, Diseño y maquetación: Lizbeth Arroyo Vargas
Corrección: Nicole Figueroa
Portada: Lizbeth Arroyo / Carmen Santiago

Para Kamila, porque gracias a ti sé que la magia es real. Y la conocí el día que naciste.

El mundo está lleno de cosas mágicas,
esperando pacientemente que nuestros
sentidos se hagan más agudos.
-W.B Yeats

Prólogo

Viola Oakley

—¡Si sigues con este trabajo de mierda, vas a terminar muerta! No voy a seguir fomentando esto.

—Lo sé, papá. Lo siento —susurré—. ¿Me estás esperando?

—Apúrate.

Colgué la llamada con el corazón en la garganta. Sabía que tenía que dejar esa vida, porque siempre terminaba en estos tremendos líos. Mi preocupación principal en ese momento era salir del Holmes Theater, hogar del espectáculo del mago Harry Teller; un ilusionista de cuarta con el ego por las nubes, creador de un truco llamado «La chica prensada». Ese ilusionismo del que tanto presumía había causado sensación en la red. Circulaban miles de teorías y magos por todo el mundo intentaban imitarlo. Ahí es donde entraba yo para descifrar y vender el acto al mejor postor.

Lo divertido del asunto fue que solo tuve que escabullirme en el espectáculo y ver el artilugio desde otro ángulo para comprender de qué se trataba. Como siempre, realicé un boceto del mecanismo en mi pequeño cuaderno de notas, el cual escondí dentro del sujetador.

Creyendo que había encontrado la gallina de los huevos de oro, salí a toda prisa. Pero Teller, en su paranoia, tenía personal de seguridad alrededor de todo el teatro. Salir de la sala no fue tan fácil como esperaba, pues los *gorilas* me siguieron nada más verme.

Y allí me encontraba: jadeante, cansada y con las manos temblorosas por el terror que sentía ante la expectativa de ser encontrada. Oculta tras una pared, escuché los comentarios despectivos de los tontos guardias regordetes que me buscaban:

—¿Qué ocurre con esa chica?

—Ahora esa zorra le vende el truco a otro y gana un buen dinero. Si no la encontramos, estamos fritos.

Ellos, enfrascados en su conversación, pasaron de largo, dejándome la vía libre para poder buscar una salida.

Avancé con paso lento, aunque me carcomían los deseos de salir corriendo de allí. No podía dejar que me descubrieran. Maldije una y mil veces los tacones que llevaba, por lo que intenté caminar despacio. Por fin di con la puerta principal, que, por suerte, no estaba vigilada.

«Son unos tontos», pensé.

Cuando creía haberme librado, el celular me traicionó al emitir un leve pitido. Esto provocó que los dos gigantones me escucharan y corrieran detrás de mí.

—¡Detente!

Tenía la ventaja de mi juventud, así que fue fácil huir de ellos. No fue hasta que traspasé la puerta que sentí que alguien me agarró del cabello, tan fuerte que pensé que me lo arrancaría.

—¡Alto ahí, muchacha! —exclamó una mujer tan robusta como los demás guardias.

No perdí el tiempo: busqué bajo mi vestido el gas pimienta que llevaba pegado a mi muslo y no dudé en usarla sobre aquella bestia. Logré huir de su agarre y, aunque perdí algunos mechones, corrí hasta llegar al coche encendido.

—¡No vuelvo a dejar que te juegues la vida! —exclamó papá, con los ojos aguados y pisando el acelerador para irnos de aquel lugar cuanto antes.

—Lo más que iban a hacerme era quitarme la libreta, nada más, tranquilo.

—¡Viola, mírate! ¡No puedes seguir con esto! Hoy has tenido suerte, pero ¿qué va a pasar el día que te encuentres con algún loco? —dijo amonestándome como el típico padre preocupado.

Ignorando la reprimenda, verifiqué la bandeja de entrada de mi celular. Entre insultos y amenazas, había un mensaje de un viejo *amigo:*

Te tengo el trabajo de tu vida. Krane Utherwulf. Dicen que es el mejor mago del mundo, hasta el punto de que piensan que tiene poderes. ¿Te atreves?

El ilusionista

Viola Oakley

Bastó con mirarlo a los ojos para saber que ocultaba algo. Quizás secretos, tristeza o algún otro vacío inexplicable. Aunque deseaba descifrar los pensamientos de aquel hombre, mi deber era otro. Tenía que concentrarme en su magia, no en él.

A mi lado, mi padre respiraba impaciente a la espera de una respuesta. Mantuve la vista fija en el espectáculo mientras en mi mente formulaba las palabras correctas para no quedar en ridículo ante él.

—¿Entiendes algo? —preguntó, y su voz se confundió entre los aplausos.

—No, no sé cómo lo hace —respondí, inclinándome un poco para que me escuchara, pero sin dejar de mirar al supuesto *mejor ilusionista del mundo*.

Me mordí la lengua y me atreví a pensar que era la apariencia del hombre lo que me desconcertaba. Su melena oscura, bajo su sombrero de copa, parecía danzar con cada uno de sus movimientos. Vestía un frac negro y una capa con el forro carmesí; el tradicional atuendo de mago.

El verlo hacía que todos los espectadores nos quedáramos sin aliento. Sí, era un tipo atractivo, pero eso quedaba opacado al ver las cosas que era capaz de hacer.

Nos manteníamos expectantes ante su próximo movimiento. El mago sacó un pañuelo rojo de su mano y, detrás de ese, uno verde. Los movió con gracia hasta que adoptaron la forma de una rosa. La flor me pareció real y demasiado frágil para un rápido movimiento de manos.

Trataba de entender todo. Sabía que existía una razón lógica para lo que hacía con tanta calma, pero era esa fluidez la que me dificultaba captarlo.

—Nadie ha conseguido comprender sus trucos. Algunos aseguran que la magia de Krane es real —dijo mi padre, cerca de mi oído.

—Tonterías, solo es rápido —respondí insegura. Sus movimientos eran de todo menos eso. Parecía hacerle el amor a cada elemento de su acto—. *Siempre* hay una explicación, y él es un hombre como cualquier otro.

Krane arrojó la rosa al aire y, justo cuando estaba a punto de caer delante de él, con un movimiento brusco, juntó las manos para atraparla en un aplauso. La flor desapareció. Una mujer entre el público gritó y se puso de pie, estirando el brazo para mostrar que la rosa había caído sobre su regazo. La humilde sala se inundó de aplausos y murmullos.

—No cabe duda, es una ayudante. Esa muchacha tuvo la rosa todo el tiempo, pero no vi cuando el mago desapareció la original. Supongo que debe haber algún mecanismo escondido en su abrigo con el que la extrajo a gran velocidad —dije, segundos antes de que mi corazón comenzara a palpitar con fuerza.

Los brillantes ojos azules de Krane Utherwulf se dirigieron hacia nosotros. En ese momento pensé en la posibilidad de que las tonterías que mi padre decía fueran ciertas. Me mantuve de brazos cruzados y lo miré fijamente.

No me intimidaba, no era la primera vez que me encontraba con un buen maestro del engaño; tampoco era la primera vez que me pagaban por decodificar los secretos de alguien que resultaba ser un reto.

Él parecía burlarse y me brindó una sonrisa. Aunque sentí que la sangre se helaba, hice lo posible para que no lo notara.

—Viola… —susurró mi padre, y me dio un golpe con el codo. Lo ignoré, porque mis ojos parecían estar clavados a los del mago. Por un instante, nos rodeó un aura silenciosa a la expectativa de qué sería lo próximo que haría. El silencio fue interrumpido por el sonido de su capa al caer al suelo, seguido por otras piezas de su indumentaria, quedando con el torso desnudo y vestido con un pantalón oscuro y ajustado.

Sentí que me había escuchado y que esa era su manera de contestarme.

Reí para mis adentros y pensé que quizás me daba mucho protagonismo, mientras él continuaba como si nada con el espectáculo.

De momento, otra rosa apareció en sus manos y la volvió a arrojar al aire, haciéndola desaparecer con otro aplauso. El corazón se me aceleró al notar que esta vez cayó en el regazo de una chica sentada a mi izquierda. La joven dejó escapar un alarido de sorpresa, seguido del aplauso del público.

Repetir el acto no tenía mucha lógica, lo que me hizo pensar que intentaba demostrar algo. Quería dejarme saber que no podría descubrir cómo lo hacía, pero no me rendiría tan fácil.

La chica a mi lado volvió a sentarse, cerró los ojos y olió la flor. Tenía un rubor en las mejillas, como si el obsequio hubiera sido de parte de algún amante. Miré hacia la plataforma y me encontré con la mirada de Krane y una amplia sonrisa de complicidad. Divertido, me lanzó un guiño.

«¡Lo escuchó todo!», pensé.

—¿Te conoce? —pregunté a papá.

—Es posible —respondió, antes de hacer una pausa para toser—. En fin, casi todos en Valparosa lo hacen —continuó, y entrelazó las manos sobre su prominente abdomen—. No me sorprendería que le hubieran hablado de mí.

—Puede que quiera impresionarte, dada la fama que te precede aquí en la isla —señalé.

A pesar de que mi padre ya no era el mismo de antes, había sido una figura destacada en el pueblo.

—Creo que intenta impresionarte a ti.

El misterioso

Viola Oakley

—¿A mí? —pregunté incrédula.

—¿Se te olvida que a ti también te conocen? —replicó.

Mi padre no parecía divertido cuando insinué que el tal Krane trataba de llamar mi atención. Pero no le di importancia; me empeñé en seguir observando.

Así transcurrió el espectáculo entre actos meticulosos y sonrisas pícaras por su parte. Al concluir, el mago se despidió con una reverencia al público y se dispuso a marcharse, no sin antes impulsar su cuerpo hacia arriba, a centímetros del suelo, dando la sensación de que levitaba. Asombrados por última vez, los presentes lo ovacionaron; entre ellos la chica a mi lado, que reía sorprendida. La miré de reojo, deseosa de poder examinar la flor que tenía.

—Disculpe, ¿me permitiría revisar su rosa? —me atreví a preguntar—. Prometo que será un segundo.

—¡Por supuesto que no! —Estiró el cuello y me dio la espalda, a punto de golpearme con su voluminosa melena dorada.

Respiré hondo y, aunque deseé tomar a la chica por el cabello y arrebatarle la flor, me limité a mirar a mi padre, que se levantaba con dificultad.

—Señorita, disculpe, ¿cuánto quiere por la rosa? Estoy dispuesto a pagarle. —Sacó su cartera—. Mi hija es fanática de Krane, y como ha se podido dar cuenta, está algo celosa de que le haya dado ese obsequio a usted.

Me crucé de brazos y lo miré sorprendida al oírlo inventar ese tipo de historias. Sentí que mis mejillas se calentaban al ver la cara de diversión de la chica.

—Trescientos dólares —respondió con indiferencia.

—No lo hagas… —Casi me quedé sin aire cuando vi que le entregaba unos billetes, que ella, sonriente, escondió entre los pechos sin contarlos.

—Esta rosa no me interesa. Al final la flor muere, pero fui en quien se fijó —comentó la rubia, al acercarse con desdén para entregarme la flor.

Al agarrarla entre la punta de los dedos, la examiné y me la acerqué a la nariz, para percatarme de que no había nada particular en ella.

Decepcionada e ignorando a la muchacha, le hice un gesto a mi padre para irnos del lugar, mientras llevaba conmigo la rosa más cara del mundo.

Las calles estaban adornadas con farolas victorianas, que reflejaban su luz sobre los charcos de una reciente lluvia. Esto, y los edificios de estilo antiguo, hacían que la isla de Valparosa se sintiera como un viaje al pasado.

Era mi primera noche allí y cada detalle de los alrededores me cautivaba. Parecía que el tiempo se hubiera estancado; tanto que me sorprendí al escuchar un pitido y me percaté de que mi celular aún tenía señal. Se podía usar el teléfono, pero la tecnología no era bien recibida. En cuanto saqué el aparato de mi bolsillo para comprobar mis mensajes, papá tosió, dándome a entender que molestaba. Lo guardé con rapidez.

Ya eran casi las diez de la noche y las calles estaban repletas de personas que regresaban a sus casas. Todos iban a pie, como nosotros. Según mi padre, el uso de autos tampoco era usual en el centro de Valparosa; para proteger los suelos adoquinados de la ciudad. Por suerte, la cercanía entre los edificios hacía cómodo el desplazarse de un lugar a otro.

Caminé mirando al suelo para no ensuciar mis zapatos, con los brazos cruzados para aminorar el frío y sin soltar la rosa. Papá me seguía y no parecía fijarse por donde pisaba, ya que salpicó mi vestido varias veces; había algo inusual en él.

—¿Estás bien?

—Sí, cariño, no te preocupes. Sigue caminando, ya estamos cerca —respondió, con un poco de dificultad al respirar.

—Oye, papá, ¿por qué te molestó que el tal Krane me prestara atención? —pregunté, con la esperanza de que su malestar se debiera a los típicos celos de padre—. ¿No crees que eso me convendría?

Él tosió un poco más y se aclaró la garganta. Noté que estaba listo para darme un sermón.

—Comprendo que es tu trabajo, pero te pido, por favor, que guardes las distancias —respondió, con un gesto de preocupación—. Limítate a observar sus actos y llegar a tus propias conclusiones, sin acercarte mucho. No es una petición, te lo exijo como tu padre.

—¡Cálmate, papá, no pasará nada! —Reí por lo bajo. Me pareció adorable escucharlo hablar así.

—No estoy bromeando —insistió.

Sonaba muy convencido de que algo pasaba con el tal Krane.

—¿Hay algo que no me has dicho? —Me di cuenta de que el hotel estaba a pocos pies.

—Aunque muchas personas lo alaban, hay quienes hablan de ciertas costumbres *extrañas*. Se dice que, cada cierto tiempo, Krane Utherwulf le presta atención a una mujer hasta que esta se enamora de él. Luego le gasta bromas que la enloquecen para supuestamente alimentarse de su demencia —respondió con pesar—. Incluso hablan de una joven que enloqueció después de ayudarlo en uno de sus actos. Así que no, no te quiero cerca de él.

—Sí, claro. —Negué con la cabeza—. Pudo haber enloquecido por cualquier cosa, pero ese mago es como cualquier otro.

—No te hablo de su magia —refutó—, pero no sabes con qué clase de persona estás tratando.

—Papá, entonces —me detuve—, ¿por qué dejaste que aceptara este trabajo?

—Lo hubieras aceptado, incluso si te lo hubiera prohibido. Preferí acompañarte en lugar de dejarte sola en esto —aclaró—. Además, tengo un asunto pendiente en la isla.

—Por favor, papá, no tienes que preocuparte tanto. Además, esos rumores deben ser palabrerías para desprestigiarlo. Sabes que cuando alguien tiene éxito aparecen personas dispuestas a dañar su reputación.

—Como quienes venden sus secretos —respondió.

Aquello me caló hondo. Él jamás había aprobado lo que hacía y siempre buscaba recordármelo de manera *sutil*.

Me quedé callada y me adelanté, deseando estar sola. Segundos después, nos encontramos frente a las escaleras que conectaban con el hotel. Justo a la mitad del camino me di cuenta de que papá tenía dificultad para subir, y corrí a ayudarlo. Coloqué mi brazo bajo el suyo para que me utilizara de apoyo. Se agarró, pero aquello duró apenas unos instantes.

Un hombre peculiar se nos acercó, le brindó una mano a papá y se ofreció a ayudarlo a subir. Él aceptó de inmediato y permitió que lo agarrara del brazo.

El caballero vestía un abrigo de cuello envolvente, tenía la melena rubia y unas grandes gafas oscuras que le ocultaban el rostro. Su atuendo sombrío iba acorde a su sombrero de copa, que le daba un toque de elegancia. Esto resaltaba más con el delicioso olor de su colonia masculina con notas de menta, frutas y flores; un aroma dulce y cautivador.

—Siga usted, muchacha, yo me encargo —dijo, con voz extrañamente juvenil.

Sin protestar, subí y esperé en la puerta. Papá se apoyó en el hombre, que lo esperó con paciencia. La respiración pesada de papá me llevó a considerar llamar a un médico. Cuando ambos llegaron al último escalón, me acerqué para ayudarlo a entrar. Mi padre tropezó e hice el esfuerzo de atraparlo al momento, evitando que cayera.

El estado de salud de mi padre hizo que me concentrara por completo en él, sin prestarle mucha atención al caballero, que continuó ayudándonos hasta que llegar al vestíbulo.

—Gracias, no se preocupen. —Mi padre dio unos pasos con dificultad y se arrojó en el primer sillón que encontró—. Es solo que estoy muy viejo para estas caminatas. —Se acomodó para recuperar el aliento.

Una joven llegó hasta él con un vaso de agua.

Mientras ella lo atendía, noté que me faltaba algo. Tenía las manos vacías, había perdido la rosa.

Salí corriendo hasta las escaleras, pero no la vi por ningún lado. Supuse que se la había llevado el viento. Maldije por no poder conservarla, al menos como un obsequio de papá. Crucé los brazos y me quedé mirando lo que era Valparosa. Suspiré sintiéndome responsable de la debilidad de mi padre. Consideré que había sido un error llevarlo hasta allí y hacer que cambiara de ambiente a tan avanzada edad.

Pensando en el inevitable final que le llegaría algún día, estuve a punto de llorar y cerré los ojos para contener ese impulso.

Una brisa me desordenó el cabello. Por unos instantes me pareció reconfortante, pues cargaba la fragancia del misterioso hombre, que se apoderó de mí una vez más.

—Señorita, se le cayó esto.

Me di la vuelta y me topé de frente con la rosa, sostenida por unos delgados y delicados dedos.

—Muchas gracias —titubeé, y fue lo único que pude responder en ese momento. El hombre no se dejaba ver del todo y, sin embargo, en él había una sensualidad que me erizaba la piel—. Pensé que se la había llevado el viento.

—Digamos que pude atraparla antes de que la perdiera. —Percibí entre las sombras que sacaba algo de su bolsillo—. Pero eso no es importante ahora. Debería estar al pendiente de su padre. —Me tendió una tarjeta de visita—. Llame a este hombre. Él la ayudará con eso.

Me dispuse a agarrar la tarjeta, pero al rozar sus dedos, un golpe eléctrico hizo que la dejara caer. Lo recogí antes de que saliera volando con la brisa.

—Gracias… —dije a la nada, pues el caballero se había desvanecido.

Miré hacia todos lados y no di con él.

Un poco confundida, volví con mi padre, pero se lo habían llevado hasta la habitación. Al subir las escaleras, estuve a punto de chocar con la joven camarera.

—El señor Oakley tiene fiebre. Será mejor llamar a un médico.

—Un hombre me dio esto. No sé si sabe quién es… —Le entregué la tarjeta.

Ella la aceptó un tanto sorprendida.

—Sigmund Shaw… —Sus ojos se abrieron desmesuradamente—. Es el mejor médico de la ciudad, pero es muy caro.

—Si es de fiar entonces llamaré, gracias —respondí, antes de subir las escaleras.

Mientras corría, llamé al tal Sigmund, que con voz afable me ordenó que me quedara tranquila en lo que llegaba al hotel. Mucho más calmada, entré a la habitación de mi padre. Lo encontré envuelto en una manta y tosiendo con fuerza.

—¿Cómo te encuentras? —Me senté a su lado. Noté que el lugar olía a una mezcla de alcanfor con menta, típico de la habitación de un enfermo.

—Bien, no es nada grave. —Sonrió, pero el pobre estaba sofocado. Deslicé una mano por su frente y me di cuenta de que ardía en fiebre.

—Llamé a un médico, ya mismo viene —aseguré.

—Si has llamado a un médico entonces no te preocupes, estaré bien —respondió, y luego comenzó a toser.

—No me pidas que no me preocupe, eres lo único que tengo. —Le apreté la mano mientras sujetaba la flor con la otra.

—Por eso debes tomarte las cosas con calma. —Su rostro rechoncho se arrugó por completo al sonreír—. Ve y descansa. Sabes que me duele verte preocupada. —insistió, para luego mirar la rosa—. Tienes trabajo que hacer, no pierdas el tiempo.

—Está bien… —respondí, tras dudarlo un poco.

Le di un beso en la frente. Me dolía verlo tan indefenso. Un hombre que había sido fuerte, en los últimos años se convirtió en un débil viejecito. El paso del tiempo era algo inevitable y lo único que podía hacer por él era marcharme y dejarlo a solas para que no me viera preocupada.

Después de dejar mi corazón con él, sentí un gran vacío mientras abría la puerta de mi habitación. Para mi sorpresa, quedé paralizada ante su belleza. Las paredes adornadas con papel tapiz crema iban en armonía con los muebles de madera y el escritorio junto a la ventana. El cuarto parecía sacado de otra época, pero eso no le restaba elegancia.

Fui hasta el lavamanos, eché un poco de agua en un vaso de cristal, sumergí el tallo de la rosa y lo coloqué en el escritorio junto a la ventana.

Más relajada, me desabroché el chaleco, y cuando estaba a punto de quitarme el resto del vestido, me contuve. Había algo raro en esa habitación, un aura extraña.

—Psst… —Alguien me agarró del brazo con tanta fuerza que pensé me haría daño.

El cazador

Viola Oakley

Quedé paralizada ante la sorpresa de no encontrarme a solas.

Por suerte, mi visitante se descubrió segundos antes de desvestirme. La figura se encontraba de pie detrás de mí; escapar no era una opción. Cerré los ojos y me quedé quieta con la esperanza de que, si era algún ladrón, se marchara sin hacerme daño.

—Pude haber dejado que te desnudaras —comentó una conocida voz masculina, con un tono agresivo que, al igual que su tacto, siempre me ponía la piel de gallina.

Hasta su fuerte colonia me resultaba desagradable.

—¿Qué hace usted aquí? —pregunté alterada, sintiéndome extraña al poner en duda su presencia.

No me sentía con el derecho de hacerlo, ya que gracias a él me encontraba en Valparosa.

—¡Ja! Pareces decepcionada, ¿esperabas a alguien más? —preguntó con severidad, llevando su mano a mi hombro y acercando su cuerpo al mío.

Sentí asco al pensar en sus intenciones. Noté que sus dedos se disponían a buscar mi cuerpo, pero di un paso al frente y me alejé.

—¡Hunter, deténgase! —exclamé, con los ojos como platos, sorprendida por responder de aquella manera.

Hunter era volátil y estaba segura de que era capaz de explotar contra mí.

—Solo bromeaba. Viola, cálmate —pidió.

En su rostro conservaba su típica expresión fría, ese gesto gruñón que tanto lo caracterizaba.

—¡No debería hacer eso, usted es un hombre casado! —advertí y me alejé aún más de él.

Crucé los brazos y me di la vuelta para tenerlo de frente.

—Oh, perdóneme, delicada flor —contestó de manera sarcástica antes de alejarse hasta el escritorio junto la ventana.

Cruzó las piernas, las puso sobre el mueble, sacó un cigarrillo y encendió esa porquería.

—Por cierto, sabes que me molesta que uses mi maldito apellido. ¿Por qué lo sigues haciendo? —se quejó y enfocó la vista en la rosa.

Hunter no era un tipo atractivo, ni muy amable, pero desbordaba un aura violenta que alguna vez despertó mis más oscuros instintos. Años más tarde, me preguntaba qué había visto en él. Sin embargo, verlo tan indiferente mientras infectaba mi habitación con el humo del tabaco me hizo sentir asqueada.

Me acerqué a la ventana y la abrí sin decir nada. Un golpe de aire entró y movió con suavidad su cabello castaño. Él no se inmutó, solo dejó escapar un quejido y continuó fumando con tranquilidad.

No era un tipo fácil ni agradable. No era sentimental, detallista, ni se preocupaba por los demás, solo por él y su labor. Así que el hecho de que fuera hasta Valparosa, y hasta mi habitación, significaba una cosa: necesitaba resolver el trabajo a la mayor brevedad.

—¿Lograste dar con algo de Utherwulf? —preguntó, y le dio un leve golpe a aquel veneno, dejando que cayeran unas cuantas cenizas.

—No debería hacer eso… —dije con los ojos clavados en la pequeña llama del cigarrillo.

—¿Quién está pagando esta habitación? Yo, ¿verdad? Así que *creo* que no debería importarte mucho. —Respiró hondo, aspiró un poco de aquella cosa y se acomodó mejor. Casi llegué a pensar que no tenía la intención de irse—. Dime, ¿qué encontraste?

—Mire, le seré sincera, hoy no pasó nada importante. Es decir, hemos llegado, pero en una noche no puedo hacer gran cosa. —Me costó responder. Quise obviar el tema de la flor, pues había terminado en nada—. Sabes que normalmente puedo resolverlo rápido, pero esta vez tengo dudas.

—¿Hemos llegado? ¿Así que no estás sola? —Frunció el ceño aún más. Parecía disgustado, como si yo hubiese hecho algo malo.

—Sí, vine con mi padre…

Escuchar eso lo calmó. Con una renovada indiferencia, arrojó el cigarrillo por la ventana, no sin antes aplastarlo contra la madera del brazo de la silla. Esto me confirmó que, a pesar de su matrimonio, no había superado lo que ocurrió entre nosotros años atrás.

—Dijiste que normalmente tardas horas en descifrar a estos payasos y ahora me dices que no has conseguido nada en una noche. No te entiendo —comentó—. ¿En dos horas no has conseguido entender ni uno de sus trucos?

—Acabamos de llegar y mi padre está raro desde que estamos aquí. Al parecer el clima lo afectó —respondí entristecida.

—¿Por qué demonios se te ocurrió traer al viejo Edgar? —dijo, alterado—. Además, ¿no se te ocurrió comentármelo? Si necesitabas ayuda solo tenías que decirlo para asignarte a alguien que de verdad fuera útil. O yo personalmente hubiera estado aquí contigo.

—Nadie me parece más útil que mi padre. Él conoce esta ciudad a la perfección; además de que también fue un ilusionista. —Subí el tono de voz, pues implicar que mi padre era un inútil hizo que me hirviera la sangre—. Además, él tenía unas cuantas cosas pendientes aquí, ajenas a nuestro trabajo.

—No financié este viaje para que resuelvas asuntos personales —refutó despreocupado.

No había nada que le importara a ese hombre.

—No es lo que haré, si tanto lo preocupa —respondí cortante.

—Te daré una semana…

—No le puedo garantizar que lo consiga en una semana. Como ya le dije, mi padre está enfermo.

—¿Sabes de medicina? ¿Verdad que no? Deja que el médico se encargue y, mientras tanto, tú concéntrate en el trabajo. Necesito que resuelvas esto rápido, por favor.

—Se lo juro, he empezado. Pero cuando alguien es tan bueno como este ilusionista, hace falta conocerlo bien. No pretenda que consiga desenmascarar al *mejor mago del mundo* en una noche.

—Como sea. ¿Cuánto tiempo crees que necesitas? —Se encogió de hombros.

—Si le soy sincera, es la primera vez que no estoy segura.

—Entonces, sigues teniendo una semana. —Se puso de pie y comenzó a enrollar las mangas de su camisa; una de sus extrañas mañas por el estrés.

—Pero…

—Es algo que no está en mis manos. Yo no soy el jefe, lo sabes —continuó, y se dirigió hasta la puerta. Antes de girar la perilla, se detuvo—. En cuanto a lo de tu padre, déjame lo económico a mí; sé que no tienes dónde caerte muerta —dijo, y aunque su forma de hablar era bastante despectiva, no pude evitar sentirme agradecida.

—Gracias… —Asentí, a lo que él respondió con una sonrisa muy extraña.

Eso no se le daba muy bien; reír no iba con aquel rostro.

—Me debes una.

—Lo sé… —respondí desanimada.

No me gustaba la idea de tener que deberle algo. De tan solo pensarlo sentí un nudo en la boca del estómago. Cuando estaba a punto de abrir la puerta, se detuvo una vez más.

—Por cierto, Viola… ¿quieres almorzar mañana conmigo?

—No creo que pueda. Tengo que estar con mi padre —respondí, buscando la forma de escaparme de esa.

Trabajaba para él, pero no quería que pasáramos mucho tiempo juntos.

—No te estoy pagando para que ejerzas de enfermera. Además, tiene que ver con el mago.

Si era sobre el mago, no tenía opción; debía almorzar con él.

—De acuerdo, pero no me culpes si llego un poco tarde

—Está bien. —Abrió la puerta y se dispuso a salir—. Estaré en el piso tres, la habitación número cinco —continuó, dejando una llave sobre una pequeña mesa junto a la puerta—, por si necesitas algo. No importa lo que sea. —Ya no sonaba como aquel tipo desagradable, sino que parecía un chiquillo tímido esperando algún premio.

—No se preocupe, estaré bien —lo interrumpí—. No es conveniente que deje las llaves aquí, podría perderlas —respondí.

Si pensaba que iba a dormir con él, estaba muy equivocado. Hunter murmuró algo y se las llevó, cerrando la puerta tras de sí.

Y ese era Sebastian Hunter, una especie de detective privado que me subcontrató al verse en la necesidad de una consultora mágica. Esa era la segunda vez que trabajábamos juntos, gracias a mis conocimientos.

En la soledad de la habitación me sentí más tranquila, pero tener a Hunter allí fue la gota que colmó el vaso. Entre la enfermedad de mi padre y este nuevo mago, estaba el hecho de tener cerca a quien me firmaría el cheque. No podía sentir más presión.

Tenía la necesidad de desahogarme con alguna persona, pero odiaba hablar con mi madre. Además, ya era demasiado tarde para hablarle a alguna amiga. Lo único disponible en ese momento era una ducha caliente.

Fui hasta la puerta y aseguré el pestillo antes de irme al baño.

Allí no pasó mucho. Pensé en el señor Utherwulf y en cómo debía proceder con él. Tenía una semana para entregar un informe donde incluyera las respuestas a sus ilusiones. Sin embargo, tendría la oportunidad de ver su espectáculo tres veces más, así que debía buscar la manera de investigar por otros medios: tendría que estudiarlo, hablar con personas y fanáticos, entre otros.

Antes de cualquier otra cosa, me tumbé en la cama, dispuesta a llamar al médico, pero justo me di cuenta de que él había enviado un mensaje a mi celular:

DOCTOR SHAW:

Su padre se encuentra estable, puede estar tranquila. Me quedaré aquí toda la noche. No se preocupe por nada, los gastos ya están pagos.

Le respondí con un agradecimiento y me sorprendió la rapidez con la que Sebastian había corrido con los gastos. Pero no importaba lo que hiciera, no iba a conseguir que subiera a su habitación.

Cansada, apagué la lámpara que alumbraba tenue sobre la mesilla de noche y me acosté. Me metí entre las sábanas mientras sujetaba el teléfono.

La iluminación de aquella pequeña pantalla era algo molesta a esas horas de la madrugada —en especial por la oscuridad que me rodeaba—, pero ya era una costumbre antes de dormir. Deseaba quedarme un rato despierta con la intención de conocer más sobre Krane a través de Internet.

Arrebujé mi cuerpo entre las sábanas, que por su suave olor emitían una sensación agradable. Me pregunté cuánto tiempo conseguiría permanecer despierta antes de hallar algo de utilidad para el caso.

Tecleé el nombre de Krane en el buscador. Su entrada en la Wiki no hablaba mucho de él, solo una breve descripción. Sin embargo, en los demás sitios había foros y páginas bastante antiguas que hablaban de Krane como un mago que había hecho un pacto con el diablo y que aseguraban que su magia era real. Otros tenían teorías igual de ridículas e interesantes. Se hablaba de Krane como un mago malvado o antiguo señor oscuro que fue ayudado por demonios para alcanzar la fama de aquella manera.

—La gente siempre hace lo mismo. —Sonreí.

«Cuando las personas no entienden algo, llegan a ridículas conclusiones sobrenaturales», pensé.

Continué navegando por la web, hasta que decidí ver si había algún vídeo sobre Krane que pudiera ayudarme a estudiarlo con más detenimiento. Me conecté a una plataforma donde las personas subían sus vídeos personales.

Introduje su nombre y comenzaron a aparecer entradas. Era peculiar, pero casi todos los vídeos estaban bastante borrosos. Aun así, decidí darme la oportunidad de ver el que tenía mejor calidad de imagen. Tenía la esperanza de que me ayudaría a comprender el revuelo que había causado en la gente.

En la imagen vi a Krane muy elegante. Llevaba un atuendo muy similar al de horas atrás. El vídeo dio comienzo con una sonriente muchacha que subía a una tarima, casi como si hubiese ganado un premio importante.

Fue incómodo ver que la chica iba dispuesta a darle un beso en la mejilla a Krane, pero él la evadió y continuó con normalidad. La mujer pareció algo pasmada pero igualmente feliz de estar con él. La extraña reacción del mago me hizo soltar una sonrisa.

—No le gustan mucho los fanáticos —comenté, y sentí que al menos lo estaba conociendo en cierta manera.

—Nuestros cinco sentidos son fascinantes. Si tenemos la dicha de poseerlos todos es una maravilla, ¿verdad? Es muy interesante pensar que nuestros cerebros están en perfecta sincronía con el cuerpo para poder tener sensaciones de forma inmediata cuando estamos en contacto con el entorno —dijo Krane al público, que se mantenía en un silencio sepulcral—. Pero ¿qué ocurre si esos sentidos son engañados? ¿Cómo somos conscientes de nuestra realidad?

Krane sacó un mazo de cartas de su bolsillo.

—Clásico, las cartas… —dije—… con esto casi siempre soy capaz de atraparlos. —Sonreí.

—Hoy escogeré mi sentido favorito: la vista.

Krane estiró el brazo, abrió el mazo en forma de abanico, enseñando la parte trasera de las cartas y dejando ver a todos que era de color rojo. Les dio la vuelta y mostró que las cartas eran de lo más normal. Con una sonrisa, colocó el mazo sobre la mano de la muchacha.

—Las barajas son normales y corrientes, ¿verdad?

La muchacha asintió con un semblante de inocencia.

—Ahora sube el brazo y déjalas caer en mi mano —ordenó.

La muchacha así lo hizo. Las cartas cayeron de una manera delicada. Cuando aterrizaron en la palma de Krane, su parte lateral se volvió azul. Él las enseñó al público y todos aplaudieron. A continuación, agarró la mano de la chica y dejó caer el mazo una vez más. Ella se sorprendió al ver la forma en la que las cartas caían en su mano. Una roja, seguida por una azul y así sucesivamente hasta que todas se agruparon.

—Muéstrelas al público.

Así lo hizo ella y las personas ovacionaron el acto. El mago colocó la mano para atraparlas de nuevo. La chica las arrojó. Volvieron a ser rojas. Observé el vídeo, pausando la imagen repetidas veces, pero no tenía idea de cómo lo había hecho. Deseé analizar esas cartas, con la idea de que ahí debía estar la respuesta.

—Muchas gracias, señorita. Su ayuda amerita un pequeño obsequio.

Krane se guardó el mazo en el bolsillo, a excepción de una carta que arrugó entre sus dedos. De la nada salió una flor de su mano. ¡Ja! Otra *dichosa* rosa.

—Tiene una fijación por las flores… —comenté.

—Cabe decir, señorita, que debe tener mucho cuidado con esta flor… —dijo Krane con tono divertido.

La chica pareció nerviosa, expectante por su próximo movimiento. El mago enseñó su mejor sonrisa. Sus dientes perfectos parecieron brillar a la vez que miraba hacia la cámara. Un escalofrío me recorrió la espalda. Daba la sensación de que me miraba directamente a los ojos a través del vídeo.

—Se dice que hay una chica en Valparosa que intenta arrebatarle las rosas a las demás —dijo Krane Utherwulf de forma burlona, y mi corazón se encogió.

De inmediato, mi mano comenzó a temblar y fue inevitable sentir que me fallaba la respiración. ¡¿Qué demonios estaba pasando?!

—Aunque si le ofrece comprársela —continuó—, yo se la vendería sin pensarlo. —Su sonrisa se hizo más amplia—. Sería muy buen negocio. Solo dementes son capaces de pagar trescientos dólares por una simple flor, y esta chica hace ese tipo de tonterías.

El bromista

Viola Oakley

Sin darme cuenta, había encendido todas las luces de mi habitación. Después de eso, no deseaba tener ni un centímetro a oscuras. De alguna manera aquel hombre lo sabía todo y se burlaba de mí.

Había arrojado mi celular al suelo y no tenía planes de recogerlo. No quería vídeos, pantallas, ni nada que tuviera que ver con la tecnología. Corrí hasta un teléfono fijo que colgaba de la pared y tuve la osadía de llamar a Sebastian, pero no respondió.

Quería llorar, me temblaban las manos y comencé a sudar sin control. Le tenía miedo a ese tipo.

Aunque no me entusiasmaba la idea, seguí llamando a Hunter con insistencia; pero por más que sonaba, no respondía. Después de titubear un poco, me armé de valor, agarré el celular y decidí salir. Al encontrarme en los pasillos, me sentí aún más extraña debido a la oscuridad.

—Solo tienes que subir unos cuantos escalones —dije, como si la lobreguez de aquel pasaje fuera a hacerme algo. Con los pies descalzos, corrí escaleras arriba. Allí el pasillo era tan oscuro como el anterior, con paredes mucho más elegantes adornadas con papel tapiz europeo de un aspecto más aterrador. El pánico me invadía y la sangre corría fría por mis venas. La cabeza me jugaba malas pasadas, haciéndome pensar que me encontraría a aquel maldito mago saliendo de cualquiera de aquellas puertas.

—No pienses en él, no pienses en él… —me repetí—. Concéntrate, busca la puerta cinco. —Disminuí la velocidad, observando los malgastados números de cada una de ellas. Mis ojos aguados dificultaban la tarea de buscar con tan pobre iluminación.

Me aseguré de estar en la puerta número cinco, llamé con la palma abierta y deseé haberme quedado con las llaves que Hunter me ofreció.

Aunque fuera el desagradable de Sebastian, necesitaba ver alguna cara familiar. Él no respondía y me preocupé. «¿Y si le pasó algo? ¿Y si el mago iba tras nosotros y le hizo daño?». Con la mente divagando, continué golpeando la puerta cada vez más fuerte.

—¡Ya voy, maldita sea! —exclamó, y sentí alivio.

—¡Hunter, soy yo! —grité.

—¡Lo sé!

Había estado haciendo tanto ruido que un anciano de la habitación número siete abrió la puerta para ver qué pasaba.

—¡Por favor, hay personas que deseamos dormir, señorita! ¡Si tiene peleas con su novio, hágalo dentro! —exclamó, con el ceño fruncido.

Estuve a punto de decirle algo, de gritar y desahogar todo contra él. Pero el semblante del viejo cambió por completo cuando vio a Sebastian abrir con aquella cara de pocos amigos. Al verme frente su puerta, Hunter mostró una sonrisa triunfal, a pesar de que había interrumpido su sueño.

El caballero no dijo nada más y cerró la puerta. Por mi parte, indiferente por encontrarme a Sebastian con el pelo revuelto y el torso desnudo, me escabullí bajo su brazo para entrar y encendí cada luz de la habitación.

Hunter se cruzó de brazos y me siguió con la mirada.

—¡Necesito que veas algo! —Exaltada, me senté en su cama ante su expresión confundida. De inmediato supo que me pasaba algo.

—¿Estás bien? ¿Qué carajo te pasa? —Se sentó al borde de la cama, mirándome con preocupación.

—¡Mira esto! ¡Apúrate! —insistí, y le enseñé mi celular, temblorosa y respirando con dificultad.

Salté tan pronto él se me acercó y colocó una de sus manos firme sobre mi hombro, pero no con malas intenciones. Extendió la mano y le entregué el celular. Me alejé de él y me cubrí los oídos tan pronto tocó la pantalla con el dedo índice. No quería escuchar de nuevo la voz del maldito mago, no hasta que me encontrara más tranquila.

Decidida a no escuchar, me concentré en ver la reacción de Sebastian con las imágenes. Dada la extensión del vídeo, se me estaban empezando a cansar las manos, y mi acompañante tenía una sonrisa, una expresión común en él al ver algo interesante.

Al cabo de unos minutos, su expresión cambió, convirtiéndose en una de decepción. Al acabar el vídeo, se quedó quieto y me miró de manera extraña.

—No puedo negar que el tipo es bueno y todo, pero ¿en qué demonios se diferencia del estúpido espectáculo que viste esta noche?

—¡Él me menciona! ¡La chica que compra flores soy yo! —insistí nerviosa.

—¿De qué flores hablas? —Sebastian frunció el ceño—. Además, este espectáculo es de 2016.

—Debes estar viendo el vídeo equivocado.

Fui hasta él, le quité el celular, me senté a su lado y me vi obligada a reproducirlo para asegurarme de que era el correcto. Los sucesos parecían ser los mismos, así que los adelanté hasta el momento indicado.

—Muchas gracias, señorita. Su ayuda amerita un pequeño obsequio —repitió Krane en el vídeo, y una vez más vi aparecer la flor de la nada. Aquella maldita rosa.

—Cabe decir, señorita, que debe tener mucho cuidado con esta flor —dijo Krane con voz divertida, mientras la muchacha lo miraba confundida.

¡Todo era exactamente igual!

—Tenga cuidado de no perderla, así tendría una prueba de que estuvo aquí conmigo —comentó el mago, con su típica sonrisa, mirando una vez más a la pantalla. Quise lanzar de nuevo el celular—. Ya que debe ser terrible que no nos crean, ¿verdad?

Mis manos no resistieron y el teléfono terminó en el suelo. Me sostuve la cabeza y me halé un poco del pelo.

—¿Qué carajo te pasa, Viola? —Sebastian parecía irritado, pero de una manera extraña—. ¿De qué chica y de qué flor estás hablando? Esa tipa ni se parece en lo más mínimo a ti. ¡Estás delirando!

—¡De alguna manera él lo sabe! Él sabe que vi este vídeo. ¿Acaso no lo entiendes? ¡Él sabía que no ibas a creerme, así que dijo eso! —exclamé con fuerza, y me puse de pie.

Estaba tan nerviosa que tuve que ir corriendo hasta el baño. Llegué al inodoro, me dejé caer de rodillas e, inevitablemente y para mi vergüenza, comencé a toser con tanta fuerza que expulsé lo que había comido horas atrás.

—No te pago para que trabajes borracha. Está bien que te tomes unas cuantas copas, pero no llegar a este nivel —dijo Sebastian, bastante tranquilo dadas las circunstancias. Llegué a pensar que estaba preocupado por mí.

Escuché sus pasos acercarse a mí. Se detuvo, se puso de cuclillas y colocó una mano en mi hombro. Para mi sorpresa, Sebastian me acercó un pañuelo de algodón para que me limpiara la boca.

—No estoy borracha —respondí—. Créeme cuando te digo lo que vi —insistí, pero Sebastian no pareció creerme.

Le arrebaté el pañuelo y me limpié la boca. Él se puso de pie y tendió su mano para ayudar a levantarme.

Regresé a su cama, sintiendo que las sienes me palpitaban. Hunter caminó hasta la nevera y regresó con una botella de agua, que me arrojó. La acepté y se sentó a mi lado. Me la tomé entera en segundos, mientras Sebastian me miraba con preocupación.

—Quería tenerte en mi cama, pero no de esta manera.

Ignoré su comentario. No era el momento; estaba confiándole lo que de verdad había visto y él se limitaba a pensar en sexo. Sin embargo, no quería estar sola, así mi compañía recayera en aquel imbécil.

No quise responderle y le devolví la botella vacía.

—Creo que deberías ir a descansar —dijo Sebastian con un tono de voz bastante impropio de él, al mismo tiempo que me devolvía el celular—. Debes estar cansada por la mierda de viaje.

Me tumbé, me cubrí la cara con el brazo y cerré los ojos. Estuve a punto de dormirme, y aunque él tenía razón en cuanto a que necesitaba algunas horas de descanso, sabía que en mi habitación no pegaría ojo en toda la noche.

—Te juro que lo que vi es verdad…

—Sabía de los rumores sobre este mago… —comentó Sebastian, acompañado de risa un tanto burlona—… pero no sabía que sus supuestos encantamientos funcionaban tan rápido. ¡Déjate de estupideces! ¡Vamos! ¿Quieres que te acompañe hasta tu cuarto? ¿Quieres que llame al médico?

—No te preocupes —respondí algo derrotada; en especial por cómo me trataba.

Estaba segura de lo que había escuchado; no estaba loca.

Él insistió en que, después de todo lo que habíamos vivido juntos, ese miedo irracional en mí no era normal. Me aseguró que me habían influenciado las ideas estúpidas de las personas de Internet y me estaba convirtiendo en una supersticiosa, y que serlo no iba con mi trabajo.

Luego dijo algo de ciertas consecuencias que conllevarían mi actitud y mencionó que alguien estaría muy enojado conmigo si no resolvía el asunto del mago cuanto antes.

No le hice mucho caso, ya que estaba concentrada en repetirme una y otra vez que no estaba loca. Esa fue la única manera de poder conciliar el sueño.

El inesperado

Viola Oakley

Abrí los ojos cuando el resplandor del sol saliente me dio de lleno en la cara. De inmediato me senté en la cama y miré a mi alrededor, confundida. A unos metros se encontraba Sebastian, dormido y de brazos cruzados en una incómoda silla, con el cabello revuelto y la cabeza hacia delante. Inspeccioné todas las partes de mi ropa y vi que todo estaba a la perfección. Me dio pena ver que tenía el cuello en aquella terrible posición, así que fui a despertarlo.

—Buenos días… —Lo agarré de la barbilla para ayudarlo a que colocara bien la cabeza, que casi parecía caérsele.

—¿Estás mejor? —preguntó adormilado.

—Siento mucho lo que pasó. Ve a la cama un rato, yo regresaré a mi cuarto.

Al girarme, Sebastian me agarró del brazo. Parecía querer decir algo más, aparte de lo que salió de su boca:

—No olvides que debemos reunirnos en el Café del Alba. Te enviaré un mensaje con los datos de la reserva.

—Está bien —asentí, y me dispuse a irme—. Por cierto, gracias por hacerme compañía y por haber pagado anoche los gastos médicos de mi padre —dije, con una sonrisa.

Pero su reacción no fue la que esperaba:

—Yo no pagué nada.

—No lo entiendo. —Fruncí el ceño—. Me dijeron que todo estaba pagado.

—Pues de la que me libré, porque yo no fui. —No lo vi sorprendido, más bien aliviado de no tener que pagar.

No tenía ni la más mínima idea de quién lo había hecho. Con miles de preguntas en la cabeza, salí de su habitación.

Durante el trayecto me acompañó aquella habitual sensación en el pecho después de experimentar una pesadilla. Por suerte, los pasillos ya no eran tan aterradores.

Por la mañana nos sentimos seguros después de haber enfrentado un terror nocturno, olvidando que durante el día nos encontramos con muchos otros demonios. Hice lo posible por actuar con normalidad, pues me encontré con el anciano de la noche anterior, que me miró disgustado.

Al llegar a mi habitación, abrí la puerta con nerviosismo. Por alguna razón, el aura que sentí la noche anterior parecía haberse apaciguado por completo. Las luces aún estaban encendidas, así que entré a apagarlas.

Minutos más tarde había cumplido con mi ritual matutino. Me vestí con un atuendo más moderno y me cubrí la cara con un poco de maquillaje antes de ir a ver a mi padre.

Lo encontré viendo las noticias de la mañana de un país extranjero mientras tomaba un líquido humeante en una pequeña taza.

Estaba sentado en su cama, apoyado en una montaña de almohadas. Cuando me vio, mostró su mejor sonrisa.

—Estás preciosa hoy, Viola —comentó con dulzura—. Siempre dije que las mujeres bellas no tienen la necesidad de *enseñar* para estar guapas.

Sonreí. Verlo tan tranquilo me hizo sentir como nueva. Por un momento parecí olvidar los temores de la noche anterior. Caminé hasta la cama y me senté a su lado.

—¿Qué bebes?

—Un poco de caldo. —Me ofreció de su taza—. Lo preparó el doctor Shaw. Si quieres, en confianza, puedes servirte un poco.

—No, gracias. —Sonreí de la mejor manera que pude.

Mi padre dio un último sorbo del caldo mientras me observaba con severidad.

—¿Estás bien? Te veo asustada… ¿No tendrá que ver con el mago?

—Cálmate, papá —lo interrumpí—. Tiene y no tiene que ver con eso. Quiero terminar el caso, pero estoy un poco bloqueada en cuanto a lo que debería hacer para descubrirlo. Además, me duele un poco la cabeza.

—¿No pensaste en dejarlo y ya?

—No lo voy a dejar, papá… —aseguré, aunque en el fondo parte de mí estaba a punto de salir corriendo y desaparecer.

—Oye, ¿y si me acompañas a un evento esta noche? Podrías practicar tus aptitudes, además de refrescar la memoria.

—¿Krane tiene un espectáculo hoy?

—No, hoy se reúnen los Pendragon, y como ya sabes, siempre ha sido interesante verlos.

—¿Los Pendragon? —pregunté incrédula. Oír hablar de ellos ya era una costumbre. Era una familia asiática, de los mejores ilusionistas en el mundo, compuesta de varios hermanos que se repartían en diferentes rincones del globo para entretener. ¿Pero una reunión de ellos? Era demasiado interesante como para dejarlo pasar—. ¡Es increíble que estén aquí! —exclamé con entusiasmo.

—Bueno, Valparosa es su hogar desde hace unos años —aclaró mi padre—. ¿Vas conmigo?

—Todo depende de lo que ocurra hoy con Sebastian. Recuerda que él es quien firmará el cheque.

—Lo sé, pero no te tiene que controlar las veinticuatro horas. Es tu jefe, no tu marido —comentó mi padre, con el ceño fruncido—. ¡Gracias a Dios!

No le agradaba Sebastian. Por suerte nunca se enteró de nuestro pasado.

—Y un marido tampoco tendría por qué controlarme. —Le sonreí.

—Muy bien dicho, señorita —comentó la voz de un anciano justo al entrar por la puerta. Tenía un rostro gentil y ligeramente arrugado, con una amplia sonrisa que achicaba sus ojos celestes. Me pareció que lo conocía, pero no sabía de dónde—. Me imagino que usted es Viola, ¿verdad?

—Sí, mucho gusto, señor Shaw... —respondí con amabilidad—. ¿Alguna noticia sobre el estado de salud de mi padre?

—Su padre está como un roble, no se preocupe por eso —comentó el médico mientras guardaba unas cosas en su maletín para marcharse. Pero su respuesta fue algo vaga—: Tenía un resfriado, nada más. Es normal en esta época del año.

—Le agradezco mucho su ayuda con mi padre —me limité a decir, y no lo abordé con nada más.

—No se preocupe, no me lo agradezca. Todos los gastos van por la casa. Es lo menos que podría hacer por un hombre que es considerado toda una leyenda en Valparosa —respondió, y noté cierta admiración por su parte.

—¿En serio?

—En sus tiempos, sus espectáculos se abarrotaban más que los del mismísimo Krane.

El pecho se me hinchó de orgullo al escuchar eso. Aún sentada al lado de mi padre, le sonreí y le di un suave codazo.

—Deberíamos hacer algún espectáculo tan bueno que deje a ese tonto boquiabierto —dije a modo de broma, pero justo en ese momento sentí una punzada en la cabeza; tan fuerte que cerré los ojos con fuerza y me sujeté la frente. Miré al doctor, que pareció algo incómodo ante mi comentario sobre el mago.

—Debería servirse un poco de caldo, y le aseguro que se sentirá mejor —dijo Sigmund, y se dispuso a recoger su maletín del suelo.

—De acuerdo —respondí.

—Cuídense mucho. Cualquier cosa que necesiten, no duden en llamar —concluyó, y de esa manera, después de despedirnos de él, salió por la puerta con mucha calma.

—Es un buen hombre —comentó mi padre.

—Estuvo toda la noche sin cobrar un centavo... Definitivamente lo es —respondí, sorprendida de la buena fe del caballero.

Fui hasta la pequeña estufa de gas que descansaba sobre una mesa de madera y me serví un poco de aquel caldo en una pequeña taza de cerámica, para que no se echara a perder.

Di el primer sorbo a aquel líquido de apariencia desagradable pero de olor exquisito. ¡Madre mía! Su sabor era excelente, tanto que consideré que era la cosa más rica que había probado en toda mi vida. Me sentí mucho más despierta, alerta, y el dolor de cabeza que tanto me molestaba se fue de inmediato.

—Esto no es normal, como nada en este pueblo.

—Siempre he dicho algo. Si funciona, no cuestiones su procedencia —señaló mi padre, muy sonriente, mientras cogía el control de la televisión y comenzaba a cambiar de canales—. Ese siempre ha sido mi lema.

Sonreí ante su comentario y miré mi celular a la espera de un mensaje de Sebastian. De hecho, sí me había enviado algo, pero por error tenía el teléfono en silencio.

HUNTER:
Estaré en dos horas en la mesa cuatro. Nos vemos en el Café del Alba.

Ya había pasado un buen rato desde que Sebastian había enviado el mensaje, así que supuse que no tenía mucho tiempo.

—Papá, tengo que irme —dije con prisa. No quería llegar tarde y tener que escuchar los regaños de Hunter. Le di un beso en la cabeza y salí de allí.

Al caminar por las calles del pueblo, me percaté de que lo hacía demasiado rápido. En pocos minutos ya estaba casi en el café. Consideré que aquel caldo tenía algo muy peculiar, ya que me sentía con las energías de una niña.

«Aquí todo es raro», pensé, y continué con mi camino.

Estaba muy despierta, a pesar de no haber dormido bien, así que noté todas las particularidades de la ciudad. Había muchas personas en bicicleta, algunas mujeres que llevaban vestidos pasados de moda y hombres en traje.

Apenas había vehículos y muy poca gente utilizando sus celulares. Además, se respiraba un aire que sin olores de motores, solo notas de comida recién horneada, que venían de los acogedores negocios que adornaban el camino.

Sabía que me estaba acercando al café cuando comencé a ver la costa con más claridad. El reflejo del sol temblaba en el agua. Una barca repleta de turistas atravesaba aquel rayo de luz.

«Bueno, según tengo entendido, el café está cerca del puerto», determiné y seguí mi camino, hasta que encontré un gran letrero naranja con el nombre «Café del Alba» en letras negras, acompañado con la silueta de un gran sol.

La localización, justo al lado de un paseo tablado en la misma costa con mesas en su exterior, me hacía pensar que debía ser toda una experiencia llegar muy temprano, tomarse un café y mirar el amanecer.

Por suerte para mí, ese día no había mucha gente, así que se podía respirar paz desde allí con notas de salitre. Con tranquilidad, me dispuse a mirar los números marcados en los centros de mesa hasta que di con la mesa número cuatro y se me heló la sangre. Detuve el paso, retrocedí y me alejé.

No era Sebastian el que me esperaba.

Era Krane.

El generoso

Viola Oakley

Aunque hizo muy buen trabajo tratando de ocultar su apariencia, yo no era estúpida. Aquel o era Krane con una buena peluca o era algún gemelo malvado, ya que sus rasgos eran los mismos.

Me había estado esperando y no tenía ni la más mínima idea de cómo responder a eso. «¿Cómo lo supo?», fue lo primero que pensé al verlo sentado a la mesa. Estaba recostado hacia atrás en su asiento mientras jugueteaba con una moneda que movía con gracia de un lado para otro.

Me dolían muchísimo los pies por la larga caminata, pero por más que deseara sentarme, el recuerdo de la noche anterior hizo que me paralizara y que quisiera huir de allí.

Preferí no acercarme. Me oculté tras la pared de un edificio muy cercano y lo observé desde cierta distancia, con la esperanza de que no se diera cuenta de mi presencia.

En su apariencia noté algo muy peculiar. Su piel se veía mucho más pálida que por la noche; además, su pelo parecía completamente diferente.

Los mechones tenían un color dorado con destellos plateados que se hacían aún más brillantes con el reflejo de la luz del sol. Su cabello era menos denso y no tan ondulado, tampoco tenía el volumen ni la tonalidad azabache que poseía durante su espectáculo. Vestía una camisa blanca de mangas largas y un chaleco verdoso. En la mesa descansaba un sombrero que ya había visto.

—Hijo de su…

Lo entendí todo. Él era aquel hombre misterioso. El mismo que ayudó a mi padre y me devolvió la rosa que había perdido. Nos estaba siguiendo. Yo había hecho lo mismo bastantes veces como para saber que el mago utilizaba pelucas y maquillaje para pasar desapercibido. Pudo haber escuchado alguna conversación sobre la rosa y debió haber buscado la forma de editar el vídeo en poco tiempo.

Divagaba, trataba de convencerme de lo que decía la parte lógica de mi cerebro, aquella que me aseguraba que todo en la vida tenía una explicación. Sin embargo, bastó con unos cuantos segundos para que Krane me desafiara una vez más.

Una pareja de niños se detuvo frente a él. El mayor de ellos rondaba apenas los cinco años. Su cabeza la adornaba una abundante melena morena, con rastros de polvo que iban acorde con el sucio de su rostro y su ropa. Una pequeña niña descalza sostenía al niño mayor de la mano. Debido al gran parecido, supuse que eran familia.

El niño tenía un vaso de cartón en la mano izquierda, que había puesto casi frente a la cara de Krane con la intención de que le obsequiara algo de dinero. El mago, que había parecido despreocupado hacía unos segundos, al ver a esos niños se irguió en su asiento para prestarles atención.

Deseé saber lo que el pequeño le estaba diciendo al mago, puesto que el niño hacía muchos ademanes mientras parecía explicarle algo de una manera muy intensa. Krane frunció el ceño, pero no estaba molesto, más bien parecía muy interesado por lo que el niño le estaba contando.

El mago abrió la mano y el niño le entregó el vaso. Krane se agachó para estar a la altura de ellos. Les enseñó el puño y comenzó a aplastar el vaso. Movió sus delgados dedos con gracia y de su mano surgió una pequeña explosión de monedas, que cayeron frente a los pies del dúo infantil.

Con una sonrisa, Krane los observó recogerlas con rapidez. El mayor de ellos comenzó a guardarlas en el bolsillo; luego, la niña empezó a hacer lo mismo, hasta que no hubo espacio suficiente, así que el chiquillo agrupó las que quedaban y las cargó con su camisa.

Cuando menos me lo imaginaba, me sorprendí sonriendo ante aquella agradable imagen. Me sentía curiosa, intrigada. ¿Y si el tipo no era malo, después de todo?

Los niños se fueron corriendo muy sonrientes, y Krane no les quitó la mirada de encima, satisfecho de aquellas caritas que había iluminado. Al irse, los chiquillos pasaron justo frente a mí.

Mi cuerpo quedó paralizado cuando la mirada de Krane cobró severidad al mirarme a los ojos mientras se levantaba de la silla. Me atrapó en medio de aquella extraña sonrisa.

Vi cómo sus labios se movían con la intención de decirme algo, pero parecía luchar con un conflicto interno. Mi corazón latía con fuerza; estaba aterrada de tenerlo de frente.

No tuve más remedio que dar un paso hacia él, aunque no me sentía preparada para enfrentarlo. Me encontraba en su campo de visión, así que no había marcha atrás. Él también se acercó.

Me distraje un segundo al ver que desde el otro lado del paseo tablado venía Sebastian cargando con unos libros. Al darse cuenta del movimiento de mi mirada, Krane se dio la vuelta; también lo vio y masculló.

¿Acaso quería decirme algo y la presencia de Sebastian estropeaba sus intenciones?

Krane, con el ceño fruncido, chasqueó los dedos.

Pero nada pasó por unos segundos, hasta que algo cálido cayó por mi cara y hombros, acompañado de un desagradable olor. Miré hacia arriba y una paloma se posó sobre el edificio que había usado para refugiarme. El impacto del golpe de excremento hizo que cerrara los ojos e intentara quitarme con torpeza aquella sustancia asquerosa de la cara. La blanca palomita me miraba como si supiera lo que había hecho y se burlara de mí. Podía jurar que su arrullo sonaba como una risa.

—Hijo de p... —Me detuve, puesto que hasta en los labios cayeron restos del excremento.

Como àutoreflejo, comencé a escupir y a frotarme los dedos contra los labios para quitarme toda aquella porquería. Pero en vez de limpiarla, la repartía más y más.

Temblaba y no sabía si era por el enfado o por miedo. Mi parte lógica, aquella que lo veía como un hombre normal, deseó ir hasta el mago y abofetearlo.

Sin embargo, cuando consideré ir hasta él, Krane se había ido. El muy maldito desapareció dejándome en medio de aquel lugar y frente a otras personas con la cabeza llena de mierda de pájaro.

Cuando se fue, me percaté de que todos en el establecimiento me observaban. Pasmada, saqué un pañuelo de mi bolsillo y me limpié un poco de las heces de la cara. Luego caminé furiosa hasta la mesa y me senté en la misma silla que aún conservaba el calor del mago.

«Al menos estoy segura de que esto no me lo imaginé. ¡Ese desgraciado estuvo aquí!», pensé.

El rastro de calor, sumado a su olor embriagante en el aire, eran pruebas suficientes. Pero había algo más concreto que aquellas cosas, y no era el excremento en mi cabeza.

Dos cartas descansaban sobre la mesa, acompañadas de dos objetos que hacían la función de pisapapeles. Uno de los artilugios era un reloj de mano; el otro era un pequeño vaso de agua con una flor violeta en su interior.

Utilicé el chaleco para limpiarme las manos y asegurarme de que estaban inmaculadas antes de examinar las cartas. Recogí la correspondencia que supuse que era para mí, debido a la flor que la acompañaba. El frente del sobre tenía el dibujo de un pequeño gato, algo a lo que no le di importancia. Rompí las esquinas del sobre y saqué dos tarjetas. Una de ellas era una entrada adornada con colores llamativos. En letras gruesas y amarillas, se podía leer el lema: «Ven a saciar tu curiosidad», con su nombre «El Gran Krane Utherwulf», seguido de la fecha del evento, que sería en tres días.

—Esto es una manera de retarme... —Sonreí. Una parte de mí disfrutaba ese tipo de retos y me ahorraba un poco de dinero al tener un boleto para un espectáculo en el que tenía que presentarme de manera obligatoria.

La otra tarjeta que cayó del sobre tenía el dibujo de otro gato muy parecido al del sobre. Esta vez iba acompañado de una rima muy extraña, que me provocó un temblor en la mano que lo sujetaba:

LA DEMENTE

Viola Oakley

Respiré profundo. Me pregunté qué quería decirme con eso. Devolví la carta al sobre, la guardé dentro de mi cartera y, una vez más, me quedé paralizada por culpa de ese hombre. Sentí que me había amenazado, y sin poder evitarlo, comencé a preguntarme cómo era alguien capaz de hacerme sentir tantas emociones al mismo tiempo; cómo podía jugar con la mente de otros de semejante manera.

No era la primera vez que un ilusionista me amenazaba, pero con él era diferente, como si detrás hubiera algo más que simple ilusionismo.

Presa del pánico, miré a mi alrededor a la espera de Sebastian. Mientras lo hacía, noté que allí las cosas seguían transcurriendo con normalidad.

Había personas que vestían con ropa moderna, otros se iban más a la antigua con atuendos acordes a Valparosa, algo que me daba la sensación de que en esa pequeña isla se fusionaban la fantasía con la realidad. Pero entendí por qué la gente venía aquí: podía ser un buen escape para cualquiera, aunque para mí comenzaba a convertirse en lo contrario.

Fue un completo alivio ver a Sebastian llegando al café. Vestía un traje color terracota que se mezclaba muy bien con los demás elementos del curioso pueblo. Refunfuñaba como demente mientras cargaba un par de inmensos libros.

Antes de acercarse, lo vi decirle algo a una joven camarera. Luego, llegó, se quejó una última vez y dejó caer los libros sobre la mesa. Eran tan pesados que las patas de esta se abrieron de tal forma que pareció estar a punto de romperse.

—¿Qué carajo te pasó? —preguntó a punto de reírse de mí.

—¡El mago! ¡El mago pasó! ¡No sé cómo, pero estaba en esta mesa cuando llegué! —Estaba muy avergonzada de que me hubiera encontrado de esa manera.

—Sí, claro, no me jodas —respondió incrédulo—. Voy a tener que llevar siempre un pañuelo extra encima. —Arrojó un pedazo de tela blanca sobre la mesa. Tenía una expresión divertida, hasta que vio la carta—. ¿Qué es esto?

—Un regalo de parte de Krane —respondí mientras me limpiaba el pelo con su pañuelo—. Además de esto. —Señalé mi cabeza—. De alguna manera se enteró de todo y nos estaba esperando. Estoy segura de que quería decirme algo, pero cuando vio que estabas cerca, escapó.

—¿Entonces es culpa mía?

—Técnicamente, sí. —Me encogí de hombros—. Quería decirme algo, pero se fue al verte.

—Lo que no entiendo es cómo terminó tirándote mierda de pájaro.

—No fue él, fue… una paloma —respondí, y sentí que las mejillas me ardían. No podía creer las cosas que estaba diciendo.

—¿Ahora me dirás que también controla a los animales? —preguntó con tono irónico.

A pesar de lo que veía, no me tomaba en serio.

—¿Y si el ave está entrenada?

—Viola, los pájaros cagan todo el tiempo y hay miles en la costa —respondió, sin darle mucha importancia a mis comentarios.

Con el ceño fruncido, Sebastian se acomodó en la silla. Observó los objetos en la mesa, apartó el reloj y rompió el sobre. Encontró otro boleto con una nota para él que contenía el dibujo de dos figuras frente a unas llamas, acompañadas del siguiente mensaje:

Se dice que el tiempo todo lo cura,
que un corazón roto olvida,
mas no saben que donde hubo fuego,
ahora quedan cenizas.

Sebastian la leyó, y, con cada una de las palabras, fui notando un cambio en su voz, que se puso tan tensa como el aura que nos rodeaba en ese instante.

—¿Crees que él sabe algo sobre lo que ocurrió entre nosotros? —titubeé al preguntar.

Eso era algo de lo que no quería volver a hablar con él, y Krane había sacado el tema con la intención de incomodarnos.

—¡Claro que lo sabe! No sé cómo, pero estoy seguro de que lo sabe.

Entonces hubo un silencio entre ambos. Aquello no era saludable. A mí ya me daba igual, pero Sebastian era un tipo extraño; nunca se sabía qué pasaba por su cabeza.

—¿Pero se lo han podido contar? ¿Quién podría conocernos tanto?

—Cualquiera. ¿O es que crees que nadie te conoce en Valparosa? Los magos te odian. Vienes a una isla llena de ellos, ¿y crees que ninguno te va a reconocer? —Alzó la voz de manera considerable, al punto de que otros giraron la cabeza para mirarnos.

Comprendí que las palabras de Krane le habían calado hondo y por eso había comenzado a tratarme así. Juraría que estaba dolido.

—Escúchame —no me importó tutearlo—, ambos somos adultos y creo que superamos aquel episodio hace ya bastante tiempo —dije en voz baja—. Pero me haces pensar que en tu caso no es así y eso es lo que ese mago quiere que suceda, que pierdas la concentración y que metas la pata.

Sebastian frunció el ceño. Parecía confundido a raíz de lo que le había dicho y casi pensé que iba a reírse.

—¿Qué carajo me estás contando? —preguntó con algo de burla en sus palabras—. ¿De verdad piensas que…? No, no. Si yo sintiera algo, estarías aquí sentada siendo mi mujer y no por motivos de trabajo.

Me quedé helada. No sentía nada por él, pero por alguna razón escuchar aquello me hizo sentir un poco mal. Pensar que él tenía una fijación hacia mí siempre me hacía sentir importante, pues de una manera extrañamente egoísta, me gustaba saber que alguien sentía un amor no correspondido.

—No olvides que fui yo la que no quiso seguir con lo que teníamos —respondí con sinceridad, y bajé la mirada, centrándome en los libros a un lado de la mesa.

Sebastian resopló, y cuando pensé que se alteraría, la camarera apareció con dos tazas de café, acompañadas con unos sobres de azúcar. El mío particularmente llevaba un poco de canela.

—¿Qué te dejó a ti? —Para mi sorpresa, Hunter procuró mantener la calma y cambiar de tema.

Saqué la nota de mi cartera y se la entregué. Lo noté molesto al leerla.

—Esto, sin ninguna duda, es una amenaza. Ese hijo de puta no tiene miedo y quiere que lo sepamos. Nos está retando y busca la forma de amedrentarnos —determinó, y se quedó muy pensativo, dando el primer sorbo de su café—. Pero si cree que esto nos va a detener, está equivocado. Si quiere un reto, lo va a tener.

—Me trae recuerdos del caso anterior.

—Y seguimos aquí, ¿no? Creo que es mejor que nos olvidemos de sus pendejos juegos mentales y nos concentremos en nuestro trabajo. —Tomó un sorbo de su humeante café—. Mira esto, te traje los deberes. —Agarró uno de los libros y lo colocó delante de mí. El libro tenía en una letra antigua el nombre de *Valpari*, cosa que asumí se refería a Valparosa. Lo abrí y de manera inevitable comencé a toser por la cantidad de polvo que salió. Sebastian cerró el libro y negó con la cabeza, dándome a entender que no era el lugar correcto.

—Es muy delicado, apreciaría que lo trataras con más cuidado.

—De acuerdo. —Miré el libro con detenimiento—. ¿De dónde sacaste esto?

—Siempre tengo mis fuentes. No es tu trabajo curiosear *eso* —respondió, cortante como siempre—. Ese libro contiene gran parte de la historia de este pueblo. Es posible que te ayude a encajar mucho mejor aquí, o tal vez encuentres algo interesante, no lo sé.

Sin embargo, no dijo nada del otro libro. De ambos, era el más grande y lucía mucho más antiguo.

—¿Y eso? —pregunté, con la mirada fija en el enorme libro.

Ni siquiera dejó que acercara la mano antes de apartarlo de mí.

—No te preocupes por este. Es un asunto personal, no debería importarte. Tan solo tengo que llevárselo a un amigo —respondió, pero entendí que había algo raro ahí. Me estaba evadiendo y no quería decirme qué lío había en aquellas páginas, así que me limité a asentir—. Olvídalo, en realidad hay algo que te quería decir. —Hizo una pausa y se aclaró la garganta antes de comenzar a hablar—: Estuve averiguando bastantes cosas esta mañana. Hice algunas llamadas y gracias a eso descubrí, o más bien corroboré, algo que quizás nos pueda ayudar con la investigación.

—¿De qué hablas?

—No sé si ya lo sabes, pero hay rumores acerca de que Krane volvió loca a una chica, ¿verdad? Pues sucede que acabo de dar con esa niña, y al parecer todo fue real: la amistad entre ellos y los rumores de un supuesto romance que la llevaron al borde de la locura.

Abrí los ojos como platos y hasta el café me supo más amargo. No podía creer que aquello fuera cierto. Tendía a no darle mucha importancia a los rumores, pero al saber que había algo de realidad en ellos, el panorama cambió, resultándome escalofriante.

Sebastian sacó una hoja de papel que se encontraba entre las páginas del gigantesco libro. La puso delante de mí. Al examinarla, me percaté de que era el archivo médico de una chica llamada Erika Randall. Junto a su nombre había una foto de una joven pelirroja, con cabello ondulado y una piel maltratada cubierta de pecas, que adornaban un delicado rostro de facciones suaves.

—¿Es ella? Es muy guapa. De hecho, en la foto parece normal, no que tenga ningún tipo de condición mental —dije, y no pude evitar sentir lástima por aquella muchacha tan joven.

—Es preciosa. Es toda una pena que ahora sea prisionera de ese loco —respondió Sebastian, también un poco entristecido al ver aquel expediente—. Lo peor es que el hijo de puta anda suelto como si nada. Nadie hará nada al respecto. Nadie.

Asentí, insegura. Aquello que decían de Krane no encajaba con el hombre que había visto siendo tan dulce con los niños minutos antes de la llegada de Sebastian, pero también me había amenazado. Era muy confuso.

—¿Ella es el único caso? —Fue lo único que pude preguntar, ya que, de ser así, pudo haber factores externos que la llevaran a la locura.

—Se dice que hace unos cuantos meses hubo una chica que se quitó la vida días después de haberlo ayudado en un acto.

—Pero bien podría ser mera casualidad —refuté.

Eso hizo que Hunter sonriera.

—¿Solo le hizo falta dejarte una flor de viola para que lo defiendas?

—¿Qué? ¿De verdad? —Me sorprendí y mis mejillas adoptaron un leve rubor. No sabía que esa flor llevaba mi nombre—. ¿Desde cuándo sabes de flores? —pregunté, con una sonrisa y con la intención de avergonzar a Sebastian.

—Sí, *eso* es una viola —respondió un tanto inquieto, arreglándose la corbata—. Y… son cosas que aprendí de mi mujer. —Se encogió de hombros—. A Fernanda le gustan todas esas estupideces. —Frunció el ceño—. Pero no te distraigas por tonterías, recuerda que él te amenazó. Así que céntrate, a menos que quieras terminar igual que esas dos mujeres —dijo, con la voz cargada de seriedad.

—De acuerdo, de acuerdo. Entonces, ¿crees que habrá forma de hablar con la tal Erika?

—Bueno… —Conservando su típica indiferencia, tomó un sorbo de su café—. Hice algunas llamadas que nos facilitarán eso.

—Entonces, ¿cuándo iremos a ver a la chica?

—Hoy mismo.

La inocente

Viola Oakley

—No lo hagas —dijo papá con demasiada insistencia—. La chica está enferma, y aparte de lo que dicen los rumores sobre Krane, ella no debe saber mucho. No vayas a mortificar a una niña enferma. ¡Déjala en paz! —gritó.

Noté que hablaba muy rápido. Pude jurar que estaba nervioso.

—No entiendo tu insistencia, papá. Aquí hay algo más que un simple mago con sus trucos. La investigación de Sebastian nos trajo hasta aquí, así que no podemos dejar cabos sueltos —insistí, mientras permanecía de pie frente al portón principal del hospital psiquiátrico, acompañada por Sebastian—. ¿Y si hablar con ella evita que esto le ocurra a otra chica?

—¿Y si esto le trae más problemas a ella?

—Sabes que no voy con intenciones de hacerle daño, solo quiero buscar información del mago. Trato de seguir órdenes y no comprendo por qué intentas evitar eso. Mientras esta muchacha sea la única persona con vida que ha conocido a Krane a fondo, tenemos que hacerle ciertas preguntas.

—Descifras los trucos de la gente, no sus vidas, ¡así que deberías dejarlo! —refutó, con la voz tan fuerte que me pareció casi irreconocible.

—Tienes toda la razón, pero noto en él algo diferente. Hay algo con Krane que no encaja con los demás ilusionistas y necesito saber qué es. Lo siento, papá, pero para mí es necesario resolver esto —insistí, también subiendo el tono de voz.

—Suenas más obsesionada con él que otra cosa.

—No, pero si este señor es el causante de la locura de una muchacha inocente, creo que hay que ir más a fondo. Por favor, te pido que no me detengas, trato de hacer las cosas bien —concluí, y colgué la llamada.

Me sentí culpable por dejarlo con la palabra en la boca, pero no tenía tiempo para seguir discutiendo. Sebastian tenía prisa.

—Vaya, Viola… —comentó Sebastian—. Tómalo con calma.

—¿Fui muy dura con él? —Se me calentaron las mejillas.

Si Sebastian me notó agresiva, ¿qué debió sentir mi padre?

—Bueno, ya te dije que traerlo había sido un error. —Dio un paso adelante tan pronto se abrieron los portones.

Lo seguí por un largo camino de escaleras que terminaba al final de una colina con un edificio malgastado: un cajón rectangular de paredes llenas de limo.

Mientras subíamos, agradecí que Sebastian le hubiese dejado los libros al guardia de la entrada, no sin antes ofrecerle unos cuantos billetes.

—Él vino por otros asuntos, se lo he dicho miles de veces —traté de aclarar.

—Sí, como ponerse enfermo... —respondió, y deseé recoger una piedra del suelo y tirársela a la cabeza.

Respiré profundo y me contuve.

Antes de que continuara diciendo tonterías que podían irritarme más, un guardia llegó hasta nosotros. Sin decir palabra, Sebastian colocó unos billetes en el bolsillo delantero del uniforme del hombre y los aplastó dándole una palmada en el pecho. El hombre asintió sin cuestionar. El guardia se giró y nos hizo un gesto para que lo siguiéramos. Miré a Sebastian algo insegura, pero él me ignoró y se adelantó.

No tuve más remedio que seguirlos, pasando por la parte lateral del viejo edificio, el cual me erizó los vellos de la nuca por el aspecto de aquellas paredes tan sucias.

Al ver el mal estado del lugar, me pregunté cómo sería el interior; en especial el cuarto de aquella joven que fuimos a ver.

—¿Han pensado arreglar esta pocilga? —preguntó Sebastian, casi como si me hubiera leído el pensamiento.

—Uno de nuestros benefactores realizó una jugosa donación precisamente para los arreglos estéticos del lugar —comentó el guardia de manera casual—, pero su principal interés es mantener el interior impecable más que cualquier otra cosa.

—Supongo que tiene lógica. El hospital es para los pacientes, no para quien viene a verlos —dije.

—Exacto, es lo mismo que el señor Shaw nos advierte al hacer sus donaciones. —El guardia abrió una fea puerta con algo de dificultad.

Repetí el nombre del doctor Sigmund Shaw y recordé a aquel amable anciano que atendió a mi padre. Con la mente un tanto distraída, seguí al par de hombres hasta entrar al hospital. Ya en su interior, la cosa cambió bastante. El olor del aire era distinto: olía a productos de limpieza. Se respiraba cierta esterilidad en el ambiente que daba una extraña y reconfortante sensación; en especial después de aquel laberíntico y sucio camino que recorrimos para entrar. La apariencia del lugar era más limpia, de paredes blancas y suelos brillantes. Daba la sensación de que había personas invirtiendo en el mantenimiento.

—Es la primera vez que veo alguien distinto visitar a la señorita Erika. ¿Él los envió?

—Sí, por supuesto —respondió Sebastian un poco ambivalente—. Pero cuéntame, ¿cuánto nos falta para llegar a su habitación?

Aceleré el paso y agarré a Sebastian del brazo. Tiré de él y me acerqué a su oído.

—¿De quién habla?

—No lo sé, síguele la corriente. —Se encogió de hombros—. No hagas preguntas innecesarias, guarda silencio y todo saldrá bien.

—Pudiste haberme avisado antes —susurré.

—¿Está todo bien? —preguntó el muchacho, que nos esperaba frente a una puerta, a unos cuantos pies de distancia.

—¡Sí, por supuesto! —exclamó Sebastian, con una falsa sonrisa mientras alcanzábamos al joven guardia. Este pasó una tarjeta a través de una ranura y la puerta se abrió—. Esta entrada tiene más tecnología que el pueblo entero —comentó Sebastian, cosa que me arrancó una sonrisa, pues había pensado lo mismo al ver ese exceso de seguridad.

Cuando nos adentramos en la habitación, el aura del lugar cambió por completo. De paredes estériles y olor a limpio, nos encontramos con un espacio de armonía. Paredes verdes, cuadros con fotografías de flores y animales que adornaban el espacio.

Apoyando los codos sobre una mesa de madera, se encontraba una muchacha, a la que reconocí como Erika, por su pelo ondulado. Al vernos su rostro adoptó una expresión lúgubre, con un terror inexplicable.

—¿Dó-dónde es-tá? —Fueron las primeras palabras de la muchacha, que miró exclusivamente hacia mí.

Tartamudeaba, y no supe si por los nervios o por algo propio de ella.

—¿De quién hablas? —Fruncí el ceño.

—De él… —titubeó, con los ojos brillantes. Parecía a punto de llorar.

—Hablas de Kr…

—¡No digas su nombre! —me interrumpió Sebastian. Me lanzó un grito que hizo que el corazón casi se me saliera—. No lo menciones, me lo advirtieron.

—¿Por qué? —Abrí los ojos de par en par. Aquella advertencia había sido inesperada.

—Simplemente pierde el control al escucharlo.

Al oír el comentario de Sebastian, los ojos de Erika se abrieron de par en par, como si se les fueran a salir de las órbitas, y se tiró del pelo.

—Qui-quiero que me de-dejen, qui-quiero estar tranqui-quila y que nadie me haga daño. De-de-déjenme en paz. A-a-adiós —tartamudeó.

—Erika, solo vine a conocerte. —Sonreí de la mejor manera posible.

—¡Adiós! —respondió con terquedad.

—Solo quiero hablar contigo un rato —insistí.

—¡Adiós!

—Tu habitación es muy bonita. ¿Quién la decoró? —Sonreí de nuevo.

Esta vez, la chica no respondió. Sus oscuros ojos se movieron con rapidez, inspeccionando cada rincón de su habitación.

—Oye, ¿qué tal si hablamos un rato como buenas amigas? Le decimos a estos hombres que nos dejen solas y hablamos un rato, ¿qué te parece? —insistí de manera amable, negociando, con la esperanza de que la chica cooperara conmigo.

Erika me obsequió una sonrisa tímida y se atusó el pelo ondulado. Noté que sus ojos se posaban sobre una silla que estaba frente a ella, al otro lado de la mesa; entendí que me invitaba a tomar asiento.

—Necesito que nos dejen solas —dije a Sebastian con un poco de inseguridad, esperando que no protestara.

Él, que estaba cruzado de brazos, hizo un gesto de disgusto.

—Te esperaré afuera. No me hago responsable si algo pasa —advirtió, antes de salir por la puerta escoltado por el guardia.

Al quedarnos a solas, tomé asiento frente a ella. Sus ojazos se clavaron en los míos y parecieron brillantes por el momento, como si entendiera que no iba a hacerle daño.

—Mi nombre es Viola. El tuyo es Erika, ¿verdad?

—¿Él es-tá a-aquí? —se apresuró a preguntar, aunque continuó tartamudeando un poco.

—¿Hablas del mago? —pregunté de manera sutil, con la esperanza de corroborar si su temor se debía a Krane.

Los ojos de la muchacha se movieron con nerviosismo al compás de sus labios temblorosos. Se abrazó a sí misma, asintiendo.

—No, él no está aquí, puedes estar tranquila —aclaré con calma—. Vine con mi amigo y nadie más.

—¿Y e-res a-miga de él? —indagó con dificultad.

—¿Del mago? No, para nada —aseguré—. Apenas lo conozco… Así que no tienes de qué preocuparte.

—¿Eres mi a-amiga? —Con timidez, se acomodó un rizo detrás de la oreja.

No me pareció que estuviera loca. Se me hacía más bien como alguien con alguna enfermedad mental de otra índole, ya que actuaba y se movía como una niña.

—Claro que sí… —respondí, y agarré su mano entre las mías.

Al acariciar sus nudillos, noté que había algunos rasguños. Me pregunté quién podía tener el corazón para hacerle daño. Ella me observaba con curiosidad, como un animalito temeroso que había sido domesticado.

Nos quedamos en silencio por unos segundos. Parecía tan necesitada de amor que vi conveniente pasar aquel momento con ella. Porque, en la soledad de un hospital como ese, ¿quién se preocupaba por los enfermos? ¿Quién les brindaba algo de cariño? Nadie.

—Háblame de ti… ¿Cuántos años tienes?

—Qui-quince —respondió, con una sonrisa inocente y llena de ilusión.

Aunque sabía que era mentira, puse mi mejor cara. Mientras le sonreía, me sentía como una basura al seguirle la corriente de esa forma.

—¿Y ya los celebraste? —pregunté, con un nudo en la garganta. Me entristecí al mirar a la mujer y darme cuenta de que sus palabras no complementaban con su apariencia adulta. Pero le seguí el juego, con tal de que ella siguiera hablando. No era mi intención utilizarla, pero me sentía precisamente así—. En algunos países el día en que cumples los quince te conviertes en toda una princesa por una noche, con tu propio baile y todo.

Los ojos de la muchacha se iluminaron, y aunque era toda una mujer, había rastros de inocencia, de una niñez tardía.

—Pe-pediría que me hicieran una fi-fi-fiesta, pero ¿po-podría bailar con mi novio? —preguntó entusiasmada.

—Claro que sí —respondí con dificultad—. ¿Y cómo se llama ese chico? —Le seguí la corriente.

—No lo re-cuerdo. —Se entristeció. Bajó la vista y me esquivó la mirada—. ¿Sabes? Yo era feliz.

—No te preocupes. —Continué acariciándole la mano.

Ver a aquella niña, tan insignificante, sola y asustada, atrapada en el cuerpo de una mujer, como si la mitad de su vida hubiera sido en vano, me dolía en el alma.

—O-o-olvidé muchas cosas —respondió alicaída—. Es solo que... —Sus ojos adoptaron otra vez ese toque triste—. Cuando él llegó a mi vida, to-do cambió. Mi no-novio se fue y solo lo ve-veo a él...

—¿Al mago?

La muchacha asintió. Divisé una lágrima bajar por su mejilla.

—¿Te molestaría hablarme un poco sobre él? —pregunté, con la esperanza de que no se alterara.

—No puedo hacerlo, o me hará daño. —Había dejado de tartamudear.

La joven se llevó ambas manos a la cabeza, tiró de su cabello con fuerza y comenzó a llorar.

—Erika, prometo que no dejaré que él te haga daño —aseguré—. Te lo prometo; él no te hará daño —repetí.

Me acerqué a ella y le arreglé el pelo, acariciándolo con insistencia mientras, ella lloraba y era consumida por un terror inexplicable.

—Pero necesito que me expliques todo lo que puedas sobre él —pedí.

Sus ojos, consumidos por el horror, me observaron. Comenzó a apretarme las muñecas y me clavó las largas uñas en la piel, lastimándome.

—No dejes que él vuelva, por favor. ¡Detenlo! —insistió con un grito.

Su voz, su mirada y aquel terror que la acompañaba pareció contagiarme, tanto que deseé irme de allí en ese mismo instante.

Tiré de mis brazos con el fin de que me soltara, y ella lo hizo. Al retroceder, tropecé y caí al suelo.

—Per-dóname, amiga —se disculpó en medio de las lágrimas. Yo estaba paralizada al punto de que no había notado que sus largas uñas me dejaron heridas en la piel—. Perdóname, por favor —repitió, y en pleno llanto se cubrió el rostro.

Debido a los gritos de la muchacha, Sebastian apareció, pero sin el guardia. No me di cuenta hasta que lo noté apretarme las muñecas.

—¡Eres estúpida! —gruñó—. ¿Qué estupidez acabas de hacer? ¡Te dije que no lo mencionaras! —gritó, pero para mí todo estaba borroso.

—No lo hice —respondí algo mareada.

—Debemos irnos… Mírate —advirtió Sebastian.

Fue justo en ese momento, al ver algo de sangre en mis manos, cuando noté lo mucho que la muchacha me había herido. Llegué a marearme aún más, pero sacudí la cabeza. Quería saber por qué ella le tenía tanto miedo a Krane. Aunque el miedo también me consumía.

—Sal de la habitación, voy a hablar con ella —insistí—. Dime algo que pueda ayudarme, por favor, Erika —continué a la vez que Sebastian tiraba de mis brazos para levantarme—. Háblame de K… —Sebastian me cubrió la boca, impidiendo que terminara de hablar.

—¡¿Eres estúpida?! —reclamó, a la vez que tiraba de mí para que saliera con él de la habitación.

Mientras, la muchacha repetía una y mil veces:

—¡Perdóname! ¡Perdóname!

—Erika, perdóname tú a mí… —respondí, y acompañé a Sebastian fuera de la habitación.

Aún frente a la puerta, él se quitó la corbata y la utilizó para limpiar la sangre de mis manos. Las manchas en mis palmas, en combinadas con mi ya lacerado estado emocional, hicieron que no resistiera más y dejara escapar unas cuantas lágrimas frente a él, mientras me inspeccionaba las heridas.

—¿Qué te pasa? —preguntó, tan cortante como siempre—. Perdona que te lo diga de esta manera, pero si no puedes aguantar después de una estúpida pesadilla, una tonta amenaza y de unos cortes como estos, es mejor que lo dejemos aquí y vuelvas a casa —concluyó a la vez que se metía la corbata ensangrentada en el bolsillo—. Hemos pasado por cosas peores y no te habías puesto así.

Al escucharlo hablar de esa manera me empezaron a temblar las manos, pero a él no pareció importarle.

—Es solo que me dolió verla así —dije, aún con ese fuerte dolor en la garganta y tratando de tragarme el llanto.

—Y es por culpa de ese hombre… —Dicho esto, se dio la vuelta y comenzó a dirigirse a la salida.

Sí, tenía razón, pero era inevitable preguntarse qué hizo Krane en realidad y por qué nadie había hecho nada al respecto.

—¿Qué vinimos a investigar exactamente? Esto va más allá de sus trucos, ¿verdad? —pregunté mientras trataba de seguirle el paso.

—No estás en posición de preguntar eso. Mi investigación tal vez vaya más allá, pero tu cometido aquí es concentrarte en sus trucos y decirme cómo los hace… nada más.

—¿Qué truco tenía que descifrar yo aquí? ¿El de cómo volvió loca a una muchacha?

—Te traje porque eres muy buena observadora, además de que eres mujer. Tienes mucho más tacto que yo para estas cosas. —Su tono de voz cambió y casi lo tomé como un cumplido—. Pero no te quieras pasar de lista. Otra bromita de esas y te vas de vuelta a la ciudad —concluyó, haciéndome sentir bien y mal en segundos.

Me mantuve en silencio porque no quería ser despedida. Aunque tenía muchas preguntas más, me las tragué todas por el momento. Parte de mí necesitaba el dinero para pagar mis gastos. La otra parte necesitaba descubrir más para saciar esa curiosidad que tanto me carcomía.

La carta

Viola Oakley

La energía que tenía por la mañana se había disipado por completo. El encuentro con Krane, su humillación en el café, la discusión por teléfono con mi padre y la visita a Erika me habían drenado.

Quería acostarme a dormir y despertar con la luz del día siguiente, con fuerzas renovadas para seguir trabajando; quizá así lograba entender algo. Pero un descanso para mí era imposible, pues le había prometido a mi padre que lo acompañaría al espectáculo de los Pendragon.

Los hermanos conocían de mi existencia. Inclusive, mantuve una acalorada discusión con uno de ellos a través de Internet, la cual duró unos cuantos meses. Debía tomar mayores precauciones.

Viola Oakley no podía llegar a la presentación de los asiáticos, así que, como ya era costumbre, tenía que cambiar mi apariencia para no ser verbalmente atacada ni expulsada de la función. Después de aquel día tan pesado, no quería más problemas. Si deseaba complacer a mi padre tenía que convertirme en otra mujer.

Mi apariencia dio un cambio radical con una peluca negra, toneladas de maquillaje y gafas. También cubrí mis muñecas con dos amplios brazaletes para ocultar las marcas que me acompañarían por unos días.

Con una apariencia distinta, solo me faltaba un último detalle: la vestimenta. Opté por un sencillo vestido oscuro sin escote. Su única peculiaridad era el corsé ajustado a la cintura.

Me observé al espejo. Estaba guapa, pero no como para llamar la atención. La idea era pasar desapercibida.

—Tienes los ojos hinchados y estás vestida de negro. Parece que vas a un funeral —dijo mi padre, con una amplia sonrisa en el rostro, la cual divisé a través del espejo.

Noté que había utilizado pintura para el cabello y hasta se pintó el bigote; con el mismo fin.

—Muy gracioso —respondí, mostrándome un poco seca, pero él pareció no darle importancia a mi actitud.

—Por cierto, un niño te dejó esto. —Sacó algo del bolsillo de su pantalón y lo puso sobre el tocador—. Espero que no tengas un pretendiente tan rápido o se las tendrá que ver conmigo —bromeó.

—Otra carta… —Dejé escapar un suspiro.

Dos cartas en un día ya era bastante.

—¿Cómo que otra carta?

—Nada, papá —respondí; no quería preocuparlo.

—Espero que no me estés ocultando algo… ¿Sabes quién la envió?

—Sí, sí, fue Krane. Da igual, seguirás diciendo que yo soy la obsesionada —respondí con un tono irónico, mientras intentaba abrir el pequeño sobre blanco con las manos algo temblorosas.

—¿Obsesionada? ¿Cuándo dije eso? —Lo vi fruncir los labios. Parecía confundido—. ¿Y por qué Krane te envía cartas? —indagó preocupado.

—¿Tan rápido olvidaste nuestra conversación de esta tarde?

—¿De qué me hablas? No hemos hablado en todo el día. Pero respóndeme, ¿por qué Krane te envía cartas?

—Papá, *tú y yo* discutimos hoy por teléfono —aclaré preocupada, preguntándome si también comenzaba a tener problemas de memoria.

—Cariño, *tú y yo* no hemos hablado desde esta mañana. Necesito que me respondas. ¿Qué está pasando?

Respiré profundo. La carta tenía unos dibujos acompañados de un mensaje:

—¡Ja! —exclamé—. Papá, dame tu teléfono. Rápido. —Estiré la palma de la mano, aún temblorosa.

Sin pensar, me lo entregó. Tecleé la interfaz del celular hasta que encontré las llamadas. Había una justo a la hora en que habíamos hablado mi padre y yo; sin embargo, había algo extraño. No estaba mi nombre. En su lugar había una combinación de números: 18.470752, -66.125071

Me pregunté si eso significaría algo, pero llegué a otra conclusión:

—Creo que fue él quien habló conmigo… Pero no sé cómo lo hizo.

—¿De qué rayos hablas?

—¿Recuerdas la chica que supuestamente enloqueció por su culpa? Pues es real. Él trató de evitar que la viera, pero no me pudo persuadir. Ahora quiere hablar conmigo, no sé con qué intención.

El retador

Viola Oakley

No me podía quitar de la cabeza a Erika y a Krane. Tras su carta, concluí que él estaba al corriente de todo. Tenía que advertir a Sebastian. Descarté la idea de llamarlo por teléfono, pues no podía confiar en la tecnología.

Una vez más me vi en la necesidad de ir a la habitación número cinco del tercer piso. Al detenerme frente a la puerta, noté que no salía luz del interior a través de la hendidura. Llamé varias veces, pero no hubo respuesta. Me vi obligada a llamarlo por teléfono, pero tampoco respondió, y no tenía otra manera de dar con él.

Rogué a Dios que no me descubrieran. Tan pronto como mi padre y yo nos acercamos al Teatro Bedevere, nos topamos con una fila inmensa. No era algo nuevo para mí: los Pendragon siempre habían sido celosos con sus secretos, pero nunca como esa noche.

—No había visto tanta seguridad con un simple espectáculo de magia en mucho tiempo —comenté, mientras observaba la gran actividad de gente en la entrada del teatro.

Al principio de la fila, pude ver que una mujer de cabello grisáceo le entregó su celular a un hombre fortachón acompañado de una mujer tan grande como él. Ella le colocó una especie de pegatina y le dio una tarjeta a la señora, que se disponía a entrar. Para mi sorpresa, la anciana no pareció protestar y procedió muy tranquila.

—Lo que ocurre aquí es que los ilusionistas tienden a probar nuevos actos.

Por suerte, estaba segura de que no necesitaría el celular. Pero había algo que no me podía faltar: mi pequeña libreta de notas.

—¿Riesgos? —pregunté a la vez que me guardaba el cuaderno en el sostén, lo bastante profundo para que no lo vieran.

Era una buena táctica; estaba segura de que no había nadie que se atreviera a llegar tan lejos con el fin de encontrarlo.

—Al hacer cosas nuevas, cabe la posibilidad de que puedan cometer algún error. Si pasa algún accidente, procuran que esa información no salga de aquí —continuó hablando, desinteresado por lo que yo acababa de hacer—. Además, piensa en algún mago con un truco nuevo y que llegue alguien como tú. Eso explica más que bien el porqué de la seguridad —concluyó, dejándome claro que me encontraba en la boca del lobo.

—Entonces, solo experimentan. Es decir, que las personas pagan tremendas cantidades por ver meras pruebas.

—Exacto. Pero ahí está el verdadero encanto de esto: eso es lo que de verdad llama a las personas.

—¿El morbo?

Lo comprendía, no era la primera vez que un espectáculo se llenaba solo para ver que algo saliera mal.

—Sí —respondió mi padre, y dio un paso al frente—, esperan un error.

Estuvimos enfrascados en la conversación durante varios minutos, hasta que encabezamos la fila. Allí, nos esperaba la pareja de guardias. El proceso fue el mismo que vi repetirse una y otra vez con los demás. Entregué el celular a cambio de una tarjeta.

—Cuando todo acabe, utilizará esta tarjeta para recoger su teléfono —explicó el hombre, que revisaba mi cartera y los bolsillos de mi padre.

La mujer dio unas suaves palmadas alrededor de mi cuerpo y, por suerte, no encontró nada. Mi corazón, que palpitaba con fuerza, volvió a la normalidad tan pronto mi padre y yo estuvimos dentro.

Seguí a mi padre hasta que llegamos a la sala principal. Se me iluminaron los ojos ante la elegancia del lugar. A diferencia de la sala donde Krane dio su espectáculo, esta sí desbordaba una tremenda elegancia. El lugar denotaba el mismo encanto que sus pasillos color pastel. La estancia estaba repleta de asientos de cuero, organizados de manera impecable y brillantes por su limpieza. Al final se encontraba el escenario, cubierto por un telón carmesí. Lo más curioso era que tanta ostentosidad no era común entre la familia Pendragon.

—¡Vaya, pero qué bonito! —dijo mi padre, mientras caminaba a través de la sala buscando nuestros asientos.

Había público, pero no tanto como el que se esperaba para un espectáculo de una de las mejores familias del ilusionismo, y la función debía estar a punto de comenzar.

Caminamos hasta las primeras filas y esquivamos a unas cuantas personas para llegar a nuestros asientos. A mi lado había una mujer joven de mejillas sonrosadas, menuda, rellenita y de apariencia agradable.

—¿Estás emocionada por el espectáculo? —preguntó ella, entusiasmada y con tanta confianza que tuve que mirarla por varios segundos para estar segura de si nos conocíamos o no. Pero nunca en la vida la había visto, solo parecía ser amigable.

—Bueno… —respondí, un poco avergonzada por no compartir su entusiasmo—… no son mi estilo. Más bien vine para acompañar a mi padre.

—¿Así que la magia no es lo tuyo?

—Bueno, pues… —dudé sobre qué responder. Tener a una persona tan parlanchina al lado era una mala idea; no podría utilizar la libreta de notas sin que hiciera preguntas—. Me refiero a los Pendragon. Nunca me ha gustado mucho la magia callejera. Si los has seguido sabes que estar en una sala así como esta no es lo suyo.

—No solo los sigo, ¡los adoro! Por eso me emociono. Quizás quieren probar algo nuevo —comentó la mujer, que miraba de un lado a otro, sin perder detalles del lugar.

—Que así sea—respondí, con una sonrisa.

Rogando que la mujer no dijera nada, deslicé la mano por el cuello de mi vestido, hasta que di con la libreta oculta, seguido de un bolígrafo que saqué de mi cartera.

—¿Eres reportera o algo? —preguntó con curiosidad.

—Algo así… —respondí, y puse los ojos en blanco.

Por otro lado, papá estaba aguantando las ganas de reírse en mi cara. Sabía que aquella mujer sería un dolor de cabeza.

—¡Qué interesante! Si necesitas información de los Pendragon, creo que sé todo lo que puedas necesitar —aseguró, mientras estiraba el cuello, impaciente.

Noté que observaba todo con expectativa, porque ya la gente se había sentado y parecían estar listos para que diera comienzo la función.

Aproveché los aplausos del público para colocar la libreta sobre mis piernas cruzadas. Al abrirla, coloqué la fecha, como de costumbre, en una página en blanco. Entre las hojas había anotado el número que había aparecido en el teléfono de mi padre horas atrás. Verlo de nuevo me hizo recordar todo el asunto con Krane.

¿Por qué quería hablar conmigo? Al ver a Erika, ¿la había puesto en peligro? El mero pensamiento me distrajo, y fue mi padre el que me golpeó con el codo para que prestara atención al espectáculo, que estaba a punto de empezar.

La cortina subió y, para mi sorpresa, no vi salir a nadie de la familia Pendragon. Allí no había un grupo de hermanos: frente a nosotros solo estaba un hombre.

—¡Oh, por Dios! —exclamó la chica a mi lado.

El destino

Viola Oakley

El público dejó de aplaudir, con excepción de unos cuantos. Ante nosotros apareció un hombre que no se parecía en nada a los Pendragon. Me pregunté si nos había engañado para que asistiéramos.

Era un tipo tan atractivo como la brillante vestimenta que llevaba puesta. Sus suaves rasgos asiáticos desbordaban una elegancia que, más que misteriosa, resultaba intimidante.

Observé a la muchacha a mi lado, con la esperanza de que ella pudiera decirme algo sobre la identidad del mago. Ella estaba sorprendida, pero no confundida, por lo que veía; más bien parecía alegre.

—No puedo creer que vaya a ser testigo de su primer espectáculo —comentó, demasiado emocionada como para darse cuenta de que la miraba. Ella era de los pocos que aplaudía ante la presencia de aquel hombre.

—¿Es otro de los Pendragon? —pregunté—. No se parece a ellos.

—Es el menor de la familia. Ese guapetón que ves ahí es Jiro Pendragon —respondió sin quitarle la mirada de encima.

Anoté su nombre en una de mis páginas, esperando que eso fuera tan interesante como el espectáculo de la noche anterior.

—No sabía que había otro hermano.

—Se dice que él es el responsable del éxito de su familia y que es el creador de todos sus trucos.

«¿Así que él diseña todo eso? Interesante»… —medité. Eso era un detalle que no sabía. «De toda la familia, es él quien más debe odiarme. Genial», pensé. Crucé los brazos y comencé a observar.

Pendragon estaba en el centro del escenario. Con una sonrisa, esperó que aminoraran los pocos aplausos antes de comenzar a hablar:

—Buenas noches, damas y caballeros. Comprendo que muchos están algo decepcionados al encontrar a un solo hombre en vez de los famosos Pendragon, ¿no? —dijo mientras caminaba con calma de un extremo al otro—. Excuso a mis hermanos, Takeshi y Makoto, pues no han podido presentarse. —Continuaba aquel paso elegante, con los brazos detrás de la espalda.

—¡Es guapísimo! ¡Me lo comería con cuchara! —exclamó la chica a mi lado.

Reí ante su comentario y sentí algo de envidia por ella. Quise estar ahí, tan tranquila, y ver algo de magia sin tener ningún tipo de presión sobre los hombros. Pero no importaba lo agradable que pudiera ser aquel hombre a la vista, mi mente seguía ocupada en el asunto del *otro* mago y de la chica que había enloquecido por su culpa.

—Es comprensible si alguno de ustedes se siente engañado al encontrar a alguien inesperado esta noche —declaró Pendragon—. Pero les pido un momento para demostrarles que no soy un premio de consolación. Mas si no se sienten satisfechos, están en su derecho de marcharse en el momento que deseen y les devolverán el dinero. —Volvió al centro de la tarima—. Mi nombre es Jiro Pendragon y les prometo que no se arrepentirán —concluyó a la vez que hacía una larga reverencia.

La elocuencia del hombre hizo que todos aplaudieran. Fue curioso ver lo fácil que le resultó que lo aceptaran por el momento. Me uní al aplauso. Aunque mis expectativas no eran altas, despertó mi curiosidad.

—Comenzaremos por algo sencillo. Un simple ejercicio de predicción. —Se sacó del bolsillo una pequeña libreta roja de espiral y un sobre de papel—. Necesito que todos piensen en un número del uno al mil. Mientras tanto, necesito un valiente que suba y sostenga este sobre que contiene la cantidad exacta de la suma de los números escogidos. —Señaló a un hombre mayor.

—Venga aquí, buen señor —pidió con amabilidad.

El hombre subió a la tarima muy animado por ayudarlo.

Hubo un silencio en la sala. Pendragon caminó a través de la tarima segundos antes de invitar a subir a una muchacha. Ella lo hizo, nerviosa, tan ruborizada como si la hubiera llamado Krane Utherwulf.

—Por favor, escriba el número que tiene en la mente sin mostrármelo. —Le facilitó un bolígrafo junto a la libreta.

Ella hizo lo propio. Él pidió un aplauso para la chica, que se sonrojó aún más. Luego le solicitó a un hombre que hiciera lo mismo. El proceso se repitió una tercera vez con otra mujer.

—Ahora, necesito a alguien bueno en matemáticas. ¡Aquí debe haber unos cuantos!

Pocas personas se atrevieron a levantar la mano, siendo yo una de ellas. Mi padre me golpeó con el codo, porque sabía que debía mantener un perfil bajo, y ofrecerme para un truco era todo lo contrario.

—Tranquilo, él no me conoce —me incliné, y le comenté en voz baja.

Él suspiró aliviado al ver que el ilusionista había escogido a otra persona en el público; una muchacha muy guapa de cabello rubio. Ella subió muy entusiasmada y se detuvo al lado de Pendragon.

—Le pido por favor que, sin mostrarme los números, los sume. —Le entregó la libreta y el bolígrafo a esta nueva ayudante, que hizo como le indicó.

Al cabo de unos segundos, la chica asintió, haciéndole saber que había terminado.

—Diga el resultado en voz alta…

—Mil cuatrocientos diecisiete.

—Ahora usted —le dijo al hombre que sostenía el sobre—. Abra la carta y diga el número en voz alta.

El hombre rompió el sobre con algo de dificultad, sacó el papel y se lo enseñó al público. El número no estaba escrito a mano, era más bien una impresión.

—Mil cuatrocientos diecisiete… —dijo el caballero al enseñarlo al público.

Efectivamente, era el número que la muchacha había mostrado como resultado de la suma.

Los asistentes comenzaron a aplaudir, en especial la chica a mi lado, que aplaudió con tanta fuerza que no me dejaba pensar.

—El truco está en la libreta… —murmuré, pero papá me propinó otro codazo, con tal fuerza que estuvo a punto de estropear la solución que dibujaba en mi libreta.

—Amiga, por favor, no me dañes el espectáculo —comentó la chica, haciendo pucheros; aunque la noté muy concentrada en echar un vistazo a mis páginas—. Pero ¿y esa coordenada? ¿Qué tiene que ver con el truco?

—¿De qué hablas? —Se me abrieron los ojos como platos cuando lo comprendí—. ¡Por Dios! —Estaba segura de que me acercaba a algo.

El espectáculo continuó, pero no pude prestarle atención al siguiente truco a pesar de que era uno completamente nuevo. Mientras mi mente divagaba, traté de prestarle atención a los movimientos de Pendragon, pero no me podía sacar aquel asunto de la cabeza. Pasaron los minutos y todo me parecía eterno. No tenía que ver nada con la calidad de su espectáculo, solo quería marcharme de allí, nada más.

—¿Estás bien? —preguntó la joven entrometida.

Papá también me miró preocupado. Había comenzado a sudar, a pesar de la cómoda ventilación de la sala. La única forma de calmar ese malestar era viendo hacia dónde conducían aquellas coordenadas.

Necesitaba un teléfono con urgencia.

—Tengo que ir al baño —dije, y me dispuse a marcharme.

No me importó que en aquel momento hubiera silencio y total atención hacia el mago por parte del público. No podía esperar, tenía que irme.

Corrí hacia la salida mientras sentía muchos ojos clavados sobre mí. Juraría que hasta el mismo Jiro Pendragon lo había notado.

«Vaya forma de permanecer con un perfil bajo», pensé.

Sabía que no era la mejor manera de marcharme, pero me sentía en la obligación de hacerlo. Llegué hasta aquellos que aguardaban en la entrada con las pertenencias del público y le entregué la tarjeta a la mujer. Ella, con frialdad, buscó en un cajón muy organizado y, sin cuestionar ni decir nada, me lo entregó de mala manera.

Estaba dispuesta a salir de allí con rapidez, pero la estridente voz del fortachón de la entrada me detuvo. Permanecí helada, pensando lo peor. ¿Y si habían visto la libreta? De manera inevitable tuve que darme la vuelta y darle la cara al hombre.

—Señorita, se le cayó esto. —Tenía el brazo estirado y sostenía mi libreta de notas.

Verlo me provocó nauseas.

«¡Me jodí!», exclamaba mi voz interna.

—¡Oh, lo siento! ¡Muchas gracias! —Fingí una sonrisa y traté de recuperarla lo más rápido posible.

Al tirar de ella, el hombre la apretó con fuerza.

—¿Le puedo preguntar algo?

—Por supuesto… —respondí nerviosa.

Aunque, de hecho, no, prefería que no me preguntara nada.

—¿Se va por alguna emergencia o por la calidad del espectáculo?

—Le aseguro que es una emergencia. Me duele el estómago. —Tiré del pequeño cuaderno con más insistencia.

El hombre pareció satisfecho con mi respuesta y permitió que me fuera.

—¿Comió algo de nuestro puesto de golosinas? —lo escuché preguntar en la distancia.

—No, no; no se preocupe —aclaré mientras aceleraba el paso tanto como podía.

Tan pronto salí del lugar y llegué a alejarme, busqué un escondite tras un callejón junto al local de un pequeño restaurante cerrado. Estaba oscuro y desértico.

Fue aquella una de esas pocas veces que la oscuridad me proporcionó una sensación de seguridad inmensa.

Más tranquila. pude abrir el cuaderno y encendí el celular. La espera pareció eterna en lo que la pantalla del cacharro cargaba. Cuando lo hizo, utilicé la pantalla para alumbrar la libreta y memorizarme el número de coordenadas para colocarlo en la aplicación del GPS.

18.470752,-66.125071

Efectivamente, justo como lo había esperado, las coordenadas pertenecían a un lugar bastante cercano; tanto, que era posible llegar a pie desde donde estaba. Mi corazón se encogió pensando en lo que podría encontrar allí. Aunque el terror me consumía, era la única pista que tenía en el momento.

No estaba segura de poder parar esto. Aquel hombre era todo un misterio para mí. A pesar de no conocerlo, había visto muchas facetas de él:

podía parecer amable pero también burlón, hasta intimidante. Krane Utherwulf me asustaba, y mucho.

Recosté la espalda contra la sucia pared, levanté la cabeza y aprecié las estrellas, tratando de decidir si era buena idea seguir las coordenadas. Me golpeé la cabeza con suavidad contra el cemento unas cuantas veces, sumida en aquel debate interno. Debía consultarlo con alguien, así que llamé a Sebastian. El tono de la llamada hasta me pareció más intenso, aunque sonaba como cualquier otro día. Me sentía en la necesidad de advertirle lo que estaba considerando hacer.

Llamarlo fue inútil, ya que la comunicación me pasó directamente al buzón de voz: «No estoy disponible. Quizás no hay cobertura o estoy muy ocupado para tonterías. Si quieres dejar un mensaje, di qué quieres. No me pidas que te llame sin decirme qué pasa, o no esperes que te devuelva la llamada».

Me pregunté dónde estaría e, inevitablemente, comencé preocuparme un poco por él. Le dejé un mensaje, por si acaso.

—Si para mañana no saben nada de mí es porque me he arriesgado a hacer una tontería. Si no estoy en el hotel cuando salga el sol, llamen a la policía. Si pasa algo, le dices a mi padre que te dé el número que está en su teléfono. Además, le dices que lo quiero.

Si Krane de alguna manera tenía acceso a mis comunicaciones, sabría que no le convenía hacerme daño. Así que comencé a adoptar ciertas medidas de seguridad para lo que estaba a punto de hacer. No iría sin antes comprobar que podía defenderme. Fue un alivio encontrar la pequeña botella de gas pimienta dentro de mi cartera. Por extraño que pareciera, eso me dio el último empujón para ir hasta allí.

Caminé insegura por las calles durante un buen rato. El aire se volvía cada vez más gélido. No sabía si se debía a un reflejo de mis nervios o a la típica temperatura nocturna en Valparosa. Apenas sentía las piernas y el corazón se me quería salir del pecho.

Mi mano temblorosa sostenía el teléfono, mientras observaba el pequeño punto trazar mi camino hasta las coordenadas. Cada paso me acercaba más a lo desconocido.

Mientras caminaba, no le presté particular atención a las calles, así que me sorprendí cuando terminé cerca del Café del Alba. Pero no era allí donde él me citaba; era pasando por el paseo tablado adyacente a la costa, que comenzaba justo en aquel establecimiento.

El mar rugía con fuerza y los labios empezaron a saberme a sal. Las olas golpeaban con violencia las formaciones de rocas que adornaban la orilla. Casi parecía que se llevarían por delante las tablas del camino, y a mí con ellas. Eso no me impidió continuar.

La ruta del paseo tablado concluyó y dio paso a un camino de cemento apenas visible. Solo gracias a la luz de la luna y a la que me brindaba la pantalla del teléfono no fui arrastrada por la furia del mar.

Sentí nauseas al ver que en la distancia había una figura, justo en el lugar marcado por el mapa. Era él. Me pregunté cuánto tiempo llevaba allí parado esperando. Cerré la aplicación y la cambié por la de la linterna para poder ir hasta él con más rapidez.

Alumbré el camino y corrí lo más rápido que pude. Había olvidado la peluca que llevaba puesta. La recordé tan pronto como se fue volando con el viento, sin que pudiera hacer nada para detenerla.

Estaba tan nerviosa que al correr sentía que flotaba con el viento, como si me encontrara a mitad de un sueño.

Al acercarme a la oscura figura, estuve a punto de arrojar el celular al agua, cuando escuché la voz mecánica del GPS decir: «Ha llegado a su destino».

El bailarín

Viola Oakley

Me guio hasta ese preciso lugar. Había sido su plan desde un inicio y allí me tenía: por primera vez a solas con él.

Se me quería salir el corazón del pecho. El viento soplaba con fuerza, y aunque daba la sensación de que en cualquier momento saldría volando, él no se movía. Estaba inmóvil como una estatua.

Yo temblaba. No sabía si por los nervios o por la fría brisa que entraba por la costa. Me crucé de brazos como para abrigarme.

—Señorita, la invito a nuestra primera cita, ¡y se da el lujo de llegar tarde! ¡Es increíble! —exclamó, sin apenas darse la vuelta. Parecía entretenido observando las olas al chocar con las rocas.

Había una pizca de sarcasmo en su voz que encontré irritante; en especial después de haber visto la condición de Erika. Me pregunté cómo podía haber un hombre tan cínico como ese. Tenía miles de sentimientos encontrados; sin embargo, él parecía apático.

Quería abordarlo con preguntas, sobre él y la chica, pero concluí que lo más conveniente era seguirle la corriente hasta que se sintiera cómodo.

—No sabía que esto era una cita. Además, nunca indicó la hora. —Tuve que gritar, pues competía con el sonido de las olas.

—Entonces, ¿no cree que debería observar las cosas con más detenimiento? —respondió, dándose la vuelta—. A veces las respuestas están en nuestras narices, pero no somos tan observadores para notarlas.

—Pues esa pista la ocultó muy bien.

—¿No es a usted a quien le pagan por observar? Está haciendo muy mal su trabajo, entonces.

—Observo ilusiones, no me pagan para resolver acertijos —respondí—. Vamos, sin rodeos, ¿qué quiere de mí? —Mi voz temblaba y los nervios eran los que hablaban por mí.

—¿No es esa la pregunta que debería hacerle yo? —Vi una sonrisa que se asomó entre las sombras.

—Vamos, que no estoy para bromas. ¿Para qué me quería aquí?

—Quisiera que bailara conmigo.

—¿Qué? —Eran sus tácticas para confundir. Estaba segura de eso.

—Vamos, si tanto quiere bailar con el diablo, hágalo *literal* —comentó.

—No, estoy bien así… —Di unos cuantos pasos hacia atrás, alejándome.

Mi mano derecha fue directa a mi cartera con la excusa de guardar mi celular. Abrí el cierre y traté de coger la pequeña botella de gas pimienta, pero no di con ella.

Di otro paso hacia atrás; él dio uno hacia al frente. Murmuró algo, y, con un leve movimiento de dedos, una música comenzó a sonar en mi teléfono, dándome a entender que iba en serio con todo eso.

—Vamos, contestaré a sus preguntas a cambio de un corto baile —insistió, con una sonrisa.

Esa fue la primera vez en la vida que los nervios me dejaron paralizada por completo. No sabía si él intentaba ser adulador o era una buena táctica para amedrentarme. Simplemente no me moví y le seguí la corriente.

Krane se posicionó, esperando a que yo hiciera lo mismo. La música era cautivadora, tan embriagante como el olor que ese hombre transmitía con su cercanía.

Permití que se acercara más. Una sensación electrizante invadió todo mi cuerpo en el momento en el que su mano se posó en mi cintura. Respondí al abrazo colocando mi brazo alrededor de su cuello y posando la mano, temblorosa, sobre la suya.

—La luz de la luna, la música junto al rumor del mar. ¿He sido adecuado? ¿O me he ido a los extremos? —preguntó a modo de broma.

—¿Qué busca? ¿Asustarme?

Él dio el primer paso; yo hice lo propio siguiendo su movimiento. Así comenzamos a danzar al ritmo de ese vals extraño.

—¿Tiene miedo? ¿Es por eso por lo que está temblando tanto? —Su dedo pulgar acarició mis nudillos en un intento por calmarme, pero con eso provocó que mi mano temblara con más fuerza.

—¿Qué eres? —pregunté alterada, inconsciente de mis actos.

—Un simple hombre —respondió indiferente.

—¿Cómo hizo lo del teléfono? ¿Usted se hizo pasar por mi padre? ¿Cómo?

—Dígamelo usted. Ese es su trabajo. —Sonrió.

—Lo quiere hacer conmigo también… ¿verdad? —Dejándome llevar, emulé su ritmo lo mejor que pude.

—¿El qué? —Frunció el ceño y pareció estar a punto de reír. Sentí su mano mucho más firme estirada sobre mi espalda.

—Volverme loca —respondí, evadiendo su mirada.

Me sonrojé. No estaba segura de qué le pasaba por la cabeza.

—Tal vez… —respondió indiferente, mientras conservaba el compás—. ¡Vamos! Míreme a los ojos, póngase derecha, estire el cuello y no se concentre en mis pies. Déjese llevar, que el ritmo surja solo. —Aceleró su voz tanto como sus pies, y estuvo a punto de hacerme tropezar.

Hice justo lo que pidió y me encontré con su mirada. Al movernos al compás de la música, sus ojos parecían inmensos y brillantes. Servían de reflejo para la luna, que alumbraba nuestra improvisada pista.

Mi compañero de baile era peligrosamente atractivo: su olor, su piel y su rostro eran una combinación perfecta. Era alto y elegante. Aquella cercanía, aquella intimidad al danzar con nuestros cuerpos en sincronía, me helaba la sangre, me intrigaba.

Si el hombre tenía algún tipo de poder, estaba segura de que lo estaba utilizando en ese momento. Comprendí por qué Erika había caído en sus garras; pensar en ella era lo único que me mantenía al margen. Repetí su nombre miles de veces en mi cabeza, con la esperanza de no flaquear ante los encantos de Krane.

—¿Después qué hará? ¿Me matará? —me atreví a preguntar con la voz entrecortada. Temí que afirmara.

—¿Esa es la percepción que han creado las malas lenguas sobre mí? —preguntó, fingiendo sorpresa.

El muy cínico se lo estaba tomando a broma.

—Aún no me ha demostrado que los rumores sean mentira —respondí, evadiendo de nuevo su mirada.

—¿Y usted qué piensa? —indagó. Cerré los ojos al sentir que subía su mano con delicadeza por mi espalda. La llevó hasta mi cabello y me acomodó un mechón detrás de la oreja. Se acercó, provocando un cosquilleo que me invadió por completo—. Quisiera saber su opinión sobre mí —susurró.

—Pienso que oculta muchas cosas —respondí—. Aún desconozco la forma en la que hace sus ilusiones. Debe haber alguna explicación que descubriré tarde o temprano —titubeé.

—Es usted muy modesta. Pero sabe que la curiosidad mató al gato, ¿verdad? —murmuró de nuevo a mi oído, erizándome los vellos del cuello.

—Pero el gato murió sabiendo. —Retiré la mano de su hombro. La coloqué sobre su pecho, lo empujé e intenté soltarle la mano, pero él la apretó.

—¿Está dispuesta a tanto? —Frunció ligeramente el ceño—. ¿Solo por dinero? —Su expresión comenzaba a cambiar.

—¿Esto es una amenaza? —Intenté liberarme una vez más.

—Tómelo como desee. Si lo que le importa es el dinero, le pregunto: ¿cuánto quiere por irse de Valparosa? —Me acercó todo lo que pudo a él, y sus pies se detuvieron.

Comprendí que su oferta era real.

—Primero me amenaza. —Abrí los ojos como platos—. ¿Ahora me ofrece dinero? ¿Por qué?

—Porque sé que lo que la mueve, y lo que parece mover a todos ustedes, es el dinero. —Su expresión se iba oscureciendo, tanto como su tono de voz.

—¿Y si le digo que hoy me mueve algo más?

—¿De qué habla? —Su rostro se tensó aún más.

—Por favor, hábleme de Erika.

La música comenzó a distorsionarse, tanto como su expresión.

Sentí que aquella danza de ensueño se había convertido en la de mi muerte.

El Amenazante

Viola Oakley

La música se apagó y solo nos acompañó el rumor de las olas.

—No quiero que sus labios vuelvan a pronunciar su nombre.

—Se alejó y me dio la espalda.

Parecía que sentía asco por mí. Su máscara de adulador se había desvanecido por completo y me encontré con el Krane que imaginé que era: irritado y distante.

—Entonces, sea usted el que hable de ella —insistí en voz alta, ya que la distancia a la que ahora estábamos hacía que tuviera que luchar de nuevo con el sonido de las olas.

—Le advertí que se alejara… Eso es lo único que necesita saber —respondió a la defensiva, y se dio la vuelta, furioso. Se había convertido en otra persona.

—Usted me advirtió mediante engaños… —refuté, refiriéndome a la llamada falsa que había hecho—. Sea directo, dígame sus razones y veré si es conveniente dejarla en paz.

Podía jurar que estaba mucho más pálido que minutos atrás. Con el rostro ensombrecido, dio un paso en mi dirección.

—Usted no está en posición de poner condiciones. —Continuó acercándose. Retrocedí y, una vez más, metí la mano en mi bolso, en un intento de encontrar el gas pimienta.

Para mi sorpresa, Krane se metió la mano en el bolsillo, sacó mi lata y la arrojó. Cuando mi única salvación se vio arrastrada por la espuma marina, lo pensé, estaba acabada. Paralizada y sin habla, estaba segura de que ese hombre iba a lastimarme.

—¿Le están pagando por descubrir mis ilusiones o para investigar mi vida privada? —Él se acercaba cada vez más y yo hacía lo propio por alejarme.

—Por sus ilusiones… —respondí con voz trémula.

—Entonces, no se meta en mi vida ni en la de mis allegados. —Negó con la cabeza, con un gesto acongojado, como si luchase consigo mismo para mantener la compostura.

—¿Por qué hace esto? —pregunté—. Hay algo que no quiere que se sepa, ¿verdad? —Ya no estaba segura de lo que salía de mi boca.

—Muchas veces la ignorancia es una dicha —comentó—. Mantenga las cosas así y váyase. Le aseguro que le pagaré. —Sacó de su bolsillo una tarjeta, tal vez su información de contacto, y me la entregó.

Pero se detuvo al recibir mi respuesta:

—No puedo ni voy a aceptar su dinero —establecí—. Me pide que mantenga los ojos ciegos y los oídos sordos, ¿para qué? ¿Para seguir haciendo daño a esa pobre mujer?

Tras mi reclamo, noté un destello peculiar en sus ojos. Vi algo que no logré entender, una emoción indescriptible. No sabía si se encontraba molesto por mis palabras o si aquello era una señal de tristeza.

—Le he hecho daño, mucho —confesó—. Pero no es como usted piensa —respondió, con la mirada perdida.

Lo noté ido por unos segundos, como si desease decirme algo más, pero algo parecía impedírselo.

—Explíqueme las heridas, entonces —insistí.

—¿Qué heridas? —Se volvió intranquilo.

—Las de las manos. Dígame, ¿qué le ha hecho usted? —indagué insegura, pero ya estaba allí y sabía que no había marcha atrás—. ¿Por qué ella habla de usted con tanto miedo?

—Déjelo así, señorita Oakley. —Fue lo único que salió de su boca. Parecía preocupado.

Se acercó, y cuando pensé que me haría daño, pasó de largo.

Al ver que me evadió, lo seguí.

—¡Dígame lo que está pasando! —exclamé mientras veía cómo se alejaba con rapidez—. Solo quiero entenderlo. Fue usted el que me citó aquí. ¡Y ahora pretende dejarme más confundida que antes!

Sin apenas verlo, en una fracción de segundo, Krane se dio la vuelta y corrió hacia mí. Sentí un golpe de aire inmenso y sus manos sobre mí, acompañadas por un pinchazo sobre la piel de mi brazo izquierdo. Me atrapó en un abrazo y mis pies se despegaron del suelo: comenzamos a flotar en el aire.

Mi corazón quería explotar sin saber qué estaba pasando. Mi instinto hizo que le rodeara el cuello con los brazos temblorosos y me aferrara a él. Pero resbalaba, pues una sensación extraña de debilidad evitaba que tuviera la energía suficiente para sostenerme.

Krane me soltó y levantó los brazos.

El terror me consumía, así que cerré los ojos para evadirme de la realidad. No tenía el valor de afrontar aquel momento.

—Cállese, por favor… —susurró en mi oído. No pude descifrar su estado de ánimo, pero sonaba más molesto que cualquier otra cosa.

—¡Bájeme ya! ¡Bájeme! ¿Qué cree que está haciendo? —Me apreté con fuerza. La brisa parecía lista para arrastrar nuestros cuerpos con el viento. Me mantuve firmemente agarrada a él y me juré una y mil veces que eso era una pesadilla de la que pronto alguien me despertaría.

—Prométame que se irá de la isla… es lo único que quiero. —Su rostro estaba muy cercano a mi cuello, podía sentir su respiración sobre mi piel.

Colocó las manos en mi cintura y me sostuvo.

—No mientras usted siga haciéndole daño a esa niña. —Me apreté más contra él.

—Dígame, ¿cómo es usted tan valiente? —El mago respiró hondo—. ¿Cómo se atrevió a venir a solas después de todo lo que ha escuchado sobre mí? ¿Cómo insiste en quedarse y no se va de este maldito lugar? —Me abordaba con preguntas, sonaba frustrado, como si quisiera deshacerse de mí lo antes posible.

—Usted no me hará daño…. —aseguré, o quizás rogué por mi vida. No estaba muy segura de nada, me sentía débil.

—Pero insiste en que le hice daño a esa chica —dijo con un tono irónico.

—Usted le está haciendo algo terrible a esa muchacha. Quizás esté loca, pero sus ojos no me mintieron.

—Si piensa así de mí, puedo ser esa persona que tanto dice —continuó, y aquel comentario heló mi sangre. Sentí que dejaba de envolverme con sus brazos y dejó de sujetarme de nuevo—. Se me haría mucho más fácil dejarla caer y deshacerme de usted.

Sin soltarme, abrí los ojos y, sin apenas mover la cabeza, miré hacia abajo. Nuestros cuerpos estaban en las alturas. Desde aquel punto, podía ver la ciudad adornada por pequeñas luces.

Vi las olas bajo nuestros pies, golpeando con intensidad las rocas.

Estaba helada por la brisa, por el miedo y por las miles de sensaciones que sentía al mismo tiempo. Todo me resultaba extraño y jodidamente irreal.

—Dígame, ¿qué le dicen mis ojos cuando le aseguro que, si no me promete que se detendrá, la arrojaré justo desde aquí?

—No me mienten… —tartamudeé.

—Usted vino a descubrir mis ilusiones, y creo que ya tiene una respuesta para eso. No tiene nada más que hacer aquí.

—Todo es real… —murmuré.

Sentí que mis manos cedían, y él me dejó caer.

Mi cuerpo comenzó a descender. Tiré de su abrigo en un intento de salvarme de la caída, pero fue inútil.

Todo se oscureció

La luz

Viola Oakley

Un fuerte olor a mentol invadió mi nariz. Abrí los ojos y me revolqué entre unas cálidas sábanas de seda que comenzaron a sofocarme luego de despertar. Había estado sudando mucho, así que tiré las mantas al suelo y me concentré en observar mis alrededores. Me encontraba en un lugar nuevo para mí.

Sentada en la cama, miré hacia mi lado. A través de la ventana, podía ver la costa y los colores intensos del atardecer. Me pregunté cuánto tiempo había pasado.

«Estoy viva…», pensé e intenté ponerme de pie. La cabeza me dio vueltas, haciendo que cayera de nuevo en la cama. No tenía fuerzas para sostenerme y no podría marcharme. De cierta forma era una prisionera.

Aquella cárcel apenas estaba amueblada. Era un lugar humilde, de paredes pastel, con nada más que una cama, una mesa con unos paños doblados, una jarra, platos profundos y una inmensa tela oscura doblada.

Toqué y observé mi brazo izquierdo. En mi hombro había una pequeña mancha y en su centro la marca de un pinchazo.

Lo recordaba todo: aquel baile y la corta conversación en la que deseé haber reaccionado de mil formas distintas. ¿Fue real? No estaba segura.

Estaba a punto de dormirme de nuevo, cuando la puerta de la habitación comenzó a abrirse lentamente. El corazón se me quería salir por la garganta, pero se apaciguó al ver que quien abrió fue una anciana vistiendo un hábito. La mujer de piel bronceada y grandes ojos verdes corrió hasta la cama y colocó la mano sobre mi frente.

—Hija, tuviste una fiebre tremenda. —Pasó sus arrugados dedos sobre mi piel. Su tacto era frío pero amable, como la caricia de una madre.

—Señora, ¿cómo llegué hasta aquí? —pregunté, intentando luchar contra el sueño.

—Te encontré en la entrada del templo durante la madrugada, justo cuando iba a darle maíz a las gallinas —explicó—. Estabas recostada en la pared, cubierta por un abrigo. Te traje hasta aquí a escondidas.

—A escondidas, ¿por qué?

—Hablabas en latín. Por suerte fui yo quien te encontró y no el padre Benito —dijo aliviada.

—Yo no sé nada de latín, no entiendo… —Divagué sobre lo que

estaba ocurriendo. Nada tenía sentido. Sin embargo, ella no parecía sorprendida—. ¿Y qué sucede con el padre? ¿El latín no es común en la iglesia?

—Desde hace ya bastante tiempo es una lengua prohibida por *esta* iglesia. Está atada a algo ajeno a nosotros —señaló, siendo muy ambigua.

Pero en su rostro podía verlo; sabía más de lo que sus labios decían.

—¿Ajeno a nosotros? —indagué.

La mujer pestañeó unas cuantas veces.

—Él asegura que es la lengua con la que los arcanos se comunican entre ellos. Así que, si te encontraba, ¡solo Dios sabe qué hubiera hecho!

—¿Los arcanos? ¿Quiénes son?

La mujer dejó escapar un suspiro y la noté pensativa, como si buscase las palabras correctas para explicarme algo que llevaría tiempo. Aprovechó para agarrar uno de los paños que descansaban sobre la mesa y lo mojó con agua fría. Volvió y se sentó detrás de mí.

—Desde tiempos inmemoriales, Valparosa ha sido la cuna de muchos sucesos paranormales. Desde siempre ha habido cierto secretismo en nuestros alrededores. Sobre todo con algunos grupos secretos o familias. —Colocó el paño húmedo en la piel de mi cuello—. Según el padre Benito, ellos tienen el control de los elementos que nos rodean. Para él son manifestaciones del demonio.

—¿Como seres mágicos? —me costó preguntar, aunque después de todo lo que había visto, no me sorprendía.

—No sabría si llamarle magia. Yo no estoy segura de nada, hija. Ahora solo quedan migajas de lo que una vez fue todo.

—No entiendo nada.

—Solo repito cosas que he escuchado. No sé mucho, puesto que, aunque soy vieja, llegué semanas antes de que casi todas las familias sospechosas se disolvieran, así que no logré conocerlas bien.

—¿Cómo que se disolvieron? ¿Cuántas eran?

—Siete. Pero de la noche a la mañana, la gran mayoría de los supuestos arcanos desapareció. —Remojó de nuevo el paño y lo colocó en mi rostro—. Pero no podría contarte mucho de eso. Esa noche me enfermé. Al día siguiente había una conmoción tremenda en todo el pueblo.

—¿Por qué no se supo de eso en el mundo entero?

—No lo sé, niña. La iglesia sabe mucho, pero hemos tratado de buscar la forma de mantenerlo en secreto. El padre Benito piensa que, al exponerlos, los arcanos se verían amenazados y podrían causar alguna desgracia. Así que la iglesia se ha limitado a tomar las cosas con calma.

—¿Y el gobierno sabe algo?

—¿El de Valparosa? Supongo que sí. El gobierno siempre conoce cosas que su población ignora. Pero nunca sale mucha información, de ahí la fama de ser el mejor lugar para conservar un secreto. Hasta la gran mayoría de los visitantes han respetado ese voto.

—¿No han hecho nada contra esta gente?

—No —respondió. Fue a buscar entre sus cosas y regresó con un pequeño envase de color azul—. Puesto que se han integrado en la sociedad. Comenzaron a tener vidas normales y no han causado problemas. Y durante los últimos años, el ilusionismo, en su irrealidad, dejó en sombras lo que de verdad es real —explicó, aplicando un poco de aquella pomada de fuerte olor sobre mi frente.

Hubo un silencio. No supe qué decir durante un rato. Estaba procesando el golpe de información que había recibido durante los últimos minutos por parte de aquella mujer.

—¿Sor…? —Recordé que aún no sabía su nombre.

—Teresa.

—Sor Teresa, ¿cree usted en todo esto? —indagué—. ¿Son manifestaciones del demonio? ¿Qué piensa usted de ello?

—En eso difiero del padre Benito —estableció—. Pienso que el bien y el mal son cosas relativas. No puedo apoyar la idea de que existen grupos enteramente malvados. En todo hay una dualidad: donde hay luz, también encontrarás oscuridad.

—Así que piensa que no son demonios.

—Claro que no. La magia en las manos apropiadas puede ser de gran utilidad.

—Tiene razón… —respondí. La cabeza aún me latía y me daba vueltas. Las ancianas manos de la mujer apretaron la parte posterior de mi cuello, masajeándolo con la pomada y haciendo la zona menos tensa—. Sor Teresa, ¿por qué me contó todo esto existiendo un voto de silencio entre ustedes?

—Porque sé quién eres, Viola Oakley, y sé qué haces aquí —explicó—. Ya debes haber visto mucho más que cualquier otro visitante. Estoy segura de que nada de lo que te conté te ha impresionado. Creo que ya comprendes que esto va más allá de tu campo de trabajo, es por eso que te explico todo lo que puedo y te recomiendo que te alejes antes de que pase algo malo.

—Él le dijo mi nombre, ¿verdad? ¿Le pidió que intentara persuadirme?

—El joven solo quiere que se marche. Confíe cuando le digo que es lo mejor que puede hacer.

—Entonces, ¿Utherwulf es una de esas familias? —pregunté insegura.

—Ahora comprende…

—Así que todo lo de anoche fue real. —Me cubrí la cara con las manos. La debilidad y la molestia en mi cabeza incrementaron—. O sea, que él es un… *arcano* de esos…

—¿Qué le hizo el joven Utherwulf? —La monja frunció el ceño—. La veo muy afectada… —La mujer se sentó frente a mí.

La vi preocupada y eso me asustó aún más. Colocó sus arrugados dedos bajo mi mentón y me hizo mirar sus tristes ojos.

—Veo temor en tu mirada. —Pasó la mano sobre mi rostro, acariciando mi mejilla—. Él no es un mal chico, doy fe de eso. Pero debes alejarte de él. A todo aquel que se le acerca le va muy mal.

—¿Por qué?

—Algo malo pasa con el joven Utherwulf. Es como si una maldición lo acompañara.

—Explíqueme, por favor…

—Aunque no tenga un voto de silencio con la isla, mi corazón sí tiene uno con él. Si fuera necesario que supieras algo, estoy segura de que él te lo hubiera explicado.

—¿Usted sabe algo de una chica llamada Erika Randall?

—La llegué a conocer. Eran muy cercanos, pero luego todo se desvaneció entre ellos…

—Explíqueme, ¿qué fue lo que pasó?

—Es algo que tendría que explicarle él. Yo no me encuentro en posición de eso. Nadie sabe a ciencia cierta cómo enloqueció la chica, solo él. —De nuevo había adoptado esa expresión en su mirada, esa que me decía que sabía más de lo que aparentaba. No podía creerla.

—¿Por qué en esta isla todos son así? ¿Por qué nadie habla claro? —pregunté.

Estaba perdiendo la paciencia y la mujer lo notó. La monja me sostuvo de los hombros y sentí un fuerte dolor en el lugar del pinchazo.

—¡Cálmese! —exclamó, más preocupada que molesta.

Comencé a llorar. Mi estado emocional estaba muy desequilibrado. Lo de la noche anterior había sido traumatizante y aún temía por el bienestar de aquella muchacha.

—Contésteme, ¿qué le hizo el joven? —insistió la anciana al notar la molestia en mi hombro y ver aquella marca.

Yo temblaba. No podía parar de pensar en los últimos instantes que pasé con él y en el momento en que pensé que iba a dar mi último suspiro.

La mujer me miraba con los ojos muy abiertos. En ella había un gesto desconcertante: parecía molesta. No conmigo, sino con la situación, como una madre al recibir una queja sobre uno de sus hijos.

Por alguna razón tuve la confianza de contarle todo lo que ocurrió. Le hablé sobre el extraño comportamiento del mago, todo lo que había hecho y sobre mi encuentro con Erika y la reacción de él.

—¡Márchate cuanto antes de esta isla! —El rostro de la mujer palideció y se arrugó más—. ¡Temo que las cosas se salgan de control! Márchese, yo abogaré por la muchacha. Se puede ir tranquila —insistió.

En sus ojos vi el reflejo de mi propio temor.

Sabía que no mentía, pero ella también temía por algo que yo desconocía.

Asentí insegura.

—Necesito mi teléfono… —Fui a ponerme de pie de la cama, pero las piernas me fallaron de nuevo—. Mi teléfono, ¿Dónde está?

—Sobre el abrigo. Ven, niña.

Me sostuvo del brazo hasta la mesa para que fuera yo quien lo cogiera. Luego, con delicadeza, me soltó para que recuperara la fuerza de mis pisadas. Esto me permitió regresar a la cama y sentarme para hacer una llamada. La monja salió de la habitación y luego llamé a Sebastian.

—¡Mujer, estás viva! ¿Qué carajo te pasó? —dijo con una exaltación exagerada. Sonaba aliviado.

—Sí, estoy viva, eso es lo importante. Luego te lo explico todo, pero por ahora voy a necesitar que me busques en la iglesia del pueblo, con algún vehículo o algo. Quiero volver al hotel, coger mis maletas e irme de aquí lo antes posible.

—¿Qué demonios te pasa?

—Perdón, pero me voy de aquí.

—¿De qué carajo me estás hablando? ¿Me suplicabas quedarte y ahora te quieres ir? ¿Qué demonios pasó anoche? ¿Qué le voy a decir al jefe?

—Ni siquiera sé quién es el puto jefe. Tanto secreto me tiene harta. No me importa el dinero, ni el maldito jefe. Me voy. Llamaré a mi padre si no quieres venir, pero no quiero tener nada que ver con esto. ¡Renuncio!

—¿Dónde estabas anoche? ¿Alguien te hizo algo? Estás muy rara.

—¡Solo quiero irme de esta puta isla!

—Perfecto —respondió furioso—. Te haré hablar y cambiarás de opinión. Espero que pares con tus niñerías. Te creía mucho más fuerte. Pensaba que estaba acompañado por alguien útil, no por una niña llorona de la que tendría que estar cuidando constantemente.

Resistí las ganas de llorar, pero me sorbí la nariz.

—¡Solo para eso sirven las puñeteras mujeres, para llorar!

—¡Vete a la mierda, Hunter! —grité.

Y hasta yo misma me sorprendí ante mi reacción. Días atrás no le hubiera hablado de esa manera, pero después de todo lo que había experimentado, él no me daba miedo.

Me tumbé en la cama y me quedé dormida una vez más. Pareció que habían pasado solo segundos cuando escuché la puerta abrirse. La monja llevaba consigo unas bolsas: una de plástico y otra de papel. De la de plástico sacó un vestido simple pero que parecía muy caro; de la otra, sacó un cuenco repleto de perfectos cuadraditos de frutas que colocó sobre la cama.

—Su jefe le ha traído estas cosas. Me dijo que se tome todo el tiempo que necesite, porque él la va a esperar. Ahora mismo se encuentra hablando con el padre Benito, así que me vi en la obligación de hacerle saber parte de lo que había pasado.

—¿Le habló de Krane?

—Solo de tu repentina aparición aquí

Me sorprendió lo mucho que me gustaba cada una de las frutas de aquel coctel. No entendí cómo sabía Sebastian todo eso. ¿Desde cuándo era un tipo detallista?

Le hice un gesto a la mujer para que me acompañara y comiera también del cuenco. Ella tomó un pedazo tímidamente con una sonrisa y se lo llevó a la boca, seguido de unos cuantos más.

—Vamos, coma conmigo. Él puede esperar todo lo que quiera.

—Parece un hombre considerado, su jefe. ¿Cree que hacerlo esperar sea lo correcto?

—¿Considerado? Tuve que mandarlo a la mierda para que actuara como un ser humano por primera vez en su vida.

La mujer hizo la señal de la cruz al escucharme hablar de esa manera.

—Discúlpeme, Teresa —me sonrojé—, es que ese hombre saca lo peor de mí. Es maleducado, irrespetuoso y machista.

—Pues sabe ocultarlo muy bien. —La monjita se metió un último pedazo de fruta en la boca, antes de marcharse.

—La dejaré sola para que pueda cambiarse de ropa. Le diré a su jefe que venga a buscarla hasta aquí. Así podrán hablar en privado, sin la intervención de Benito. Lo entretendré para que no la aborde con preguntas.

—De acuerdo —respondí, y me despedí de ella con un fuerte abrazo.

Minutos más tarde, ya me había refrescado y cambiado de ropa. Aquel traje me quedaba a la perfección. Seguía sin entender cómo Sebastian había acertado tanto con las cosas.

Cuando escuché el llamado a la puerta, inspiré bastante antes de hablar:

—¿Sebastian?

—Ujum… —respondió, aunque noté que sonaba algo diferente.

—No sé cómo lo hiciste, pero no va a funcionar. Pasé por tantas cosas que no tienes ni idea de cómo me siento. Pero no, no, ¡no!, rápido vienes con tu actitud machista. Yo solo quiero irme de esta isla de porquería. No me importa lo que pienses tú y tu invisible jefe de mí.

—Buenas noches, Oakley-san. ¿Ya ha desahogado toda su furia contra Hunter? ¿Puedo pasar?

—¿Quién anda ahí? ¡Oh, por Dios, qué vergüenza! —dije en voz baja.

Sentía las mejillas ardiendo. Deseé tirarme por la ventana antes que enfrentar a quien me esperaba tras la puerta.

—¿Se encuentra bien? —escuché la voz desde fuera.

Ansiosa, abrí y me quedé helada.

—Ya me cansé de ser invisible, señorita —dijo el caballero que me encontré de frente.

Y no, en definitiva no era Sebastian; era todo lo contrario a él. La viva imagen de un hombre perfecto me saludó con una deslumbrante sonrisa.

Pero ya lo conocía. Era Jiro Pendragon, el ilusionista de la noche anterior. Y nunca, jamás, me hubiera imaginado en esa situación, trabajando para uno de los miembros de esa familia. Era consciente del odio que me tenían.

La propuesta

Viola Oakley

Así fue cómo conocí a quien en realidad era la mente detrás de toda nuestra búsqueda. Había sido él quien contrató los servicios de Sebastian, pero nunca había dado la cara. Sin embargo, justo el día en que decidí marcharme y alejarme de todo eso, Sebastian se adelantó para ponerme en esa incómoda situación.

«Vaya forma de convencerme», pensé.

Algo que no había notado es que me había quedado parada frente al asiático sin nada que decir.

Fue él quien me trajo de vuelta al mundo real:

—¿Se encuentra mejor?

—Sí, sí. Pero… —me detuve, cerré los ojos y me cubrí la cara con las manos—… espero que me disculpe. Pensé que era Sebastian quien vendría y yo… lo siento.

—Oakley-san, ¿de verdad piensa usted que me sorprende su actitud con Hunter? —preguntó, con una sonrisa—. Es por lo que decidí venir personalmente, porque sé cómo es él. ¿Puedo pasar? —preguntó, y dio medio paso al frente, con la intención de entrar, pero dándome a entender que no lo haría hasta que le diera permiso—. Creo que hay ciertas cosas que deberíamos discutir antes de que tome alguna decisión.

Asentí insegura. No quería que nadie me convenciera, quería dejarlo, marcharme. Aun así, le permití entrar.

Pude jurar que dentro de la habitación lo vi mucho más alto. Era esbelto y elegante, con una brillante melena negra peinada hacia atrás. Vestía un suéter bastante ajustado al cuerpo. Al hablar, era pausado y tenía un acento peculiar. Cuando Sebastian me hablaba sobre quien había organizado ese trabajo, me imaginaba alguien muy diferente.

—Espero que la elección de frutas haya sido la indicada. —Sus ojos se posaron sobre el cuenco—. De lo que sí estoy seguro es de que el vestido le sienta muy bien. —Esa vez me observó a mí.

Mi vergüenza, que ya era bastante, se acrecentó y me limité a mirar al suelo. De reojo vi que una sonrisa se asomó en sus delgados labios.

—Se lo agradezco mucho. Ya me parecía raro que Sebastian hubiera hecho todo eso. —Sonreí.

Pendragon se apoyó en una de las paredes de la habitación, se cruzó de brazos y mantuvo su mirada fija en mí, algo que me incomodó. Parecía estudiarme de cierta manera y siempre con una sonrisa.

—¿Le sorprendería si le digo que él estaba muy preocupado? Recibió su mensaje por la mañana y desde entonces la hemos estado buscando. Hablamos con su padre, fuimos hasta las coordenadas. La dábamos por muerta. Cuando llamó, estábamos reunidos conversando precisamente sobre usted. Luego, su amenaza de renunciar alteró aún más a Sebastian. Él quería venir solo hasta aquí, pero no pude permitírselo.

—Es muy volátil —respondí, aunque en ese momento Sebastian representaba el menor de mis problemas—. Por cierto, ¿dónde está?

—En el coche, esperando —respondió—. A propósito, ¿alguna vez le ha hecho daño de alguna forma? —Frunció el ceño ligeramente.

—No sé de dónde surge esa pregunta, pero creo que no estamos aquí para hablar de Sebastian, ¿o sí?

—Estamos aquí para hablar de usted, y necesito asegurarme de que se sienta cómoda —dijo con amabilidad—. Si desea marcharse por él, lo despido hoy mismo y trabajaría directamente conmigo.

—Creo que ya sabe que no es por Hunter. —Volví a sentarme en la cama. Aún no me sentía del todo bien.

—¿Es por... Utherwulf?

—Solo quiero dejar esto. Discúlpeme, señor, pero... no me siento bien como para hablar de eso —dije descompuesta, sintiéndome más vulnerable y pequeña que nunca.

—Eso es un sí. Él es el motivo, entonces. —Hizo una pausa—. Hunter me comentó que Utherwulf ha demostrado interés por usted. ¿Es verdad?

—Sí, sí, y no puedo más con esto. —Me cubrí el rostro, y al cerrar los ojos, solo parecía tener visiones de la noche anterior con Krane, algo que se acrecentaba por tener su olor aún impregnado en mí.

Sin darme cuenta, Pendragon se había acercado para agarrar mis manos con delicadeza y retirarlas de mi rostro. Cuando volví a ver, lo tenía en cuclillas frente a mí, más preocupado que molesto.

—Si no quiere hablar ahora, no tiene que hacerlo. Pero no se vaya sin al menos dejarnos saber qué encontró. Y si es posible, decirme qué puedo hacer para evitar su partida. —Casi parecía estar rogando que no me fuera—. Mire cómo me tiene. Creo que nadie podría decir que tiene a su jefe de rodillas desde el primer día —dijo, con una amplia sonrisa y mostrando una dentadura perfecta a la que inevitablemente respondí, aunque quizás no de la manera que él esperaba.

—Bueno, al menos eso fue un avance. Logré hacerla sonreír un poco. —Pausó, pensándolo un poco—. Me da lástima no haberla conocido antes. Ya habría confianza entre nosotros y estoy seguro de que me contaría más sobre sus temores.

Me quedé callada, no supe qué decir. Casi parecía interesado en mí. Lo evadí con algo de timidez.

—Creo que tengo una idea y sería genial si acepta mi proposición —continuó, y se mantuvo en el mismo lugar.

Era incómodo tener a ese hombre así de cerca. Él pareció notarlo, pero se quedó allí, como una forma de presionarme.

—¿Qué tal si nos olvidamos de Utherwulf por unos días y me ayuda con otro asunto?

—Quiero irme de esta isla —dije, y me estrujé la frente con la punta de los dedos. Aún me molestaba la cabeza, y de esa manera evitaba mirarlo.

—Desconozco lo que ha pasado, pero le prometo que no tendrá que ver directamente con él. Ni el mismo Hunter estaría envuelto. Seríamos solo usted y yo. Tendría un sueldo adicional a lo que cobra por la investigación y, de paso, nos conoceríamos mejor.

Esa última mirada que me brindó antes de ponerse de pie, junto con aquella manera de hablarme, me dieron a entender que él era consciente de su atractivo e intentaba usarlo para persuadirme. Pero fue su propuesta lo que me pareció bastante convincente.

—¿Qué hay que hacer con exactitud?

—Quiero que sea mi ayudante.

«¿Habré entendido bien?», me pregunté, puesto que no creía lo que me estaba proponiendo. ¿Un ilusionista pidiéndome que trabajara con él? Eso parecía ridículo.

—No estoy hecha para eso, soy claustrofóbica. Además de que no tengo un cuerpo tan menudo como para ser ayudante de alguien.

—No es lo que piensa. Es algo mucho más sencillo, no se asuste.

—¿Y qué pensará su familia? Usted debe saber que entre ellos y yo, pues…

Le recordé mis roces pasados. Hablaba con rapidez, estaba nerviosa. Me había tomado por sorpresa.

—No soy tan cercano a ellos como todos creen. Así que no se preocupe. —Noté que su tono cambió un poco.

—¿No le gusta hablar de su familia? —preguntó mi yo entrometido, e inmediatamente me arrepentí de haberlo hecho.

—Sinceramente, no —respondió cortante, pero no de una manera maleducada, más bien incómoda.

—Perdón.

Él se alejó pensativo, cruzó los brazos tras la espalda y caminó de un lado a otro, tal como si le hablara a un público.

—¡Hagamos un trato! Cuando usted me cuente lo de anoche, le hablaré de mi familia, ¿de acuerdo? —ofreció.

—Está bien —respondí insegura.

—La esperaré en el carro. —Recogió el cuenco—. Aproveche y llame a su padre si desea —sugirió, y se dispuso a marcharse.

No esperó una respuesta por mi parte sobre su propuesta. Actuaba como si yo la hubiera aceptado.

—No, no lo llamaré.

—¿Por qué? —Pendragon se detuvo—. Según tengo entendido, son muy unidos.

—No puedo usar el teléfono, *él* lo escucha todo.

—¿Quién? ¿Utherwulf? —Enarcó una ceja.

—Sí.

«Pensará que estoy loca», me dije.

—Entonces, utilice eso a su favor. Hágale pensar que se va, así podrá permanecer tranquila en Valparosa —dijo, ya fuera por que me creía o por seguirme el juego—. Según tengo entendido, a Krane Utherwulf le gusta divertirse. Así que juguemos un poco con él —concluyó, y de esa manera salió de la habitación.

Su tono de voz había cambiado. Su manera de pronunciar el nombre de Krane resguardaba cierto tipo de resentimiento.

Tan pronto como Pendragon me dejó a solas, consideré llamar a mi padre, y sí, decirle que me marcharía, aunque no estaba segura de lo que haría. Era una buena idea la de Pendragon.

Lo llamé, escuché el tono gran cantidad de veces, pero no hubo respuesta.

Decidí que lo llamaría luego. Segundos más tarde, tan pronto comencé a ponerme los zapatos, casi se me salió el corazón del pecho al escuchar una melodía conocida. Aquel vals que habíamos bailado la noche anterior. Esa música que volvía mi sangre tan fría como durante ese extraño encuentro.

«Conque también cambió mi tono de llamada», pensé, aunque no tenía ni idea de cómo lo había hecho.

Ya estaba hastiada de esas bromas, no podía más. Contesté de inmediato con la esperanza de que de verdad fuera mi padre, pues vi su número en la pantalla.

—¿Hola? —respondí.

—¿A qué hora zarpará su ferry, *Oakley-san*? —preguntó una voz ya muy familiar para mí, que imitó de una forma algo burlona el acento de Jiro Pendragon.

De inmediato comencé a temblar. No me sentía preparada para escucharlo de nuevo.

—¡Déjeme en paz!

—¿Aceptará el trabajo? ¿O se marchará como debe ser?

Sin responderle, colgué la llamada y, con las fuerzas que me quedaban, arrojé el teléfono contra la pared. Una explosión de pedazos de plástico brotó del aparato, que cayó al suelo hecho trizas.

Krane Utherwulf lo había escuchado todo.

El trabajo

Viola Oakley

El teléfono yacía en pedazos en el suelo, pero para asegurarme de que aquella máquina endemoniada estaba completamente muerta, comencé a golpearla con el tacón de uno de mis zapatos.

Recogí mis cosas, incluyendo el infame abrigo que me dejó Krane Utherwulf de recuerdo. La pieza de vestir me invitaba a no dejarla allí, pero me engañé con la excusa del frío de la noche para vestir con ella.

Estaba afectada por la llamada, tanto que no me percaté de que, al salir, el padre Benito y sor Teresa me seguían el paso, preguntando si me encontraba bien. Sin embargo, los ignoré y salí del templo.

Afuera, un convertible rojo permanecía estacionado a unos cuantos metros de distancia. Logré divisar a Pendragon y a Sebastian, quienes se encontraban conversando, pero al verme corrieron hasta mí.

—¡Apestas a Vicks*!* —exclamó Sebastian, al acercarse.

—Lo siento, señor Pendragon, pero tengo que rechazar su proposición. ¡Me voy de aquí! —Fueron mis primeras palabras al encontrarme con mi jefe, tras ignorar a Hunter.

—Le dije que no podría convencerla —intervino Sebastian, hablándole a Jiro—. No es tan fuerte como creíamos. —Mientras, me observó con cierto desprecio.

—Tú estabas alteradísimo por una simple nota que él te dejó. ¡Pero a mí está jodiéndome la cabeza! —le grité—. ¡Hace mucho te hubieras ido si estuvieras mi lugar!

—Sabías que había un riesgo al venir. —Sebastian dio un paso al frente—. ¡Te lo dije mil veces antes de que aceptaras el puto trabajo! —Me apuntó con el dedo.

—¡Venía a ver los trucos de un mago, no a arriesgar *de nuevo* la vida por ti!

—Invertí dinero en ti, ¿y ahora pretendes dejar el trabajo a medias?

—Lo siento, pero me voy. Devolveré hasta el último centavo que invertiste —insistí.

Jiro Pendragon nos observaba, cruzado de brazos.

—¿Dónde te vas a vender para pagarme el dinero? ¡Que yo sepa, no tienes dónde caerte muerta! —gritó, y Jiro entornó los ojos.

No pude más con Sebastian y lo abofeteé. Me sentí tan bien que me arrepentí de no haberlo hecho antes. Pendragon esbozó una sonrisa.

Hunter pareció sorprendido, pero eso no evitó que siguiera diciendo babosadas.

—¿Qué te pasa? ¿Te acostaste con el mago anoche y ya te crees importante?

Lo abofeteé de nuevo.

Pendragon se colocó entre nosotros, dándome la espalda y mirando a Sebastian de frente.

—Hunter… —musitó.

Con solo mencionar su nombre, Sebastian se tranquilizó. Sabía que, en otras circunstancias, me hubiera devuelto el golpe.

—Perdóneme, señorita —dijo Pendragon inclinando la cabeza, aunque nada había sido culpa suya. Su educación era distinta a la nuestra.

Sebastian y yo parecíamos animales, él por su parte era todo un caballero. Estábamos tan concentrados en nuestro problema que no habíamos notado que nos miraban desde el templo.

—Fue solo un malentendido —avisó el asiático, con una sonrisa—. Espero que puedan disculparnos. —El hombre se inclinó con educación hacia los religiosos, pero su semblante cambió tras volver su atención a nosotros—. Discutamos las cosas en privado. Vámonos

Pendragon hizo que Sebastian nos condujera hasta su casa. No se habló mucho durante el camino, con excepción de algunos comentarios que hizo Jiro en un intento de ganar mi confianza.

Al llegar a nuestro destino, Sebastian se alejó de nosotros y entró a la casa, dejándonos a Pendragon y a mí a solas.

Jiro vivía en la costa al sur de Valparosa, bastante alejado del área urbana de la isla. Su abalconada casa de dos pisos, aunque no era inmensa, sobresalía bastante entre la vegetación que la rodeaba.

La maravilla que me causó ver aquel lugar tan bonito solo fue superada por ver a papá esperándome allí.

—El lazo entre un padre y un hijo es muy poderoso. Es nuestro motor en los peores momentos —susurró Pendragon en mi oído, erizando mi piel con su apacible voz—. Sé que quiere desahogar lo que siente y no lo hará conmigo ni con Hunter, pero sí con él. Vaya, relájese, converse —concluyó, con una palmada en mi hombro como si me diera luz verde para hacer lo que quisiera en su casa.

—Gracias… —Le sonreí. Era raro que alguien me tratara tan bien.

Al entrar, noté que Sebastian se encontraba encantado hablando con una joven asiática delgada y muy guapa. Conocía sus movimientos corporales cuando iba en el plan de quererse llevar a alguien a la cama. Sentí pena por la esposa que lo esperaba en casa.

Pendragon carraspeó. Al vernos, Sebastian se alejó de la chica, guardó las manos en los bolsillos y se marchó. La muchacha fue hasta mí, sonriente.

—Mariko, por favor, haga todo lo posible para que la joven se sienta cómoda —ordenó Pendragon a quien parecía ser su criada pero que trataba con respeto—. Si desea algo, solo pídalo, ¿de acuerdo? Si quiere comer, tomar un baño, cualquier cosa.

—Gracias —respondí, maravillada por su gentileza.

—Sígame, la llevaré con su padre —ofreció Mariko.

Aunque era amable, actuaba con mucha más frialdad que el señor.

Ver de nuevo a papá y refugiarme en sus brazos fue reconfortante, justo lo que necesitaba para no volverme loca.

Al cabo de unos minutos, cuando le había contado casi todo, lo vi palidecer. Estuvo mucho rato sin saber qué decir. Lo acompañaba en aquel balcón desde donde se apreciaba la luz de la luna, que comenzaba a manifestarse. Eso me trajo recuerdos de la noche anterior.

—¡Te dije que te mantuvieras alejada! Pero como siempre, no me escuchas —reclamó molesto.

Estaba tan desencajado que con cada palabra su papada se movía como un gran pedazo de gelatina.

—Fue él quien se acercó primero —refuté, limpiando mis lágrimas—. Yo solo vine a ver sus trucos, pero él se ensañó conmigo y comenzó a seguirnos.

—Pero él no te obligó a ir a verlo anoche —respondió—. ¡Tienes suerte de que no te hiciera daño!

—Lo sé.

Bajé la cabeza. Él tenía razón, pero todo lo había hecho por Erika y por el misterio que la rodeaba.

Si ella era una víctima y nadie hacía nada, solo Dios sabría lo que pasaría.

—¿Y qué vas a hacer? ¿Nos vamos?

En el momento definitivo y estando mucho más tranquila, no supe qué responder. Estaba aterrorizada, pero no sabía si irme era lo correcto. Algo en mi corazón no me permitía tomar una decisión.

—El señor Pendragon me propuso algo, un trabajo diferente, alejado del asunto de Krane, pero en la isla. Quiero escuchar primero qué es lo que tiene en mente.

Mi padre asintió satisfecho.

—Pero ¿de verdad te vas a olvidar de la chica? Lo dudo.

—Le pediré consejo a Pendragon.

—De acuerdo. —Suspiró tranquilo con mi respuesta. Al parecer no lo molestaba que me quedara, siempre y cuando no fuera detrás de Krane—. No importa la decisión que tomes, por más estúpida que sea, estaré para ti. —Se levantó para marcharse—. Te espero en el hotel.

—Gracias, papá.

—Por cierto, me gusta ese chico —confesó de la nada, mientras sujetaba la puerta deslizante de cristal que daba al interior.

—¿A qué te refieres? —Giré para mirarlo.

—Noté cómo te mira y cómo también le has echado el ojo. No soy tonto. Sé que conocerlo ha influido en tu decisión.

—Bueno, sí, una oferta de trabajo sin Sebastian es bastante tentadora. —Volví a mirar el horizonte y lo evité. Sabía que mi rostro había sido invadido por un rubor que no quería que él notase.

—Uh, ese hombre —habló con desdén—. ¿Sabes que en algún momento pensé que me lo presentarías como tu pareja?

—¡Jamás! —respondí, pero seguí evitándolo, mientras pensaba en que, por suerte, nunca se había enterado de nuestro pasado.

—Te lo juro, tuve pesadillas con eso. Después, la pesadilla cambió y anoche te imaginé llegando de la mano de Krane. De pensarlo casi me da un patatús. Pero verte interesada de un hombre normal es un alivio.

Mis mejillas se calentaban más con cada comentario de papá. Aunque estábamos solos, hablar con él de asuntos amorosos siempre me daba un poco de vergüenza.

—¡¿Lo acabo de conocer y ya me quieres casar con él?! —Reí—. Es mi jefe, un ricachón, y su familia me odia. Así que es más probable que aparezca un día con Krane que con este hombre —comenté divertida, siguiéndole el juego.

—¡No lo digas ni de broma! —chilló—. ¡Es más! ¡Me voy! —continuó a modo de broma, y cerró la puerta. Segundos más tarde, la volvió a abrir—. No dejes que te lleve muy tarde.

—Papá, no soy una niña.

—Siempre lo serás para mí —aseguró, y con eso se marchó.

Había pasado un buen rato allí. En aquel balcón no había ruidos, solo el sonido del viento. Durante ese lapso nada me molestó y fue quizás uno de los momentos más agradables que había pasado desde mi llegada a la isla.

La paz fue interrumpida por un leve golpe al cristal. Al darme la vuelta, fue decepcionante encontrar a Sebastian. Me puse de pie y le abrí. Tan pronto salió, entré a la casa y no le dirigí la palabra. Él comprendió el mensaje y no molestó.

Volví al primer piso y me encontré a la joven criada cerca de la cocina, doblando con delicadeza un grupo de toallas.

—¿Necesita algo? ¿Quiere sake? ¿Desea que la lleve a su habitación? ¿Tiene hambre? —Hablaba muy rápido ofreciendo mil cosas al mismo tiempo.

—¿Mi habitación? —pregunté sorprendida.

Estaba allí de visita, no para quedarme.

—Sí, el señor Pendragon me ordenó prepararle una habitación y ya está lista —explicó, terminando con la última toalla.

—Mejor aún, ¿me podría decir dónde se encuentra él?

—Por supuesto, sígame.

Durante el camino vi que las paredes estaban adornadas con pequeñas obras de arte moderno. También había algunas fotos y pedazos de periódicos enmarcados. Ninguno de aquellos logros plasmados era suyo, sino de sus hermanos. Me compadecí, pensando que quizá se sentía como una mera sombra de ellos.

—Generalmente, a esta hora el señor se encuentra en su estudio y se queda allí hasta la madrugada —comentó Mariko, justo al detenerse frente a una de las tantas puertas.

—¿Y no cree que le moleste que vaya a interrumpir?

—Aquí no recibe a nadie, pero a usted la está esperando —aseguró.

Su estudio, aunque repleto de cosas, estaba ordenado. Era peculiar y agradable a la vista. Al lado izquierdo, junto a un grupo de ventanas, unas pequeñas avecillas enjauladas cantaban una agradable melodía.

—Mariko me dijo que me estaba esperando.

En el centro había un cajón de gran tamaño sobre una plataforma de ruedas. El asiático se encontraba frente a ella con los brazos cruzados tras la espalda.

—¿Cómo se siente? —Se dio la vuelta y se situó a mi lado, como una invitación a que lo acompañara a observar aquel artilugio—. ¿Ha tomado alguna decisión?

—No estoy segura, todo depende de cuál sea el trabajo que tiene para mí —confesé.

—Bien, comencemos con una pregunta: ¿por qué se fue anoche?

—Habíamos quedado en que no hablaríamos del mago.

—Hablo de mi espectáculo. ¿Me puede dar una opinión de lo poco que vio?

Mordí mi labio inferior al pensar en las tantas cosas negativas que vi, pero no me sentía con la confianza de decirlo.

—Vamos, sea sincera, le prometo que no me molestaré —insistió.

—La seguridad era demasiado estricta. Además, creo que engañar al público no fue la mejor idea. Hacerles pensar que estarían sus hermanos y llegar usted, un desconocido, pudo ser visto con malos ojos —me sinceré, y sentí las mejillas ardiendo.

—No fue mentira, tuve que improvisar —respondió, casi parecía más avergonzado que yo.
—¿Les ha pasado algo a ellos?
—No.
—¿Entonces? —Aquello fue inesperado.
—Teníamos un trato, Oakley-san. —Se cruzó de brazos.
—Olvidé que no quiere hablar de su familia, perdón —respondí, y busqué la forma de cambiar de tema—. ¿Qué es eso? —Señalé el cajón.
—Se lo diré tan pronto responda mi otra pregunta. Usted vio el truco de los números, sabe cómo lo hice, ¿verdad?
—Fue astuto, pero hacerlo es bastante arriesgado. Si alguien coloca un número pequeño podría arruinarlo. Además, si las tres personas hablan entre ellas, lo comprenderían de inmediato.
—¿Y qué me recomienda?
—Procure hacerlo siempre en lugares más concurridos. Y debe manejar la libreta con rapidez, o cualquiera podría notar cómo le da la vuelta.
—Creo que usted es la única pendiente de esos detalles... Y eso me gusta —dijo.
Pendragon caminó hasta el cajón sobre la plataforma. La caja era roja con una línea metálica que daba prueba de las divisiones de sus paredes.
Lo seguí, caminando en círculo alrededor de la plataforma. Al ver los lados del cajón, vi que cada uno tenía puertas y otras más pequeñas dentro.
—En fin, esa es mi oferta de trabajo. Quiero pagarle por su sinceridad. Si ve algo mal, dígalo.
—Pero...
«No me atrevería», pensé.
—No tiene que sentirse incómoda al hacer lo que pido. —Abrió una de las puertas del cajón, subió y entró—. Eso que tanto odian los demás, yo lo veo como lo que es: un don.
«Un don». Era la primera vez que alguien hablaba bien de lo que hacía para ganarme la vida, y de quien menos esperaba eso era de un ilusionista. Mi corazón no debió haberse acelerado, pero no podía darle órdenes y así pasó.
Jiro me ofreció la mano para que subiera con él.
—Sí... un don —dije desganada.
Insegura, le ofrecí la mía y permití que tirara de ella, haciéndome entrar al cajón. Mi cuerpo chocó con el suyo y mis manos tocaron su pecho. El espacio limitado de la caja nos dejó muy cerca. Pude jurar que me había metido allí apropósito.
—No debería permitir que nadie le haga dudar de aquello que la hace especial —dijo de manera pausada.
Aquel comentario me hinchó el pecho. Me temblaban las manos.

—Ambos somos delgados, sin embargo, es muy incómodo movernos aquí dentro —comentó, cambiando el tono de nuestra conversación de manera abrupta.

—No entiendo de qué va el truco —comenté avergonzada.

—Quiero hacer un engaño doble. Enseñaré la caja vacía, luego haré aparecer a una chica. Ofreceré una explicación sobre cómo funciona parte del truco. La chica entrará por la puerta del lado y en el suelo hay un compartimiento de donde saldrá un hombre. En segundos, él sale, ella entra, las puertas caen y, en lugar de la chica, sale el chico —explicó algo dudoso—. Pero creo que el espacio es demasiado limitado. ¿Podría tratar de abrir la puerta que está bajo sus pies?

Me quedé inmóvil, insegura de hacer lo que había pedido. No deseaba ponerme de rodillas frente a él, no a tan poca distancia de su cuerpo. Era incómodo.

—¿Quiere que sea sincera? —pregunté, sonrojada y ansiosa por salir de allí—. Si no desea un problema legal por hostigamiento, debe cambiar el truco, conseguir a un par de muchachas o una pareja de enanos.

—¿Hostigamiento?

—Me está pidiendo que me arrodille frente a usted.

Él frunció el ceño. No parecía darse cuenta de a qué refería, hasta que segundos más tarde se cubrió el rostro y comenzó a reír. Escuchar su risa hizo que me sonrojara aún más.

—Discúlpeme, le juro que no era mi intención.

—Le creo, tranquilo. —Sonreí—. Esperaría algò así de Sebastian, no de usted. —Él dejó escapar otra carcajada

En ese momento, nos quedamos allí dentro, riendo, tan cercanos. De repente todo pareció muy normal.

En aquel pequeño instante, estaba segura de que había una química extraña entre nosotros. Olvidé los problemas, también la vergüenza y disfruté la vista de aquella media sonrisa que se marcó en sus delgados labios. Toda esa situación parecía estar a punto de despertar algo en mí. De repente, quise besarlo.

Me pregunté si podía confiar plenamente en él y deseé que así fuera. En realidad, me sentía atraída por él. Sus ojos me decían que el sentimiento era mutuo. Estaba segura de que él se acercaría a mi rostro, pero lo evité.

—¿Tiene una libreta? —pregunté de la nada, como excusa para salir del cajón—. Creo que tengo una idea —insistí, incómoda.

Quería alejarme antes de cometer una estupidez.

—Sí, sobre el escritorio. —Abrió la puerta del otro lado para salir.

Me ofreció su mano una vez más y, como todo un caballero, me ayudó a bajar. Fui hasta su escritorio y, en efecto, allí había un cuaderno y unos cuantos bolígrafos. Pero había algo más que me llamó la atención. Un inmenso libro descansaba sobre la mesa.

«El mismo que Sebastian quiso evitar que viera porque era para su *amigo»*, pensé.

Al notar que le prestaba atención al libro, fue tras el escritorio, lo cogió y lo guardó en una de las gavetas. Juraría que lo noté nervioso.

«Así que él también tiene sus secretos, como todos en la isla».

—¿Y ese libro? —pregunté, sin poder contenerme.

—No, no es importante —dijo cortante, incómodo ante mi curiosidad.

Su actitud fue un contraste con respecto a cómo se había comportado conmigo durante los últimos minutos.

Su respuesta me hizo pensar que de hecho sí había algo importante en esas páginas.

Algo que tanto él como Sebastian pretendían ocultar.

La alianza

Viola Oakley

No se discutió nada más sobre el libro ni el mago. Ayudé a Jiro Pendragon con el asunto de su caja y le di unos cuantos consejos que había aprendido con mi padre a través de los años. Las horas pasaron más rápido de lo que pude haber esperado. Se hizo muy tarde, tanto que Hunter ya había regresado al hotel.

Llamé a mi padre desde el teléfono de Jiro. Me sugirió que, debido a la hora, era mejor que me quedara allí.

Pendragon me escoltó hasta mi habitación. Al cerrar la puerta, recosté la espalda sobre ella, con una fuerte sensación en la boca del estómago, y me concentré en escuchar sus pasos hasta que se marchó. No me faltaron ganas de seguirlo y evitar que se alejara. Tenía miedo a la soledad, tanto como a pedir que se quedara conmigo.

Derrotada, recurrí a la rutina nocturna para irme a la cama. Pero a pesar de la hora, no me sentía cansada, tampoco en posición de apagar las luces que disipaban las sombras.

«Otra noche de terrores nocturnos», pensé, y traté de arrebujarme entre las sábanas lo mejor que pude, pero estas me parecieron demasiado suaves. La cama era tan cómoda que me resultaba incómoda.

Suspiré; no había mucho que hacer. Al ser una habitación de huéspedes, no tenía nada interesante; solo unas puertas corredizas que daban a su propio balcón.

Pasaban los minutos y todo seguía igual: en una constante lucha con las sábanas. Permanecí de esa manera hasta que llegué a la conclusión de que no podría dormir.

Deseé tener el celular y poder hablar con alguna amiga, tener alguna de esas insípidas charlas donde quizás les hablaría del *chico guapo* que conocí.

«¡Quítate esas ideas de la cabeza, es tu jefe!», me dije, avergonzada conmigo misma.

Me levanté de la cama con la intención de ir al balcón para tomar aire. Sin embargo, antes de salir por la puerta, vi el abrigo de Krane Utherwulf, que por alguna razón no había podido tirar. Lo agarré y lo acerqué a mi nariz. Aspiré las mismas notas de menta, frutas y flores que noté la primera vez que estuve cerca de él.

El susurro de un papel en el suelo me trajo de vuelta a la realidad. Lo recogí y vi que era otro sobre con el dibujo de un pequeño gato. Esta vez el felino llevaba un saco en la espalda y unas pequeñas lágrimas bajaban por sus ojos.

Al abrirlo saqué dos boletos para el próximo ferry y una pequeña nota:

El mago se despide del gato,
no sin antes decirle que conocerlo fue grato.

Quise romper el pedazo de papel, pero lo puse dentro de un pequeño cajón junto a los boletos.

—Me reta y ahora me saca de aquí… —Fruncí el ceño, hablando a solas. Traté de entender al misterioso hombre—. Es por Erika, de eso no hay duda.

Con la cabeza llena de preguntas, a las que jamás podría darles respuestas, decidí salir al balcón. Lo más extraño de todo era que una pequeña figura blanca descansaba sobre la barandilla, observando mis movimientos con sus brillantes ojos.

Una paloma blanca. ¿Una paloma de noche? Eso sí era algo raro. Traté de espantarla con la mano, pero ella no se inmutó.

—Pequeñita, ¿te ha pasado algo? —Intenté acercar mi mano hasta el ave.

Alterada, movió el pico para defenderse. Agitó las alas, alzó vuelo y se movió en círculos sobre mi cabeza antes de volver a la baranda, con sus ojos tan fijos en mí que casi pensé que me hablaría. Agité la mano repetidas veces hasta que el ave se alejó volando. Fue cuando alguien llamó a la puerta.

Olvidé la paloma y avancé hasta la entrada. Antes de abrir, regresé al espejo del tocador y me aseguré de que todo estuviera en su sitio. Respiré hondo y giré la perilla. Allí estaba él, frente a mí, y parecía tan cohibido como yo con su ropa de dormir, pero eso no lo hacía perder su atractivo.

—Perdone… Sé que no debería estar aquí a estas horas —titubeó—. Vi que las luces estaban encendidas y me atreví a llamar a la puerta.

—¡No, no, está bien! En fin, esta es su casa.

—Esta noche este es su espacio y no me pertenece —respondió, con las manos tras la espalda—. Pero dígame, ¿cómo se siente?

—Mejor, aunque no he podido pegar el ojo. No sé qué me pasa.

—Ha descansado demasiado durante el día. O… —pausó con una amplia sonrisa. Abrí la puerta y lo dejé entrar—… tal vez sea como la vieja leyenda japonesa que dice: «Cuando hay insomnio es porque forma parte de los sueños de alguien más». Quizás es mi culpa, porque cuando intenté dormir no podía quitármela de la cabeza.

—¿Y eso por qué? —pregunté avergonzada.

«¡Oh, por Dios!», gritó una voz en mi cabeza y mi corazón pareció enloquecer con esas palabras.

Jiro sacó de su espalda el inmenso libro que hacía un rato me había ocultado.

—Me he quedado pensando que, si quiero que trabajemos juntos en esto, debo ser completamente sincero con usted. —Estiró los brazos, ofreciéndomelo.

Al tomarlo, me pareció mucho más pesado de lo que esperaba, así que lo llevé con rapidez hasta la cama.

—¿Qué es? —Me senté al lado del libro y lo abrí con delicadeza, pensando que fuera a regañarme, justo como lo hizo Hunter.

—Aún no estoy muy seguro —respondió Jiro, que se sentó al otro extremo—. Tengo entendido que es la bitácora de un censista, pero por alguna razón está todo en latín. —Se acercó y pasó sus páginas para que yo fuera capaz de ojearlo.

—Tiempo atrás, el latín era un lenguaje muy utilizado aquí en Valparosa —comenté.

—¿De verdad? ¿Cómo lo sabe?

—La monja me comentó algo sobre que eliminaron esa lengua de la iglesia.

—Interesante —respondió—. Otra peculiaridad es que la mitad de sus páginas están en blanco y la última sección del libro… —movió las páginas, hasta que llegó a la última escrita—… parece incompleta.

Ojeé un poco unas cuantas páginas hacia atrás y noté algo muy particular. Las últimas fueron escritas con prisa, y al finalizar, la última palabra parecía correrse con la tinta.

—¿Vio esto? En las últimas páginas había miedo.

—Y al final es como si alguien le hubiera impedido terminar.

—Qué extraño… —concluí, hojeando las demás páginas y sin prestarle atención a nada en particular.

Él se mantuvo en silencio, con la mirada fija en mí. Noté que me miraba con una media sonrisa. Incómoda, evité mirarlo usando el libro como excusa.

—¿De verdad quiere irse?

—Aún no sé qué quiero… No sé en qué nos estamos metiendo.

—Le brillan los ojos. Disfruta descubrir y encontrar la verdad, entonces, ¿por qué huir de un lugar lleno de misterio?

—Es la primera vez que tengo miedo.

—Es normal tener miedo. Es parte de nosotros. Un soldado teme en sus guerras, unos al fracaso, otros al llamar a la puerta de una bella mujer en medio de la noche, y otros … a confiar —dijo, a la vez que cerraba el libro—. Pero a veces hay que lanzarse y ser un poco valientes.

El miedo era inevitable sin importar lo que él me dijera.

—Sin embargo, si aun así desea irse, no la forzaré a quedarse. Usted es libre, no se sienta obligada.

No quería decidir, de mis labios no salían las palabras.

—Le dejaré el libro. —Lo cogió y lo colocó en la mesa del tocador—. Así lo puede ojear todo lo que quiera en caso de que desee seguir con esto. Quizás con su ayuda al fin encuentre algo de utilidad.

—Gracias, pero no tiene que dejarlo —dije cohibida.

—No hay problema —insistió—. Si pido confianza y menos hermetismo de su parte, no puedo guardarle secretos a esos ojos suyos.

—¿A mis ojos? —Sentí una incómoda calidez en el rostro.

—Usted se da cuenta de todo. —Sonrió—. En fin, me disculpo por mi actitud de hace un rato. —Inclinó la cabeza hacia el frente—. Oakley-san, que tenga buenas noches —concluyó, dándose la vuelta para marcharse.

—¡Espere, no se vaya! —exclamé, y corrí hasta él.

Tan pronto se detuvo, lo agarré del brazo. Hasta yo estaba sorprendida por mis acciones.

—¿Sucede algo?

Frunció el ceño, y en su expresión noté que, igual que yo, se preguntaba qué demonios estaba pasando. Sin darme cuenta tenía las uñas hundidas en su piel.

—Perdón, olvídelo, buenas noches. —Di un paso hacia atrás y lo solté, avergonzada.

Sin embargo, fue él quien agarró mi brazo con fuerza, sin apretarme ni hacerme daño, pero lo suficiente para que no intentase alejarme de él.

—Si no quiere estar sola, dígalo; me quedaré hasta que se duerma. No deje que ese hombre juegue con su mente.

Asentí. No quería estar sola. Y no, ya no quería marcharme de la isla, pero ¿cómo reaccionaría Krane? Pensar en eso me aterraba.

—No sé lo que vio en realidad. No puedo simpatizar completamente con su situación, porque no la conozco. Pero hay algo que sí le puedo prometer, y es que, siempre que esté conmigo, la protegeré —dijo, y con dulzura ocultó sus dedos entre las hebras de mi cabello.

Fue su forma de demostrarme que hablaba en serio, y, de cierta forma, me tranquilizó.

Con cada palabra, sus ojos se posaban sobre los míos y me preguntaba por qué alguien que acababa de conocer me hacía sentir tan segura. No sabía si eran sus palabras, su voz o su tacto.

Su roce me ardía en la piel, casi como si en él, un hombre cualquiera, hubiera algún tipo de magia. Fue ese magnetismo el que hizo que diera un paso al frente, me acercara a sus labios y lo besara.

—Entonces, quédese conmigo… —dije sin pensar, y volví a unir mis labios con los suyos. Sentí mi cuerpo débil. Fue todo muy extraño. Hacía mucho que no besaba a alguien, y pensaba que él no me correspondería. Sin embargo, me soltó el brazo y llevó sus manos hasta mi espalda. Me arrinconó contra la pared y su boca se encontró con la piel de mi cuello. Bajó a mis hombros y deslizó la yema de sus dedos sobre la marca del pinchazo.

—¿Qué es esto? —preguntó.

—Fue Krane.

Él frunció el ceño, negó con la cabeza y besó la marca con delicadeza. Exploré la firme piel de su dorso bajo la delgada tela de su camisa. Mis dedos pudieron palpar cortes y cicatrices que solo me hicieron desearlo más.

Lo besé, decidida a llegar a lo que fuese a pasar con él. Quería todo, que me hiciera sentir viva y ser un libro abierto para él. Estaba dispuesta a entregarle mis pensamientos y todo lo demás que me pidiera.

Entrelacé mis dedos en su pelo y tiré de él, pero de manera abrupta aquel momento de éxtasis fue interrumpido por un golpeteo insistente contra el cristal. Jiro parecía dispuesto a seguir, pero por más que lo deseara, allí estaba la paloma: golpeando la puerta con el pico y la mirada clavada en mí.

Juraría que el ave me juzgaba. «Mírate, Viola, eres rápida como el viento. Puta, lo acabas de conocer».

«Espera, Viola. Piensa. Hay una paloma en medio de la noche. ¡Una maldita paloma! ¿Acaso es la misma que se reía de mí, la misma del café? ¡Oh, por Dios!».

Traté de concentrarme en las muestras de afecto por parte de mi acompañante, pero fue inevitable no ponerme rígida.

—Krane... —susurré entre jadeos.

Al escuchar su nombre, Jiro se detuvo e hizo un mohín.

—Estaba pensando en él mientras...

—¡No! —exclamé. Estaba a punto de llorar, lo menos que deseaba era que él pensara eso. Así que señalé la paloma con insistencia—. Krane nos espía. Es la paloma, eso es obra suya. Puedo jurarlo. ¡Se lo juro!

Cuando pensaba que se enfadaría, acunó mi rostro entre sus manos y besó mi frente. Sentí que me miraba con lástima, como si fuera una demente.

Apreté sus brazos con fuerza. Después de eso, definitivamente no lo quería lejos.

—Me disculpo, todo ha sido muy rápido —dijo avergonzado—. No quise incomodarla. Sé que no se encuentra bien y continuar sería aprovecharme en su momento más vulnerable.

—Pero...

—No la estoy rechazando; de hecho, no tiene ni idea de todas las cosas que pasan por mi cabeza. Pero entiendo que su estado emocional es más importante. Quisiera repetir esto el día que su mente esté clara —concluyó, y besó mi frente de nuevo.

Cohibida, bajé el rostro. Él atrapó mi barbilla y me observó con una sonrisa.

—Vamos, no pasa nada. Me quedaré de todos modos.

Asentí y me alejé, con el fin de espantar a aquella maldita paloma. Salí al balcón dispuesta a golpearla. La avecilla salió volando y juraría que estaba riéndose de mí por segunda vez.

Pendragon colocó las manos sobre mis hombros.

—No me iré… —Me crucé de brazos, viendo cómo se alejaba el ave—. Le contaré todo lo que sé, pero necesitaré algo a cambio.

—Lo que desee —me dijo al oído.

—Acompáñeme a ver a Erika Randall.

—Perfecto.

La loca

Viola Oakley

Cuando abrí los ojos estaba un poco confundida. Me encontraba en ese tipo de trance mañanero en el que te revuelcas en las sábanas y apenas recuerdas cómo terminó la noche anterior.

—Pendragon… —Sonreí.

Fue todo muy extraño, pues más allá de unos cuantos besos, no pasó nada. Pero su comportamiento después del asunto de la paloma fue lo que me dejó marcada.

Hablamos de todo lo que sentía. Conversamos sobre mis experiencias con Krane desde el día que había llegado. También comentamos las advertencias de sor Teresa y su historia sobre los arcanos. Y aunque yo era consciente de que más de la mitad de lo que decía no tenía sentido, Jiro me escuchó paciente y no me juzgó. Además, hablamos un poco de su familia, y aunque fue algo hermético, no quise presionarlo mucho. Me contó con ilusión lo maravillosa que era su madre y de lo buen hombre que fue su padre. Se limitó a no hablar de sus hermanos.

Mi último recuerdo fue el vaivén de sus dedos entre mi cabello, justo antes de quedarme dormida. Apenas lo conocía, pero todo sucedió muy natural y me sentí muy bien.

Aunque nada se había resuelto con la investigación, saber que alguien me escucharía cuando hiciera falta me proporcionaba la seguridad que tanto necesitaba.

Por la posición del sol y el color del cielo, pude determinar que eran alrededor de las seis de la mañana.

«Quizás se haya ido a dormir, o no haya pegado el ojo», pensé. Quise una respuesta, así que me arreglé un poco y salí de la habitación. Al hacerlo noté un olor fuerte a quemado.

Tras seguir el olfato, encontré a Jiro en la cocina, de brazos cruzados y con el ceño fruncido, mirando muy serio a Mariko, mientras ella estaba frente al fregadero lavando el sartén. Supuse que estaba molesto con la chica por haberle quemado el desayuno. Me pareció desagradable tratar así a un empleado, porque también eran personas.

—Buenos días, ¿va todo bien? —intervine.

Pendragon no contestó, evitó mirarme. Para mi sorpresa, en el rostro de Mariko se dibujó una sonrisa pícara.

—¿Se lo contará usted o lo haré yo? —preguntó divertida.

No parecía ser su criada; había confianza entre ellos.

—¿Qué ocurre? —También crucé los brazos.

—El señor Pendragon quería impresionarla.

—¡De acuerdo, de acuerdo! Intenté hacer el desayuno y terminé quemándolo todo —soltó pasmado, evitando mirarme.

Me pareció tan adorable que mi corazón no podía soportarlo.

—Mariko, no te preocupes, déjemelo todo a mí —los interrumpí, y esperé una reacción en él.

Ella también lo observó, esperando su permiso.

—Ve y descansa. La señorita y yo resolveremos esto.

—Buena suerte —respondió Mariko, con una expresión tan divertida que pensé que se reiría en su cara.

De esa manera se marchó, dejando el sartén a medio lavar.

Al encontrarnos solos, fue él quien se acercó al fregadero, cogió la esponja y continuó raspando el sartén.

—¿Y si preparamos el desayuno juntos? Creo que también necesitaré de su ayuda en la cocina.

—Mucho mejor —respondí, con mi mejor sonrisa.

Aquella mañana, tenía el pecho hinchado de la emoción, sentía una energía que en mucho tiempo no había experimentado. Pendragon era muy distinto a Sebastian.

Para mi desgracia, esa fue mi última mañana de normalidad en mucho tiempo.

Con un proceso muy parecido a la primera vez, tanto Sebastian como Jiro y yo nos adentramos al hospital donde atendían a Erika. Fue Sebastian quien nos guio con su amigo el guardia hasta la nueva habitación donde la habían trasladado.

—¿Qué sería de ustedes sin mí? —dijo a la vez que nos hizo un gesto para que entráramos.

Fui la primera en hacerlo y la imagen con la que me encontré me dejó helada, hasta el punto de que al verla fui corriendo hasta ella.

La joven tenía los brazos apretados con dos cadenas que se acoplaban a su piel amoratada. Sus ojos estaban cerrados y su cuerpo postrado en una especie de camilla.

—¿Qué diablos pasó aquí? —preguntó Sebastian, y, por primera vez desde el día anterior, me miró a los ojos. La situación lo ameritaba.

Me había quedado paralizada. Sentía que aquello era mi culpa.

Había dos bolsas de suero transparente montadas sobre un soporte de metal, con un cable que conectaba con el dorso de su mano. Junto a su cuerpo, sobre un estante, también se encontraba un monitor de pulso cardíaco que terminaba en la punta de su dedo. Estaba pálida, desmejorada, su rostro lucía casi muerto y sus labios, ahora agrietados, habían perdido todo su color.

Me atreví a acariciar su abundante cabello. Mis ojos se humedecieron; tenía un nudo en la garganta. Algo perdida, miré a Jiro.

Lo necesitaba. Más que nunca lo necesitaba cerca, porque ni yo misma podía conmigo. Era difícil sostenerme, quería explotar, buscar a aquel abusador de Krane y obligarlo a que me diera las respuestas. Deseaba que me dijera qué demonios había pasado con aquella chica, sin amenazas ni juegos, solo la verdad.

Jiro se acercó a mí. Sentí que su cálida mano agarraba la mía, pero no sirvió de nada. No disipaba los sentimientos de culpa que me carcomían.

—Oakley-san, ¿se encuentra bien? —me preguntó al oído

—Siento que esto es mi culpa —respondí, e intenté soltar aquellas cadenas.

—¡Ni se te ocurra! No vayas a estropearlo todo otra vez —nos interrumpió Sebastian, rodeando la camilla.

—Si está aquí es por algo. Quizás sea por su protección o por la de los demás —intervino Pendragon.

—No puedo llamarle protección a eso. Hay alguien haciendo daño a esa muchacha —insistí.

—Pues suéltala. —Sebastian se encogió de hombros.

Se acercó al cuerpo dormido de la joven, agarró uno de sus brazos y lo sostuvo, para luego dejarlo caer. La mano de la inocente cayó sobre su pecho, junto con la cadena que sostenía su brazo.

—Hunter… eso no es gracioso.

—En fin, creo que hemos llegado tarde, no serviría de nada sacarla de aquí —continuó, volviendo a dejar caer la mano de Erika.

Sin embargo, esta vez el brazo de la muchacha no volvió a su lugar, sino que se mantuvo quieto por unos segundos. Se movió muy rápido, rompió la cadena y le propinó un fuerte golpe en el pecho a Sebastian.

La muchacha se sentó abruptamente en la camilla. Sus ojos contactaron con los míos. Jiro, el guardia que nos acompañaba y yo nos habíamos quedado paralizados.

El monitor cardíaco había enloquecido. Un pitido estridente nos anunciaba que algo no iba bien.

—¡No! ¡No! ¡Sá-sálvame! ¡El vi-ene a hacer-me da-daño! —gritó Erika, y el terror más inimaginable apareció en aquellos ojos negros.

—Esa máquina en particular tiene una especie de programa. En caso de alguna anomalía, alertará a los demás —advirtió el guardia.

—¿A qué carajo te refieres? —preguntó Sebastian, y se levantó, frotándose el pecho, adolorido.

—A que el personal de seguridad viene en camino —respondió el guardia con nerviosismo.

—¿Esto es solo con esta muchacha? —preguntó Jiro, con el ceño fruncido, interesado en la situación de Erika.

—Sí, son las instrucciones del doctor Shaw.

—¿Qué tiene que ver Shaw con todo esto? —pregunté.

Sabía que había algo raro con aquel hombre.

—No lo sé, yo soy un mero guardia. —Se encogió de hombros—. Y no hay tiempo, ¡vámonos! —continuó, y salió por la puerta—. ¡Síganme!

Erika parecía más desencajada que nunca. Lo que veía en ella era algo más fuerte que el temor mismo. Era desgarrador verla así.

—No me dejes con el mago. No, por favor —insistió.

Sentí dolor en el pecho, una puñalada tras cada paso que daba para alejarme de ella. Y aunque Jiro era mi sustento en aquel instante, me sentía mal al dejar a aquella niña inocente allí sola, a merced del verdugo que le hacía tanto daño.

Sujetaba con inseguridad una pequeña taza entre mis dedos, frente a la mirada de Pendragon, que parecía ansioso por verme probar aquella bebida. Habíamos discutido parte de lo que presenciamos durante nuestra visita al hospital.

—¿Crees que nos estaba hablando de Utherwulf?

—Sí, el mismo Krane comentó que le había hecho daño.

Hubo un largo silencio entre nosotros. Pendragon se veía perdido en sus propios pensamientos.

—Pienso que hay algo raro en ese doctor —espeté de la nada.

—Creo que él solo hace su trabajo y la protege de algo más grande.

—¿La protege de Krane?

—O de algo más, no lo sabemos —meditó—. Por cierto, ¿está más tranquila?

—Sí, gracias. —Asentí con una falsa sonrisa, sosteniendo la tibia taza, con la intención de llevarla a mis labios.

Al tener la bebida cerca noté que su olor era muy fuerte, como alcohol puro.

—Yo sé que no es así. ¿Pero sabe qué? Encuentro eso admirable por su parte.

—¿Qué cosa?

—Esa manera en la que aún tiene una sonrisa. La fortaleza para quedarse aquí solo por proteger a una mujer que apenas conoce. Eso dice mucho, Oakley-san —explicó Jiro, antes de tomar un sorbo de su sake con normalidad.

—Gracias, señor —respondí, devolviendo la taza sobre la mesa que nos separaba.

Él notó mi inseguridad con la bebida, así que hizo un gesto para que agarrara la taza de nuevo.

—La historia habla de que los soldados disfrutan una buena taza de sake antes de la guerra.

—¿Así que está comparando nuestra situación con una guerra?

—Bueno, hay vidas en riesgo. Además, hoy iremos al espectáculo del mago, así que es necesaria una bebida. Adelante, no tenga miedo.

La acerqué a mis labios, y aunque el olor era fuerte, me aventuré a probar. Ni siquiera disfrutaba tanto del alcohol, pero en cierta manera quise compartir eso con él, así que le dije que no era mi primera vez con el sake. Y fue un error tremendo, ya que, cuando lo llevé hasta mi boca, tragué demasiado al mismo tiempo. Desconocía la potencia de aquella bebida. Mi estómago parecía no soportar la fuerte sensación de ardor que me provocó. Comencé a toser con fuerza. Él rio.

—No vuelva a mentirme —dijo riendo.

—De acuerdo… —dije en medio de una tremenda tos—… discúlpeme.

—¿Otro poco? —Sonrió.

—Bueno, pues…

—¡Chicos! —Fuimos interrumpidos, gracias a Dios, por Sebastian, que apareció exaltado—. ¡Vean esto! —comentó, y comenzó a desabotonar su camisa.

—¡Oh, por Dios! ¿Eso fue ella? —Me acerqué hasta él e inspeccioné el área negra que tenía en el pecho. Era un moratón demasiado prominente para haber sido el golpe de una mujer.

—Eso es extraño… —Jiro frunció el ceño, sin embargo, se mantuvo a distancia, dando un último trago de sake.

—¿Sabes que esto es culpa tuya? No había necesidad de meternos ahí. ¡Este golpe te lo merecías tú! —dijo Sebastian, molesto, con la costumbre de culparme por todo.

Tuve el deseo de abofetearlo, pero no hizo falta.

—Prepárese, solo faltan unas horas para el espectáculo. Póngase guapa, porque irá conmigo —me dijo Jiro de una manera muy agradable, pero el tono de su voz cambió por completo al hablarle a Sebastian—: Y nosotros tenemos que hablar.

—Pensaba que Sebastian vendría. —Enrosqué mi brazo al de mi acompañante mientras caminábamos por la calle.

—Pensaba que prefería mi compañía. Si quiere, puedo llamarlo para que me reemplace.

—No, de aquí usted no se mueve. —Reí y lo agarré.

Él me respondió con una sonrisa. Me había quedado embobada, me sentía en un sueño con aquel hombre.

—¡Oh, por Dios! —Escuché una voz muy conocida y alguien se acercó a nosotros con exaltación y se cubrió la boca con la mano—. ¿Cómo pasó esto?

Jiro me miró confundido.

—Ella es … —La señalé y me sonrojé.

No conocía el nombre de la chica entrometida de mejillas rosadas.

—Laura —respondió la muchacha, estirando su grueso y tembloroso brazo—. Soy su amiga; *muy* buena amiga… Y ella es muy buena chica… ¡Una joya! —continuó divagando.

—En realidad, Laura es tu fan —le dije a Jiro al oído.

Él sonrió, tomó la mano de la mujer y la besó con delicadeza.

—Cualquier amiga de la señorita Oakley es amiga mía.

Laura pareció derretirse. Estaba muy sonrojada y me observó con sus ojos muy abiertos. Aquella tontería le había hecho la noche.

Él se dispuso a seguir con nuestro camino.

—Necesito que en algún momento hablemos, *amiga*. —Se alejó de nosotros, no sin antes mostrarme su dedo pulgar en señal de aprobación. Parecía orgullosa de verme con uno de sus ídolos.

—Eso ha sido muy extraño —comentó Jiro, enarcando una ceja.

—Definitivamente.

Llegó el momento de la verdad: el espectáculo de Krane Utherwulf.

La sala se encontraba repleta, pero para mi sorpresa, los asientos que Krane nos había provisto formaban parte de la primera fila.

Cuando Pendragon y yo nos disponíamos a sentarnos, todo me pareció muy incómodo. Pude escuchar el cuchicheo de las personas que reconocían a Jiro y, por desgracia, a mí también. Que él estuviera conmigo no era algo normal, todos lo habían notado. Intenté no darle mucha importancia.

El telón se abrió. Mi corazón dio un vuelco al ver al mago presentarse en tarima alzando ambos brazos y con una amplia sonrisa. Su cabello, como en todos sus espectáculos, volvía a ser azabache y, en conjunto con un nuevo abrigo carmesí, tenía un aspecto gótico.

Verlo de nuevo, después de lo que me hizo pasar, me erizó la piel y trajo de vuelta todos los miedos.

Jiro pareció notarlo y sujetó mi mano.

—Damas y caballeros, es un honor y un placer recibirlos, casi a todos, esta noche —se presentó, y juraría que sus ojos se posaron sobre Jiro—. Como es bien sabido por todos, siempre tiendo a realizar un ejercicio interesante. Todos mis espectáculos siguen una temática. La de esta noche será: el amor. Así que, todos los tortolitos presentes… ¡disfruten! —dijo, con sus ojos sobre mí y con la sonrisa más cínica posible.

¡Lo sabía! Estaba segura de que todo eso tenía que ver con nosotros.

Pendragon apretó mi puño y acarició mis nudillos con el pulgar. Sin embargo, los nervios actuaron por mí, liberé la mano y me crucé de brazos.

—Ese hijo de puta tiene algo en mente… Sé que viene con una de sus bromitas.

—Céntrate —espetó Jiro en mi oído—. No vamos a permitir que entre en tu cabeza, ¿de acuerdo?

El hilo

Edgar Oakley

Comprendes que estás llegando al ocaso de tu vida cuando ves que tu princesa floreció y se convirtió en una gran mujer; cuando tu vivo reflejo alcanza la madurez y la dejas volar por el mundo, esperando que tome las mejores decisiones y que tenga una vida plena. En especial, vives con la esperanza de que todos la valoren como tú lo has hecho, y que ningún tipejo le malogre la vida.

Como padre esperas no vivir nunca lo que yo experimenté la noche en la que todo comenzó a desmoronarse para mí, durante el espectáculo de Krane Utherwulf. Apenas había visto a mi niña desde el día anterior. La vi llegar del brazo de Jiro Pendragon al espectáculo y noté una química entre ellos.

Lo más sorprendente fue la cercanía de él hacia ella. Aunque de cierta forma lo había fomentado, esa *relación* me resultó algo abrupta, pues apenas se conocían desde hacía unas horas.

La compañía de este hombre me hacía sentir mucho más tranquilo que verla con Sebastian Hunter, pero nada de eso me preocupaba tanto como la obvia atención que le prestaba Krane Utherwulf a Viola desde que empezó su espectáculo.

Ella no tenía ni idea de que yo me había escabullido y obtuve entradas para estar allí en caso de que algo ocurriera. Saber todos esos rumores de Krane Utherwulf, junto a las constantes quejas de mi hija, doblaron la paranoia que sentía. Así que busqué asiento en el piso superior, donde podría observar todo desde lejos, sin incomodar a Viola.

El mago realizaba su acto sobre una simple plataforma apenas adornada. Hablaba con su público sentado sobre un único cofre de aspecto antiguo.

—¡El amor! Es una de esas cosas que nos mueven. Brinda seguridad y una razón para despertar en las mañanas. Hay amores para toda la vida, como el amor de un padre. —El hombre hizo una pausa y observó hacía la línea de asientos donde yo me encontraba—. O amores no correspondidos, como el de un hombre que es rechazado por su propia sangre. —Con estas palabras, dedicó una mirada a la primera fila. Desde la distancia, pude notar a Jiro Pendragon incómodo y a mi niña intentando calmarlo—. Algunas veces es fugaz y crea la ilusión de llenar corazones vacíos. Pero la mayoría de las veces, no tiene lógica, y eso es lo que tanto nos gusta de él —expresó ante el silencio del público, que lo escuchaba embobado—. Así es el amor: incomprensible pero anhelado por todos nosotros.

En un silencio sepulcral, el caballero se movió con gracia y se dispuso a abrir el cofre, de donde sacó un violín junto con su arco. Sin decir nada, comenzó a tocar una hermosa melodía. El hombre silbó.

No entendía de qué iba aquella tontería, hasta que dos palomas respondieron su llamada y aterrizaron cerca de sus pies. Ambas se movieron al compás de la melodía como si bailasen.

De alguna manera extraña, el mago tenía el control de la pareja de aves. Las personas aplaudían y hablaban maravillados ante aquel adorable espectáculo. Todos lo disfrutaban, a excepción de mi hija, que discutía con Pendragon e intentaba ponerse de pie. Por suerte, él pareció calmarla y la agarró de la mano.

Aquello era un mensaje para ella. Sin embargo, no parecía tener significado alguno más allá de querer molestarla. Continuó su espectáculo como de costumbre. Y después de unos cuantos trucos más, sacó del cofre de secretos un arco y una flecha.

—Bajo sus asientos encontrarán una carta adjunta —anunció, y procedí a comprobarlo.

Efectivamente, al inclinarme sentí el pedazo de papel bajo mi asiento, y lo saqué de inmediato. Era una típica carta de póquer que, en la parte posterior, justo en su centro, tenía el dibujo de un corazón hecho a mano.

—Como pueden apreciar, la carta es completamente corriente, ¿verdad? Así que atentos, porque justo cuando arroje esta flecha, todos quedaran flechados por mí, su cupido particular.

El hombre estiró el brazo y la espalda, tensó la flecha, apuntó y la disparó hacía el otro extremo de la sala.

Cuando esta salió volando por el aire, las personas comenzaron a cuchichear entre ellas, impresionadas.

Fruncí el ceño. El corazón dibujado sobre la carta había sido atravesado por una flecha. Sin embargo, había algo más escrito en mi carta.

«Llévesela de Valparosa... Es por su bien».

Observé a mi niña, la noté intranquila una vez más y vi que Pendragon buscaba la manera de calmarla. Me pregunté qué clase de mensaje le habría dejado para descontrolarla de esa forma.

Utherwulf continuó la noche con unas cuantas locuras que nos dejaron a todos boquiabiertos, pero que pasarían al olvido al ser opacados por lo que estaba a punto de ocurrir.

—En cuanto al amor, permítanme confesarme... Yo soy un hombre solitario, aún en busca de mi alma gemela. —Krane hizo una pausa para buscar algo del cofre y sacó un rollo de hilo rojo.

—¡Eres mío! —exclamó una fanática del público, a lo que él contestó con una sonrisa.

—¡Calma, calma! —respondió, con un ligero rubor en el rostro—. Justo eso lo veremos ahora.

El público comenzó a reír, a excepción de la pareja en primera fila.

—Hablando de almas gemelas, existe una leyenda japonesa que habla de un anciano que habita la Luna y sale cada noche a buscar las almas destinadas a estar juntas, atándolas con un hilo rojo por el meñique —explicó, y comenzó a atar uno de los extremos del hilo a su dedo.

Krane silbó y otra paloma blanca voló hasta él y se posó sobre su hombro.

—Les presento a Alonso. Fue uno de nuestros bailarines y es quien nos ayudará a buscar a mi alma gemela, la que me ayudará en el próximo acto. —Cogió el otro extremo del hilo y se lo acercó al ave.

Esta pareció entenderlo, pues agarró el hilo rojo con el pico y salió volando.

El ave flotó por el aire. El hilo era mucho más largo de lo que se esperaba, ya que recorrió casi toda la sala antes de llevarlo hasta una determinada mujer: mi hija.

Me sentí muy mal al verla tan incómoda. Pendragon le dijo algo al oído antes de darle un beso en la cabeza. Viola estaba paralizada, sin embargo, la paloma le daba golpecitos en la mano, hasta que ella comprendió que debía estirarla. El ave, con el pico, ató el meñique de Viola con un lazo.

—Alonso… ¿de tantas personas, precisamente ella? —dijo el mago a modo de broma, fingiendo sorpresa—. ¿Acaso quieres que todos se enteren de mis trucos?

Todos comenzaron a reír, mientras mi hija subía con lentitud a la tarima. Noté que caminaba de manera forzada. Pendragon estaba sentado al borde de su asiento. Parecía dispuesto a ir a por ella en cualquier momento.

—Tranquilo, galán, es solo un truco. —El mago le hizo un gesto con la mano—. Le devolveré entera a su novia. —Tras su comentario, hizo una corta pausa y luego fingir sorpresa otra vez—. Por cierto, creo que a usted lo conozco. ¡Oh, usted es el hermano de los Pendragon! ¡El pequeñín de la familia!

Fue inevitable que las personas no murmuraran entre ellas ante aquella revelación.

—Pues el amor es todo un misterio —continuó. Frunció el ceño y se cruzó de brazos. Miró a Viola y luego a Jiro—. ¡Señorita! Dada a la reputación que le precede, es curioso verla con un mago. ¡Eso es lo que me gusta del amor, no conoce barreras! ¡Esto es todo un romance shakespeariano! ¡Un aplauso para los tortolitos, por favor!

Todo esto me sonaba a amenaza, puesto a que los romances de Shakespeare tenían algo en común: tragedia.

Mi hija fingió una sonrisa y las personas comenzaron a aplaudir ante la petición de Utherwulf.

—Ahora no perdamos más tiempo. Vamos a por el próximo truco con la ayuda de nuestra bella asistente esta noche.

Krane la agarró de la mano y soltó el lazo lentamente, mientras intercambiaban palabras que deseé haber escuchado. Krane no se veía muy contento.

—Creo que muchos aquí conocen a nuestra compañera de esta noche. Una mujer movida por la curiosidad. Y como el amor es animal, y todos tenemos uno en nuestro espíritu, transformaré a esta joven en su espíritu animal —explicó, sonriente.

Supe que mi hija estaba asustada al ver sus ojos muy abiertos mientras seguía los movimientos del mago. Él corrió hasta el cofre, de donde sacó una gran manta negra. Se acercó y le dijo algo al oído, a lo que ella asintió.

El mago arrojó el pedazo de tela sobre Viola y su cuerpo se desvaneció. Al subir la manta, vimos las vestimentas de Viola en el suelo. Ella se había desvanecido. En todos mis años en el campo, jamás vi algo así. No con una persona que no fuera una ayudante.

Todo el mundo se mantuvo en silencio, ya que Krane no hacía nada. Divertido, el mago miraba el vestido de mi hija, como esperando algo. No entendía qué pasaba hasta que vi un gato negro que salió de entre las prendas de ropa.

Las personas comenzaron a aplaudir con fuerza. Krane hizo una reverencia. A continuación, hizo otro movimiento con la manta para colocarla de nuevo en su lugar y tirar de ella una vez más.

Pero algo raro sucedió. Al subir la manta para hacer reaparecer a mi hija, el mago adoptó un gesto extraño. Viola no estaba allí. Desencajado, él arrojó la manta al suelo y volvió tras bastidores casi corriendo.

Algo no estaba bien... Había pasado algo con mi niña; lo sentía, estaba seguro de ello porque mi corazón comenzó a arder de pena.

El idiota

Krane Utherwulf

—Me pregunto qué demonios harás ahora.

—¡Déjame! —exclamé, y me halé el pelo, como si con eso fuese a resolver algo.

Pero no, no tenía ni la más mínima idea de si existía alguna solución para el lío tan horrible en el que me había metido por idiota.

—¡No se la podrás devolver a Pendragon ni en pedacitos!

—¡Déjame pensar! —espeté.

Me mantuve en silencio durante un rato, tratando de respirar, hasta que escuché el revuelo. Afuera, todos estaban muy alterados. Aquel desorden se debía a mi *error*. Sin duda, ya todos sabían que yo no regresaría.

En resumen, la cagué, y de una manera monumental.

Jamás había cometido un error frente al público y mucho menos algo tan grave como esto.

En este campo, una metida de pata significa el final de tu carrera. Así que no esperaba mucho más que una sentencia a la pobreza; quizás en la cárcel.

El problema es que ese caso era mucho más serio que un simple fallo técnico. Eso fue un fallo… *mágico*. Un desliz que si me metían preso no podría enmendar de ninguna manera.

—¡De esta el viejo se muere!

—¡Cállate! —exclamé desesperado—. ¡Por todos los dioses! ¿Qué voy a hacer? ¿Qué va a pasar con su padre? —Me estrujé la cara con las manos—. ¿Qué va a hacer? ¿Qué *voy* a hacer? —pregunté.

Ni yo tenía alguna idea de qué estaba pasando. Todo parecía la peor de las pesadillas.

Caminé de un lado a otro, inseguro de hacia dónde ir. ¿Era conveniente salir por la puerta trasera? ¿O me toparía con Jiro Pendragon? Lo peor de todo era que tendría que darle una buena explicación, algo con lo que no contaba en ese momento.

Para complicar el asunto, escuché unos pasos que se acercaban. Necesitaba un lugar seguro para aclarar mis pensamientos y decidir cuál sería el próximo paso a seguir.

Fue fácil reconocer que era un solo hombre. Aún más sencillo fue saber que el tipo estaba enojado a más no poder. De todos los presentes, solo había alguien con la fuerza y las razones suficientes para llegar de esa manera. Él hizo mucho más que esperarme en la parte trasera del edificio. Pendragon había entrado desde la tarima y me estaba siguiendo. Reconocí su peculiar acento al escucharlo hablar muy alterado por teléfono:

—Me parece extraño que no respondas mi llamada, pero creo que le pasó algo serio a Oakley, otra vez. Algo muy serio. ¡Ponte en contacto conmigo cuanto antes!

Sabía que no podía perder tiempo y debía alejarme lo antes posible.

Tras bastidores, el antiguo teatro tenía un estudio pequeño. Aunque no era de mucha utilidad para mí, algunas veces lo usaba para trabajar con la indumentaria y los objetos para los espectáculos. Aquel lugar se encontraba en el piso inferior del edificio, al final de un camino de escaleras de caracol muy estrechas, escondido tras una puerta que, por suerte, solo yo conocía.

Reconocí que los pasos se escucharon más decididos, acompañados por el sonido de muchas de mis posesiones siendo arrojadas por doquier.

—Ya tengo que irme —dije.

Sabía que si surgía algún altercado entre ambos podría perder el control, y cabía la posibilidad de que el tipo terminara seriamente herido. Esa no era mi intención. Al final el hombre era inocente, y aunque no me caía bien, no merecía morir.

—¡Utherwulf! ¿Qué le hiciste? ¡Vamos, muéstrate! ¡Sé un hombre! ¡Da la cara! —gritó a lo lejos.

Pero no respondí. No tenía respuesta.

—¡Krane, el tipo está encabronado! ¿Qué vas a hacer?

—¿Qué le voy a decir? *¿Sabes? Creo que acabo de matar a tu novia, o está en algún lugar del espacio-tiempo, pero no tengo ni la más mínima idea de adónde la mandé* —dije, a la vez que me deslizaba por las escaleras en dirección a mi escondite.

Hacía años que no me sentía así, tan débil, moviéndome como un chihuahua asustado. Nunca en mi vida había tocado fondo de esta manera, del todo inseguro de mis propios actos.

Corrí como un adolescente en una película de terror y bajé las escaleras lo más rápido que pude.

Sin darme cuenta, escuché sus pasos cada vez más fuertes, hasta que fue demasiado tarde y me di cuenta de que estaba muy cerca.

—¡Utherwulf! —vociferó, y sentí un tremendo ardor en el cuero cabelludo.

Pendragon me agarró del pelo y tiró de él. Ese ardor se convirtió en un fuerte dolor, que se trasladó también a mi espalda cuando caí al suelo desde las escaleras.

Cerré los ojos y respiré hondo, intentando tomar las cosas con calma. Sin embargo, él no perdió el tiempo; me agarró del pelo una vez más y remató mi cabeza contra la pared.

Yo podría ser apto para muchas cosas, y quizás tenía algo más de resistencia que un hombre común y corriente, pero este tipo de golpes dolían y me hacían sangrar como cualquier otro ser vivo. Así que, con aquel golpe, la sangre comenzó a caer por mi cara.

Silbé. Alonso llegó volando e intervino en la situación de la mejor forma que pudo: aleteando e intentando distraerlo.

Aproveché la distracción del palomo y con una barrida llevé a Pendragon hasta el suelo. Tumbado sobre él, hundí los nudillos en su rostro, haciendo un gran esfuerzo por controlar la fuerza en cada uno de mis golpes. Una parte de mí había querido hacerlo durante toda la maldita noche y casi vi ese momento como la excusa perfecta.

En aquel instante no me sentía seguro de nada de lo que hacía. No tenía la certeza de si me estaba defendiendo o si estaba desahogando todas mis frustraciones en él.

Pendragon respondió mi ataque propinándome un fuerte puñetazo en pleno rostro. Contraataqué de la misma forma y él también repitió el golpe. Era un vaivén de porrazos por parte de ambos.

«Cálmate, o lo vas a matar...», me dije, tratando de convencerme de que debía terminar con todo aquello. No quería más peso sobre mis hombros.

—¿Dónde está Viola? —preguntó Pendragon, con la voz cansada y el rostro tan ensangrentado como el mío.

Me detuve. Escuchar su nombre me contuvo y me encogió el corazón. No podía arruinarle la vida a alguien más. Con ella no fue la primera vez, pero estaba en mis manos detenerme.

Eso no evitó que él se abalanzara sobre mí. Apenas le veía el rostro, solo unos ojos que me observaban con odio, con deseos de aniquilarme allí mismo. Estaba seguro de que su furia hacia mí no era solo por Viola, había algo más.

—Conseguiste lo que querías. ¿Me vas a hacer desaparecer a mí también? —preguntó, con una sonrisa. Sonrisa que se disipó de inmediato.

—*Alite flammam*! —grité.

—¿Qué?

—*Alite flammam*! —repetí, y el hombre pareció nervioso.

Sin pensarlo, se alejó de mí y una explosión surgió de uno de sus bolsillos.

Aunque deseé ver aquel espectáculo. Aproveché la distracción de su celular en llamas y corrí hasta mi escondite.

—¡No me dejes! —dijo Alonso desde el otro lado.

Abrí la puerta de inmediato para que el palomo pudiese entrar.

Tenía solo segundos antes de que ese hombre intentase abrir la puerta. Entré a mi estudio, en el que había un gran desorden. Solo las cosas más útiles estaban guardadas en las gavetas de un prominente escritorio de madera.

—Te pregunto de nuevo: ¿qué demonios vas a hacer? —dijo el palomo, con ese tono burlón tan impertinente para situaciones como esa—. Ese tipo parece muy decidido a seguir dándote a palos.

—Creo que tengo una idea…

—Y ahora más que nunca… estás en un lío tremendo… Uff… Debes tener cuidado, Krane —continuó con esa voz molesta que tanto intenté ignorar—. ¿Sabías que dicen que los chinos son caníbales?

—¿De dónde sacaste eso? ¡Ni siquiera es gracioso! ¡Cierra el maldito pico! —grité desesperado, mientras, tembloroso, buscaba entre todas mis porquerías el objeto que nos salvaría el pellejo.

Había cosas que era capaz de hacer con el simple uso de mi mente, pero para otras necesitaba algún tipo de apoyo, algo visual. En fin, no me sentía muy al control de algunas de mis habilidades.

—¿Qué te parece esto? —preguntó Alonso, volando hasta mí, cargando en sus patas un pedazo de tiza.

—Perfecto.

Abrí la palma y Alonso la dejó caer en mi mano.

«Ayuda visual, sí, excelente», me dije. Guie la tiza y comencé a gastarla sobre la pared, dibujando una especie de puerta con su perilla y todo.

—*Perpetuum in corde meo* —dije en voz baja, y bastó con gesticular con la mano, simulando que giraba la perilla, para atravesar la pared.

En cuestión de segundos, el panorama cambió por completo y llegué a otro lugar. Pero no el que yo esperaba.

—¿Qué demonios hacemos aquí? —preguntó Alonso—. ¿No se supone que le dices a tu mente adónde ir?

—Sí, pero esto fue… otro error. —Fruncí el ceño—. No estoy bien, Alonso, no lo estoy…

Para cruzar por la puerta, había pedido acabar en un lugar que siempre tendría en el corazón. Sin embargo, la magia me gastó una broma irónica y me llevó a un lugar que me rompía el corazón.

Otra emoción intensa, demasiadas para una noche; tantas que comencé a sentirme mareado y perdí el sentido de todo, desmayándome. Algo digno de una telenovela mexicana.

La madre

Krane Utherwulf

—Despierta, muchacho… —escuché una voz muy conocida que me devolvía al mundo. Ese tono era tan dulce que de solo oírlo me hizo sentir en casa.

—Mi vieja… —La vi y le sonreí a mi monja Teresa, la madre que nunca tuve, que como siempre, había llegado en un instante a recoger los pedazos de mi vida hecha trizas.

—¿Cuándo dejarás de meterte en problemas? —Fueron sus primeras palabras. Un guion típico de madres de hijos problemáticos.

La única diferencia es que no compartíamos un lazo de sangre, y aun así se preocupaba mucho por mí.

—Vieja, perdóname… —Casi se me aguaron los ojos al verla allí.

Era un imbécil por hacerla pasar por eso.

—Mi niño, ¿qué te pasó? —preguntó, con los ojos brillantes llenos de lágrimas a punto de caer.

Con sus pequeñas y ancianas manos, me retiró el cabello y parte de la espesa sangre que manchaba mi rostro, para poder ver con más claridad.

Me sentí como el peor de los hombres. La había hecho llegar hasta aquí, en mitad de la noche, a resolver mis problemas. Ella vino sin inmutarse, justo como lo haría una madre. No me merecía esa clase de cariño, porque si ni mi propia sangre me quería tanto, ¿qué me hacía merecerla a ella?

—¿Qué pasó? Que me dieron mi merecido, eso pasó —respondí, riendo como un imbécil.

Estaba débil, a punto de irme de nuevo, pero busqué fuerzas para acariciar su suave y arrugado rostro, aquel que siempre me miraba con amor.

—Necesito que te mantengas despierto —insistió, con el ceño fruncido y el rostro ahora manchado con sangre. Debía tener un aspecto terrible para que ella estuviese tan preocupada—. También, si puedes, necesito que hagas esa cosa extraña que haces con el pelo.

Asentí e intenté hacer lo que Teresa me pidió. Sin embargo, noté su expectante mirada. Al parecer, mi pelo seguía tan oscuro como siempre.

—No puedo… —Cerré los ojos.

En aquel intento por hacer un último uso de mi magia, perdí las pocas fuerzas que tenía.

—¡Se nos va! ¡Haga algo, sor Teresa! ¡Primeros auxilios! ¡Llame a una ambulancia! ¡A los bomberos! —insistió Alonso, mientras saltaba de un lado a otro abanicando sus alas.

—Mi pobre niño debe sentirse muy solo para dejar que aún hables —dijo Teresa, tras un suspiro.

¿Solo? ¿Estaba solo? Nunca lo había tenido en cuenta y me dolió pensarlo.

Pero eso fue un pensamiento fugaz, ya que caí de nuevo como un borracho en cuneta.

Abrí los ojos y sentí un olor a hogar, algo que jamás habría experimentado de no ser por mis momentos con Teresa. Un olor a canela que me abría por completo el apetito. Mi estómago parecía estar habitado por un alma en pena, pues lanzaba un quejido de dolor constante por no haber comido quién sabe durante cuánto tiempo.

Sin muchas fuerzas, me acomodé para quedar sentado en su cama. Vi que Teresa estaba en una pequeña mesita frente a un plato —de lo que aparentaba ser avena—, llevándose a la boca pequeñas cucharadas de aquella crema tan olorosa.

—Huele muy bien…

—¡Dios bendito! ¡Ahora despiertas! —exclamó aliviada, de nuevo con sus ojos brillantes.

Como devota, hizo su típica señal de la cruz.

Sin terminar su desayuno, buscó entre sus cosas un termo y un cuenco adicional que tenía. Al parecer, estaba lista de antemano para darme algo de comer tan pronto despertase.

—¿Cuánto llevo aquí? —pregunté confundido, porque me sentía extraño, algo ido.

—Tres años… —respondió Alonso con una voz muy dramática. Voló hasta el borde de la cama y me dio un picotazo en la mano—. Ahora Pendragon es el jodido amo del mundo. Resulta que es un arcano poderoso y los mató a todos. También descubrieron la cura para la calvicie, un nuevo color y por fin encontraron vida extraterrestre en Marte.

—¡Por Dios, palomo! Deja de decir tonterías. Lo vas a confundir más de lo que ya está. —Mi vieja sonrió y se acercó a la cama con aquel cuenco que tanto me apetecía.

Cuando me lo entregó, no esperé a que me trajera algún cubierto; me tragué aquel líquido como si fuese agua y se lo devolví de inmediato a sor Teresa.

—Vaya, sí que tenías telarañas en el estómago… —comentó Alonso.

—En serio, ¿cuánto tiempo pasó? —insistí.

—Dormiste tres días —me aclaró ella—. Así que no le hagas caso al plumífero amigo tuyo.

—Qué pena. Eso de la cura de la calvicie me parece interesante.

Reí, mientras me recostaba del marco de la cama, y más aún cuando noté que hacerlo acrecentaba el dolor.

—No te vas a quedar calvo. A tu padre aún le queda pelo, a pesar de su edad —dijo la monja.

—No me hables del viejo ahora, por favor…

—Hablo de su pelo, no de él. Además, siempre te he dicho que te cortes esas greñas. —Teresa pareció notar mi incomodidad, así que cambió de tema mientras retiraba parte de mi pelo aún pegajoso de sangre—. Ha sido una odisea limpiar este desastre.

—Si Krane se corta las greñas, es posible que pierda la fuerza, como Sansón —intervino Alonso.

—Ajá… —dije, y lo espanté con la mano.

—Aunque la melena no sirvió de mucho, ¿eh? —Teresa se unió a las bromas.

—Pendragon lo agarró y le dio hasta por el pelo. —El avecilla comenzó a volar en círculos por el cuarto, sabiendo que no podría alcanzarlo.

—¿Saben algo de él? —pregunté, ya que lo que hice para salvarme el pellejo pudo haberlo herido de gravedad.

—Pues a *Bruce Lee* lo vi por las calles con el rostro hinchado y caminando con un bastón.

—¿Un bastón?

—Sí, parece un villano de película —comentó—. Según he oído, al explotarle el celular, Pendragon sufrió una quemadura que le dañó el músculo del muslo —explicó Alonso—. Supongo que ahora sí debe estar más encabronado contigo.

—Uff, ya me lo imagino… —Suspiré.

No quería que las cosas se dieran de aquella manera, pero si no hubiera hecho eso, sabía que podía haberlo matado.

—Ese chico del que hablan, ¿es el que vino a buscar a la señorita Oakley hasta aquí? —intervino Teresa a la vez que fue a buscar algo en sus gavetas. Parecía preocupada.

—Sí. ¿Por qué? —pregunté.

—Qué raro… —comentó muy pensativa, mientras sacaba de uno de sus cajones un pequeño frasco azul de pomada con olor a mentol.

—¿Qué es raro?

—No lo comprendo. —Se acercó hasta mí, apartó mi pelo a un lado e inspeccionó parte de los moretones de mi cara untando los puntos más dolorosos con un poco de aquella pegajosa pomada—. No entiendo cómo un simple hombre pudo provocarte tanto daño. Mi niño, esto no es normal.

—¿No será por lo encabronado que estaba? —preguntó Alonso—. Dicen que las emociones sacan cosas de nosotros que desconocemos.

—Además, traté de controlarme lo mejor que pude. Hice todo lo posible por no hacerle daño.

—De acuerdo. Es solo que, a pesar de las tantas palizas que te han dado y he curado durante toda tu vida, es la primera vez que veo algo como esto.

—Será porque quizás esta vez sentí que me la merecía… —Y eso era justo lo que pensaba. Porque lo que le había hecho a aquella señorita no tenía perdón. ¿Pero por qué no me escuchó? Sabía que tarde o temprano saldría perjudicada.

Me quedé en una especie de trance, producto de la culpa tan grande que sentía y por la situación en la que me encontraba. Sin embargo, aquella burbuja de divagaciones explotó por la advertencia de Alonso, que estaba apoyado en el marco de una de las ventanas.

—No es por asustarlos, pero acaba de llegar una patrulla. Y se bajaron dos policías. Uno de ellos es una mujer con cara de solterona amargada. Esas son las más duras.

Sor Teresa, sin decir nada, comenzó a ocultar las cosas que pudiesen delatar mi presencia allí.

—Lo más lógico es que el padre Benito la traiga hasta aquí. Es posible que vengan a preguntar por Oakley, y si el padre Benito dice que te conozco desde que eras un niño, estamos fritos —advirtió mi vieja. Parecía casi más nerviosa que yo. Estaba dispuesta a protegerme a toda costa.

De sus cajones sacó una sotana y me la entregó.

—Espero que tengas fuerzas para sostenerte y hacer todo lo que yo diga, ¿de acuerdo, hijo?

—Lo que usted diga, vieja.

Ante mi respuesta, ella volvió corriendo a la cómoda y sacó lo que parecía ser un pequeño estuche, que también me entregó.

—¿De qué va todo esto?

—Sor Inés está de viaje. Se supone que llegaba hoy, pero su vuelo se atrasó hasta mañana. Es una jovencita, de cabello rubio y muy linda, así que…

—A ver si lo entendí bien… —interrumpí—. ¿Quieres que me haga pasar por esa monja?

Sor Teresa asintió y me abrió la puerta del baño.

—¡Esto quiero verlo! —exclamó Alonso, riendo ante mi situación.

—De acuerdo… —respondí desanimado.

Cuando fui a levantarme de la cama, noté mis piernas tan débiles que casi me caí al suelo. Estaba hecho una basura de hombre y Alonso se encargaba de hacerme sentir aún más en miseria, pues no paraba de reír.

Con un poco de esfuerzo, entré en el baño, seguido por Alonso, y me encerré allí. Me miré en el espejo y vi que tenía un aspecto terrible. Me puse la sotana que me dio la monja, abrí el estuche y vi que había todo tipo de maquillaje nuevo y reluciente.

—¿Por qué rayos sor Teresa tiene esto?

—Quizás es para una sobrina o algo —respondió Alonso—. Olvida eso ahora. Adelante, cúbrete todos esos moratones.

Sin decir nada, le hice caso. Utilicé un tipo de crema de mi color de piel, la pasé por mi cara y mágicamente desaparecieron gran parte de las marcas.

—Ahora, empólvate la cara para que selles todo ese desastre.

Seguí las indicaciones de Alonso. Agarré una especie de brocha y la utilicé para esparcir ese extraño polvo por mi cara.

—Preguntaste por Pendragon, pero ¿por qué no preguntaste por ella?

—Porque no quiero pensar en eso.

—Si no piensas en ella, ¿cómo podrás enmendar tu error?

—Solo… —respiré hondo; tan solo pensar en eso dolía—… no quiero pensar en eso ahora.

—¿Y si te digo que encontré algo?

Arrojé la brocha sobre el tocador. Tres días habían sido un mundo; demasiado tiempo para que una persona inocente estuviera quién sabe dónde.

—¿El qué?

—Es algo que quiero que veas con tus propios ojos. La prioridad es salir de aquí, así que siga poniéndose regia, sor Inés.

Suspiré y aprecié mi reflejo al espejo. Estaba tan pálido que parecía un cadáver.

—¡El colorete, reina! ¡Luego el rizador! Tienes que parecer más femenina pero natural. Se supone que las monjas no usan maquillaje.

Nunca había caído tan bajo, huyendo de esta forma. Suspiré avergonzado por la clase de cosas que tenía que hacer con tal de no ser arrestado.

—¿Parezco una mujer o no? —pregunté a Alonso en cuanto pensé que estaba listo.

—Siempre, pero hoy eres toda una diva.

Respiré profundo y abrí la puerta. Esperaba ver a sor Teresa a solas, pero en lugar de eso me encontré con la mujer policía, y era justo como Alonso la describió: intimidante.

Se veía entrada en años, guapa, de piel y cabello oscuros, pero con un rostro severo. En fin, la típica mujer que envían para ese tipo de casos.

—Saludos. Soy la agente Andrews —dijo de manera educada la mujer—. ¿Y usted?

—Buenos días. Inés, mi nombre es Inés, señora —respondí, haciendo uso de una de las habilidades que se me daba muy bien, imitando la voz de una jovencita a la perfección.

Al parecer, eso de ser chica se me daba muy bien, pues la agente apenas me prestó atención y continuó con su conversación con sor Teresa.

—¿Notó alguna actividad extraña en cuanto a la señorita Oakley?

—Había hablado muy mal de su jefe —confesó Teresa.

—¿El señor Sebastian Hunter? —preguntó la policía, y no parecía muy sorprendida por eso.

—Vino aquí un muchacho, un joven asiático, a buscarla. Dijo ser su jefe, pero no me parecía que ella hablase de él.

—¿Fue lo único que notó extraño? El padre Benito nos habló sobre una discusión que ella tuvo con un hombre fuera.

—Oh, sí, abofeteó a un caballero y él parecía estar a punto de golpearla, de no ser por la intervención del asiático —aclaró Teresa.

—Sí, hablan de Sebastian Hunter —interferí—. Tengo entendido que ese hombre es la expareja de la chica.

—¿Usted conoce a la señorita Oakley? —La mujer frunció el ceño, se cruzó de brazos y me lanzó una mirada que me erizó la piel.

—No, pero he oído hablar mucho de ella.

—De acuerdo.

Observé a Alonso, que había salido y se movía de lado a lado, ansioso a que saliera de allí lo antes posible.

—Sor Teresa, iré a ver a los enfermos —dije con la primera excusa que se me ocurrió, aún utilizando el tono de voz femenino.

—De acuerdo, mi niña, pero ten cuidado —advirtió Teresa.

Aliviado, me dispuse a salir de allí, pero la potente voz de aquella mujer me detuvo en seco.

—Espere —soltó, y una gota de sudor bajó por mi frente.

—¿Sí? —respondí con nerviosismo.

—Si recuerda algo o tiene algo más que compartir sobre esta investigación, no dude en llamar. —Se acercó a mí y me entregó una tarjeta de presentación.

—Claro que sí —dije tan nervioso que mi mano tembló al leer el nombre de la oficial (Anabell Andrews) en relieve. Aquella era la mujer que de seguro terminaría arrestándome.

Con la vista clavada en la tarjeta, me dispuse a salir del templo y lo hice sin ningún inconveniente. Huir de allí fue más fácil de lo que imaginaba.

Ser monja no era algo fácil. Por alguna razón era el peor disfraz que se le puede ocurrir a cualquiera. Era extraño cómo todos me sonreían, casi con pena, al caminar por la calle. Otros me pedían bendiciones y rezos por su alma. Aquí comprendí por qué sor Teresa apenas salía. Todo aquello era irritante.

—Quieres desviar las cosas hacia el tal Hunter, ¿no? —preguntó Alonso, volando hasta mí y luego se alejó para no llamar la atención.

—Me di cuenta de que esa noche él no fue con Viola al espectáculo, y siempre que una mujer desaparece, le echan la culpa al ex —respondí—. Así que tenía que hacerlo, ya sabes, para ganar tiempo. Él no la va a encontrar, pero tal vez yo tenga una oportunidad.

—Bueno, quizás sí, pero será difícil. Vayamos al teatro y comprenderás por qué lo digo.

El tramo se hizo aún más eterno con todas las bendiciones que tuve que echarle a las personas por el camino. Fue aún más agotador que cada una de las veces tuviera que hacer uso de mi magia para alterar mi voz y que sonara femenina. Así que, cuando llegamos al teatro, fue un alivio para mí.

Mi corazón se encogió un poco al pensar en que posiblemente no volvería a ver ese lugar lleno, al menos no por mí. Así que preferí que Alonso me guiara y no ir a la sala principal. No quería ver la tarima y recordar cuando le arruiné la vida a esa chiquilla.

Llegamos a uno de esos cuartos del teatro en los que rara vez entraba. Allí había una mesa con un monitor sobre una caja muy similar a un ordenador, también una silla.

—No sabías nada, pero yo también tengo mis trucos. Hace unos cuantos meses puse cámaras alrededor del teatro. Pensé que no sería algo de utilidad, pero a fin de cuentas sí que nos servirán de algo.

—¿Cómo lo hiciste? ¿Y cómo es que la policía no se llevó los vídeos?

—Con Internet se puede hacer lo que sea. Y en cuanto a lo de la policía, me pregunto lo mismo. ¿Quizás son inútiles?

—Quizá. —Me encogí de hombros—. ¿Y cómo demonios pagaste las cámaras?

—Como te he dicho, siempre tengo un as bajo el ala. —Con el pico, Alonso empujó el control remoto del sistema de cámaras—. Aunque esta vez el as fue tu tarjeta de crédito.

—¡¿De verdad?!

—Pero sirvió de algo, ¿no?—dijo, tratando de sonar convincente—. Pero vamos, siéntate o te caerás al ver esto.

—Todavía no entiendo cómo hiciste todo eso siendo un simple pájaro —comenté. Me senté y pulsé unos cuantos botones que me permitieron revivir el momento en el que mi vida cambió—. ¡Oh, por todos los dioses! —Me cubrí el rostro, avergonzado. ¡Qué idiota fui!—. ¿Por qué diablos no me hablaste de este vídeo antes? —pregunté a Alonso, alterado. No podía creer lo que estaba viendo.

—¡Pero si estabas dormido! ¿Qué demonios querías? ¿Que te hablara en sueños?

—De acuerdo, pero… ¿cómo diablos la vamos a encontrar? —pregunté aún exaltado.

Y es que no había manera de sentirse de otra forma al ver aquella grabación con la que entendí lo que ocurrió.

Bajo la manta, el delgado gato negro había salido corriendo. No había desapareció de este plano; más bien huyó.

—Así que fue *otro* error…

—Sí. Algo detuvo tu poder para revertir la transmutación y la chica, por el pánico, salió corriendo —explicó Alonso—. ¿Pero sabes qué es lo peor?

—¿Qué?

—Que de todos los seres vivos que existen, de *todos*, se te ocurrió convertirla en un jodido gato. Y en esta isla, después de magos, ¡lo más que hay son gatos!

—Mierda…

—Ahora ve a cambiarte, sor Inés, que hay que dar con la gatita y no tenemos tiempo para echar más bendiciones.

La búsqueda

Krane Utherwulf

—De tanto animal, ¿por qué un gato? —reclamó Alonso—. ¿Sabes que si fuera un mono sería más sencillo? —dijo a mi oído.

Por suerte, ya era bastante tarde y era mucho más fácil conversar sin parecer un loco.

—Porque era muy curiosa. Pero… —Me encogí de hombros—. Mi intención era asustarla para que se marchara de esta maldita isla y me dejase en paz.

Caminábamos por la parte adoquinada de Valparosa, la misma por la que no permiten carros, con la esperanza de que mi felina amiga hubiera optado ir por allí.

La noche era fría y lo podía sentir justo en la piel, a pesar de llevar un abrigo de cuero. Eso me preocupó aún más por la muchacha.

—Pues yo creo que ya se estaba convirtiendo en un pasatiempo eso de molestarla —comentó Alonso, irónico.

En parte tenía razón, pero la realidad era que sí, la quería lejos y no atrapada en la isla como un gato.

—¿Dónde crees que la podríamos encontrar? —pregunté, cambiando el tema.

—Eso lo debes saber tú, que eres quien la ha acosado durante estos últimos días.

—Te dije que no la acosaba —insistí, espantando al ave con la mano—. Quería asustarla y nada más. Se estaba acercando mucho —respondí, mientras meditaba las posibles alternativas de su paradero—. No quería que le pasara algo.

—Eres tremendo, todo un héroe. La querías proteger y terminaste jodiéndole la vida —dijo Alonso con sinceridad.

Me quedé callado; tenía razón. Seguí caminando y observando los alrededores con la esperanza de que hubiera algo que me guiara hasta ella.

—Creo que fue por su padre —dije.

—Pero no la dejarán entrar, así que tendrá que irse.

—¿Y si fue a casa de Jiro Pendragon?

—Es posible, pero ella es un gato… —Alonso guardó silencio y dejó de volar. Caminó por el suelo y cerró sus pequeños ojos. Juraría que parecía preocupado, aunque los pájaros no tienen expresión facial—. ¡Hay que encontrarla antes de que esos chinos la conviertan en pollo a la naranja!

En otro momento quizás me hubiera reído de sus bromas, pero la situación me preocupaba. No el hecho de que fueran a convertir a Viola en algún plato gastronómico chino, sino que sentía que la búsqueda no rendiría frutos.

Notaba la culpa como un nudo en la boca del estómago. Era una sensación tan fuerte que tampoco me había dejado comer. Estaba débil, pero cada segundo que no buscaba sentía que era un mundo para ella. Tenía que encontrarla, sin importar cómo.

Con mi debilidad no era muy conveniente utilizar la magia, pero si su uso podía facilitar y acelerar las cosas, lo haría y no me importaba el coste con tal de encontrarla y devolverla a su estado normal.

—¿Tienes la tiza? —preguntó Alonso.

—Solo basta con conseguir un buen lugar —respondí.

Busqué en uno de mis bolsillos, y sí, la llevaba conmigo.

Caminamos un largo tramo hasta que encontré un lugar lo bastante solitario y oscuro para hacer el hechizo de transportación sin ser visto. Al pasar al otro lado, normalmente se hacía por una puerta corriente y nadie lo notaría.

Comencé a gastar la tiza sobre la pared.

—Espero que no termines en la playa de nuevo. Por cierto, ¿qué fue lo que deseaste al cruzar la puerta aquella noche?

—Nada importante —respondí evasivo—. *Valetudinarium* —dije, y giré la perilla mágica.

Al cruzarla llegué a los blancos pasillos del hospital. Miré hacia atrás y Alonso no parecía dispuesto a pasar.

—Venga, cuéntame —insistió.

—El lugar que siempre tendría en el corazón. —Le di la espalda.

Él me siguió y, tan pronto cruzó, se posó sobre mi hombro para hablarme al oído:

—Pero, picarón… ¿no fue allí donde se encontraron y bailaron y todo eso? No me digas que tú… ¡Oh! ¡Jo! ¡Jo! —comenzó con su típico arrullo, su forma de reírse y burlarse—. ¡Ahora todo tiene sentido! ¡Te gusta la chica!

Agarré a Alonso de mala gana y, aunque estrujó las alas, lo escondí dentro del abrigo. Si lo veían en pleno hospital podría formarse algún problema. También fue una buena excusa para hacer que cerrara el pico.

No había más razones para tener a la señorita Oakley justo en el corazón que no fuera la culpa de haberle hecho aquel daño.

Me guardé las manos en los bolsillos y me moví a través del hospital. Minutos más tarde, y con un poco de ese encanto innato que poseo, encontré una enfermera que de manera muy amable y coqueta me dejó saber dónde se encontraba el cuarto del señor Oakley.

Antes de entrar a la habitación, me pregunté cuál sería la mejor manera de proceder. Quise entrar y ver cómo se encontraba la otra víctima indirecta de mis errores.

Consideré diversas formas de hablar con él, incluso deseaba disculparme. Pero al estar casi seguro de que me reconocería, me contuve.

Caminé hasta las afueras, yendo hasta un balcón que conectaba con unas escaleras.

—Revisa el edificio —pedí a mi plumífero amigo, que bromear salió volando.

Minutos después, el palomo regresó y se posó en mi hombro.

—Nada…

—¿Cómo está el señor Oakley?

—Está conectado a unas máquinas. Parece que está muy mal —respondió con seriedad, y eso me hizo sentir peor.

—Vamos a la casa de Pendragon.

Usé la puerta del baño y creé una nueva puerta que nos sacó a través de un árbol por las inmediaciones de la mansión de Pendragon; un lugar tan jodidamente elegante como su dueño.

Caminé por los alrededores guardando las distancias, mientras Alonso volaba alto con la intención de buscarla.

—Nada —dijo, cuando regresó al cabo de unos minutos.

—Y él, ¿cómo está? —pregunté con curiosidad.

—Ahora mismo le están quitando la piel muerta de la pierna, así que está lanzando mil palabrotas.

«Otra vida arruinada», pensé.

—Vámonos —expresé derrotado. Mis ánimos comenzaban a irse a la mierda.

Repetimos el proceso una tercera vez y de nuevo llegamos a las calles del centro del pueblo. Por alguna razón fantaseé con verla por allí caminando, justo como cuando la vi por las calles la primera vez: con el ceño fruncido, haciéndole pucheros a su padre, que la seguía. Y deseé con todas mis fuerzas que todo hubiera sido distinto.

Alonso salió volando de nuevo para tener una vista más clara de todo. Me hundí en mis pensamientos, ido, frustrado.

—¡Krane! ¡Creo que la encontré! —exclamó Alonso—. ¡Sígueme!

El corazón se me quería salir del pecho. Necesitaba saber que ella estaba viva, que al menos estaba bien y que había comido algo.

Alonso voló a corta distancia para que pudiese seguirlo con facilidad. Corrí unos cuantos tramos tras mi amigo.

Hasta que, de repente, me detuve en seco.

—¿Qué demonios? —chillé, y quise vomitar ante lo que vi.

Alonso voló hasta mi hombro, callado. Solo me hizo compañía. .

El problema era que tenía sentido si aquel gato muerto en el pavimento era ella. Estaba hinchado, a unas horas de haber explotado en pedazos.

—Ese que está enfrente es el hotel donde ella se alojaba, ¿verdad?

—Sí… —Me senté en el suelo, me cubrí el rostro con las manos y maldije una y mil veces la hora en que toda esa estúpida cadena de acontecimientos había comenzado. Me dolía en el alma haberle arruinado la vida a otra inocente más.

—Krane… ¿eso acabas de hacerlo tú? —me preguntó Alonso al oído, interrumpiendo mis pensamientos.

Al no entender de qué me hablaba, me destapé los ojos, alcé la mirada y comprendí a qué se refería. Todas las luces de Valparosa se habían apagado. Se escucharon diversos gritos y quejas provenientes de las casas ante la situación de verse a oscuras.

Alonso voló hasta el cielo y regresó de inmediato.

—¡Apagaste toda la isla! ¡¿Sabes lo que eso significa?! —exclamó, dándome picotazos en el rostro—. Las cosas se van a poner peor si no haces algo. ¡Joder, Krane! ¡Despierta! ¡Sabes que no es una puta broma! ¡Devuelve la energía eléctrica a la isla o estamos fritos!

Intenté calmarme, aunque con los constantes reclamos era difícil. Cerré los ojos, respiré hondo, me tumbé en el suelo y los abrí de nuevo. Todo volvió a la normalidad.

—Siento que estoy perdiendo el control.

—Ya lo veo… —respondió, ante unas primeras gotas de lluvia cayeron—. ¿También eso lo hiciste tú?

—Quizás… no lo sé —respiré hondo, y, aún tirado en el suelo, permití que las gotas me cayeran encima, empapándome por completo—. Si no provoqué esta lluvia, esto es un vil cliché para reflejar mi tristeza.

—No me hagas llamar a sor Teresa —dijo Alonso, mientras con el pico intentaba agarrar algunas hebras de mi pelo y halar de ellas—. ¡Vamos, reina del drama, levántate! —insistió—. ¿Y si esa no es ella?

Me puse de pie, lo ignoré y seguí caminando. La lluvia no cesaba, y no sabía si todo aquel desorden atmosférico era mi culpa, pero comenzaba a sentirme aún más débil.

—¡Deberías parar toda esta mierda! —escuché a Alonso gritar, intentando acercarse a mí, pero la lluvia había ganado tanta fuerza que lo tumbaba repetidas veces.

La debilidad era tal que comencé a sentirme mareado. ¿Por qué no podía apagar todas aquellas emociones? ¿Por qué me hacían perder el control? ¿Por qué vivía con esa puta maldición?

—Usa tus benditas puertas mágicas y vamos con sor Teresa —insistió Alonso.

Tenía razón. Debía buscar un lugar cuanto antes, porque me iba a desmayar de nuevo.

Con las pocas energías que me quedaban, corrí y, aunque el agua bajaba fuerte por las paredes, gasté la tiza sobre una de ellas.

Necesitaba un poco de ayuda visual y nada más.

—*Mater* —dije con voz entrecortada.

La forma de la puerta terrible-mente hecha había funcionado y esta se abrió para mí.

Nos abalanzamos hasta el templo. Abrí la puerta de la habitación de sor Teresa y, justo allí, encontré lo que menos me habría imaginado.

—*Mira*, Krane, tenemos una visita —dijo la monja, sentada sobre su cama, acompañada de un pequeño felino oscuro.

Con una sonrisa, sor Teresa acariciaba su pequeña cabeza. El felino, al verme, saltó de la cama para acercarse.

—Vieja, ¿por qué no me llamaste? —pregunté.

—Dejaste el celular.

Caí de rodillas, más aliviado. El gato se sentó frente a mí, juzgándome con sus inmensos y brillantes ojos.

—Por fin nos encontramos —dije.

La gata, sin poder decir nada, se quedó allí maullando sin cesar.

Pero solo me bastó chasquear los dedos para que sus maullidos se transformaran en palabras.

—¡Eres un soberano hijo de puta! —Fue lo primero que logré escuchar de su pequeña boca y lo último que oí antes de caer desmayado como un idiota.

El Arrepentido

Viola Oakley

Por alguna razón, aquella noche calmada de luna llena, sin nubes en el firmamento, fue el preámbulo para lo que parecía una tormenta. El rostro de la monja me dio a entender que había algo preocupante en aquello, pues fue algo demasiado repentino.

Sor Teresa, suponiendo que el gato era yo, me explicó que después de aquel accidente Krane no estaba bien. No le creí hasta que lo vi con mis propios ojos.

Escuchamos un ruido extraño segundos antes de que se abriera la puerta. Mi corazón dio un vuelco al ver al mago entrar acompañado del ave blanca. Pensé que mis problemas acabarían, pero de inmediato me percaté de su desastroso estado, y supe que apenas era el principio.

Quería insultarlo, lo había pensado y practicado en mi mente durante días. Quería abalanzarme sobre él, morderlo, arañarlo y todo ese tipo de cosas. Sin embargo, el hombre que me encontré era el completo opuesto a lo que pensé que vería después de aquellos días eternos para mí.

—Por fin nos encontramos —dijo Krane, con una sonrisa cansada, algo distinto a lo que imaginé.

Estaba mojado, y, cuando se arrojó de rodillas al suelo, formó de inmediato un charco de agua. Su rostro estaba amoratado.

Maullé, quería decirle mil cosas. Pero a pesar de que mi limitada vista me recordaba que era un felino, olvidé que no podía hacerlo.

Krane, que parecía cansado y sin fuerzas, chasqueó los dedos.

—¡Eres un soberano hijo de puta! —escupí. Sin embargo, no me sentí bien, en especial cuando lo vi caer al suelo—. ¿Qué le pasó? —pregunté.

Sor Teresa se puso de cuclillas a su lado y le dio unas cuantas bofetadas en el rostro.

—No ha comido y no para de abusar de su magia —intervino el ave—. Ha estado descontrolado desde que desapareciste. —El palomo vino hasta mí y me dio un picotazo en la cabeza.

Intenté agarrarlo, pero se alejó inmediatamente.

—Todo esto fue él: el clima, el corte de luz… —explicó Teresa mientras rebuscaba en sus cajones. Sacó unos sobrecitos de azúcar, regresó junto al mago y le hizo tragar el contenido de uno de ellos.

—Señora, ¿por qué no me dijo la primera vez que hablamos que él podía llegar tan lejos? Me hubiera marchado —dije.

—Eso no te lo crees ni tú —espetó el pájaro—. ¡Krane no pudo ser más claro! ¡Y mírate, te quedaste aquí porque quisiste!

—Me iba a quedar trabajando en otros asuntos.

—Si hubieras tenido un trabajo normal, no estaríamos así. Vamos, ¿por qué carajo haces eso? ¿Por qué te ganas la vida jodiéndosela a otros? —reclamó el ave.

—Tengo mis razones, no tengo que explicarte nada

—Eres una mentirosa. ¡Si todo se va a la mierda será culpa tuya, imbécil! —exclamó—. ¡Por ser tan chismosa!

—¡No me hables de ser chismosa, que fuiste tú el que me estaba espiando!

—¡Y quién sabe de la pequeña sorpresa de la que te libré! Solo a una mujer tan tonta se le ocurre acostarse con un hombre justo el día que lo conoce. Eres más fácil que la tabla del cero.

—¿Y qué demonios sabe un ave de matemáticas? —Intenté ir hasta el maldito palomo para agarrarlo.

Tomé impulso y salté, pero el pájaro se alejó demasiado.

—Lo mismo que sabes tú de decencia, niña —respondió molesto.

—¡¿Se pueden callar?! —gritó Teresa.

Pasó los brazos bajo las axilas de Krane, hizo bastante fuerza y lo arrastró hasta colocarlo en la cama. No entendía cómo una anciana tenía tanta energía. Deseé poder ayudarla, pero mi condición felina no me lo permitía.

Tan pronto ella lo acomodó, alguien llamó a la puerta. Noté que la monja estaba sudando. Se veía nerviosa.

—Sor Teresa, venga, necesitamos ayuda. ¡El techo tiene goteras! No podemos con tanta agua. ¡Si no limpiamos, todas terminaremos ahogadas! —gritó una mujer alterada al otro lado de la puerta.

—¡Voy en un segundo! Sigan limpiando, voy para allá. —La monja masculló antes de decidirse a salir—. No hagan nada estúpido —dijo, y se marchó corriendo.

Salté hasta la cama y vi que Alonso volaba hasta ella. Ambos nos detuvimos frente al rostro dormido del mago.

—¡Bello durmiente, despierta! —insistió Alonso.

—¿No será mejor que descanse? —pregunté—. Así recobrará fuerzas más rápido y me devolverá a la normalidad.

—Eso es lo único que te importa, ¿verdad? ¿Tu bienestar?

—Quizás no sería una prioridad si no estuviera prisionera en este cuerpo por culpa de tu amo, ¿no crees?

—*Touché* —respondió Alonso, y voló hasta la ventana, observando lo feo que se había vuelto todo allí fuera.

—¿De verdad él es el causante de toda esta lluvia?

—Yo creo que sí. Él no puede controlarse mucho si sus emociones se ven afectadas. Pero esta es la primera vez que lo veo de esta manera.

—Al saber que su carrera se arruinó, me imagino que…

—No, idiota —me interrumpió irritado—. Se siente culpable por lo que te hizo. Esto comenzó desde que nos encontramos un gato muerto y pensó que eras tú.

—Oh, es comprensible… —De cierta manera eso me sorprendió.

El ave no parecía ser de esos que meditan; sin embargo, se quedó un buen rato sin decir nada. Iba de un lado a otro, como si estuviera maquinando algo.

—Gatita, ¿podrías hacerme un favor? Bueno, para ser exactos, dos.

—Supongo que sí.

—¿Me abres la puerta?

—¿Y vas a dejarme sola aquí? —pregunté—. ¿Qué pretendes que haga?

—Ese es el otro favor que quería pedirte. Necesito que le eches un ojo mientras no estoy.

—¿Adónde vas? ¿Qué le digo si me pregunta adónde te fuiste?

—Dile que fui a ver a un amigo.

—¿A qué amigo?

—¡¿No ves cómo eres una entrometida?! —gritó, y estiró las alas—. Por eso mismo te metes en tantos problemas. Solo dile que fui a ver a un amigo y nada más. ¿De acuerdo?

—De acuerdo.

Bajé de la cama y caminé hasta la puerta. Con el pico, Alonso quitó el seguro de la puerta y salté hasta girar la perilla con las patitas. Fue algo difícil pero no imposible. El ave aseguró de nuevo la puerta antes de salir.

Al darme la vuelta, vi al mago aún dormido. Corrí hasta él, tomé impulso, salté y aterricé en la cama.

Era la primera vez que podía apreciarlo de verdad desde tan cerca. Era quizás uno de los hombres más atractivos que había visto en toda mi vida. Tenía los rasgos masculinos pero delicados al mismo tiempo. Un rastro de vello facial comenzaba a presentarse en el rostro que, además de descuidado, estaba amoratado.

—No sé si me escuchas, pero, sea lo que sea que hagas para provocar este tipo de cosas, por favor, detenlo. —Me sentí estúpida por hablarle a alguien que no me daría una respuesta—. Hazlo por sor Teresa. Se ve que la has hecho pasar por muchas cosas.

No hubo señal de que despertaría pronto. En ese caso, mi lado felino ganó y, cuando menos lo esperaba, me había quedado dormida hecha un ovillo a su lado.

Una agradable sensación me despertó. Una caricia sobre mi cabeza tan agradable que me hizo ronronear. ¿Y si poco a poco me iba transformando más en un gato y dejaba de ser humana del todo? Eso me preocupaba.

Abrí mucho los ojos y miré a mi alrededor, tratando de entender qué había pasado. Y allí me lo encontré mirándome con la sonrisa que había pasado horas esperando, aquel gesto irritante y burlón que me provocaba deseos de arañarle el rostro.

—Técnicamente hemos dormido juntos, Viola Oakley, vaya giro de los acontecimientos. ¿Imaginas la reacción de Pendragon? —comenzó con una broma, pero su rostro parecía algo dolido, como si el humor fuera la coraza que utilizaba para proteger algo más.

—Vete a la mierda y devuélveme a mi cuerpo. —Seguía haciendo cosquillas sobre mi cabeza, pero me hice a un lado.

—Te oí ronronear. ¡No puedes negar que te estaba gustando! —exclamó con aquella sonrisa de dientes perfectos.

—Créeme que todo esto no es gracioso para mí. —Traté de proyectar seriedad en mi voz, pero mi rostro peludo no ayudaba a hacer desaparecer aquella sonrisa en su rostro.

—Lo sé, perdóname. Es que estás adorable —intentó seguir con sus bromas.

—Imbécil —dije.

Le di un leve golpe en la frente sin sacar las uñas y, al ver que esa sonrisa no se le iba del rostro, le di unos cuantos golpes más.

—Imagino que deseas matarme —dijo—. Desahógate, aráñame, haz lo que quieras, creo que lo merezco. —Aunque sonreía estaba raro, casi triste.

—No. Te prefiero con vida, así me devolverás a la normalidad.

—Lo haría ahora mismo, pero mírame, estoy hecho una mierda. —Echó la cabeza hacia atrás, con gesto cansado.

—Ya lo veo.

—Por cierto, ¿dónde están los demás? —preguntó mientras hacía el intento de sentarse en la cama.

—Mira por la ventana. Según tu paloma, tú provocaste esto. Sor Teresa tuvo que ir a ayudar a las demás monjas, ya que el edificio tiene goteras. Y pues…

—Ay, mi vieja… —Suspiró.

—Se preocupa mucho por ti… Quizás tú no lo notas, pero ella actúa como si esto no fuera algo nuevo. ¿Por qué le provocas tantos pesares?

Krane se quedó callado y me observó con sus grandes ojos azules. No se parecía en nada a lo que imaginaba de él. Estaba melancólico.

—Deberías apreciar lo que ella hace por ti. Pero no le des más trabajo del que pueda soportar, o terminarás haciéndole daño.

—¿Por qué me das consejos? ¿Por qué estás tan tranquila? —Vi que cerraba los ojos, llegando a un estado de concentración tal que la lluvia comenzó a mermar.

—Créeme, te tengo aquí, vulnerable, y ganas no me faltan de arrojarme sobre ti y de reventarte un ojo —me sinceré—. ¿Pero me sirve de algo hacerle daño a la única persona que quizás me pueda sacar de este apuro?

—Supongo que tienes razón. —Comenzó a reír.

Sin embargo, noté que se tocaba las costillas al hacerlo.

—¿Cómo terminaste así?

—¿Alonso no te dijo nada? —preguntó sorprendido.

—Nada.

—Esto, pues, es cosa de tu novio —titubeó un poco.

—No es mi novio —respondí.

No sabía por qué me vi en la obligación de aclarar eso. No obstante, escuchar hablar de Jiro me aceleró el corazón. Saber que él actuó en mi defensa ante mi desaparición me hinchó el pecho. Me hizo sentir de alguna manera importante para él. Deseé poder verlo.

—¿Cómo está? —pregunté insistente—. No le hiciste daño, ¿verdad?

—Bueno, tuve que defenderme. —Noté que su rostro se ensombrecía. Le costaba decirme eso.

—Eres un cobarde… —respondí, y bajé de la cama.

Me fui y salté al marco de la ventana. Estaba preocupada por Jiro. Pensaba que si Krane, un ser sobrenatural, estaba en ese estado, Jiro debía estar moribundo.

—No quería hacerle daño… te lo juro —insistió él.

—¿Está en algún hospital o algo? —pregunté preocupada.

—No, pero… —Hizo una pausa, y le tembló la voz—. El que sí está en un hospital es tu padre…

—¿Qué le pasó? —Me costó preguntar eso, me dolía.

—Un infarto. Fue después de… —confesó.

Tenía la voz entrecortada, estaba avergonzado, y con muy buenas razones.

—Entiendo. No te molestes en darme explicaciones —espeté.

—Viola, yo lo…

—Sé lo que vas a decir —lo interrumpí—. Ahórratelo, por favor. —Quería llorar, ser humana solo para expresar todo aquello que sentía y desahogarlo con lágrimas—. Solo recupérate para que me devuelvas al menos una pizca de la vida que me has quitado. —Fue lo único que pude decir.

La lluvia no cesaba, y si eso era un reflejo de su culpabilidad, me comenzó a importar poco. A él no le había importado destrozarme en mil pedazos.

Estaba perdida en mis pensamientos, hasta que la puerta se abrió. Sin embargo, no quise mirar a nadie; pensaba que se darían cuenta de mi estado emocional.

Cayó un rayo, y fue la reacción de Krane la que me tomó por sorpresa.

—¡Alonso!, ¡¿por qué has traído a este viejo?! —gritó alterado.

—¿Viejo? No hables así de tu padre —pidió Alonso.

El padre

Viola Oakley

¿Su padre? ¿Ese era su padre? Al darme la vuelta, no pude creer lo que mis ojos veían. Me acerqué hasta el caballero. Al verlo tan de cerca, sabía que no estaba loca. Aquellos pequeños ojos azules y su rostro arrugado y gentil pertenecían a un viejo conocido.

No sabía qué pensar. Aquel hombre, tan misterioso y nebuloso, era el padre de Krane.

—¿Sigmund Shaw? —pregunté sorprendida.

—¡Señorita Oakley! —exclamó, y colocó su maletín en la mesa.

Fue hasta mí, se puso de cuclillas para observarme con detenimiento y me tendió la mano para que le diera mi pata.

Me sentí pequeña y ridícula al saludarlo de esa manera. Curiosamente, él no se sorprendió al saludarme.

—Es un placer verla de nuevo, pero a la vez es una vergüenza tener que dar la cara a raíz de estos sucesos —dijo—. Me disculpo por las acciones de mi hijo —concluyó, con un apretón de *manos*.

—Siempre quieres dar la cara en este tipo de momentos. ¿Para qué? ¿Para hacerme sentir peor? ¿Para tratarme como un chiquillo y querer resolver mis problemas a tu manera? —preguntó Krane, molesto, mientras intentaba levantarse de la cama.

La lluvia regresó acompañada de truenos y rayos más constantes. Pensé que traer a ese hombre había sido un error. La idea era parar todo eso, no acrecentarlo.

El hombre pasó por mi lado, llegó hasta su hijo y lo empujó de nuevo a la cama.

—El día que comiences a actuar como un adulto, tal vez deje de tener que dar la cara por ti —respondió cortante.

—Le prometí a la chica que resolvería esto. Créeme, no necesito tu ayuda, y mucho menos que interfieras. A ella no le…

—Vamos, cállate y escucha a tu padre —lo interrumpió Alonso.

—¡Tú no te metas en esto! ¡Abusaste de mi confianza! —exclamó Krane, dirigiéndose al ave.

Alonso voló hasta él para intentar darle un picotazo, pero el mago lo ahuyentó con la mano.

—¡Lo siento, princeso, pero no estamos para peleas! —insistió el palomo—. Tenemos a una gatita que nos necesita. Así que escucha a tu padre.

Me pareció muy extraña la reacción de Krane ante la presencia del doctor Shaw. Intentó ponerse de pie una vez más, pero el anciano lo empujó de nuevo.

—¿Quieres redimirte después de esta metedura de pata? Pues deberías confiar en mí, al menos esta vez. Lo primero —dijo, mientras señaló por la ventana— es que detengas toda esta mierda *ya* mismo —ordenó, y yo di un respingo al ver que sus ojos resplandecían.

—¡Lo intenté y no pude! —insistió el hijo, con frustración. No parecía estar mintiendo.

—No me importa. ¡Inténtalo de nuevo! —reclamó el padre—. Segundo: necesito que te recuperes. —El hombre caminó hasta la mesa—. Traje algo para eso —dijo, sacando un delgado termo de su maletín.

El doctor Shaw fue hasta las pertenencias de sor Teresa, cogió un cuenco que estaba en una esquina sobre una pequeña mesa y vertió un familiar líquido de suculento olor.

Se me hizo agua la boca. Estaba hambrienta y aquel olor, aquel bendito olor, me hizo recordar el día que mi padre se había recuperado gracias a ese doctor. Así que aquel caldo debía ser mágico.

En fin, el tipo no podía ser tan malo como Krane lo pintaba. Seguí todos los movimientos de Shaw, con la esperanza de que se dignara a darme un poquito de aquello. Pero su rostro estaba tan severo que me limité a no decir nada.

—¡No sé qué es lo que traes ahí, no pienso tomarlo! —exclamó Krane a la defensiva.

—Confía en mí. —El anciano apretó los labios e intentó mantener la calma.

—Sabes que no puedes pedirme que haga eso.

El hombre no dijo nada más. Colocó el caldo en una pequeña mesita de noche que se encontraba al lado de la cama. Sin añadir más, se alejó, se sentó en una silla de madera cerca de la salida y se cruzó de brazos para mirar a su hijo, expectante.

—Lo siento, pero no voy a tomarme esa porquería. —Krane negó con la cabeza.

—¿Te interesa resolver este problema lo antes posible? —preguntó Shaw mientras me señalaba.

Me sentía incómoda al ver esa leve trifulca familiar sin tener una idea clara de por qué ambos se llevaban de esa manera.

Krane no se molestó en contestarle a su padre. El viejo frunció el ceño y dejó escapar una exhalación pesada.

—Al parecer no. ¿Pretendes que ella tenga que esperarte? —Se cruzó de brazos—. Necesitas recuperar las fuerzas cuanto antes para que devuelvas *todo* a la normalidad.

Al ver que Krane no quiso responderle, el caballero se puso de pie.

—Iré a ver a sor Teresa. Alonso, vámonos… —El ave voló hasta el hombro del médico, que guardó al pájaro en el bolsillo de su chaqueta y salió por la puerta, dejando su maletín.

Por un momento sentí que era invisible, pero al parecer Shaw se había ido a propósito, con la intención de que su hijo cediera un poco.

Krane no decía nada, tenía la mirada clavada en el techo, irritado. Subí hasta la cama y me atreví a sentarme sobre su pecho.

—No sé qué pasa entre ustedes, pero ¿no crees que eres un poco brusco con tu padre? —Entrecerré los ojos; era lo más cercano a una expresión de molestia que podía dedicarle.

—Que lo veas ahí tan tranquilo no quiere decir que sea un buen padre.

—Bueno o malo, está aquí, en tu peor momento. Creo que eso lo vale. —Salté hasta la mesita a su lado, donde estaba el caldo que había dejado el doctor—. ¿Por qué no te lo quieres tomar? Huele genial. Si no lo quieres, me lo tomaré yo, te lo aseguro.

—No te acerques a esa porquería. No confío en él. Quién sabe qué rayos le echó. No sería la primera vez que lo hace.

—Huele exactamente igual a lo que le dio energía a mi padre. Vamos, quizá solo desea acelerar tu recuperación. Toma, aunque sea un poco.

Se negó. Suspiré; me estaba empezando a molestar.

—Entonces, ¿voy a tener que esperarte? —Alcé el tono de voz—. No es muy placentero estar así, ¿sabes? Soy pequeña, no puedo agarrar cosas con estas patitas, apenas puedo ver correctamente, ¡y tú estás aquí debatiendo si tomarte un simple caldo o no! —Me acerqué y sumergí la lengua en aquel tibio líquido.

No sabía igual que el otro, pues las glándulas gustativas en mi estado felino sentían las cosas de otra manera. Pero la sensación que me provocó fue la misma que la primera vez. Era adictivo tomarse eso.

—¡Estás loca! —exclamó. Puso su mano bajo mi pequeño cuerpo para sostenerme en el aire y arrojarme a la cama—. ¡No quiero que aceptes nada de él!

—Si desconfiabas tanto de él, ¿por qué me diste su tarjeta la primera vez? ¿Querías que matara a mi padre?

—Su problema es conmigo y con nadie más.

—Yo solo veo a un padre preocupado por enmendar los errores de su propio…

—Shhh… —Me mandó a callar con un gesto de la mano—. ¿Si me bebo eso te callarás?

—Siempre y cuando me devuelvas mi cuerpo en cuanto recuperes las energías.

—Trato hecho —respondió.

Agarró el cuenco y se bebió esa cosa con rapidez. Fue curioso ver que de inmediato algunos de sus moretones desaparecieran por arte de magia.

—¿Ves? Y estabas dudando del pobre anciano —señalé, negando con la cabeza.

—Que conste que solo lo hice por ti.

—Gracias… —respondí.

Por suerte no estaba en mi forma humana, o quizá me hubiese sonrojado.

—Saber que guardarás silencio es algo alentador —aclaró.

Quise ir hacia él una vez más con la intención de golpearlo con la pata. Sin embargo, el mago se puso de pie como si nada e inmediatamente se quitó el abrigo mojado. Se había quedado con un suéter que llevaba debajo, igual de empapado que su chaqueta.

La humedad de la prenda hacía que estuviera ajustada al cuerpo, dibujando la forma de su torso.

Me quedé embobada, tanto que sin darme cuenta de repente sentí su abrigo de cuero sobre mí. De inmediato comprendí lo que intentaba hacer.

En la oscuridad, lo escuché decir algo en latín que no logré entender. Pero nada cambió en mí, no sentí nada. Retiró el abrigo, volvió a hacer lo mismo, y así dos veces más.

Nada.

Arrojó al suelo la chaqueta. Frustrado, se sentó en la cama y se cubrió la cara con ambas manos. Aquello no pintaba bien.

—Quizás aún no te has recuperado por completo —dije en un intento de darle ánimos.

—No puedo deshacer la transmutación. No lo entiendo. —Apretó los dientes mientras clavaba sus delgados dedos en la piel de su rostro.

—Oye… —caminé hasta él y coloqué mi pata sobre su rodilla—… tómalo con calma. Resolvamos un problema a la vez. —Señalé con la cabeza hacia la ventana.

Él cerró los ojos y la cosa pareció calmarse un poco afuera.

—Sabes que quiero volver a la normalidad, pero si tengo que esperar unas cuantas horas más, lo haré con tal de que puedas hacerlo. En fin, parte de esto es culpa mía.

—Soy el responsable. Pude haber sido más claro contigo desde un principio.

—No me conocías —respondí—. Igual, no importa de quién sea la culpa, el daño está hecho. Ahora eso no es importante. Vamos, concéntrate.

Al cabo de unos minutos de silencio, la cosa mejoró. Pude notar su semblante más relajado. En especial, noté que su estado de ánimo se aligeró al llevar su mano a mi cabeza para acariciarla. Pero la alejó de inmediato cuando le propiné un mordisco.

—¡Calma, mujer!

—¡Pues no vuelvas a hacer eso!

Nos quedamos callados por un momento. Krane fue hasta la ventana con lo que parecía ser la intención de ver el daño hecho, pero con la poca iluminación se le iba a hacer difícil. Así que me impulsé y salté a su hombro. Fue complicado mantener el equilibrio, pero él colocó su mano detrás de mí para que pudiera utilizarla de apoyo.

—Hay unos cuantos árboles caídos —conté, presumiendo un poco de algo muy positivo de ser gato, la visión nocturna.

—¿Puedes ver todo eso? ¡Es genial! —Sonrió.

—Créeme cuando digo que no lo es. De día no veo para nada bien.

Murmuró algo que no pude descifrar, y, cuando menos lo pensaba, volvió a acariciar mi cabeza.

—Espero que puedas perdonarme en algún momento.

Lo dijo con tanta pena que fue difícil decirle algo. Ni siquiera me atreví a morderle otra vez la mano.

—Siempre y cuando puedas resolver esto —respondí, cerrando los ojos y disfrutando de sus caricias.

—Haré todo lo que pueda… Te lo prometo.

Lo más educado para mí hubiera sido darle las gracias por prometerme su ayuda. Pero no podía, era imposible demostrarle agradecimiento por algo que él tenía la obligación de enmendar.

—Oye… —Después de unos segundos, pensé que era más conveniente cambiar de tema—. ¿Cuál es el verdadero nombre de tu padre?

—Sigmund Utherwulf. Shaw era su apellido de soltero.

—Y supongo que tu padre es como tú, es decir… —me costaba parafrasear todo, pues no dejaba de parecerme irreal—… con tus habilidades y todo eso.

—Sí y no. Todos tenemos habilidades distintas. Las suyas son ideales para curar a las personas —explicó.

—¿Y cuáles son las tuyas?

—¿Yo? Pues… —Se quedó pensativo, muy callado. Me sostuvo una vez más en el aire para luego dejarme sobre la cama, casi como si no se sintiera digno de tenerme cerca de él—. Yo solo soy un puto desastre.

—¿Por qué dices eso?

Se veía dolido. Había algo que no quería decir o que lo avergonzaba. Todo de repente se volvió muy incómodo.

No dijo nada y yo preferí quedarme callada.

No quería incomodarlo; sabía cómo reaccionaba. Primero con el asunto de Erika donde pensé que me mataría, luego ante la culpabilidad y ante la presencia de su padre. Ese hombre era todo un caos emocional y lo necesitaba de buen humor.

Sin mucho más que hacer, me hice un ovillo y cerré mis ojos. Era extraña la naturalidad con la que me acoplé al cuerpo felino.

Desperté cuando escuché al doctor volver acompañado de Alonso.

El hombre, al verme, asintió y me dedicó una sonrisa que interpreté como un «Gracias por convencerlo de tomarse eso».

—Lo intenté de nuevo, pero no pude... —dijo Krane a su padre, sin apenas mirarlo.

Tenía la vista clavada en la ventana. No estaba segura de qué miraba con exactitud o si era una excusa para no dar la cara.

Alonso voló hasta su hombro e inclinó su diminuta cabeza, mirando fijamente a su amo.

—Vamos, déjate de niñerías. Inténtalo una vez más —dijo el palomo.

Krane recogió el abrigo del suelo. Fue hasta mí con prisa y lo arrojó de nuevo. Hizo el mismo proceso y nada. Lo hizo tres veces más sin éxito.

—¿Qué piensas de esto, Sigmund? —Alonso voló hasta el hombro del anciano.

El hombre estaba pensativo y frunciendo los labios. Sus ojos celestes casi se hicieron imperceptibles, ocultos bajo las arrugas de sus párpados. Se dio la vuelta, fue hasta la mesa y sacó un libro malgastado de su maletín.

—Espero que esto pueda servirte de algo —dijo.

Caminó hasta su hijo para entregarle el libro, pero Krane seguía dándole la espalda. El anciano le dio leves golpes con el libro hasta que este le dio la cara. Pensé que protestaría, pero no. Lo agarró con ambas manos y asintió.

—Padre... —dijo entre dientes. Se veía a leguas que le costaba trabajo llamarlo así.

Los pequeños ojos del anciano se agrandaron al escuchar aquella palabra que pareció hacer alguna magia en él.

—¿Podrías hacerme un favor? —Al saber que se trataba de un *favor*, el semblante del médico cambió. Sin embargo, la petición de Krane me aceleró el corazón—. ¿Podrías ir con el señor Oakley y ver qué puedes hacer por él?

El semblante del anciano cambió una vez más, pues al parecer no esperaba esa petición por parte de Krane.

Sigmund dejó escapar una pequeña sonrisa y asintió al tiempo que me miraba.

—Iré de inmediato, señorita Oakley.

Sin esperar un «gracias» a cambio, el hombre, que era tan misterioso como su hijo, salió de aquella habitación.

—Gracias... —dije a Krane.

Aunque me costó aceptarlo, no podía negar que estaba algo agradecida, a pesar de toda la situación.

Sin embargo, sentí que le di mucha importancia a ese simple gracias, ya que me ignoró por completo. Comenzó a caminar de un lado para otro como un loco a la vez que comenzaba a leer del libro que su padre le dejó.

Estuvo unos minutos actuando de una manera muy errática: leía y pasaba páginas con rapidez. Mientras, el palomo volaba de un lado a otro intentando ver lo que su amo examinaba en aquel libro.

—¡Dime algo! ¿O quieres que me dé un infarto? —chilló Alonso, estrujando sus alas y siguiéndolo cómo mejor podía.

Seguí a ambos con los ojos. Los movimientos repetitivos de los pasos de Krane hacían que mis instintos se despertaran y tuviera la necesidad de arrojarme sobre ellos.

Cerré los ojos; eso no podía estar pasando.

—No es por apresurarlos, pero cada vez me siento más como un gato y menos como una persona.

Alonso estrujó sus alas y casi se abalanzó sobre Krane.

—¡Krane, haz algo! —gritó nervioso—. ¿Recuerdas lo que pasó con Chucky? ¡Está pasando lo mismo! ¿Recuerdas cuando empezó a ser más muñeco que humano? Entonces…

—¡Alonso, eso fue una película! —gritó Krane, interrumpiendo al ave—. ¡Por todos los dioses! Déjenme leer, que creo que encontré algo.

Krane mascullό. Su gesto no me gustó. Hizo una mueca; no parecía muy alegre, pero solo pude distinguir una sombra de preocupación en sus rasgos.

—Tengo una buena y una mala noticia —dijo finalmente—. ¿Cuál deseas que te diga primero?

—La mala, supongo…

—Sospecho que serás un gato para siempre.

El libro

Viola Oakley

—¿Y lo dices tan tranquilo?

—Es decir, no estoy seguro de nada —respondió.

Cerró el libro y de nuevo se sentó en la cama.

Trató de buscar mi cabeza para acariciarla, pero saqué las uñas y le di un golpe en la mano.

—Después de eso, ¿cómo puede haber una buena noticia? —pregunté molesta, e inevitablemente le siseé—. Y para colmo me lo dices como si nada. ¡No entiendes lo que siento, esto es demasiado para mí! ¡Necesito que me devuelvas mi cuerpo cuanto antes! —reclamé, y clavé las uñas en su húmeda espalda.

Krane, tras un quejido, me agarró por la piel del lomo y me arrojó al suelo. Por suerte, caí de pie.

—¡Déjame terminar! ¡Y luego aráñame si quieres! —gritó alterado.

—¡Cálmate, Gatúbela! —intervino Alonso, volando hacia mí—. Me imagino que si está tan tranquilo es que tiene una solución, o quizás una manera de cagarla más. Con él nunca se sabe.

—La buena noticia es que quizás puedo hacer algo que pueda devolverte a la normalidad, temporalmente —dijo el mago.

—No quiero algo temporal —siseé—. Quiero ser como era. Haz lo que tengas que hacer, pero hazlo, por favor.

—Eso es lo que te quería explicar. Según el libro que me dejó el viejo, si una transmutación falla es por diversas razones. —Krane abrió el cuaderno de nuevo y me hizo un gesto para que no lo interrumpiera. Se acomodó un mechón de pelo detrás de la oreja y comenzó a leer—: «La transmutación, o el arte de transformar elementos en otros, es uno de los encantos más utilizados por los principiantes… —hizo una pausa para leer una de sus partes con más detenimiento—… por su facilidad en su realización y reversión». —Se detuvo e hizo un gesto con el dedo pulgar—. Que conste que estaba seguro de que todo iba a salir bien —señaló, y me observó.

—Entonces, ¿nos estás queriendo decir que eres aun peor que un principiante? —preguntó Alonso, a lo que Krane no respondió. No porque no lo escuchase, más bien prefirió fingir que no lo había hecho.

—Si el encanto era tan fácil, entonces, ¿por qué sigo así?

—Cállense y escuchen. —Volvió a colocarse el rebelde mechón detrás de la oreja y siguió leyendo—: «Cuando una transmutación falla, se debe a dos motivos: Que el arcano ha perdido sus poderes…». —Hizo una pausa y señaló—: Algo que no es mi caso. «… o que hubo alguna clase de interferencia mágica».

—¿Interferencia mágica? —pregunté.

—¡No me hables en chino, Krane! Sabes que entiendo casi todas tus locuras, pero no sé de qué estás hablando ahora mismo —soltó Alonso, tan confundido como yo, y, por alguna razón, caminando en círculos a mi alrededor.

Krane movió las páginas con rapidez, hasta que pareció dar con una parte interesante.

—Escuchen esto. «Una interferencia mágica, o barrera mágica, es cuando un poder igual o mayor se encuentra con otro en el mismo lugar».

—No entiendo nada —dije.

—Yo tampoco.

—Ni yo —confesó Krane.

Los tres nos quedamos en silencio. Krane, en particular, parecía derrotado.

—¿Cuál es esa alternativa temporal que crees que puede haber? —pregunté, tan solo porque casi me daba pena verlo de aquella manera.

—«La transmutación no puede ser revertida por nadie, a excepción del encantador. La única manera de hacer una reversión a tal hechizo sería: A) Al morir su encantador. B) El uso de lágrimas lunares sobre el transmutado. Cabe decir que esta medida es temporal y el efecto solo durará unas horas».

—¿Qué son las lágrimas lunares? —pregunté.

Krane se quedó callado. Eso fue algo que me pareció muy extraño, pues titubeaba mucho para dar una respuesta. Al final, no dijo nada, solo se encogió de hombros.

—Tampoco lo sabes, ¿verdad? —pregunté, apretando mis pequeños dientes.

Bufando, comencé a caminar hacia él. Decirme que me quedaría como un gato pero que había una solución temporal, para luego salir con que no sabía cómo hacerla, era demasiado.

—Sinceramente, no… —dijo—. La alquimia no es lo mío.

—Y la primera opción, ¿qué pasa si yo te mato? —pregunté a la vez que tomaba impulso para correr hasta él y atacarlo.

Pero al saltar choqué con Alonso y ambos caímos al suelo. Intenté pegarle, pero Alonso agitó las alas con fuerza.

—¡Te lo dije, Krane, esto es como aquella película! ¡Ya te quiere matar!

Di un salto para atrapar al pájaro, pero voló bastante alto.

—Entonces, ¿qué pretendes, pajarraco? ¿Que me quede como tú, toda la vida atada a este imbécil?

Alonso voló hasta mi cabeza, me dio un picotazo y se alejó una vez más.

—¡Ruega que no vuelva a ser humana, porque te juro que te voy a convertir en caldo! —grité.

Sin darnos cuenta, Krane ya se había levantado y estaba haciendo un dibujo en la pared.

—¿Qué le pasa, se volvió loco? ¡Está escribiendo en las paredes! ¡Haz algo, Alonso! —chillé, pues no entendía la razón por la que le estaba arruinando las paredes a sor Teresa.

—¿Adónde vas? —preguntó Alonso, ignorando por completo mi pregunta.

—Lejos de ustedes... No me dejan pensar —respondió de una manera extraña. Se notaba incómodo.

—¿Y cómo vas a salir por...?

Me quedé boquiabierta al ver cómo aquel dibujo parecía convertirse en una puerta y Krane salía por allí llevando el libro consigo. Alonso voló con gran velocidad y yo lo seguí.

Por suerte pudimos alcanzarlo y, cuando nos dimos cuenta, habíamos llegado a un lugar muy extraño. Tenía un olor fuerte a incienso y era una especie de templo lleno de artilugios que parecían caros y antiguos.

Alonso dejó de volar y caminaba pavoneándose muy tranquilo. Supuse que estaba contento.

—¿Tienes idea de dónde estamos? —pregunté a Alonso.

—Donde podremos encontrar respuestas. Mi casa, el sitio donde nací.

El Arcano

Viola Oakley

—¿Tu casa? —inquirí, mientras veía a Krane caminar por el enorme lugar semejante a una tienda de antigüedades.

Iba con prisa y se había adelantado bastante.

—Sí, aquí vive mi otro padre, Dimitri —dijo Alonso, muy adorable. En su voz se notaba una extraña alegría —. Fue aquí donde Krane y él me concibieron.

—¡¿Qué?! —chillé confundida—. ¡Lo sabía, los chicos guapos casi siempre son gays!

Alonso alzó el vuelo para alcanzar a Krane.

—¡Viola dijo algo de ti! —gritó Alonso, colgando del hombro de Krane, pero mirándome.

Le devolví la mirada y le bufé con ganas de desplumarlo.

—No me interesa —respondió el mago.

Agradecí a Dios que no estuviera de humor para bromas en ese momento. Aceleró el paso, y yo, sin apenas mirar los alrededores, lo seguí hasta que llegamos a un mostrador.

Detrás nos recibió un anciano de tez oscura y rostro arrugado que disfrutaba de un habano casi más grande que su propia cara.

—¡Papá!

No entendía qué estaba pasando. Tomé impulso y salté al mostrador para ver de cerca al hombre.

—Vaya, ¿y de dónde sacaste ese nuevo familiar? —preguntó él, acercando su arrugada cara a mí para observarme con detenimiento.

—¿Familiar? —pregunté.

—Tremendo. —El anciano abrió los ojos de par en par—. No le explicaste lo que es... Deberías decirle que...

—No, la gatita no es un familiar —confesó Krane, sonrojado.

El viejo expulsó una nube de humo por la boca y gruñó con indiferencia.

—¿Qué diantres hiciste ahora? —preguntó, y tampoco parecía sorprendido de lo que hubiera pasado.

Krane estaba a punto de abrir la boca, pero Alonso lo interrumpió:

—No, es solo una burrada de Krane, con eso lo resumo —dijo, con tanta naturalidad que al parecer era algo común—. Pero no, no es un familiar. Lo que pasa es que convirtió a una humana en gato.

—¿Por qué demonios?… —El viejo exhaló, echó la cabeza hacia atrás y se cubrió los ojos.

—¡Por idiota, no hay otra respuesta! —exclamó el ave.

Krane cerró los ojos, avergonzado, y se recostó del mostrador.

—¿Podrían explicarme qué diablos es un familiar? —indagué, porque ya había comenzado a perder la paciencia al no entender nada de lo que hablaban.

—Un espíritu sirviente atado a alguien en particular. Generalmente tienen un propósito en la vida. Por ejemplo, eso es lo que soy yo —aclaró Alonso mientras estiraba las alas con orgullo.

—Entonces, ¿tu razón de vivir es servirle a Krane?

—Supongo —respondió. Voló hasta el hombro del mago e inclinó la cabeza para mirarlo mejor—. Krane, ¿sabes la respuesta para eso? ¿Para qué me crearon? ¿Qué soy exactamente? ¿Cuál es mi propósito? ¿Ser bonito y esponjoso?

—Eso fue Sigmund. —Krane se encogió de hombros. Me sacaba de quicio que fuese un hombre tan evasivo—. Pregúntale a él.

—Bueno, ¿vinieron para hablar entre ustedes? ¿O quieren algo en concreto? —preguntó el anciano de mala gana, apretando el cigarro entre sus dientes.

Krane colocó el libro sobre la mesa. Dimitri arrugó aún más el rostro, lo agarró y se lo puso debajo del brazo.

—¿Cómo está el viejo Sigmund? —preguntó, y le hizo un gesto a Krane con la cabeza para que lo siguiera.

—Ni yo sé mucho de él últimamente. —Omitió que habíamos estado con él no hace mucho.

—¿La sigue cuidando? —preguntó el hombre, sin darle mucha importancia a las respuestas de Krane. Solo fingía ser amable y buscaba conversación.

—Entiendo que sí.

Ante la pregunta, noté a Krane incómodo cuando me dirigía una mirada que me quitó todas las ganas de preguntar por *ella*. El mago siguió los pasos del hombre mayor. Nosotros también los seguimos.

Mientras bajábamos un tramo de escaleras, Krane aprovechó para evitar cualquier tema que no fuera el de la transmutación fallida y le contó las cosas con todos sus detalles. Fue sorprendente que Alonso no lo interrumpiera en ningún momento.

—Y cuando leíste el libro, ¿no lo entendiste? ¿De verdad no lo entendiste? ¿Sigmund no te enseñó nada?

—He sido autodidacto casi toda mi vida —confesó, y Dimitri negó con la cabeza, decepcionado.

—Después de lo que ocurrió con tu madre, le dije que te dejara conmigo, pero no quiso —dijo el anciano a la vez que abría las cerraduras de una sucia puerta.

Krane resopló y no le respondió. Llegamos a un cuarto más desordenado que el museo que estaba abierto para los visitantes. Aquel sitio era una pocilga con olor a humedad y a tabaco.

Dimitri fue al centro, arrastró algunos cacharros para arrojarlos al suelo y colocó el libro sobre el escritorio. Tomó asiento y buscó las páginas que hablaban de la transmutación.

—Las lágrimas lunares son lo único que tal vez…

—He escuchado ese nombre antes, pero no estoy muy seguro —dijo Krane.

—Las lágrimas lunares sirven para desvanecer la magia en las cosas, suprimir poderes, revertir casi todos los encantamientos. Pero en el caso de una transmutación, no puede revertir la magia del todo, así que sus efectos son temporales.

—¿Cómo se hace?

El viejo comenzó a reír, tanto que pensé que iba a dejar caer aquel cigarro.

—Hijo, de alquimista no tienes ni un pelo, y sabes que las cosas conmigo no son gratis. Una pócima como esa tiene un precio muy alto.

—Pagaré lo que sea —dijo Krane, muy decidido.

—¿Seguro? —preguntó el viejo, y me observó con cierto desdén—. ¿La gatita lo vale tanto?

—Pagaré lo que sea —repitió el mago.

Por alguna razón me sentí mal por eso. Estaba más que dispuesto a redimirse.

El hombre agarró un pequeño papel que soltó un destello antes de entregárselo a Krane. El mago lo acercó tanto a su rostro que no dejó que yo lo viese.

Alonso, que tuvo la confianza de situarse en su hombro y mirar el papel de cerca, pegó un grito:

—¿Estás loco?

—Que conste que eso es solo por la receta. Si deseas que la haga, el precio aumenta… —Con esas palabras, el papelillo brilló de nuevo.

—No lo entiendo. —Krane frunció el ceño.

—Tendrás que ir a buscar los ingredientes. Sabes muy bien que yo no salgo de aquí.

—¡Te está timando! ¡Recuerda que eso es algo temporal!

—Cabe decir que, al ser temporal, necesitarás un buen lote. Así que el precio sube —dijo, y el papel volvió a brillar.

—De acuerdo.

—¡¿Pero te volviste loco?! —preguntó Alonso, alterado.

Si el palomo estaba preocupado, la suma debía ser muy alta. Una vez más me sentí fatal.

—No lo hagas… —me atreví a intervenir—. No te sacrifiques tanto por algo que es temporal.

—Por fin estoy de acuerdo con ella en algo —dijo Alonso.

Voló y se situó a mi lado.

—Hagámoslo —dijo el mago sin pensarlo, ignorándonos.

Tanto Alonso como yo fuimos hasta el escritorio con la intención de detener a Krane.

—Demasiado tarde. El trato está hecho. —El viejo Dimitri sonrió antes de sacar una tableta de los cajones del escritorio. La colocó sobre la madera para comprobar que la cantidad fuera la correcta.

—Perfecto, tenemos un trato. —El hombre me ofreció la mano, y aunque quise sacar las uñas, le extendí mi pata, sintiéndome demasiado pequeña.

—¿Cómo diablos…? ¿Le acaba de pagar telepáticamente?

—Una aplicación de PayPal. Pagas con la mente —comentó el palomo.

—*Tecnomancia* —aclaró Krane, que a pesar de los chistes de su compañero, no parecía muy alegre.

—Una de las pocas ramas mágicas en las que Krane es moderadamente decente —volvió a intervenir el palomo.

—¿Qué demonios es eso?

—Control de la tecnología. Así es como…

—Como me ha estado espiando todo el tiempo —solté.

Krane nos ignoró otra vez. Tras volver a dirigirle su atención a Dimitri, el hombre le entregó una especie de pergamino pequeño que Krane abrió y leyó de inmediato. Más que aliviado, el rostro de Krane denotó una expresión preocupada.

—Si no encuentras algo, no dudes en llamarme —señaló el viejo, tras soltar una carcajada.

—Las llamadas también cuestan, supongo —dijo Alonso, molesto.

—Seré generoso, van por la casa —respondió, con una amplia sonrisa que le arrugó aún más el rostro.

Krane se guardó el pergamino en uno de sus bolsillos. De inmediato, arrastró el libro sobre la mesa y buscó entre las páginas, hasta que dio con la que deseaba.

—También vine por esto. —Señaló las hojas del libro.

—«Una interferencia mágica, o barrera mágica, es cuando un poder igual o mayor se encuentra con otro en el mismo lugar» —leyó el viejo. De inmediato dejó escapar una carcajada—. ¿De verdad todavía no lo entiendes?

El anciano se humedeció los labios con la lengua. Krane frunció el ceño y negó con la cabeza; pero segundos más tarde pareció entender algo.

—No puede ser... Si casi todos están... —Los ojos de Krane se agrandaron al darse cuenta de algo que no contó de inmediato.

—¿De verdad crees que los arcanos están todos muertos? —preguntó el hombre, sorprendido—. El Día de la Desaparición no acabó ni con la mitad de ellos. Solo están ocultos y multiplicándose como conejos.

—¿De qué están hablando? —intervine. Me subí al escritorio para estar al nivel del hombre que estaba sentado frente a él—. ¡Explíquenme, no entiendo nada!

—¿Recuerdas que sor Teresa te habló de un día en el que casi todo el pueblo arcano desapareció? —Alonso voló hasta mi lado.

—Sí, cuando me espiaban...

—Pues a eso lo llaman el «Día de la Desaparición» —aclaró Dimitri—. Y este muchacho cree que ese acontecimiento acabó con todos —explicó, mientras volvía a reír y se echaba hacia atrás en su sillón.

Krane puso la misma expresión que ponía cuando le hablaban de Erika. Por mi parte, preferí no ahondar en eso, pues hacía falta tenerlo de buenas, teniendo en cuenta su poder.

—¿Pero qué tengo que ver con los arcanos vivos y muertos?

—Se ve que también se te redujo el cerebro. —Alonso saltó sobre mi cabeza y me dio un picotazo—. Lo que Dimitri quiere decir es que había otro arcano allí.

—¿Así que no fue culpa mía? —El rostro del mago se iluminó—. ¡Lo sabía!

—No, no lo sabías —aclaramos Alonso y yo al mismo tiempo.

—Técnicamente, pienso que Krane hizo el encanto y lo revirtió sin problemas —explicó el viejo—. Pero un segundo arcano, en cuestión de segundos, hizo la transmutación de nuevo. Así este segundo arcano devolvió a esta muchacha a su estado felino y arruinó la reputación de Krane al mismo tiempo.

—¡Pendragon! —exclamó Alonso de la nada.

—Si él fuera arcano, ya lo hubiera utilizado para sus espectáculos, ¿no crees? —dije con dolor en la garganta, pues se me había formado un nudo.

«No, no, no —me repetí una y mil veces—. Él no pudo hacerme eso».

—Pero le dio una paliza a Krane. Un humano normal no hace eso.

—El estado emocional tenía debilitado a Krane —insistí.

—Está débil después de la pelea con él y nada más —refutó Alonso.

—No, no, ella tiene razón, Alonso —intervino Krane—. No puede ser él.

—¿Por qué?

—Precisamente porque es chino.

—Pero es japonés —aclaré.

—A lo que me refiero es que....

—Ninguna familia arcana tiene raíces asiáticas —interrumpió Dimitri—. No pueden tomar fijación con una persona solo porque no les gusta. En el espectáculo tenía que haber más de un arcano.

—¿Y por qué a mí? ¿Cómo encontrarán a ese arcano?

—Pues creo que tengo una idea —dijo Alonso, saltando de un lado a otro—. ¡Qué suerte la de ustedes por tenerme en sus vidas!

El hombre

Viola Oakley

Después de que Dimitri nos echara casi a patadas con la excusa de que necesitaba hacer la base para las pócimas, usamos una de las puertas mágicas de Krane. Caímos en un lugar distinto, no muy diferente a la guarida del viejo alquimista.

La atmósfera del lugar era extraña; parecía un sitio casi abandonado. Olía a polvo y a libros viejos. Daba la sensación de ser la casa de una anciana que apenas podía limpiarla.

—¿Aquí vives? —pregunté sorprendida.

Fue casi decepcionante verme rodeada de todo eso.

Krane asintió. Lo miré, vi a mi alrededor, y las cosas no parecían encajar. Krane proyectaba un aura distinta, oscura. Lo había imaginado viviendo en alguna clase de palacio como el vampiro de alguna película, no en una pocilga como esa.

—No sé ustedes, pero yo estoy muerto de cansancio. —Fue lo primero que dijo Alonso al llegar.

Movió las alas hasta aterrizar sobre un columpio para pájaros.

—Espero que dormir no sea esa estupenda idea tuya —dijo Krane, y fue hasta el columpio para golpearlo.

—No es momento de dormir. Al menos di de una vez qué es lo que tienes en mente —dije; me impulsé y subí hasta el hombro de Krane.

—Nombres… —Se aclaró la garganta—. Krane, ¿dónde puedes encontrar nombres? —preguntó Alonso, dándole la vuelta al palo de madera con sus garras, quedando boca abajo.

Krane se encogió de hombros. Como siempre, no sabía nada.

—¡AH! —gritó Alonso, dándole la vuelta al palo otra vez—. ¡Creo que ya sé cuál es mi misión en la vida! ¡Es tener el cerebro que a ti te falta!

—¿Con la compra de entradas? —preguntó Krane, inseguro, antes de que el ave siguiera presumiendo de su inteligencia.

—Exacto. Por suerte, casi todas las transferencias son electrónicas. ¿Lo habías olvidado?

—Pero ahí no estarán todos los nombres —señalé—. Tengo entendido que, cuando alguien compra una entrada por el Internet, muchas veces compran más de una, para sus amigos o familiares.

—En eso tienes razón, gatita. Pero al menos tenemos algo, ¿no?

—¿Y qué podemos hacer con esa lista? Tendremos nombres, pero ¿cómo vamos a saber quién es quién? —Krane hizo una pausa y se colocó un mechón de pelo detrás de la oreja. Me di cuenta de que lo hacía cada vez que quería concentrarse.

—¿No son solo siete familias arcanas? —pregunté—. Supongo que las conocen todas. ¿O ni eso saben?

Alonso comenzó a reír, a lo que Krane aclaró:

—Las familias se componen de grupos más pequeños con sus respectivos apellidos…

—Por ende, son cientos —completó Alonso.

—¡Ah! —grité—. ¿Por qué todo tiene que ser tan complicado con ustedes?

Pensaba que todo aquello sería más difícil de lo que habíamos imaginado. Me bajé de su hombro y me alejé. No tenía ni idea de adónde ir, por lo que estaba a merced de la decisión de ese par.

—Krane, me imagino que tienes una copia de un códice arcano, ¿verdad?

—¡Ese libro es la respuesta a todo! —Krane hizo un gesto con el dedo pulgar como si la idea hubiera sido suya y no del palomo.

—Y ahora, ¿qué es eso? —pregunté—. Tienen palabras bonitas para todo, ¿no?

—El códice básicamente es una base de datos, nada más —respondió el mago, y se cruzó de brazos—. Y no tengo copia de eso.

—Pensaba que lo tenías, por lo emocionado que estabas. ¿Y tu padre? ¿Crees que podría tenerlo?

—Lo siento, pero no lo voy a llamar. —Negó con la cabeza y tuve deseos de morderle un pie.

—Yo no soy el que va a tener que escuchar las retahílas de la gatita durante toda la noche —dijo Alonso, convirtiéndose en una pelotilla blanca de plumas y cerrando los ojos—. Discute con esa idea. Yo estoy cansado, así que voy a pegar el ojo.

Con el ave dormida, tenía la sensación de estar a solas con el mago. Krane se dio unas palmadas para que subiera a su hombro.

—El orgullo es más grande que tus deseos de ayudarme —le dije al oído.

—Cuanto más lejos esté Sigmund de este asunto, mejor. Cuando digo las cosas es por algo.

—Lo más importante de este asunto es resolverlo. Vamos, tú llamas y yo hablo con él. De paso quiero preguntarle por papá —propuse a la vez que le daba un golpe en la mejilla con la pata—. Vamos, vamos. —Sabía que no iba a negarse a eso.

—Está bien —se quejó.

Me tomó del lomo y subimos las escaleras de aquel maltrecho lugar.En segundos llegamos hasta un lugar oscuro pero adecuado para mi visión. El sitio no estaba tan desorganizado como el resto de lo que había visto de aquella casa. Sin embargo, también olía a polvo. Todo tenía un aspecto extrañamente masculino y antiguo, más acorde a él. Un juego de dormitorio de madera tallada de un color muy oscuro, pero tan brillante por su barniz, le daba un toque de elegancia particular a aquella habitación. En un extremo de aquellas cuatro paredes, había un escritorio del mismo tipo de madera, pero repleto de papeles que parecerían que se irían volando en cualquier momento. Me impulsé y subí a aquella montaña de hojas arrugadas para tener una vista más clara del lugar.

En una esquina, colgando de una de las paredes, estaba el retrato de la mujer más bella que había visto en mi vida. Me quedé perpleja mirándola. Luego seguí con la vista a Krane y este encendió una pequeña lámpara en su escritorio.

Sus ojos se abrieron como platos, pues pareció divisar algo en los papeles. Bajé la vista para ver de qué se trataba antes de que los quitara del escritorio. Por suerte, la vista gatuna es capaz de percibir las cosas de una manera más rápida que el ojo humano, así que pude ver algunas de las cosas que quería ocultarme. Eran pedazos descartados en su intento de escribir la última nota que iba a usar para despedirse de mí.

Uno de ellos, decía: «El mago, sin querer hacerlo, debe despedirse…». Sin embargo, estaba arrugado.

Otro de los que pude ver, desgarrado por la mitad, decía: «El mago quisiera decir su historia verdadera…».

¿Habría leído bien? No estaba segura, pues todo pasó muy rápido. Cuando me di cuenta, él ya tenía todos aquellos papelillos hechos una bola en la mano, la cual arrojó al aire y dejó que se disolviera en un estallido.

Vi en él una sonrisa muy incómoda. Casi llegué a creer que estaba sonrojado, pero mi vista gatuna no me ayudaba a distinguir lo que mis ojos humanos verían correctamente. Me limité a no preguntar para no incomodarlo.

Krane fue hasta un interruptor y se encendieron varias luces tenues en la habitación. Para mí no supuso mucha diferencia, pues de todas formas veía bien.

—¿Así es cómo te alumbras? ¿Cómo escribes así?

—No me gusta mucho la luz.

—¿Eres algún tipo de vampiro?

—Ja, ja, no. —Comenzó a reír. Fue de las risas más sinceras que le había visto y fue algo… interesante—. La buena noticia es que los vampiros no existen, tranquila.

—Gracias a Dios. Ya tenemos suficiente con arcanos locos convirtiendo a mujeres en gatos.

—Te encanta recordármelo, ¿verdad? —masculló, sin mirarme, y se concentró en quitarse el suéter mojado.

Fue entonces cuando lo vi con detenimiento por primera vez. Su torso desnudo estaba adornado por unas cuantas palabras tatuadas en su piel, además de algunos símbolos que jamás había visto. Esto estaba complementado con algunas marcas que aún quedaban de la paliza que Jiro le dio. Aquella imagen que tenía delante también era muy interesante.

Estiró el cuello antes de sacar el celular de su bolsillo y dirigirse a mí. Al tenerlo tan cerca, vi que tenía algunas cicatrices en el torso, al igual que en su cuello. Aquello era el reflejo de un cuerpo que sufrió mucho. Solo Dios sabía cuánto. En mi curiosidad, deseaba saber la razón de cada una de esas marcas.

Marcó y colocó el celular junto a mis patitas. Se sentó frente al escritorio, mirándome fijamente, cruzado de piernas y brazos. Por alguna razón tenía un gesto divertido que no me gustaba. Sabía lo que esa cara significaba: venía con una de sus bromas.

No entendí por qué mis ojos de gato no me permitían ver con claridad la pantalla, pero supe que, en efecto, había llamado a su padre; pues escuché la voz del doctor.

—¿Krane? —respondió Sigmund.

—Hola, soy Viola Oakley. Estoy aquí con Krane y…

—¿Esto es una broma? —preguntó el hombre, un tanto incómodo—. Solo oigo maullidos.

—¿Qué sucede, señor? ¿Me escucha? —Observé a Krane, que seguía con aquella maldita cara. Entrecerré los ojos, alcé la pata y saqué las uñas. El mago chasqueó los dedos—. Este hijo de…

—¿Señorita Oakley? —preguntó el hombre al escucharme.

Miré a Krane, que arqueó las cejas de manera inocente. Deseé que me tragase la tierra ante la vergüenza.

—Discúlpeme, señor, pensaba que no me estaba escuchando —dije—. ¿Pudo ver a mi padre?

—Cariño, déjalo todo en mis manos. Hablé con él esta noche y está mejor. Podría hacer que se recupere inmediatamente, pero tengo que darle largas para que no sea sospechoso.

—¿Pero no morirá?

—Está bien. Aunque se muere de tristeza por no saber de ti.

El rostro de Krane cambió por completo. Deseé saber qué estaba pasando por aquella cabeza.

—No te preocupes. ¿Te encuentras bien? —expresó con amabilidad.

Krane sacó el pequeño pergamino.

—Escúchame —interrumpió—. ¿Dónde puedo encontrar un corazón de bosque, una mandrágora y un gusano brillante? —preguntó el mago, un tanto maleducado.

—Tengo cierta idea sobre dónde podrías encontrar esas cosas, pero tendría que consultarlo —respondió—. Supongo que fuiste a ver a Dimitri, ¿verdad?

—No tenía otra opción.

—Ten cuidado con él. —Suspiró.

Krane frunció el ceño y estuvo a punto de colgar la llamada, pero lo detuve con la pata.

—Señor, ¿usted tiene el códice arcano? —pregunté a toda prisa.

—¿Para qué lo necesitan?

Le explicamos todo sobre nuestras sospechas de que había otro arcano y sobre cómo pensábamos que lo podríamos encontrar.

—Necesito que me den un poco de tiempo, creo que puedo conseguir una copia. Miren la hora que es. Descansen, mañana será otro día; pero yo me encargaré de buscar toda la noche si hace falta.

—Está bien. —Estuve de acuerdo, aunque por alguna razón no me sentí satisfecha con eso de esperar. Quería escapar de aquel cuerpo.

—Estén pendientes del teléfono, les avisaré cuando encuentre algo. Pero descansen... Krane, descansa, hijo.

Krane no respondió y cortó la comunicación.

—¿Por qué diablos eres así con él? —Me alteró hasta tal punto de que, sin darme cuenta, le clavé las uñas en la palma de la mano.

Pensaba que se enfadaría conmigo; sin embargo, me agarró por el lomo.

—No te has bañado, ¿verdad? Pues hueles mal y creo que eso amerita un baño —dijo, cambiando el tema.

Supe que era una excusa para evadir mi pregunta.

—¿Qué? Ni se te ocurra. ¿Y si ese mal olor es tuyo? —chillé molesta, tratando de soltarme de su agarre y agitando las patas.

—Vamos al baño. Así tendrás otra historia que contarle a tu novio.

La intimidad

Viola Oakley

—No, no y no —repetí.

Conseguí retorcer mi cuerpo para darle un mordisco en la mano.

Él me dejó caer y, por suerte, mis pequeñas patas aterrizaron sin dificultad en el suelo. Salí corriendo hasta que estuve lo suficientemente lejos, como una presidiaria que evita ser atrapada. Busqué un escondite en todos los rincones de aquel lugar. Lo más curioso es que se tomó el tiempo para buscarme. Era un juego para él, lo pude ver en su sonrisa.

Para escapar de aquel baño, corrí hasta un estante de libros que estaba cerca de las ventanas y trepé lo bastante alto para que él no pudiera alcanzarme. Le mostré la lengua a modo de burla, dejándole saber que no me atraparía.

Sin embargo, su sonrisa se agrandó, y en cuestión de segundos, lo tuve frente a mí.

—¿Olvidaste que puedo hacer ese tipo de cosas? —preguntó, posando sus ojos sobre los míos, con un gesto divertido y su cuerpo flotando.

—Es imposible olvidarlo —respondí—. Solo quería que te esforzaras un poco. —Era mentira; de hecho, lo había olvidado por completo. A veces pensaba que era un tipo normal.

Sentí su mano bajo mi cuerpo y noté que me alzaba en el aire. Fue todo tan extraño que solo quise alejarme de él.

—¿Qué pretendes? —pregunté, intentando escabullirme.

—No es como que vaya a verte desnuda. Eres un simple gato, no lo olvides. No es para tanto, confía en mí.

—¿Cómo que un simple gato? ¡No soy un simple gato! —grité—. ¿Y confiar? Me estás pidiendo demasiado después de todo lo que me has hecho.

Él se mantuvo en silencio y me dejé llevar hasta el baño.

Indiferente, me dejó caer y aterricé de pie sobre la bañera, que me pareció inmensa. Era perlada, bonita y resbaladiza, con el grifo de un color que supuse era dorado.

Krane colocó en la bañera un cuenco para llenarlo. Recibí algunas salpicaduras de agua tibia cuando el agua empezó a caer, y no pude negar que era agradable.

Aunque quería parecer reacia, un baño me parecía una buena idea, algo que me haría recordar la humanidad que no quería perder. Lo que en realidad era maravilloso fue aquel primer golpe de agua caliente que aterrizó sobre mí, seguido de una pausada caricia sobre mi lomo. Luego, otro golpe de agua, y la mano del mago al restregar mis patas delanteras —las que serían mis manos—. Incluso con físico de felina, tenía alma de mujer, y cada centímetro que tocaba me hacía sentir más prisionera de ese cuerpo, pues aún había sensaciones fantasmales de lo que algún día fui.

Aquella idea me desagradó. Cuando tuve la oportunidad, le mordí la mano. Él no se inmutó y continuó, aunque le salió un poco de sangre. Con paciencia, liberó la mano de mis dientes, se vertió un poco de champú sobre la palma y comenzó a masajear mi cuello.

Me quedé callada, pues mi cuerpo se paralizó ante sus caricias. Lo observé y solo vi los ojos grandes y azules de un hombre que, con inocencia bañaba a una *simple* gata. No lo vi con intenciones de incomodarme. Fue de las pocas veces que no parecía a punto de gastar una broma, y era extraño.

—¿Estás bien? —preguntó, mientras movía la mano hasta mi pecho y mi vientre.

Lo estaba, pero no respondí, pues parte de mí no quería que dejara de tocarme. Cerré los ojos. Aquello se había convertido en algo muy placentero e íntimo al mismo tiempo. Sin darme cuenta, dejé escapar un gemido. Con los ojos como platos, vi que él me observaba con una sonrisa juguetona. Lo escuché soltar una carcajada.

—Oye, y cuando seas humana, ¿cómo le vas a contar este momento a Pendragon? «Krane me llevó a la bañera, acarició todo mi cuerpo y hasta gemí de placer» —dijo, imitando el tono de mi voz tan bien que me asusté.

Su mano se trasladó a mi cabeza y la otra hasta la punta de mi rabo.

Se divertía ante la situación. Sin embargo, experimenté más de una sensación. Me sentí tocada, avergonzada e incómoda al escucharlo hablar de Pendragon; el hombre al que él hirió y del que se burlaba constantemente. Fue aún más incómodo pensar que estaba disfrutando de esa manera las caricias provenientes de las mismas manos que le hicieron daño a un hombre inocente.

No sabía si era instinto o algo más, pero cuando tuve la oportunidad, le clavé las uñas en el brazo.

Krane lo apartó con rapidez, pero dejé las uñas clavadas, por lo que el corte se profundizó. Una explosión de líquido rojo recorrió su piel. Él se levantó y se agarró el brazo con la mano en un intento de detener la hemorragia.

—Creo que te burlas de mí —respondí tajante y nerviosa. Ni yo sabía con exactitud qué pasaba conmigo—. Justo porque no entiendes lo que se siente al estar en esta mierda de cuerpo.

—Tampoco es agradable saber lo que te provoqué. Y es peor que me lo sigas recordando cada segundo que abres la boca —respondió.

—No hay comparación. Tú dices sentirte mal; yo tengo la vida arruinada por tu culpa.

Lo miré a la cara. Su expresión había cambiado y aquella sonrisa se disipó. El agua de la bañera se había mezclado con su sangre. Con el brazo ensangrentado, se encargó de abrir el grifo. Esperó hasta que el agua estuviese del todo limpia y a un nivel seguro para dejarme a solas y se marchó.

Una vez sola, por alguna razón me sentí fatal, presa de una pena y una confusión inmensa.

Quitarme el jabón fue una tarea difícil sin él. Salir de la bañera resbaladiza fue complicado pero no imposible. Después de varios intentos, pude lograrlo.

Fuera del baño, no vi a Krane por ninguna parte. Supuse que estaba enojado. Preferí no insistir y fui hasta una esquina, me hice un ovillo y me quedé dormida.

En un abrir y cerrar de ojos, noté un color intenso en el cielo, pero mi vista de gato no me permitía distinguir los colores correctos. Así era cómo la mañana comenzaba con sus primeros rayos de luz. La retroiluminación del alba solo me dejó apreciar la silueta del hombre que madrugó o no durmió.

Cuando me fui acercando a él, lo pude ver con más claridad. Tenía el pelo recogido descuidadamente; además, tras la piel del cuello tenía un tatuaje. También noté el cansancio en su rostro; sin embargo, estaba concentrado leyendo algo.

Salté hasta el escritorio. Al observarlo, vi que paseaba su pulgar sobre las letras de un inmenso libro.

—¿No dormiste nada?

—No. Hago el trabajo que sabía que el viejo no haría —respondió, sin apenas mirarme.

No sabía si estaba absorto o enojado por lo que pasó ayer.

—¿Pero cómo es que no has dormido? ¿Así piensas ayudarme como se debe?

Ante mi pregunta, él no se molestó en mirarme siquiera.

—Como siempre, todo se reduce a ti. —Suspiró—. Es un pequeño esfuerzo, porque quiero que regreses a la normalidad lo antes posible para que puedas largarte.

—¿Ahora te molesto? Te recuerdo que la solución es temporal —dije, un poco incómoda.

—¿Quieres un poco de normalidad al menos?

—Bueno, sí. Pero no es que se reduzca todo a mí —respondí mientras estiraba el cuello e intentaba ver su brazo. Allí tenía aquel profundo arañazo con los bordes hinchados.

—No me des explicaciones… —Calló—. No te preocupes, pronto podrás irte —respondió muy serio—. Alonso ya salió a buscar algunos de los ingredientes para la pócima. Yo saldré hoy a por los demás —señaló, y se llevó el libro a la cara para no verme.

—¿Y el códice?

—No he dormido esperando su llamada —dijo, refiriéndose a su padre—. Pero nada. No se ha puesto en contacto. Esto es muy típico de él.

—Por cierto, ¿qué hay dentro de ese códice? ¿Cómo eso nos puede llevar hasta ese supuesto arcano? Dijeron que era una base de datos, pero ¿qué es realmente?

—Más bien sus páginas contienen una especie de censo sobre el pueblo arcano.

Cuando escuché «censo», sentí un cosquilleo en el estómago. Entonces lo comprendí todo, pero a la vez me invadieron unas cuantas preguntas.

—¡Por Dios! —exclamé—. ¡Sé dónde hay una copia del libro!

El rostro de Krane cambió de nuevo.

—¿Dónde? —preguntó interesado.

Esa fue la primera vez que me miró.

—No te gustará escucharlo. —Hice una pausa—. Por alguna razón, ese libro lo tiene Jiro Pendragon.

—¡Oh, mierda! —exclamó Krane, y se cubrió el rostro con la mano—. Estoy harto de escuchar de ese maldito hombre.

—No hables así de él. —Le di un golpe, pero con suavidad, pues al ver la marca que le había dejado algo me impidió seguir hiriéndolo.

Pensativo, Krane se echó hacia atrás en su asiento y cerró los ojos. Pude jurar que se quedaría dormido. Cruzó los dedos y los colocó sobre su abdomen.

—Supongo que no tenemos más remedio que ir a ver a tu novio. Espero que no utilices la situación como una excusa para ir a verlo.

—No es mi novio —aseguré, sin saber por qué me preocupaba tanto—. Y no, no es una excusa, no te miento. Él tiene ese libro.

Fue muy fácil llegar hasta el hogar de Pendragon. Krane, aunque reacio conmigo, comenzó a dibujar una de sus puertas.

—*Lupus lana indutus* —dijo.

La puerta se manifestó y se logró ver la imagen de una de las habitaciones de su casa. Lo supe porque esa fue la habitación donde me había quedado.

—¿Qué significa eso? —pregunté, al notar que dijo algo muy diferente al abrir la puerta las otras veces.

—Nada, solo lo que pienso de él. —Dio un paso al frente para entrar al lugar.

—¿Cómo es que estamos aquí tan rápido?

—¡Magia, gatita, magia! —respondió a modo de broma y golpeó suavemente mi cabeza con los dedos.

Cuando entramos en aquella habitación se me encogió el corazón y tuve deseos de llorar, pero por alguna razón mi cuerpo no lo permitía.

Recordé que unas noches atrás estaba atemorizada y cómo me hizo sentir Jiro. Recordé cómo fue tenerlo tan cerca, su aliento, su cuerpo y sus caricias. Rememoré su voz y su paciencia conmigo.

Era tan perfecto que tan solo pensar en él me hacía flaquear y querer volver a eso. Deseaba ir con él, decirle lo que pasaba y pedirle ayuda de alguna manera.

Di una vuelta en círculo en el centro de la habitación. No podía con tanta emoción y Krane lo había notado.

—No hagas nada estúpido, tu bienestar depende de esto —advirtió mientras caminaba de puntillas para no hacer ruido. Revisaba cada rincón, pero no daba con nada.

Sabía que él tenía razón, pero ni me molesté en responderle; estaba más concentrada en ver y recordar todo.

Llamó mi atención que mi vestido estaba sobre la cama y, junto a eso, una caja no muy grande envuelta en papel que no pude distinguir si era rojo o naranja, pero lucía como un regalo.

Me subí a la cama y miré la etiqueta que estaba adjunta a la caja. Sentí un nudo en la garganta al ver mi nombre y entender que era para mí.

—Oh, por Dios… —Me sentí muy mal al verlo.

Krane se acercó para examinar la etiqueta, sin moverlo mucho.

—Ni se te ocurra. Vamos, no te distraigas, ayúdame —pidió con frialdad.

Deseaba poder ver qué había allí; sin embargo, no podía. Además, Krane tenía razón.

Con dolor en el alma, rebusqué por todo el cuarto junto con él, pero no dimos con nada.

Cuando estábamos a punto de rendirnos y buscar en otro lugar, se escuchó un grito de dolor. Mi pequeño corazón dio un vuelco al escuchar un fuerte ruido proveniente de una habitación contigua. No me importó lo mucho que Krane protestara y salí por la ventana.

Al estar afuera, salté de un balcón a otro hasta encontrar la puerta cristalina que daba con la habitación de Jiro.

Cuando lo vi, quise romper el cristal, ser humana, estar con él y ayudarlo. Verlo de aquella manera hacía que mi peludo cuerpo se sintiera todavía más una prisión.

Jiro estaba tumbado y llevaba puesto un pantalón muy corto. Su pierna derecha estaba destruida casi hasta la entrepierna. Tenía el pie dentro de una cubeta de gran tamaño. Con él estaba Mariko, su sirvienta, que le echaba agua a aquella herida mientras un anciano utilizaba pinzas para quitar la piel muerta y dejarlo en carne viva.

—Me temo que si en unos días sigue igual tendrá que ir a cirugía.

—No lo haré.

Me quedé paralizada. Deduje que eso había sido obra de Krane.

Jiro tenía la mano cerrada en un puño y se mordía el dedo índice con tal fuerza que parecía que en cualquier momento sangraría. Temblaba y evitaba mostrar el dolor que sentía.

Verlo así me rompía el corazón. Pensar que Krane fue el causante me destrozaba más, pues no estaba segura de si el mago era o no un buen hombre.

Mis preguntas pasaron a un segundo plano al ver un auto azul que se detuvo frente a la casa de Jiro. De allí bajó un caballero asiático, un tipo elegante con pinta de ejecutivo, que tocó el timbre muy tranquilo.

—Mariko, ese debe ser el abogado para aclarar todo el asunto del arresto de Hunter. Ve y recíbelo —dijo Jiro a la joven empleada.

Ella asintió y salió de inmediato de la habitación.

¿Qué? ¿Hunter estaba preso? ¿Cómo podía estar pasando?

El Abogado

Viola Oakley

Apesar de su desagradable condición, Jiro parecía dispuesto a recibir la visita de ese hombre. Parecía urgente hablar con él.

Aunque sabía que debía irme, necesitaba escuchar todo. No sabía dónde se había metido Krane, pero no le di mucha importancia, porque aquello ocupaba mi completa atención.

El abogado era un tipo menudo, de cabello oscuro, e iba de traje. No pude apreciar muy bien su rostro, pero tenía los mismos manierismos que Jiro.

Mariko no le quitó la vista de encima al letrado, ni siquiera cuando le entregó el bastón a Jiro.

Ya con la piel del muslo oculta bajo las vendas, Jiro se puso de pie. Casi de inmediato, las vendas se mancharon de sangre. El anciano que había trabajado en su herida se puso de cuclillas para rodearla con más vendajes. Jiro murmuró algo que no pude entender.

Pendragon avanzó con el bastón para saludar al caballero, y se dieron un apretón de manos.

—Aprecio que haya venido a la isla con suma urgencia, Kurosawa-san. ¿Recibió el informe del caso?

—Por supuesto —respondió—, lo repasé de camino.

—Entonces, comprendo que tiene una idea más o menos clara de la situación en la que se encuentra el señor Hunter. Venga, siéntese, por favor —ofreció, y le hizo un gesto a Mariko.

La criada respondió agarrando una silla y colocándola detrás del hombre. El abogado, antes de sentarse, miró su teléfono, dio unos toques en la pantalla y lo devolvió a su bolsillo.

—Si me permite, hay cosas que no comprendo, ni me cuadran. —Se aclaró la garganta—. Es decir, ¿él llegó a explicarle dónde estaba la noche que la chica desapareció?

—No, solo asegura que estuvo en su habitación de hotel. Afirma que pueden contactar a su esposa para corroborar que estuvo hablando con él —dijo—. Le exhorto que lo haga, pues le creo. Dice que su hijo estaba enfermo y tuvo una leve trifulca con su señora.

—Comprendo. —El abogado sacó una pequeña libreta de notas de su bolsillo—. Entiendo que encontraron, en su habitación de hotel, una de sus corbatas empapada con la sangre de la señorita Oakley. Eso, junto al altercado frente al templo, fueron las razones de su arresto. Además, ambos tenían un pasado juntos. En estos casos, siempre la expareja es la primera en la lista de sospechosos.

«¡Por Dios! ¡La corbata!», exclamó una voz en mi cabeza.

En ese momento, más que nunca, me veía en la necesidad de volver para aclarar todo eso.

—Cierto, tengo entendido que en el pasado tuvieron una relación algo turbulenta, pero no me quedó muy claro. Y aunque sé que las cosas estaban un poco tensas entre ellos, estoy completamente seguro de su inocencia.

—¿Sabía algo de la sangre? —preguntó, y una vez más pareció buscar su teléfono para rechazar una llamada.

—Pues no, la verdad —respondió Jiro, y se mordió el labio inferior—. Bueno, pero creo que la verdad absoluta la puede obtener del propio Hunter. —Volvió a sentarse con algo de dificultad—. Mi única intervención aquí fue darle trabajo tanto a él como a la señorita Oakley.

—¿Hay algo que quiera agregar?

Jiro lo explicó todo de la mejor forma que pudo: sobre mi desaparición y de cómo pensaba que Krane era el culpable. Obviamente omitiendo todo el asunto de la *supuesta* magia. El hombre lo escuchó atento y tomó notas siempre que parecía encontrar algo interesante.

—Que no se diga más. Creo que estoy listo para hablar con él. Prometo hacer todo lo posible para que se descubra la verdad y que la ley no caiga sobre un hombre inocente. —El caballero calló de nuevo y, por tercera vez, se rehusó a contestar aquella insistente llamada.

Jiro esbozó una agradable sonrisa.

—Vamos, responda el teléfono; parece ser importante.

Ante la invitación, el hombre, con timidez, respondió la llamada y tuvo una corta conversación en japonés. Al concluir, observó a Jiro un poco avergonzado.

—Lo siento mucho, era mi esposa. Anda un poco resfriada y solo me llamó para contarme que está mejor. Así puedo estar más tranquilo. —Nervioso, se acomodó la corbata.

Jiro sonrió de nuevo.

—Considérese dichoso de tenerla y de apreciarla. —Jiro se inclinó un poco hacia atrás, buscando una posición más cómoda—. Algunos no tenemos esa oportunidad —dijo, y parecía dolido—. A mí me arrebataron a Oakley antes de conocerla y comprobar si ella era ese alguien especial. —Hizo una pausa; parecía preocupado.

—Tengamos fe en que la joven se encuentra bien.

—Eso espero —respondió en voz baja, entristecido, y a mí me rompió el alma verlo así—. Confío en su criterio para liberar a Hunter. *Arigatou gozaimasu.*

—*Dou itashi mashite*, Pendragon-san —concluyó el abogado, y se dispuso a marcharse.

Jiro le hizo un gesto a su ayudante:

—Mariko, escolta al caballero…

—No se preocupe —lo interrumpió el anciano—. Lo acompañaré a la puerta. Yo también me marcho.

Tanto Jiro como Mariko se quedaron a solas. La muchacha recogió los paños sucios y los colocó dentro de la cubeta para llevarse todo con más comodidad.

—Ese cuentito de galán enamorado no me lo creo —comentó Mariko.

Sentí una presión fuerte en el pecho al escuchar ese comentario. Antes de que dijera algo, ya tenía el corazón hecho pedazos.

—¿Crees que no me importa la señorita?

—Es decir, la muchacha no era ni tan guapa ni tan agradable —dijo la asiática, un poco despectiva—. Era arrogante y medio robótica.

—¿Quieres que sea sincero? —Jiro se acomodó mejor en su asiento—. Tan pronto la vi, y después de todo lo que había oído por parte de Hunter, sabía qué botones presionar para convencerla de no marcharse. —Hizo una pausa para humedecerse los labios con la lengua—. Estaba asustada y necesitada de muestras de cariño. Así que, cuando noté que caía tan fácil, no pude evitar sentir lástima.

—¿Necesitada de cariño?

—Solo tiene a su padre. Ni su madre la quiere mucho y no hay mago que no la odie.

Me dolía el pecho, quería vomitar y llorar. Esos deseos fueron tan fuertes que dejé escapar unas cuantas lágrimas. Sentí la mano de Krane bajo mi cuerpo, cuando me sostuvo en el aire. Alcé la cabeza, pero no logré dar con él.

—Si no es por mi hechizo de invisibilidad, hubieran visto a un lindo gatito con el corazón roto justo en la ventana —dijo.

—¿Cuánto tiempo llevas aquí? —pregunté, con la esperanza de que no lo hubiera escuchado todo.

—El suficiente —respondió—. Vámonos, no vale la pena que sigas escuchando a ese imbécil.

—Pero… —continuó Jiro—… hablé con ella toda la noche y comprendí muchas cosas, me vi reflejado en ella. Siento que somos muy parecidos.

—Si no fuera porque confío en mi hechizo, juraría que el hijo de puta sabe que estamos aquí y trata de arreglar lo que dijo —comentó Krane a mi oído, en un intento de sonar gracioso, pero yo tenía sentimientos encontrados.

—Entonces, ¿no mientes? —preguntó Mariko a Jiro—. Juraría que exagerabas.

—No miento con ese tipo de cosas. Sentí una conexión con ella y quiero asegurarme de que está viva, de que está bien.

Sentí algo distinto y comenzó a reinar en mí una confusión tremenda.

—Hay cosas más importantes —dijo Krane, en mi oído—. Cuando regreses a tu cuerpo, lo mueles a palos, pero vámonos, ya tengo el libro.

Él seguía en su intento de ser gracioso; yo estaba *robótica*, justo como me había llamado Mariko. Me dejé llevar sin quejarme, hasta que regresamos por una de aquellas puertas mágicas a su hogar.

Me dejó caer y, sin decir nada, me alejé. Me fui hasta una esquina de su cama y me hice una bola. Hubo un incómodo silencio, el cual Krane no quiso romper.

—Comprobaré el libro, solo descansa, ¿está bien?

Ya había dejado de estar enojado conmigo, pero prefirió darme espacio, pues el asunto de Sebastian, junto con las cosas que escuché, calaron muy hondo en mí.

No sabía cómo llegué a lagrimear, pero lo volví a hacer, mientras mi cabeza divagaba pensando en lo sucedido. Así estuve un rato hasta que me quedé dormida.

Poco después, me despertó el movimiento de la cama que provocó Krane al sentarse.

—Gatita, ¿cómo estás?

—Impotente. No puedo hacer nada por Hunter. —Escondí la cabeza entre las sábanas. No quería mirarlo, no quería que me viera llorar—. Ese tipo es un desgraciado, pero a fin de cuentas es inocente. Tiene una esposa y un niño que lo esperan en casa. Y todo es culpa mía.

—Qué curioso, por fin te veo pensar en alguien que no seas tú. Pero tienes razón, hay que sacarlo. Tan pronto vuelvas a la normalidad saldrá libre.

—No me ataques tú también, por favor.

—Yo no hablaría a tus espaldas, te diría lo que pienso sobre ti de frente. Tampoco abusaría de la situación para sacar provecho —dijo, refiriéndose a Pendragon.

Sorbí por la nariz, que era tan diminuta que me dificultaba respirar. De inmediato sentí la mano de Krane acariciando mi cabeza.

—¿Sabes? No pienso que seas arrogante, solo un poco egoísta y quejona, nada más.

Moví la cabeza y conecté mis dientes de manera sutil con su mano. No quería hacerle daño.

—Y mordedora. En especial eso, *mordedora*.

Fui disminuyendo la presión de mis colmillos, pero no lo solté. Andaba muy ida como para darme cuenta.

—Eso de tu madre… ¿es verdad? —preguntó Krane.

—Mi madre nunca aprueba mi trabajo, porque es jugar con las habichuelas de otros. Mi padre también lo detesta, pero aun así hace lo posible por apoyarme.

—Sé lo que se siente que nadie te aprecie.

—No puede ser al nivel de odio que me tienen.

—Vi tu correo electrónico, así que te creo.

—¿Qué?

Krane se encogió de hombros, mientras me moría de la vergüenza.

—Cuando quise saber más de ti, fue inevitable no ver eso. —Arqueó las cejas—. Pero no volveré a invadir tu privacidad.

—Tranquilo, me da igual —respondí desganada—. Pensándolo bien, apenas tengo razones para regresar a mi estado normal. A excepción de mi padre, nadie me espera.

—Y sigues quejándote. Debería darte otro baño. —Sabía que intentaba animarme—. ¡No puedo creer que vaya a decir esto! ¡No puedo creer que vaya a abogar por él! —mascullló—. Pero en cierta forma Pendragon te está esperando… —Hizo una pausa—. Escuché muy bien que te ha tomado cariño. —Se puso de pie y me hizo un gesto para que subiera a su hombro—. Pero si no puedes regresar a tu forma humana, no me importaría adoptarte.

—¿Adoptarme? —Solté una risa extraña que sonó más como un quejido.

—Es broma. A lo que me refiero es a que no me molesta tu presencia.

Ese jodido comentario me hizo sentir bien, tanto que casi dolía. Subí a su hombro, me acerqué a su mejilla y le di un lengüetazo. Sentí la presencia de una barba incipiente que comenzaba a salir por su descuido al querer ayudarme sin descanso.

—¿Qué fue eso? —preguntó Krane, frunciendo el ceño y apartando la cabeza hacia un lado.

—En agradecimiento por tratar de subirme el ánimo —dije—. Pero no quiere decir que te haya perdonado.

Colocó la mano detrás de mi cuerpo para que yo pudiera mantener el equilibrio mientras nos movíamos hacia su escritorio. Ambos miramos al frente y nos percatamos de que Alonso estaba mirándonos, con los ojos brillantes y más grandes de lo normal. Su plumaje blanco estaba casi negro, lo que lo hacía parecer más como un pedazo de carbón volador. Parecía impresionado, alterado.

—Cuando seas humana, te reto a que vuelvas a hacerle eso. Sería interesante ver la reacción de Krane.

Si hubiera sido humana en ese momento, habría muerto de la vergüenza con la situación. Me hubiera sonrojado hasta la muerte, pues el pájaro había llegado en el peor momento. Por suerte, Krane cambió de tema:

—¿Qué mierda te pasó? —preguntó.

—¿Preguntas qué diantres me pasó? ¡A ti nada más se te ocurre enviar a un simple palomo al mismo centro de un puto volcán! —gritó el ave, muy molesta.

—Ibas con mi protección, tampoco exageres.

—¡Eso no me protegía del calor tan tremendo que hacía allí! ¡Eres un maltratante! ¡Llamaré a las autoridades! ¡Llamaré a P. E. T. A.! —gritó, mientras volaba en círculos alrededor del escritorio—. Bueno, ahí te dejé la hoja.

—¿Una hoja en un volcán? —Salté al escritorio y examiné aquel objeto oscuro.

—Es de un árbol que resiste esas altas temperaturas.

—¡Qué interesante! —La toqué con mi pata, pero de inmediato la aparté al sentir un gran ardor.

—¡Eso te pasa por metiche! —gritó Alonso, pero Krane dio un paso hasta él para callarlo.

—¡Déjala tranquila! —exclamó Krane—. Al menos hoy no la molestes. Y déjenme enseñarles algo. No perdamos el tiempo. ¡Creo que encontré al arcano!

—¡Lo hubieras dicho antes! —dije.

Los tres nos situamos alrededor del libro, y Krane pasó las páginas.

—Busqué las diferentes ramas familiares, examiné la lista de compradores y la comparé con la del códice. Primero me dediqué a buscar los nombres más sospechosos.

—Ajá, te escuchamos —dijimos al unísono Alonso y yo.

—L. Swanheart fue uno de esos nombres. Busqué en el códice, y, de hecho, es de una familia arcana pequeña. Entonces busqué en las redes sociales con la esperanza de que fuera descuidado. —Krane hizo una pausa para buscar una tableta entre el desorden en su escritorio—. Hay muchos L. Swanheart, y creo que tenemos a nuestro arcano en esta lista de nombres.

—Pero dijiste que ya tenías al arcano —protestó Alonso, decepcionado.

—Pero conseguí bastante en unas horas, ¿verdad?

—Yo ni sé qué hora es… —respondí, y me acerqué a la pantalla para comprobar qué clase de persona podía ser ese arcano—. Genial, olvidé que no puedo ver ninguna pantalla.

—Cierto. —Krane empezó a tocar la pantalla y unos papeles brotaron del aparato, como si la tableta pudiera imprimir.

El mago recogió los papeles y los colocó de manera ordenada en el escritorio, delante de mí.

—Serías toda una sensación en una oficina. —Miré con detenimiento los papeles. Cada uno contenía un perfil de los múltiples L. Swanheart de la red social. Uno de ellos atrajo mi atención—. ¡Espera! —exclamé de la nada. No hacía falta seguir—. ¡Oh, Dios bendito! La acabo de encontrar.

—¿Una mujer?

Me quedé observando la foto sorprendida, pues no era la primera vez que veía aquellas mejillas sonrosadas y esa sonrisa inocente.

—Esta chica creo que me ha estado siguiendo. Se llama Laura. Decía ser una fanática de Jiro, pero debió ser una fachada —señalé. No podía creerlo de aquella chica tan inocentona.

—Laura Swanheart… —Krane se echó hacia atrás en su asiento—. Supongo que tendremos que hacerle una visita.

—¿Dónde la encontramos? —intervino Alonso.

—Oh, mierda…

La cena

Viola Oakley

No teníamos ni idea de cómo dar con esa chica. Después de unas horas, Krane comenzó a frustrarse. Lo noté cuando recostó los brazos y la cabeza sobre el escritorio, derrotado, y su cabello cayó hacia al frente. Tanto Alonso como yo seguíamos junto a él como un intento de darle ánimos.

—Vamos, tú eres un mago moderno, usa tu magia, *hackéale* la red social, rastrea su GPS, no sé. ¡pero haz algo! —insistió el pájaro, revolviéndole el cabello con las alas.

—No tengo idea. —Negó con la cabeza. Parecía más bloqueado que cualquier otra cosa.

—¡Usa la *tecnomancia*! ¡De algo tiene que servirte! ¡Debe haber algo en su página! —prosiguió el ave, agitando las alas de un lado para otro.

—Alonso, gatita, déjenme pensar, necesito paz —rogó Krane, tras un largo suspiro.

Se echó el pelo hacia atrás y deslizó sus dedos sobre la tableta.

—Pero si yo no dije nada. —Le di en la mano con la pata.

—¡Vamos! Gatita, déjalo, que cuando se pone hormonal es mejor dejarlo solo —advirtió Alonso, dándome un golpe suave con su ala.

—Oye, ¿y si le hablo desde mi perfil? —pregunté.

—Gatita, lo que pasa en Internet lo ve todo el mundo. Si ven actividad, ¿cómo vas a explicar que eres un simple gato? —refutó.

—¿Y qué tal un perfil falso? —preguntó Alonso.

—Sí, porque ella nos va a dar la dirección de su casa de inmediato —intervine sarcástica.

—No se ofendan, pero ¿podrían dejarme solo?

—Vámonos, que está arenoso —dijo el palomo, y se alejó volando para aterrizar sobre una mesa junto a una de las ventanas—. Tengo una idea, gatita. ¿Ves aquella tabla? Tráela.

Había un cajón con unas cosas encima, entre ellas una tabla delgada de cartón. Supuse que hablaba de eso. Usando las patas, traté de moverla hasta mi boca para agarrarla con los dientes y poder arrastrarla.

—¡Maldita sea mi vida! ¡No puedo! —exclamé.

Seguí con aquel intento fallido de engancharla con la boca. Cuando por fin lo hice, y la apreté con los colmillos, apareció Krane de la nada para arrebatármela.

Sin decir nada, la colocó sobre la mesa y regresó al escritorio para ver la tableta. Alonso se fue volando y, al cabo de unos segundos, volvió con un saquito, que vertió sobre la madera, dejando caer una serie de piezas negras y rojas sobre el tablero del mismo color.

—Vamos a jugar un rato —dijo el palomo, y se movió sobre el tablero, colocando las piezas en sus posiciones.

Durante la espera, sentí la necesidad de mirar con atención el retrato de la bella mujer que colgaba de la pared, y sin apenas darme cuenta, Alonso ya lo tenía todo listo. A mí me tocaron las fichas rojas.

—Bueno, al menos esta es de las cosas más humanas que he hecho en los últimos días —dije, haciendo el primer movimiento—. Aunque no recuerdo la última vez que tuve tiempo para jugar.

—Eso es lo bueno de ser un animal —señaló Alonso, moviéndose con pequeños saltos por el tablero—. Puedes hacer este tipo de tonterías y no te tienes que preocupar por nada más que no sea dormir, cagar y que tu amo se parta el lomo para traerte comida —concluyó mientras movía una de sus fichas negras.

—Supongo que tienes razón. ¿Pero ser animal para siempre? No podría, es que no es lo mismo, hay cosas que echaría de menos —respondí, e hice mi movimiento.

—¿Cómo qué? —Alonso movió una ficha.

Yo moví otra. Él capturó una de las mías y yo una de las suyas. El juego iba bastante empatado.

—La comida tiene mejor sabor… Sería raro no volver a sentir un abrazo, experimentar un *buen* beso, ver el brillante color del cielo al amanecer.

—Ay, mi gatita poeta. Aunque me imagino que debe ser difícil. En mi caso, si no pudiese volar de nuevo, ¡uy!, ¡me moriría! —exclamó Alonso, y se cubrió los ojos con las alas.

Hice otro movimiento y, al capturar otra de sus fichas, me di cuenta de que a él le quedaban dos.

—Por cierto, ¿quién es esa mujer tan guapa de la pared?

—Se supone que es Bella Utherwulf, la madre de Krane. Aunque no estamos muy seguros de si es ella o su hermana, Sila.

—¿Por qué?

—Dicen que eran como dos gotas de agua, tan parecidas que conservan la foto en honor a ambas, y tan unidas que hasta desaparecieron el mismo día.

—¿El día de la supuesta *desaparición*?

—Sí…

—¿Cuántos años tenía él cuando…?

—Cuatro años, o eso dice Sigmund… —intervino Krane, sin mirarnos.

Parecía que intentaba ignorar nuestra conversación; sin embargo, prestó atención a cada detalle. Había olvidado que él también estaba allí y me sentí mal al insistir en ese recuerdo.

—Lo siento…

—Tranquila. Sinceramente, fue lo mejor. —Se aclaró la garganta. Lo incomodaba el tema—. Es decir, recordarla y no tenerla sería peor.

Los tres nos quedamos en silencio, pues no vimos correcto hablar. Fue una sensación muy extraña.

—¡Viola, ganaste! —dijo Alonso, sorprendentemente tranquilo.

—Alonso siempre pierde —dijo Krane, con su intento de aligerar la situación.

—Yo te dejo ganar, imbécil —se quejó el ave.

—Seguro… Miren, creo que encontré algo y no hizo falta ningún poder. Resulta que, si la tal Laura es una arcana, es la más torpe que he visto.

—¿Por qué? —pregunté

—Hice un perfil falso, tal como dijo Alonso. Según esto, me llamo Facundo y utilicé la fotografía de un músico. Debe de estar muy sola, porque aceptó contactarme rápidamente. —Krane negaba con la cabeza con una sonrisa, sorprendido de cómo alguien podía ser tan abierto con el mundo—. Tiene toda su vida aquí. Hace cinco minutos la mujer compró una pizza. Se hizo una foto en el sitio.

—¿Sabes dónde está esa pizzería?

—La pizzería se llama *Tres Quesos* y creo haber ido. —Se puso de pie sin pensarlo mucho y buscó de entre sus cosas la típica tiza—. Bueno, vamos de nuevo

—Esa es la cosa más útil que han creado.

—Solo es una simple tiza. —Krane siguió dibujando la puerta hasta que esta se materializó—. La magia de verdad está aquí —dijo, señalándose la cabeza—. ¡Vamos!

Atravesamos la puerta mágica y en segundos aparecimos a las afueras de la pizzería.

Había un olor muy peculiar en el aire que hacía que mi estómago rugiera.

Krane me sostuvo en brazos para que mirara por la ventana. Examinamos cada una de las mujeres presentes, y ninguna de ellas tenía las características de la muchacha de cabello oscuro con las mejillas rollizas y sonrosadas.

—No es ninguna de esas chicas —observé—. Así que la pizza fue para llevar.

—Esperemos que no haya llegado a su casa. ¡Alonso, sal volando y búscala cuanto antes!

—Alonso, antes de que vayas, quería señalar algo. La chica no es necesariamente como en sus fotos, es un poco más *robusta.*

—¿Qué? ¿Es obesa? —Alonso alzó la voz, olvidando que estábamos en la calle—. ¿Por qué siempre hacen eso? Se toman fotos desde ciertos ángulos solo porque no se aceptan a sí mismas.

—¡Olvida esa estupidez! ¡No seas despectivo y ve a buscarla! —Krane también olvidó que estábamos en público y le habló en voz alta.

—Siempre yo, siempre yo… —masculló Alonso—. No lo entiendo, tú también puedes volar.

—Pero no queremos que a nadie le dé un infarto —gritó Krane a su compañero, mientras este se alejaba.

—Bueno, no estamos siendo muy discretos que digamos —agregué en voz baja.

Cuando ya estábamos solos, Krane caminó hasta un callejón justo al lado del local, un pequeño espacio que se abría entre los dos edificios. Era un lugar húmedo y algo maloliente.

—Gatita, espérame aquí. ¿Está bien?

—Sí, está bien —asentí, y no tenía idea de qué tenía en mente, pero estaba demasiado preocupada por Alonso y su búsqueda como para indagar.

Al darme cuenta de que, tras dejarme sola, había pasado un buen rato y no regresaba, me aventuré a ver qué hacía. Miré a través del cristal dentro del local.

Allí estaba él, hablando con la mujer del mostrador, una muchacha muy bonita, de sonrisa deslumbrante, que se tocaba el cabello al hablar con él. Me pareció lógico lo que pasaba allí: estaban coqueteando. ¿Quién diablos tenía tiempo de ponerse a coquetear en ese momento? Sentí deseos de entrar y morderlo para que no perdiera el tiempo.

Fue cuando lo vi darse la vuelta cargado con unas bolsas, y volví corriendo hasta el callejón, actuando como si no hubiese movido un pelo de allí.

—Mira lo que conseguí —dijo, y se sentó en el suelo con dos pequeñas bolsas color marrón. Rompió una de ellas y un olor suculento salió como una explosión, abriéndome por completo el apetito—. Conseguí que la chica me diera dos pedazos por el precio de uno. —Su sonrisa deslumbraba mientras abría la envoltura de papel de aluminio.

Dividió el papel en dos y colocó el pedazo de pizza sobre el aluminio frente a mis patas. Abrí los ojos de par en par ante aquella cena improvisada. Casi lloré, pues me moría de hambre.

—Gracias… —Me quedé sin palabras.

—Olvidaba algo. —De la otra bolsa sacó un pequeño cartón de leche, que abrió por completo para que pudiera sumergir la cabeza.

—Gracias… —dije de nuevo, sin ninguna otra cosa que decir.

«¿Por qué siento tantos nervios?», me pregunté. Tantos que casi perdí el apetito.

—Buen provecho, gatita —dijo, justo antes de darle un mordisco a su pedazo de pizza.

De inmediato abrió un refresco, se lo acercó a la boca y dio un sorbo. De ver aquella lata se me hizo agua la boca.

Comencé a comer y la pizza no tenía sabor, pero por suerte asentaba al estómago y ahuyentaba el hambre. La leche, por otro lado, me pareció deliciosa.

—No me sabe a nada, pero gracias; tenía mucha hambre.

—Me lo imaginé.

—Oye, siento haber sacado el tema de tu madre hace un rato…

—Disculpándote lo sacas de nuevo. Pero está bien, no te preocupes. Yo lo sé todo sobre ti, así que estamos a mano, ¿está bien? —Me lanzó un guiño en su intento de hacerme sentir mejor.

—No lo estamos. Sé que hay muchas más cosas que no sé de ti.

—Y estoy completamente seguro de que también me falta mucho por saber de ti.

—Lo que no sabes es porque no es interesante. Mi vida no lo es… y tampoco creo que a nadie le importe.

—¿Crees que tu vida no es interesante? —preguntó, sonriente—. ¡Eres la mujer gato! —Fingió asombro—. Has vivido dos vidas. De cierta manera experimentaste algo que nadie más ha hecho.

—¿De verdad vas a usar tu error para hacerme sentir mejor?

—Se hace lo que se puede.

La expresión en su rostro me hizo reír tanto que un pedazo grande de queso se me quedó estancado en la garganta. Comencé a toser, hasta que pude expulsar la pelota babosa que casi me asfixia.

Aunque, como dijo, yo era un simple gato. Pero ver su ceño fruncido y su media sonrisa al mirarme me hizo sentir avergonzada y más prisionera que nunca.

Al cabo de unos segundos de reírnos como dos imbéciles, llegó Alonso agitando con fuerza las alas.

—¡La encontré, la encontré! —exclamó, y aterrizó entre nosotros.

El ave dio una vuelta mirando los restos de comida.

—¿Comieron sin mí? —preguntó, y juraría que estaba decepcionado.

Casi me dio lástima, hasta que vi que Krane le arrojó la esquina de su pedazo y Alonso picoteó sin pensarlo.

Mi pena pareció pasar de uno hasta el otro, pues Krane apenas comió y terminó dándole gran parte de la comida a su compañero.

—Bueno, ¿qué encontraste? —preguntó el mago.

—La muchacha vive por la calle número doce, en un grupo de casas que rodean una iglesia, no muy lejos de aquí. ¿Recuerdas dónde es la biblioteca estatal? Dos casas después.

—¡Vamos cuanto antes! —exclamé, antes de ganar velocidad con la lengua para beberme la leche restante.

Antes de darnos cuenta, Krane ya había hecho la puerta y nos trasportó a un bonito lugar de casas adosadas y adornadas con pequeños jardines. Caminamos, y antes de que Alonso señalara la casa, supe cuál era. Desde fuera, aquel lugar proyectaba la misma aura que la chica que conocí en el espectáculo de Pendragon.

Alonso voló hasta allí y nosotros corrimos hasta que terminamos los tres frente a la puerta de la casa. Krane dio una palmada en su hombro, y por instinto me encaramé sobre él.

Miramos por la ventana y vimos a la mujer muy tranquila con una pequeña mesa frente a su sillón, disfrutando de su cena.

—¿Estás completamente segura de que esa es Laura? —preguntó Krane en voz baja.

—Sí, esa es la misma chica que me estaba siguiendo.

—No tiene pinta de ser una arcana —agregó.

—¿Solo porque está gorda? —preguntó Alonso.

—¿Qué diablos tiene que ver eso? —pregunté, e intenté golpearlo con la pata, haciendo que el palomo se moviera y golpeara la ventana.

Para nuestra sorpresa, la mujer pegó un grito al vernos, así que nos ocultamos, incluso consideramos huir. Pero ya era tarde. Laura había abierto la puerta con su brillante mano portando un orbe de luz naranja, lista para arrojarlo en cualquier momento.

—Aléjate —ordenó Krane a mi oído, y sin pensarlo me bajé de su hombro y me alejé bastante—. ¡Dudaba de lo que eras, pero tú misma te delataste!

—¿Krane Utherwulf? —preguntó la mujer, y el orbe siguió brillante en su mano.

—Creo que deberíamos tener una charla —respondió.

Nunca lo había visto de aquella manera: tan serio y centrado. Su mano adoptó un brillo igual que el de la mano de Laura.

Estaba posicionado, dispuesto a atacar de ser necesario.

La fanática

Viola Oakley

—¿Krane Utherwulf? —preguntó Laura, y el orbe de su mano, similar a una bola de fuego, se hizo más grande—. ¿Qué haces tú aquí? —Frunció el ceño, cruzando la puerta de su casa, que se cerró sola cuando salió.

Krane se movía de un lado a otro con zancadas lentas, como un depredador a punto de atacar a su presa.

Por orden suya, me escondí tras unos arbustos de pequeñas flores carmesí. Alonso estaba sobre mi lomo. Ninguno de los dos sabía qué hacer, excepto mirarlos.

La mujer, aunque pequeña de estatura, se convirtió en una fiera y comenzó a lanzar sobre Krane un orbe mágico tras otro.

Pero a él ni se le despeinó el cabello. Creó un tipo de barrera que lo protegió, disipando cada uno de los ataques de la muchacha. Krane, aunque la rodeaba, no parecía dispuesto a atacarla. Si ella era a quien buscábamos, lo más sencillo era matarla. Teníamos la certeza de que él podría ser de todo, pero no un asesino.

La mujer dio un paso al frente, agrandando aún más aquella bola de fuego para arrojársela a él. Mientras tanto, Alonso se reía de lo que veía.

—Esa mujer apenas sabe lo que hace —indicó divertido.

—¿Por qué lo dices?

—Ningún arcano se ha atrevido a hacer algo así.

—No lo entiendo.

—Krane es jodidamente poderoso —explicó—. Todos lo saben, y cuando digo que es *jodidamente poderoso*, es porque ni él mismo puede controlar su gran poder y eso lo convierte en un peligro.

Al Alonso decirme eso, entendí por qué Krane evitaba contrarrestar los ataques de la mujer; no quería perder el control.

—¿Qué haces aquí? ¿Por qué das la cara? ¡Maldito loco! —gritó la muchacha.

—¡No quiero hacerte daño, Swanheart! —aseguró Krane con una potente voz. Parecía molesto. Solo una vez lo había escuchado así y fue el día de nuestra conversación sobre Erika—. Necesito que hablemos, pero no poniendo en riesgo la vida de otros. ¡Detente!

—¿Cómo es que no te has ido de la isla? ¡Sabes muy bien que deberías estar preso! —exclamó ella, con ambas manos encendidas con una radiante luz —. ¿Qué le hiciste a esa chica?

Krane frunció el ceño y se abalanzó hacia Laura, con zancadas largas y decididas, hasta arrinconarla contra la pared de su casa.

Sus manos irradiaban tanta luz como las de ella. La agarró por las muñecas con tanta fuerza que casi parecía que se las rompería.

—No te hagas la tonta. —Su voz seguía sonando fuerte. Parecía otro—. Dime, ¿por qué le jodiste la vida a la señorita?

—¿Yo? —La mujer parecía confundida—. ¿Cómo es que tengo algo que ver con esto? —Laura movió las manos intentando soltarse, tanto que se dispuso a darle un golpe a Krane en la entrepierna.

Él se dio cuenta, le agarró la rodilla y presionó la otra muñeca.

—¡No estoy para juegos, disipa el encantamiento ahora mismo! —gritó Krane, muy fuerte, tanto que hasta su voz cambió.

Los ojos de Laura se abrieron como platos.

—No sé de qué demonios me hablas. ¡Voy a llamar a la policía!

—¿Las arcanas o las terrenales? ¡Porque si son las arcanas, creo que eres tú la que estará en problemas!

—¡Yo no hice nada! —insistió—. ¡No sé qué es lo que está pasando! —La mujer no parecía mentir, pues sus ojos aguaron por las lágrimas que bajaron por sus mejillas.

Krane se vio confundido. Sin embargo, golpeó la muñeca de la
chica contra la pared con tanta fuerza que una grieta se manifestó en el cemento.

Alonso murmuró algo y salió volando hacia el par de arcanos que discutían, y yo lo seguí.

—¡Krane! —gritó Alonso, y su voz pareció causar cierto efecto en el mago.

Krane abrió los ojos de par en par al darse cuenta del error que estaba cometiendo. Dio un paso hacia atrás, asustado de sus acciones.

Laura, en estado de *shock*, miró a Alonso; no sorprendida por ver un ave parlante, más bien temerosa por la actitud de Krane.

Observé a Krane y me di cuenta de que estaba ido. Parecía casi molesto consigo mismo. Miraba a Laura con arrepentimiento y nadie parecía entender el porqué. Cuando la chica comenzó a volver en sí, se sorprendió al ver que una de sus muñecas había sido dislocada en aquel incidente. Utilizó la otra mano para devolver los huesos a su sitio. Lo hizo con tanta facilidad que su piel parecía de goma. A mí, de ver eso, me dolió al punto de que chirrié los dientes.

—¡Esta mujer tiene ovarios! —exclamó Alonso.

Ella observó tanto al palomo como a mí, pero particularmente a mí. Así que entendí que era mi turno de hablar.

—Laura, ¿fuiste tú quien me hizo esto? —intervine.

Laura continuaba en su estado de *shock*, tanto que solo fue capaz de torcer la cabeza con lentitud para observarme.

—No lo entiendo... —Nos dirigió una mirada a cada uno—. ¡Oh, por todos los dioses! ¿Viola Oakley? —chilló.

—Sí, la misma.

—¿Y por qué está él contigo y no Jiro Pendragon? —preguntó.

No me sorprendió que preguntara, pues al vernos aquella noche, supuso que había algo entre nosotros.

—Tengo que resolver esto, es mi responsabilidad —intervino Krane. Tenía los brazos cruzados mientras se acercaba a nosotros—. Buscamos a un arcano que también conozca a Viola, y todo apunta a ti, *Laura Swanheart*.

—¡Yo jamás te hubiera hecho daño, te lo juro! ¡Te di hasta mi número! —insistió Laura, con los ojos llorosos.

Krane seguía con el ceño fruncido, pues no parecía creerle.

—Que muy bien pudo haber sido una trampa —refuté.

—No, no... Yo sería incapaz de eso. ¡Tú lo sabes! —insistió. Ella titubeaba nerviosa, hecha un mar de lágrimas. No parecía estar mintiendo—. ¿Quieren pasar y explicar qué ocurre?

Krane me miró inseguro, esperando que fuese yo la que decidiera. Asentí y él le hizo un gesto a Laura con la mano, pidiéndole que prosiguiera.

—Estaré pendiente por si intentas hacer algo estúpido —dijo.

La mujer asintió y entró a la casa, seguida por Krane, que parecía estar atento hasta de sus suspiros. Alonso se le adelanto a la muchacha con el vuelo. Subí al hombro de Krane. La casa de esa mujer no reflejaba a una persona malvada, solo el hogar de una mujer que vivía sola, sin niños ni mascotas. Era un lugar muy bonito, de colores brillantes para alegrar un lugar solitario. Había un pequeño televisor, un simple mueble hundido en una sola esquina y libros por doquier.

Quedaban unos pedazos de pizza a medio comer sobre una mesa de bandeja, pues la de su comedor estaba repleta de papeles aplastados bajo una máquina de escribir.

Laura se sentó en el sillón y alejó la mesa hacia un lado, porque ya no parecía apetecerle su cena. Me detuve frente a sus piernas y la miré a la cara. Ante mi mirada, Laura cesó un poco el llanto. Tal vez nos habíamos equivocado y era inocente, o hizo las cosas de manera inconsciente, pues no parecía mala persona.

Le expliqué muchas cosas de las que habían pasado y fue bastante sencillo que las comprendiera por su condición de arcana.

Ante expresiones de asombro y mil groserías que salieron de su boca, la puse al tanto. Fue muy extraño que ni Krane ni Alonso dijeran nada, hasta que me percaté de que observaban algo muy atentos desde la mesa del comedor.

Krane casi parecía asqueado mientras sujetaba un grupo de papeles.

Alonso se partía de la risa ante lo que parecieron haber encontrado.

—¿*La embestida del dragón*? Esto es… —preguntó Krane con un gesto muy extraño.

—Es una especie de novela erótica. —Hasta Alonso parecía sorprendido—. Son obscenidades donde Pendragon y tú son los protagonistas. —El palomo casi sonó avergonzado.

—¡¿Qué?!

—No es lo que crees —dijo Laura.

Se puso roja como un tomate y se cubrió el rostro. Me sorprendí ante aquella mente tan trastornada.

—¿Por qué haces eso? —pregunté.

—Un pasatiempo. Verlos juntos me pareció bonito, y, pues, las palabras salieron solas… —Hizo una pausa y se quedó callada unos segundos, pensando en una buena explicación—. Habla de cómo Jiro te rescata de Krane y las cosas siguen su curso… —explicó—. ¡Pero era todo para mí! ¡Un mero pasatiempo, nada más! ¡Te lo juro! —exclamó, tan insistente, tan humillada, que más que furia me causó lástima.

—Por cierto, una pregunta, ¿por qué una arcana es *fan* de un mago común y corriente?

—Porque me parece muy curioso que existan personas en el mundo capaces de engañarnos de forma real. Para mí eso es más mágico que cualquier cosa que nosotros podamos hacer.

—Tiene sentido… —observó Krane.

—Y para responder a tu pregunta, Viola: no. No estaba celosa. Quizás un poco envidiosa, pero da igual. ¿Por qué molestarme cuando sé que un hombre así es inalcanzable para mí?

—Bueno… si corres tras él es posible que lo alcances —intervino Alonso—. Ahora camina mucho más lento.

—¡Tampoco seas tan cruel! —grité, y corrí hasta Alonso para saltar y atraparlo, pero, como siempre, fue capaz de esquivarme.

—Por lo de su pierna… fuiste tú, ¿verdad? —La arcana observó a Krane y su mano pareció iluminarse una vez más.

—¡Pero qué fan más intensa! —exclamó Alonso—. ¡Me recuerda a las tuyas, Krane!

Krane no pareció intimidarse ante la mujer, pues sabía que no hacía falta. La expresión en su rostro comenzó a suavizarse, quizás también por pena.

—¿Sentías algún tipo de emoción esa noche del accidente? —El mago cambió de tema—. ¿Estabas enojada de verla con Pendragon? —preguntó Krane, arrojando el paquete de papeles a un lado con desdén.

Eso me recordaba al problema con Krane, donde las emociones fuertes parecían descontrolarlo por completo. Laura pudo haber experimentado algo parecido.

—Solo estaba enojada contigo porque los estabas poniendo en ridículo —se sinceró—. Yo a Viola no le hubiera hecho daño, ella lo sabe —insistió, y se cruzó de brazos.

—Apenas nos conocemos. No hables como si fuéramos amigas —respondí cortante—. En el instante en que desaparecí, ¿no te vino a la cabeza ninguna idea para arruinar la carrera de Krane?

—¡Que yo no fui! Y si lo hice, ¡no lo recuerdo! —exclamó, con su mirada de niña perdida, aunque su rostro se reflejaban los rasgos de una mujer madura.

—Bueno, Krane casi causa un desastre climático. A mí ya nada me sorprendería. Quizás lo hiciste de manera inconsciente —señaló Alonso, volando hasta el brazo del sillón.

—Y entonces, si fuera así, ¿cómo se podría revertir eso? —preguntó Laura, con los hombros encogidos. Al parecer estaba dispuesta a ayudar.

Me emocioné, ya que veía más cerca la posibilidad de regresar a la normalidad.

Alonso y yo miramos a Krane, que se quitó el abrigo y chasqueó los dedos de ambas manos antes de dar un paso al frente.

Fue así cómo procedió a explicarle a la mujer cómo era el proceso para revertir la transmutación y qué era lo que tenía que hacer.

Ella lo escuchó atenta. Él se mostró desconfiado en todo momento, pero la guio hasta que ambos fueron hasta mí para arrojarme el abrigo.

En la oscuridad, el corazón parecía que se me iba a salir del pecho. Me encontraba muy ansiosa por volver a ver correctamente y revivir aquellas sensaciones que mi estado como gata me arrebató.

Retiraron el abrigo y, justo como la vez anterior, no pasó nada.

Krane masculló. Laura parecía confundida.

Repitieron el proceso, donde ambos dijeron las palabras necesarias para devolverme a mi estado normal. Pero no hubo ningún cambio.

—Perdón, Viola… —dijo Laura—. Hubiera deseado ser la responsable, porque ya lo hubiera revertido.

—Tranquila —respondí—. Discúlpanos a nosotros. —Fue lo único que pude decir. La pena que sentía era tan grande que las palabras no me salían.

Así que ella no era la culpable, y yo seguía siendo un *simple gato*. Odiaba esa maldita prisión.

Salí corriendo del lugar con saltos largos que me llevaron al exterior en segundos y subí hasta la cerca de su jardín. Solo quería estar a solas y de alguna manera inhalar un poco de aire fresco, pues me sentía asfixiada ante mi situación.

Me sacaba de quicio que ni siquiera podía ver las estrellas con esos ojos de mierda.

No pude evitarlo, comencé a llorar. ¡Y hasta mi llanto sonaba ridículo, pues era un maullido extremadamente fuerte! Parecía una gata en celo.

—Calma… —escuché la voz de Krane.

No me dejó a solas mucho tiempo. Se acercó a mi oído:

—Gatita, sé que te debes sentir mal, pero eso no va a detener nuestra búsqueda. Arriba esos ánimos. Aún tenemos otra alternativa, no lo olvides —dijo, a la vez que con la punta de sus dedos acariciaba mi cabeza.

—Lo sé, pero es temporal

—Olvida ese pequeño detalle. Por ahora, vayamos a descansar, y te prometo que mañana los ánimos cambiarán. Vamos a tener una cita… —me dijo al oído con un susurro, que me produjo un cosquilleo incómodo por todo el cuerpo.

—¿Una cita? —pregunté titubeando, confundida.

«¿Se habrá vuelto loco? ¿Será que le atraen los gatos?», me pregunté, pues no entendía de qué iba eso.

—¿Una cita? —pregunté de nuevo.

—Sí. Solamente tú y yo, mi pequeña gatita.

La cita

Viola Oakley

—¿Esto es una cita? —pregunté, siguiendo los pasos del mago a través de un largo camino de hojas, bajo la sombra del follaje creado por los árboles.

—Estamos sin Alonso, es un lugar muy bonito, en compañía y a la vez no te hago perder el tiempo —respondió, y se detuvo antes de subir un camino de rocas. Dio la típica palmada en el hombro para que subiese, pero no lo hice.

—Creo que no es necesario —dije, antes de comenzar a correr presuntuosa por la cuesta rocosa. Escalar y ser ágiles es algo que se les da bien a los felinos.

Como si se tratase de una competencia, intentó correr y adelantarse, pero al ver que yo llevaba la delantera, se acercó hasta mí, me agarró y me arrojó hasta el fondo de nuevo.

—¡Eso es trampa! —grité desde abajo, cuando él alzaba los brazos a modo de victoria.

—¡Da igual, llegué antes! —exclamó desde arriba, con una sonrisa.

—¡No se vale, tramposo! —dije—. Por cierto, dijiste que no perderíamos el tiempo y aún no me has dicho qué hacemos aquí —le recordé, mientras subía la cuesta.

Krane se volteó y comenzó a caminar. Se adelantó, ganó velocidad y tuve que hacer lo posible por alcanzarlo.

Juraría que se había esforzado en mejorar su aspecto. Llevaba un chaleco largo oscuro que le quedaba muy bien, con unos pantalones y zapatos de vestir a conjunto. No parecía un atuendo cómodo para andar por el bosque. También encontré peculiar que llevaba el cabello oscuro.

—¿Cuál es el verdadero color de tu pelo? —pregunté casi sin aire, debido a la prisa que él parecía llevar.

—¿Es importante?

—Curiosidad…

—Eso del pelo fue un truco que me enseñó Sigmund, pero no creo que te interese saber la historia entera.

—¿Tiene que ver con el porqué no se llevan bien?

Me lanzó una mirada fría y se adelantó de nuevo. Hice una nota mental y añadí eso a la lista de cosas que no podía preguntarle.

—Pero ¿podrías responder cuál es el color real?

—Es claro, rubio… —respondió, pero parecía avergonzado de decirlo.

—¿Por qué lo llevas oscuro hoy?

—Recomendación de Dimitri.

El camino de árboles se hacía más estrecho, y aunque no podía ver los colores tan vivos, aquello era precioso. Llegamos a un tramo largo y recto. Mariposas de varios colores volaban de un lado a otro como pequeñas avecillas danzantes. Por un momento me olvidé de su compañía, pues mis instintos felinos deseaban una cosa: atrapar alguna.

—Son preciosas, ¿verdad? —Cuando me di la vuelta, ahí estaba Krane, cruzado de brazos y observándome, sonriente.

—Sí… pero ¿qué hacemos aquí?

—Sígueme.

Sin cuestionar, seguí el camino a su lado. El follaje comenzó a volverse más oscuro con cada paso. Sabía que nos estábamos adentrando en la profundidad del bosque.

En determinado momento, las mariposas dejaron de rodearnos. Una oscuridad nos comenzó a abrazar y frente a nosotros solo se presentaba un exorbitante árbol de frutas brillantes, las cuales eran la única fuente de luz.

No pude evitar sentirme extraña al estar allí.

—¿Qué se supone que es esto? —Mis ojos se abrieron de par en par ante semejante espectáculo—. Es muy bonito.

—Faltan una serie de ingredientes, una fruta de ese gran árbol es uno de ellos. Un corazón de bosque —explicó.

—¿Estás empeñado en eso aunque sea temporal?

—¿Sabes, gatita? Creo que las cosas serían mucho más sencillas si al menos pudieras moverte con más facilidad en tu cuerpo humano.

—No puedo esperar —confesé. Él tenía razón; sería mucho más sencillo.

—No me gusta ver por lo que estás pasando. Estoy ansioso de poder devolverte lo que te quité —dijo, mientras se acercaba al tronco del árbol.

Levitó hasta llegar a una de sus ramas, agarró varias de sus brillantes frutas y las metió en sus bolsillos. Luego, arrancó una fruta más y la mantuvo en la mano.

—¿Se pueden comer?

—Sabes lo que dicen de las cosas brillantes, ¿verdad? A más llamativo es su color, más letales son —explicó, y examinó la fruta con detenimiento—. Más bien es como una señal de advertencia —dijo, sin embargo, le dio un mordisco a aquella porquería.

—¡¿Qué diablos haces?! —grité.

—A nosotros esto no nos hace nada —respondió con indiferencia.

Mordió la fruta de nuevo y se encogió de hombros.

—¡No vuelvas a asustarme de esa manera! —exclamé.

Él rio y recostó la espalda contra la falda del árbol, mientras terminaba de comerse la fruta.

—No sé por qué, pero la apariencia de esas cosas no me da buena espina. ¿Estás seguro de que la puedes comer?

Él no me respondió, solo dio una palmada en el suelo para que me sentara a su lado.

—Tómate las cosas con calma, gatita —dijo muy tranquilo.

—Lo siento, pero algo no se siente bien.

Nos quedamos allí sentados. La vista era maravillosa.

Por unos instantes no hizo falta conversar para sentirnos cómodos con la compañía del otro. Sin embargo, pasado un tiempo hubo algo que me incomodó.

Algo me decía que debíamos irnos de allí. Todo era demasiado bonito para ser seguro. Dentro de aquella belleza aguardaba algún tipo de amenaza. En especial al escuchar el susurro, no de una, sino de miles de criaturas y el mago no pareció notarlo.

—¿Oíste eso? —pregunté, tras dar un respingo.

—¿Qué te pasa? —Krane frunció el ceño. No podía creer que él no notara nada.

Y justo entonces fue cuando los autores de esos cuchicheos se manifestaron.

¡Lo sabía, había algo extraño! Miles de pequeños ojos parecieron encenderse y nos miraban sin parpadear. Sentí que se me erizaba el pelaje del lomo; en especial cuando vi que Krane, con mucha cautela, me invitó a subir a su hombro.

Con cada una de sus pisadas aparecía una luz brillante en el suelo. Cada zancada era lenta y precavida. Clavé mis uñas en su abrigo para no caerme.

—¿Qué son?

—Shhh…

Los ojitos nos seguían con cada paso. De repente todos parecieron apagarse y entonces Krane me dijo al oído:

—Agárrate bien.

Y con esas palabras, me sostuvo por el lomo y comenzó a correr. El color que brotaba del suelo pasó de ser de tonos claros a un rojo intenso, casi como una advertencia para que nos marcháramos.

El mago ganó tanta velocidad que me dio a entender que estábamos en peligro. El chillido de miles, o millones de seres nos perseguía. Quise mirar hacia atrás, pero Krane me sostuvo aun con más fuerza.

—Que no se te ocurra mirarlos —advirtió.

El chillido se hizo más fuerte. Los seres se nos acercaban. La adrenalina hacía que mi corazón pareciese a punto de explotar. Krane parecía inseguro de lo que haría.

De repente, de su mano brotó una luz. Comenzó a decir algo en latín que no tuve idea de qué significaba. Hizo un movimiento circular con la mano, tan rápido, que hacía que la luz se dispersara, dando la sensación de crear una forma en el viento.

No entendí lo que estaba tratando de hacer. Me agarró, cerré los ojos y sentí que dio un gran salto y aterrizamos en su casa, chocando con sus cosas y formando un desastre.

—¿Qué demonios fue eso? —pregunté, alterada.

—Pasa que acabo de hacer enojar a la madre naturaleza.

Después de aquel golpe de adrenalina quedamos exhaustos. Terminé comiendo de una lata de atún, porque era lo único que Krane tenía.

Junto con la cena, vino una pregunta:

—¿Quieres salir mañana de nuevo?

—Pero tú quieres que me maten, ¿verdad?

—Te prometo que el próximo lugar sí es seguro.

—No lo sé…

Aquella noche caí rendida. Aunque sentí temor, hubo una sensación más que me completó ese día: la adrenalina. Me devolvía sensaciones de mi vida que pensaba que había perdido, así que la idea de acompañarlo en su búsqueda al siguiente día no me pareció tan mala.

No sabía si esa era su primera vez en aquel lugar, pues él parecía igual de sorprendido de estar allí.

—Pensaba que al menos el sitio sería bonito. —Fue lo primero que pude decir al ver donde estábamos.

Era una especie de rastro repleto de tantas personas, que parecían empujarse las unas a las otras.

Ya se había convertido en una costumbre que yo viajara en el hombro del mago, pues me daba la ventaja de ver las cosas mejor, y a él no parecía molestarle.

Como el día anterior, él me sostenía por el lomo para que no me cayera, ya que, con cada paso, chocábamos con una persona diferente.

El olor era terrible, era una mezcla de sudor, tabaco y orines.

—Eres el mejor escogiendo citas —le dije al oído, y él soltó una risilla.

—Pero vine a conseguirte un obsequio —respondió.

—¿Cuál es el ingrediente esta vez?

—Una mandrágora.

—¿Pero eso no se puede conseguir donde sea?

—No una mandrágora cosechada por arcanos.

—Oh, interesante.

Con cada tropiezo, las personas soltaban mil palabrotas al pasar. Para mi sorpresa, Krane solo se disculpó con cada una de ellas en vez de responder de la misma manera.

Así transcurrieron algunos minutos en aquel inmenso mercado, hasta que llegamos a la mesa de una viejecita con una gran variedad de plantas. Era menuda, con la piel tan blanca como su cabello, y el rostro arrugado.

La señora nos recibió con una amable sonrisa.

—¿Es usted Margo? —preguntó Krane.

—¿Eso es un familiar? —La mujer respondió con otra pregunta y me miró.

—No, solo es una mascota. Un simple gato —aclaró él.

Sentí unos deseos inmensos de morderlo en el cuello, pero hice lo posible por resistir la tentación. Por alguna razón, me irritaba que me llamara «simple».

La mujer me miró incrédula, sin embargo, no le interesó ahondar más en el tema.

—De acuerdo. Dime, ¿a qué vienes? Nunca te había visto por aquí.

—Dígame, por favor, que tiene una mandrágora.

La mujer arqueó las cejas. Se agachó, aparentemente para buscar algo debajo de la mesa, y dejó escapar un quejido mientras colocaba diversos tiestos pesados sobre la mesa.

—Ochocientos —dijo, con una sonrisa.

—No tengo ochocientos ahora mismo.

—Tu mascota, entonces —respondió—. La mandrágora a cambio de tu mascota. —Me señaló con la cabeza.

—Puedo darte cualquier cosa, pero no te la puedo dar a ella.

—Así que tengo razón, no es una mascota cualquiera.

«Pues claro que no», pensé, pero me mantuve en silencio.

—Lo siento, niño, pero no puedo darte las cosas gratis solo porque tengas una cara bonita. Yo también tengo que comer, así que no te puedo obsequiar la mandrágora. Solo a ti se te ocurre venir con las manos vacías.

Miré a Krane, esperando su reacción. En sus labios se dibujó una amplia sonrisa y buscó algo en su bolsillo. La vieja abrió los ojos de par en par por la sorpresa y de inmediato estiró el brazo para arrebatarle aquello. Era uno de los corazones de bosque que habíamos sacado de aquel peligroso pero hermoso lugar.

—¿De dónde lo sacaste?

—Debes saber de dónde, no preguntes. Sabes que esto vale más que todas las porquerías que tienes aquí.

—¿Estás seguro de que quieres una simple mandrágora por eso?

—Créeme que si no tuviera tanta prisa me aprovecharía de la situación —respondió, y colocó la fruta en la mesa—. Es más, me llevaré otra. Solo por si acaso.

—Sabes que no puedes dejar que las manos humanas la toquen, o morirá. Si las vas a alimentar, recuerda que…

—Sí, sí… sé todo eso —dijo indiferente, mientras se llevaba los dos tiestos; uno en cada mano.

—Si en algún momento quieres intercambiar a ese gatito por algo, no dudes en venir aquí. Te consigo lo que quieras.

—Lo siento, Margo. Gracias por la mandrágora. —Con eso regresó al camino.

La mujer no se quejó, sin embargo, vi que tenía una sonrisa muy rara.

—No comprendo. Algunas veces pienso que eres imbécil; otras, es como si lo tuvieras todo planeado. ¿Cómo sabías que la fruta serviría?

—Consejos de Dimitri.

—Claro —musité, y mientras nos alejábamos me di cuenta de que Margo me miraba fijamente, lo que me puso nerviosa. Aquella mujer era extraña, parecía malvada.

—¿Podrías caminar más rápido? —pregunté a Krane.

—No, no puedo. ¿Sabes qué pasaría si una de estas cosas se cae y se rompe el tiesto contra el suelo?

—No, ¿qué pasaría?

—Te aseguro que unos cuantos aquí se mueren.

—Pues tómalo con calma…

Y él prosiguió con tanta calma que era desesperante. En la distancia, seguí viendo a la vieja con su fea sonrisa. No dejó de mirarnos, ni cuando comenzó a hablar con alguien. Al perderla de vista me sentí mucho más tranquila. Aun así, ese mercado no me gustaba. Quería irme y regresar a casa de Krane.

—¿Recuerdas el restaurante en el que nos manifestamos? Solo tenemos que regresar y transportarnos de vuelta a casa desde allí.

—Entonces, date prisa, quiero irme —insistí.

—Discúlpame.

—Oye, por cierto, ¿para qué…?

Algo me interrumpió. Clavé mis uñas en su abrigo, tanto que

casi sentí la tela desgarrarse. Una mano me sujetó y con una segunda tiraron de mí.

Pero lo que me congeló el corazón fue el sonido del tiesto al caer y romperse. Hubo un grito, el más fuerte y horripilante que había escuchado en mi vida. Fue tan estridente que todos en el mercado se quedaron paralizados. A más de uno le sangraron los oídos.

Apenas entendía lo que pasaba, pues unas asquerosas manos me sujetaron por el lomo y el hocico, inmovilizándome por completo.

El tipo iba con prisa y yo veía cómo me alejaba de Krane. Vi sus grandes ojos mirarme con preocupación. Mientras chocaba con la muchedumbre, no le importó lo de la mandrágora gritona, pues el grito se disipó cuando el mago le dio un pisotón a la planta, antes de ir corriendo en mi dirección.

Me moví como loca de un lado para el otro, agité las patas con rapidez, buscando la oportunidad de escapar de aquellas asquerosas garras.

Por suerte, moví la cabeza lo suficiente para escapar del agarre que tenía en mi hocico. Antes de que alejara la mano, le mordí el dedo índice; tan fuerte, que pude sentir el sabor de la sangre. Tuve ganas de vomitar. Aquella bestia de hombre me dejó caer, y pude alejarme de él para buscar a Krane.

Mi corazón se había encogido. Quería llorar, no quería perder mi único contacto con la vida real. Muchas personas atendían a los de oídos sangrantes; algunos seguían como si nada. Me adentré en aquel desorden solo para dar con Krane.

Los minutos se hicieron eternos, pues lo buscaba sin descanso. Escuché unas zancadas ruidosas que corrían detrás de mí.

Para ser un tipo tan grande, era muy rápido. Sin darme cuenta, me volvió a agarrar por el lomo. Cuando me alzó pude ver con claridad y mis ojos se cruzaron con los de Krane.

—¡Krane! —grité, y el tipo me tapó el hocico.

Pero algo ocurrió, pues caí al suelo junto con aquella bestia de hombre.

La boca de aquel tipo asqueroso estaba amoratada, destruida y sangrienta. Para mi alivio, me encontré a Krane de frente, con sus gigantes ojos asustadizos, y un destello emanando de una de sus manos. Aquella visión me hizo sentir segura, en casa.

Subí a su hombro y me sentí tranquila. No quería mirar los alrededores, solo cerrar los ojos hasta que él me sacara de aquel lugar.

Me escondí en su cuello, sintiendo la necesidad de meterme dentro de su abrigo. Saber que por poco pierdo el único enlace a casa me hizo valorar su cercanía. Apoyé la cabeza contra su piel repetidas veces y mi estómago dio un vuelco cuando sus labios tocaron mi cabeza, apretándome contra su hombro.

—¿Estás bien? ¿Estás bien? —preguntó con insistencia.

Pude distinguir el nerviosismo en su voz. Sus manos temblaban.

Me resguardé por completo dentro de la piel de su chaleco, apretando mis garras contra su ropa. No sabía si le estaba haciendo daño, pero tenía miedo de separarme de él.

—¡Esta gatita es mía! —lo escuché decir, y casi me suelto, pues los nervios me debilitaron las patas.

Después de aquello, echó a andar otra vez. Colocó una mano sobre su abrigo para mantenerme cerca y así seguimos el camino.

No quise salir de su abrigo, hasta que abrió la puerta mágica de vuelta a Valparosa.

Fue un alivio oler el polvo característico de aquella pocilga.

—Gracias…

—¿Estás bien? —preguntó de nuevo.

—Sí, te lo juro… Pero ya no vuelvo… Si falta algo, búscalo tú solo, por favor.

—Resulta que para el próximo ingrediente necesitaré de tu ayuda

La cazadora

Viola Oakley

Al caer la noche, después de que Alonso se fue a dormir a su columpio, nos enfrascamos en una conversación. Hablamos de lo ocurrido y de lo que pudo haber pasado. Krane se disculpó, mientras yo aseguraba que no hacía falta, pues habíamos vuelto juntos y eso era lo más importante.

Esa noche dormí a su lado, en una esquina de su cama. No quería alejarme, porque él seguía siendo mi único enlace con la realidad.

Nuestra búsqueda llegó a un tercer día. Mis deseos de ir a ese próximo lugar eran nulos, pero su insistencia fue tal que tuve que acompañarlo. Como ya era típico, utilizó su puerta.

Para mi sorpresa, a pesar de que era temprano en Valparosa, habíamos caído en un lugar donde acababa de llegar la noche.

Cuando salimos de la puerta mágica, mis ojos se abrieron como platos al ver lo que nos rodeaba. Deseé más que nunca volver a mi cuerpo. Di una vuelta para observar la extensión de agua que se mostraba frente a nosotros.

—Es precioso… —comenté, embrujada ante esa maravilla.

—Sabía que te gustaría, no podía dejarte en casa. Me entristece que no puedas verlo en todo su esplendor. Es más hermoso de lo que tus ojos pueden apreciar.

—Sé que es un lugar bonito, igualmente.

El agua estaba quieta. En la lejanía se podían apreciar unas luces que yo veía borrosas. Eso significaba que estábamos cerca de un área poblada, pero eso no le restaba belleza al paisaje.

Lo apacible del agua hacía que se viera brillante, como un espejo que reflejaba la luz de la luna. Me acerqué y observé con mayor claridad la proyección en el agua.

El reflejo de mi rostro felino estaba acompañado del mago, que luego desapareció cuando se agachó a mi derecha.

—Si piensas que la vista es preciosa, vas a enloquecer cuando veas el lugar al que vamos.

Di la vuelta y me di cuenta de que estaba tan cerca que casi pude sentir su respiración. Sus grandes ojos se empequeñecían con su sonrisa mientras acariciaba mi cabeza peluda.

Aún agachado, se concentró en el agua y arrojó un objeto pequeño, similar a una pastilla, el cual comenzó a crecer hasta convertirse en un bote de remos.

—¿Cómo hiciste eso? —pregunté impresionada.

—¿Después de todo lo que has visto, te sorprende lo más simple? —agregó, y sonrió—. Eres muy rara.

Ambos subimos al bote. Krane comenzó a remar, mientras yo observaba a todos lados. Seguía concentrada en tratar de ver el reflejo del cielo. Lamentablemente, no podía ver las estrellas.

—¿Te pasa algo?

—Sonará estúpido, pero quisiera ver las estrellas... No sé cómo explicarlo.

—Quisiera ser capaz de devolverte todo lo que te has perdido durante estos días —dijo el mago, mirando a nuestro alrededor, como si analizara las cosas que yo podía ver y cuáles no.

—Ambos sabemos que no fue culpa tuya.

Él parecía ido, además de que permanecía en silencio. Cuando esos silencios ocurrían prefería hacer lo mismo, ya que él era diferente: emocional y complicado.

—¿Ves aquella cueva? —Señaló hacia adelante—. Allí encontraremos el próximo ingrediente. —Krane comenzó a remar con más rapidez, haciendo que con cada segundo la entrada a la cueva pareciera más grande.

El cuerpo de agua continuaba hacia el interior de la caverna, por lo que siguió remando. Todo se oscureció frente a nuestros ojos.

—Con lo que vi estos últimos dos días, espero que no encontremos ningún conejo asesino dentro de esta cueva.

Él comenzó a reír.

—Ya verás cómo no... Es más, creo que aquí querrás regresar. —Sonrió y se puso un mechón de pelo detrás de la oreja.

—¿En serio? Aunque no tendría cómo volver, a no ser por ti.

—Te traeré de nuevo cuando dejes de ser peludita. Lo prometo. —De inmediato bajó la cabeza; parecía luchar con algo en su interior.

Mi corazón latió, más de lo que debía, por su promesa y por la sorpresa que me llevé al ver aquel lugar.

Tenía toda la razón. Solo bastó con una simple luz para acelerarlo aún más. Aquello era increíble.

—¡Por Dios, es precioso! —exclamé.

—Te lo dije...

Había miles de luces turquesa. Parecían pequeños focos que le daban un tono relajante a aquella húmeda caverna.

—¿Qué son?

—Gusanitos. Necesitamos solo uno de esos —explicó, al detener el barco justo al final del riachuelo.

Krane hizo un gesto, estirando las manos para que subiera a sus brazos. Al hacerlo, se impulsó en el aire. Tuve frente a mí aquellas luces, cercanas, vivas y hermosas.

Él hizo un movimiento y sacó un vaso de su bolsillo.

—Atrapa unos cuantos.

—Pero son muy bonitos… —dije dudosa.

No tenía la intención de dañar a una criatura viviente tan bonita.

—Lo sé… —mascullé Krane—. Piensa que se convertirán en moscas.

—De acuerdo —respondí, e intenté agarrar una con la pata, pero la criatura desapareció, junto con el grupo que la rodeaba.

—Muy lenta —soltó Krane, tras una risa.

Se movió hacia otro lugar brillante. Cuando intenté agarrarlas, ocurrió lo mismo.

—Eres una gata, una cazadora innata. Eres ágil, yo sé que puedes… —me dijo al oído a la vez que levitaba conmigo en brazos.

—¡Sí! —exclamé.

Al parecer solo me hicieron falta sus palabras, pues atrapé unos cuantos.

—Eres curiosa, gatita… Estás emocionada mientras condenas a estas pobres criaturas a una muerte inminente.

—¡No digas eso! ¡Me haces sentir mal! —exclamé, y le di un golpe en la frente con la pata.

Él volvió a reír; yo lo golpeé de nuevo en el pecho, solo por hacerlo, y su carcajada incrementó.

También reí, pero reír en ese cuerpo era tan extraño como llorar. Se escuchaba raro y ridículo. Así que él terminó riendo aún más por el feo sonido de mi risa.

Y sentí… una fuerte presión en el pecho y unas náuseas tremendas. Había algo distinto dentro de mí, algo que él me provocaba.

Tal vez por la expectativa de la aventura que nos esperaría el día siguiente, no lo sabía.

Una vez de regreso, noté algo extraño. No habíamos discutido; al contrario, esa vez no hubo problemas. Pero al llegar, y tras comer en silencio, Krane pareció huir de mí y se encerró a solas en su habitación.

Estaba preocupada, pero más que eso me sentía cansada, tanto que quedé hecha una bola al lado del columpio de Alonso.

En medio de la madrugada, una melodía peculiar invadió la casa. Era el dulce sonido de un violín que se escuchaba potente, como un llanto.

—¿Y eso?

—Es Krane… —explicó Alonso desde su columpio—. De vez en cuando se pone melodramático y se convierte en músico.

—Está raro…

—Cuando está así, lo más conveniente es dejarlo solo, nada más.

Al día siguiente, me desperté ansiosa por saber qué nueva sorpresa nos esperaba. Aunque la mañana parecía distinta; en especial porque Krane no me apresuró para que nos fuéramos. De hecho, no fue la primera cara que vi.

Caminé por las habitaciones y esperé verlo, pero no di con nada más que el polvo que nos rodeaba.

«¿Habrá pasado algo?», me pregunté mientras recorría el pasillo, hasta que me encontré con Alonso.

—¿Qué te pasa, *Gatúbela*? —preguntó Alonso, volando hasta mí y ladeando su pequeña cabeza.

—¿Dónde está Krane?

—Se fue hace horas.

Eso me hirió el corazón.

—¿No te dijo adónde?

—A buscar el último ingrediente.

Por alguna razón, me sentí un poco decepcionada: se había ido sin mí.

La duda

Viola Oakley

Estaba acurrucada como un ovillo de pelos; apretujada en una esquina de su cama. Me había quedado dormida, derrotada por mi decepción.

Como es normal, el tiempo se disuelve cuando uno duerme, y justo eso pasó conmigo. Fue el porrazo de la puerta lo que me despertó de manera abrupta. Krane había llegado, y aunque pensé que me dirigiría la palabra, pasó de largo. Alonso volaba detrás de él.

Sin decirnos nada, cerró la puerta tan fuerte que el palomo estuvo a punto de golpearse con ella.

—¿Qué rayos fue eso? —pregunté.

Alonso voló hasta la superficie de la cama y se detuvo a mi lado.

—Está insoportable, parece un adolescente malcriado —comentó.

—No entiendo nada. Él estaba bien, te lo juro.

—¿Qué pasó anoche? —Alonso ladeó la cabeza—. ¿Por casualidad le dijiste alguna de tus *cositas*? Sabes que a veces no eres precisamente agradable, ¿verdad?

—Al contrario, la noche fue… fue hasta bonita. Y pensé que hoy se repetiría. Pero… —Hice una pausa, y el hecho de recordar cada una de aquellas raras aventuras fue justo lo que me hizo dar un paso al frente—. No me importa, voy a ir a hablar con él ahora mismo.

Por alguna razón, comenzaba a preocuparme aquel estado de ánimo, casi más que la prisa por los ingredientes.

Me lancé al suelo y llegué hasta la puerta del baño, desde donde pude escuchar el agua de la ducha.

—¡Krane! —llamé, y comencé a aporrear la puerta—. ¿Qué te pasa? —No hubo respuesta por su parte, así que continué golpeando, hasta que me percaté de que estaba abierta.

Supuse que cuando intentó cerrarla fue tan brusco que la rompió. Empujé mi cabeza unas cuantas veces contra la puerta para abrirla y que él pudiese escucharme. La puerta se abrió, y me adentré un poco. Pude notar la humedad y el vapor en el aire. Aquello era como entrar al mismísimo infierno. El agua tenía que estar ardiendo.

—Krane… —tuve la intención de llamarlo; sin embargo, la visión que apareció frente a mí me quebró la voz. No tenía ni idea de que me encontraría con eso.

Juraría que la vez que estuve en la bañera, la cortina de ducha era roja, no translúcida, así que pude ver más de la cuenta. Tuve de frente, de una manera algo borrosa, la silueta de un cuerpo bien formado, con el brazo recostado contra la pared.

Él parecía no moverse mientras el agua le mojaba el cabello, que caía hacia al frente debido a que estaba cabizbajo.

No solo fue el magnetismo de aquella imagen lo que me incomodó, sino la idea de que violentaba su espacio, algo que le pertenecía a él y a sus pensamientos. Me di la vuelta y salí, sin estar segura de qué estaba sintiendo.

Al volver a la habitación, fue Alonso el que dio brincos hacia mí, rodeándome.

—¡Picarona, descarada, pervertida, ninfómana, lujuriosa, precoz! ¡¿Qué habrás visto ahí dentro para salir disparada?! —exclamó el irritante pájaro, sin dejar de saltar a mi alrededor.

Intenté alejarme, pero seguía rodeándome con aquel movimiento tan mecánico.

Traté de atraparlo, pero sus saltos eran tan veloces que fue imposible. Agité las patas rápidamente, y parecíamos ir al compás de las manecillas de un reloj, con un movimiento circular.

—¿Están jugando? —Krane salió del baño a medio vestir, aún con el torso al descubierto, provocando que yo bajase la cabeza. No quería mirarlo.

—Estoy tratando de calmar a esta perv…

—¿Cómo te encuentras? —interrumpí, tras conseguir acertar un golpe en la cabeza del palomo.

—Cansado —respondió, con una sonrisa frágil.

Aunque quería reclamarle por irse sin mí, preferí guardar silencio. No lo vi conveniente.

—Esta mujer lleva desde que se levantó queriendo llorar porque la dejaste aquí —dijo Alonso, siendo casi el portavoz de mi conciencia—. Para la próxima, te la llevas. No quiero tener que aguantar sus pataletas.

—No hará falta… —dijo él, con voz robótica.

—¿A qué te refieres?

—No hará falta una próxima vez, porque… —Calló.

Estaba pálido mientras caminaba hasta su sucio abrigo, que había arrojado a una esquina. Buscó en sus bolsillos y sacó un pequeño frasco brillante.

—¿Eso es la poción? —pregunté, emocionada y con la voz entrecortada, a punto de romper a llorar.

—Sí… —respondió, y colocó el pequeño recipiente sobre su escritorio.

Subí de un salto y me detuve frente al frasco, observándolo. Era tan brillante como la fruta del bosque.

Miré a Krane y noté que estaba raro, como si estuviera enfermo o algo. Había cierta tensión entre él y yo. «¿Por qué no estoy tan contenta como esperaba?», me pregunté.

—Ay algo que no entiendo. ¿No se supone que deben de estar felices? —intervino Alonso, gesticulando con las alas—. Sabemos que es algo temporal, pero es mejor que nada, ¿no? Al menos podrás dar la cara y contactar a tus seres queridos.

—Lo sé…

—Pues no entiendo qué pasa aquí, parece que estoy en un maldito funeral… —reclamó el ave.

No supe qué responderle, pues no podía dejar de mirar el frasco, pero miles de inseguridades me invadieron.

—Esto… no me matará, ¿verdad? —pregunté.

—Confío en Dimitri, no te preocupes.

—Él es mi *padre* y ni yo confío en él —dijo Alonso.

Krane le lanzó una mirada de desaprobación y luego me brindó una sonrisa, que supuse que era un intento por darme seguridad.

—Jamás te traería algo que fuese a hacerte daño —respondió muy serio—. Solo avísame cuando estés lista, ¿está bien?

—Estoy lista. —No quería pensar, quería terminar rápido con eso.

Su rostro, que segundos atrás tenía una ligera sonrisa, adoptó cierta severidad.

Rebuscó un poco en su escritorio y los cacharros que había encima hasta que encontró un pequeño envase plano, pero con la suficiente profundidad para contener una pequeña cantidad de líquido. Abrió el frasco y vertió un poco, formando un pequeño charco brillante del que yo debía beber.

Antes que nada, miré al mago, y mis ojos entraron en contacto con los suyos. Krane hizo un gesto para que bebiera. De alguna manera, su aprobación fue como el último empujón. Acerqué mi hocico y comencé a beber de aquella pócima.

Me invadió un hormigueo, pero sobre todo un dolor inmenso en el cuerpo entero.

Tenía miedo, mucho miedo.

La mujer

Krane Utherwulf

La gatita estaba insegura y pude comprender el porqué: era difícil confiar en mí después de todas las desventuras que le había hecho pasar desde que nos conocimos.

Parte de mí no quería que se tomara eso; otro pedazo de mi conciencia tenía curiosidad por ver una vez más la mujer que vivía dentro de la gata.

Apenas recordaba cómo era, quizás porque la conocí más a fondo en su versión felina. Me acostumbré a verla de esa forma, pero sentía que faltaba algo. No estaba exactamente seguro de qué demonios pasaba por mi cabeza; había un sentimiento egoísta que deseaba dejarla así para siempre.

Sentí que me estaba volviendo loco, que perdía el juicio.

Una parte de mí extrañaría su presencia en mi hogar cuando las cosas regresaran a la normalidad en su vida. Con ello, la mía también volvería a ser lo que era. Aquella pócima era el primer paso para eso.

Insegura, me fulminó con la mirada. Las pupilas dilatadas de sus brillantes ojos buscaron mi aprobación, y me sentí como la peor persona existente, pues deseé darle un golpe al recipiente y echar a perder esa pócima que tanto nos costó conseguir.

Le dediqué la mejor sonrisa que pude fingir, en un acto de buena fe. Y eso fue lo que esperaba de mí, pues de inmediato bajó la cabeza y comenzó a lamer el brillante líquido.

Sentí temor al ver cómo sus ojos se agrandaron y su cuerpo felino se deformaba, convirtiéndose en una figura horrible, de rasgos humanos y felinos al mismo tiempo.

Su cuerpo cayó del escritorio y aterrizó en el suelo. Quise sostenerla, pero Alonso voló hasta mí estrujando las alas.

—¡Deja que la pócima haga su trabajo, cálmate! —dijo Alonso.

Los gritos de dolor invadieron mis oídos, y por suerte fueron pasajeros. Estuve a punto de dar un paso al frente para ayudarla, pero me quedé helado.

Frente a mí, vi su cuerpo femenino erguirse a la vez que su mirada se cruzaba con la mía. El contacto visual con sus ojos castaños pareció embrujarme, pues no supe cómo reaccionar.

La verdad, había olvidado su rostro y lo bonito que era, la simetría de este y el reflejo de una inocencia que emanaba con cada gesto. Esta vez, llegué a ver algo que de manera inconsciente me anestesió por completo. Por su delicado rostro bajaban unas cuantas lágrimas y sus delgados labios se curvaban en una sonrisa.

Ni en el plano terrestre, ni en el arcano, había experimentado una visión más bella que esa que tenía delante.

No me di cuenta de cómo pasó, pero en segundos me vi con su cálido cuerpo desnudo apretado contra la piel de mi torso. Rodeó mi cuello con sus suaves brazos, atrapándome en un fuerte abrazo al que no supe responder.

Mis tímidas manos tuvieron el atrevimiento de posarse sobre la piel de su espalda, tan suave, delicada, perfecta, tan ella.

—Gracias… —la escuché decir, y hasta su voz era diferente.

Sus labios, con la emoción, se posaron sobre mis mejillas repetidas veces. No supe qué hacer con respecto a eso. Nunca estuve tan tenso ante la cercanía de una mujer. ¿Qué demonios me pasaba? Eso no era propio de mí.

¿Y por qué no se alejaba? ¿Por qué me sujetaba con tanta fuerza después de todo lo que le hice?

Ella también pareció notarlo, pues de repente colocó las manos sobre mi pecho y me empujó. Nuestras miradas se encontraron un instante, hasta que ella, avergonzada, retrocedió un paso.

Sus manos nerviosas exploraron el cuerpo que dio por perdido. Para mí fue inevitable no observar la complexión de su figura, tan acorde y en armonía con su delicado rostro.

Fue Viola la que pareció sacarme de ese mundo con la sorpresa de aquel inmerecido abrazo y devolverme a él con una bofetada en pleno rostro. Tan abrupta, tan arisca, tan ella.

Me observó asustada, adoptando un ligero rubor en las mejillas. Cubrió los puntos claves de su cuerpo con torpeza y, avergonzada, se fue corriendo hasta el baño.

—Haces algo bien y siempre la terminas cagando —reclamó Alonso.

—¿Qué hice? —Me encogí de hombros. De verdad no entendía qué había hecho mal.

—Comértela con los ojos, imbécil.

Alonso voló hasta la puerta.

—¿Estás bien? —preguntó—. ¿Cómo te sientes? —continuó, haciendo las preguntas que yo tendría que haber hecho.

—No tengo qué ponerme. ¡No voy a salir de aquí sin nada!

—¡Búscale algo! —ordenó Alonso.

Asentí y llegué hasta mi armario personal en busca de algo que pudiera usar. Revolví aquel desastre y no daba con nada útil. Justo en ese momento hubiera deseado tener las cosas de otra manera. De cierta forma me daba vergüenza tener ese desorden con ella allí.

—¡Dale cualquier cosa!

Y exactamente eso hice. Le di lo primero que encontré, uno de esos atuendos que uso durante mis espectáculos. Cogí ambas prendas de ropa, las convertí en una pelota y se las llevé hasta la puerta.

—Aquí tienes.

—Gracias.

Y al cabo de unos minutos se abrió la puerta y Viola fue recibida por la risa descontrolada de Alonso. También sonreí, pues no podía negar que estaba graciosa, ya que la ropa le quedaba muy grande.

—Pareces un duende, estás muy rara.

—Lo noto todo muy raro; el cómo veo, el tacto de las cosas, su olor —comentó, mientras por alguna razón comenzó a oler mi chaleco.

«Le di ropa sucia. Qué vergüenza…», pensé.

—Si la ropa huele mal, podrías buscar algo más…

Ella pareció sonrojarse, me evadió la mirada y corrió hasta la ventana. Estaba contenta, radiante, parecía una niña.

Le dimos su espacio para que se familiarizara de nuevo con su entorno. Iba mirando todo, tan curiosa como toda una gatita.

Era extraño tener una conversación civilizada con Viola en su forma humana. Así que estábamos los tres pensando qué le diríamos a la policía con el fin de sacar a Sebastian Hunter.

—¿Por qué no le dicen que tuvieron una especie de escapada amorosa? —ideó Alonso, descansando sobre el hombro de Viola—. Ya saben, medias verdades.

—¡Eso no fue lo que pasó! —exclamó ella a la defensiva.

—No. Además, no quisiera tener que vérmelas de nuevo con el chino.

—Japonés —aclaró ella.

Escuchar que se hablara de él me hervía la sangre. Y en un intento por no dejar que eso nublara mi juicio, me concentré en pensar en nuestra situación. Necesitábamos hablar con la policía cuanto antes para que liberasen a su *amigo*. No porque fuera un buen hombre, pero era inocente de lo que se le acusaba. No podíamos ir a la policía y decirles que Viola era un gato y que estaba temporalmente entre nosotros gracias a una pócima.

—Tengo una idea, algo que puede sacarnos de este apuro. —Fui hasta mi escritorio y busqué entre aquel desorden hasta que di con lo que necesitaba: la pastilla azul.

—¿Y eso? —preguntó Viola, curiosa.

—Es un dulce. Mientras lo tengas en la boca, podrás decir todas las mentiras que desees y las creerán. Yo le llamo «el dulce del Deus Ex Machina», pues puedes salir de cualquier problema sin mucha lógica —expliqué, y se la entregué.

—¡Qué conveniente!

—Krane, ¿cuándo vamos a ver a la policía? No hay tiempo que perder, esa pócima no dura mucho, ¿verdad? —preguntó Alonso.

—De entre seis a doce horas. Después de las seis horas, puede desaparecer en cualquier momento —expliqué—. Así que hay que tener cuidado.

Al hablar de la disipación de la pócima, el rostro de Viola pareció arrugarse un poco.

—Sé que no hay mucho tiempo... —dijo, sin reclamar ni exigir—... pero quisiera ir antes a otro lugar. Quisiera ver a mi padre, si les parece bien.

—Por supuesto... —respondí.

La dejamos frente al hotel con la intención de que fuera a ver a su padre. De lo que conocía de ella sabía que no había nada más importante en su vida que él.

—¿La madre será igual de majadera y malcriada que la hija? —preguntó Alonso—. Porque a Viola no parece importarle.

—Según tengo entendido, la madre no la quiere —respondí, recordando las palabras de Jiro Pendragon sobre Viola.

—Qué triste...

—Sí...

Y nos quedamos callados, como dos idiotas. Yo sentado en el suelo y él en mi hombro.

—¿Sabes que desde que es humana casi no le has dirigido la palabra? ¡No me digas que un par de tetas te asustaron!

—No hables así de ella. —Le di un golpe y lo espanté de mi hombro.

—No me digas que...

Con una mirada, Alonso guardó silencio. No quise responderle, pues ni yo sabía qué demonios pasaba por mi cabeza. Solo tenía una cosa en mente, una pequeña sorpresa.

Abrí una de mis puertas sin necesidad de utilizar una tiza como guía visual, sino con un movimiento de manos.

—¿Desde cuándo puedes hacer esto? —preguntó Alonso, sorprendido.

—Lo aprendí mientras buscábamos el corazón de bosque.

—Gracias a ella aprendiste más cosas de las que piensas.

Al cabo de unos minutos, regresé con una cajita triangular y un refresco. Mientras, Alonso se dedicó a filosofar tonterías:

—¿Para qué traes una caja con la forma de *un* pedazo de pizza? ¿Quién se come un solo pedazo? ¿Sabes lo triste que debe ser que seas un árbol y termines siendo la caja de, no de una pizza, sino que de un puto pedazo?

Algunas veces, Alonso resultaba ser desesperante, y esa era una de ellas. En especial porque no estaba pensando en la caja de pizza, sino en lo mucho que deseaba verla salir y darle lo que le compré.

Ya me imaginaba su rostro cuando se comiera aquel pedazo y pudiera saborearlo, tanto como el refresco.

Aquellos planes quedaron en nada tan pronto la vimos salir, pues cruzó la calle sin apenas mirar.

Se había cambiado de ropa, pero eso no era importante. Solo nos fijamos en cómo salió: corriendo a lágrima viva hacia nosotros.

Tenía los ojos enrojecidos y esa felicidad que contenían momentos atrás había desaparecido.

Pasó algo malo, de eso estaba seguro.

El reencuentro

Viola Oakley

Todo esto era mi maldita culpa. Todo lo que había pasado durante los últimos días fue una extraña cadena de acontecimientos que terminaron así: con un hombre apuñalado.

La reunión con papá fue emotiva. Él tenía mis maletas y mis vestidos, así que después de mentirle sobre la ropa que llevaba puesta, me cambié y me senté a conversar con él.

Me llenó de emoción verlo de nuevo, así que traté de explicarle mi desaparición lo mejor que pude.

Lo puse al día con unas cuantas mentiras que él creyó con facilidad. Aquel caramelo que *endulzaba* las mentiras era todo un éxito. Fácilmente lo llegué a convencer de que no hacía falta que me hiciera más preguntas. Esto me dio tiempo de no gastarlo por completo, ya que tendría que usarlo con la policía.

Todo lo que sentía parecía llenarme el pecho. Mi cuerpo humano, su compañía, el redescubrimiento de mis sentidos y aquella pizca de normalidad me hacía sentir plena.

Pero aquel sentimiento de júbilo desapareció por completo con una simple frase de mi padre:

—Viola, anoche apuñalaron a Sebastian.

—¿Hablas en serio? —pregunté con la voz entrecortada, sintiendo una culpabilidad tremenda. Comencé a temblar—. ¿Qué le pasó? ¡Justo quería ir hoy para que lo liberaran!

—Se dice que tuvo una especie de pelea y lo apuñalaron unas cuantas veces por la espalda. Está en estado crítico.

Sebastian era la peor persona que había conocido, pero saber que su vida pendía de un hilo por mi culpa me trastocaba el alma.

—Papá, me tengo que ir, perdóname. —Me levanté del asiento, puse las manos sobre sus rechonchas mejillas y lo besé repetidas veces en la frente. No quería irme, pero tenía que ver a Sebastian y pedirle perdón.

—Cariño... —Papá se levantó con dificultad de la silla y me abrazó con fuerza—. Has cambiado, hay algo diferente en ti. Estás más guapa y más *viva*.

Él me sostuvo las mejillas y me plantó un beso en la cabeza. Como el típico padre, sacó unos billetes arrugados de su bolsillo y me los entregó.

—Para que comas algo.

La dulzura de sus acciones hizo que mi corazón ardiera de nuevo, así que le di un fuerte abrazo, no sin antes decirle:

—Perdóname por haber desaparecido, perdóname por haberte mentido, por desobedecer y ser la clase de hija que soy.

—Eres humana y eres mi princesa. No importa lo que pase, siempre te voy a querer.

—Sí, humana.

«Vaya ironía», pensé.

Cuando salí, las lágrimas bajaban por mis mejillas. Y allí lo tenía de frente, esperándome. El causante de mis problemas, por quien había llegado a la isla.

Quería odiarlo de nuevo, quería culparlo, y lo vi allí, con la mirada preocupada mientras sostenía una pequeña caja y un refresco.

«¿Por qué, Krane Utherwulf? ¿Por qué me haces eso? ¡Por más que quiero odiarte ahora mismo, no puedo!», me reclamé. Y ese mismo sentimiento acrecentaba mi llanto.

Llegué hasta ellos y Krane parecía no saber qué hacer con lo que tenía en las manos al verme de aquella manera. Trató de acercarme ambas cosas.

—Gracias, pero no tengo hambre —respondí y de inmediato me sentí mal—. Te lo agradezco mucho, igualmente.

—Pero no has comido nada… —insistió—. ¿Le pasó algo a tu padre? ¿Necesitas que llame a Sigmund?

—No, tranquilo… Es Sebastian Hunter, recibió una puñalada mientras estaba en prisión. Ahora mismo está en el hospital penitenciario.

Krane no dijo nada y supe que en él también había cierto sentimiento de culpabilidad.

—¿Se van a comer eso? —preguntó Alonso.

Krane me observó preocupado.

—Dásela, no te preocupes por mí —cedí—. Ahora no tengo estómago para eso.

—Vamos, entonces. —Se encogió de hombros.

Krane abrió la puerta y todos cruzamos sin problema. Salimos por el tronco de un árbol, ya en los jardines del hospital. Le devolví las cosas que me había comprado.

—Por suerte nadie se dio cuenta. Debes tener más cuidado con las puertas, un día alguien lo va a notar —señaló Alonso.

—Cállate, hago lo que puedo —respondió Krane, y se puso de cuclillas para colocar el pedazo de pizza en el suelo y que así Alonso comiera.

—Chicos… me van a esperar, ¿verdad? —pregunté un poco avergonzada, pues casi hubiera deseado pedirles que no me dejaran sola en ningún momento.

—Si pudiera entrar, lo haría, pero no quiero traerte más problemas. Nos quedaremos aquí —dijo Krane, muy serio.

—Está bien, gracias —respondí, con una sonrisa débil.

Aunque no lo quise mostrar, saber que me esperarían me aliviaba.

Di media vuelta para caminar hacia el hospital, pero Krane me detuvo.

—Gatita… —dijo con voz suave.

Me giré y juraría que lo vi avergonzado por llamarme de aquella manera. De inmediato me ofreció la lata de refresco que ya comenzaba a calentarse.

—Dale un poquito de azúcar al cuerpo, o podrías marearte… —ofreció.

—¡Deja que se vaya, caballero de blanca armadura! ¿No ves que tiene prisa? —intervino Alonso, y Krane pareció sonrojarse.

—Alonso, no lo molestes, tiene razón —lo defendí, y acepté la lata—. Gracias, mago… —Le dediqué la mejor mueca que pude hacer pasar por una sonrisa e inmediatamente di la vuelta para marcharme.

Abrí el refresco y tomé un sorbo. Aunque caliente, sabía muy bien. No era por el azúcar, ni por la sensación burbujeante que me dejaba en la lengua, era algo más: el sabor de las buenas intenciones ante un mal momento.

Hubiera deseado la compañía de Krane y Alonso en ese instante, pero me vi sola entre las frías paredes de aquel hospital de mala muerte. Llevaba días sin estar sola, así que todo era muy extraño. Me estaba acostumbrando a ese dúo.

Había centenares de enfermeros de caras largas por doquier, debido a las largas horas de trabajo. Caminé por el lúgubre lugar hasta llegar al mostrador. Me presenté y no me vi en la necesidad de utilizar el caramelo para mentirle.

—Si usted es Viola Oakley, es el único contacto que tiene el paciente, así que está autorizada a verlo.

Aunque yo podría estar muerta, Hunter no incluyó a su esposa, ni tenía como contacto a Jiro. Eso me hizo sentir peor, junto con el hecho de que las últimas veces que nos vimos apenas nos habíamos dirigido la palabra.

—Está en la E-7, es en este mismo piso. En aquella pared está el directorio.

Seguí las indicaciones que me dio la mujer y, al cabo de unos minutos, ya estaba en las inmediaciones del cuarto donde tenían a Sebastian.

Empujé la puerta con ambas manos, y esperaba encontrarlo en la cama, tal vez dormido o conectado a alguna máquina. Me quedé de una pieza cuando solo vi un cuerpo envuelto en una sábana y un grupo de jóvenes a su alrededor. Lo único que pude ver de él fue parte de su pie, pues colgaba de su dedo una etiqueta.

—¿Quién fue el imbécil que no cerró la puerta? —dijo un hombre de autoridad.

Cerré la puerta, temblorosa.

Él no era exactamente un buen hombre, pero nadie merecía algo así.

Una chica salió del cuarto, seguida por un grupo de jóvenes. Con ellos también iba un hombre mayor con gafas y uniforme que se acercó a mí.

—¿Es usted pariente del señor Hunter?

—Sí... Soy... Soy su esposa —mentí. Sabía que si decía ser alguna amiga me sacarían a patadas.

—El señor Hunter acaba de fallecer. Siento mucho lo que tuvo que presenciar. Se supone que... los estudiantes debían cerrar la puerta.

—¿Los estudiantes?

Qué patético, morir rodeado de personas que te usan para aprender. Qué vacío debe ser morir siendo un mero conejillo de indias, sin nadie que te aprecie a tu lado.

Así era la muerte, llegaba imprevista e inoportuna y en un pestañeo transformaba a un hombre fuerte en polvo.

No podía con eso, así que rompí a llorar. Aquel hombre dejaba en casa a una mujer y un niño. Moría alejado de los únicos que quizás lo querían.

Los estudiantes se quedaron embobados mirándome. Incluso escuché a uno de ellos decirle a otro un comentario que en aquel momento no le di importancia, pero que luego tendría sentido:

—¿Alguien le dijo que el respirador falló?

Aquello se convirtió en un espectáculo, así que solo quise marcharme lo antes posible. Quizás para buscar la manera de informar a su auténtica esposa, aunque me desgarrase el alma. Lo vi como mi responsabilidad, pues lo sentí tanto como si hubiera yo sido quien lo apuñaló.

—¿Viola Oakley? —Me detuvo una mujer negra con mirada severa. Solo con verla supe que era la detective de la que Alonso me había hablado, esa que trabajaba en mi caso—. Mi nombre es Anabell Andrews. Necesito hablar con usted.

—Escuche, estoy bien, es decir, estoy viva. Pero, por favor, ¿podría darme un poco de espacio? Iré a comisaría y lo explicaré todo, al menos para limpiar su nombre.

La mujer me observó con el ceño fruncido; sin embargo, asintió con la cabeza y me dejó ir en silencio.

Caminé con aquella imagen en la cabeza, una que jamás se borraría. Llegué hasta la puerta y salí. Habría jurado que olí la fragancia de una colonia que llegué a reconocer. Era

Jiro...

Pero no estaba lista para verlo, pasé de largo y llegué al exterior. Mi corazón pareció curarse un poquito cuando vi al mago y a su palomo, quienes aún me esperaban. Sin embargo, vi el tenso rostro de Krane. Parecía molesto.

Alonso, por su parte, aleteaba buscando la forma de distraerlo o de alejarlo.

Mi corazón pareció encogerse tan pronto comprendí lo que sucedía.

Escuché el golpe de un bastón en el suelo, acompañado de un paso lento, para luego sentir un repentino agarre en mi brazo.

—Viola… ¡Estás viva! —lo escuché decir.

Así fue cómo Jiro Pendragon me obligó a girarme sin darme tiempo de reaccionar y me sorprendió con un repentino y profundo beso en los labios.

El mensajero

Viola Oakley

No esperaba la presencia de Jiro Pendragon, mucho menos un beso suyo. Me agarró con fuerza, pero no reaccioné; no estaba segura de lo que sentía. A pesar de haber deseado palpar la calidez de sus labios, no fue como esperaba; algo había cambiado en mí.

Sentí un escalofrío y un ardor en el pecho; no por el repentino beso, sino por las gotas que comenzaron a caer sobre nosotros. Aquella no era la lluvia *peliculesca* de un beso romántico. Sospechaba que aquel evento climático era el reflejo de los sentimientos de alguien.

Coloqué las manos sobre el torso de Pendragon. Pensó que le correspondería, y cuando fue a rodearme con los brazos, lo empujé.

—Estaba muy preocupado por ti, ¿qué pasa? —Se veía decepcionado. No esperaba que lo rechazara, pero yo no pude confiar plenamente en él; además, la lluvia me confundía.

—No quieras volver a aprovecharte de mi debilidad. —Fue lo único que respondí.

Me mordí la lengua y lamenté haber hablado de más.

Jiro me observó confundido, pero no dijo nada. Intentó agarrar mi brazo de nuevo, pero me zafé. Retrocedí, di la vuelta y corrí hacia los arbustos.

La lluvia era violenta y yo solo quería una respuesta para ello.

«Krane, quiero saber qué te pasa», repetía para mis adentros. Quizás comprendía lo que pasaba, pero no lo creía posible.

Pendragon intentó seguirme, pero su pierna herida, el uso del bastón y la fuerte lluvia provocaron que quedara rezagado.

Me adentré en los arbustos necesitando respuestas. Tras varias zancadas, y con los pies hundidos entre las hojas caídas, me percaté de que Krane se había ido. Por un instante me sentí perdida sin él. No supe qué hacer ni sabía adónde ir. Estaba empapada por la lluvia y el traje apenas me permitía caminar. Miré a todos lados, buscándolo. Me dejó sola cuando más lo necesitaba; era lo más cercano a un amigo que tenía.

¿Por qué? ¿Por qué un día que había esperado con ansias dio ese giro?

Me apoyé en uno de los árboles sin saber qué hacer, hasta que una voz me tranquilizó:

—¡Gatita! ¡Gatita! —gritó Alonso, hecho una bolita sobre una de las ramas.

—¡Palomo! —exclamé aliviada.

Abrí las manos, e instintivamente, voló y se apretujó como una bola de nieve contra mis palmas.

Verlo fue reconfortante. Sin pensarlo, besé su pequeña cabeza varias veces.

—¿Creíste que te ibas a librar de mí? —preguntó a modo de broma, y lo volví a besar.

—Alonso, ¿dónde está Krane? —pregunté con la voz entrecortada.

—¿Quién? ¿El princeso? Se fue con un ataque de celos. Al parecer también quería un beso de Pendragon. —Saltó hasta mi hombro para resguardarse de la lluvia bajo mi cabello—. Pero olvídate de ellos, hoy el día será nuestro.

—¿Acaso un espíritu familiar no debe estar con su dueño?

—Mi instinto siempre me dice qué hacer para el beneficio de mi amo. Sé que tengo que estar aquí —explicó, y me acercó el pico a la mejilla, simulando un beso—. Vamos, gatita, aprovecha las horas que te quedan. Recuerda que te toca resolver el asunto con la policía y, tal vez, ¿buscar ropa seca?

—Tienes razón.

Regresé al hospital y por suerte no estaba Pendragon. Fui en busca de la mujer policía, a quien encontré a punto de subir a su patrulla. Me llevé el caramelo a la boca y me ofrecí a explicarle todo, pero que necesitaba que me llevara al hotel. Al verme en aquel estado —empapada, despeinada y llorosa—, la mujer se quitó el abrigo y me rodeó con él.

—Ven, sube, muchacha —dijo a secas, y abrió la puerta de la patrulla.

Saber que tenía tanto que ocultar ante aquella mujer tan severa me crispó los nervios. Apreté el dulce bajo mi lengua y me inventé un peliculón. Hablé sobre cómo intenté sabotear el acto de Krane y cómo, al huir, fui secuestrada por dos rufianes que días después me dejaron en la calle, pues iban a pedirle dinero a Pendragon por mi rescate, pero uno de ellos cambió de parecer y me liberó.

—Todo es muy diferente a nuestra versión de los hechos —comentó, pensativa, con la vista fija en la carretera—. Creíamos que el señor Hunter estaba implicado.

—Él era inocente.

—Lo siento mucho —dijo finalmente. No fue necesario que me aclarara a qué se refería. Sabía que era por Sebastian; ella lo había arrestado.

Le dije que no se culpara, y todo el rollo de que muchas veces la vida es injusta y que no siempre podemos controlar las cosas que pasan. Un consejo que no me apliqué. Me sentía tan culpable como ella.

—Tengo una corazonada —agregó—. Siento que pasó algo más.

No sabía a qué se refería, tampoco quise indagar. No podía.

Cuando mi padre abrió la puerta de la habitación y me encontró como un pollito mojado, me envolvió en un fuerte abrazo que me recargó con la fuerza necesaria para no desfallecer.

Me cambié de ropa y hablamos durante horas, hasta que me obligó a comer un pedazo de pan. Durante ese tiempo la lluvia comenzó a disminuir y pude ver a Alonso al otro lado de la ventana. Él apuntó con el ala hacia el cielo y señaló el sol. Eso fue un alivio para ambos.

Le brindé una sonrisa, aunque eso no hizo que dejara de preocuparme por Krane.

Mi padre conocía cada cosa de mí. Al verme así no quiso indagar mucho, solo se limitó a brindarme lo que entendió que necesitaba: paz.

—Ven aquí, princesa —dijo, y buscó un cepillo para el pelo.

Se sentó en su sillón e hizo un gesto; entendí lo que se proponía. Me senté en el suelo y le di la espalda, justo frente a sus piernas. Él comenzó a cepillarme. En ese instante me sentí como una niña y comencé a llorar, mientras papá intentaba consolarme.

—Me recuerda a la primera vez que lloraste por un chico. Estuviste tres días sin comer. —Deslizó el cepillo por mi cuero cabelludo—. No soy tonto, sé que pasó algo entre Sebastian y tú, como también sé que esas lágrimas no se deben enteramente a su muerte.

—No sé qué me pasa, papá.

—Estoy seguro de que lo sabes, solo que tú misma no lo entiendes.

Mientras me peinaba, algo que hacíamos siempre que estaba triste y mi mamá nunca se molestó en hacer, el sonido del intercomunicador nos interrumpió. Alguien buscaba a papá.

Tenía que secarme las lágrimas. Desde el otro lado de la línea, un hombre me habló y su voz me pareció extrañamente conocida.

—Buenas, ¿aquí vive el señor Edgar Oakley? —preguntó.

—Sí.

—¿Podría hablar con él? Es sobre un asunto muy importante. Necesito entregarle algo urgente.

—Irá en un momento. —Fruncí el ceño. No entendía de qué iba eso, así que al terminar la comunicación fui de inmediato hacia mi padre.

—Alguien te busca —advertí—. Dice que tiene que entregarte algo importante.

—Apenas puedo moverme de aquí. ¿Podrías ir tú? —pidió, y de verdad parecía demasiado cansado como para levantarse de aquel sillón.

—Soy su hija, iré enseguida —avisé al hombre.

Después de asegurarme de tener el caramelo debajo de la lengua, acudí a verlo.

Bajé las escaleras, llegué hasta la entrada y, cuando vi al hombre asiático, me quedé helada. Aquel hombre era el abogado de Sebastian. ¿Qué demonios quería? El caballero parecía algo inquieto y llevaba un paraguas que lo protegía de la llovizna.

Cuando se dio cuenta de mi presencia, su rostro cambió por completo. Parecía impresionado, casi como si hubiera visto un cadáver.

—¿Es usted la señorita Oakley? —preguntó, sorprendiéndome.

—Sí —asentí—. Por casualidad, ¿Pendragon lo envió?

—Me temo que no. —Mostró una sonrisa que encerraba decepción más que cualquier otra cosa—. Soy el señor Kurosawa, pero mi visita se debe a algo más.

Divisé a Alonso fingiendo ser una simple paloma que miraba fijamente al abogado.

—Lo invitaría a pasar, pero prefiero ser yo quien lo reciba. Como no sé qué ocurre exactamente, me da algo de miedo. No quiero que mi padre pase por emociones fuertes —expliqué—. Dígame, ¿es con respecto a Hunter?

—Supongo que sabe lo del señor, entonces.

—Sí. Me enteré de la peor forma posible.

Bajé la mirada. Me avergonzaba que me viera de aquella manera. Fue inevitable que una vez más mis ojos se llenaran de lágrimas.

—El doctor nos notificó que fue un fallo en el respirador. Lo siento mucho —expresó, e inclinó su cabeza con respeto—. La policía hará una investigación e informará a la familia inmediata. Mi más sentido pésame.

Me quedé estática. Fue su pésame lo que pareció reafirmarme que aquello no era un sueño y me trajo de vuelta a la realidad. No sabía muy bien cómo reaccionar; estaba completamente ida.

—Él era mi jefe y se llegó a convertir en un amigo. No era alguien fácil, pero no se merecía eso… No… —Callé y con cada pensamiento la culpabilidad fue más grande—. ¿Pasó algo más? —Cambié el tema—. A fin de cuentas, ¿qué tiene que ver eso con mi padre? En realidad ellos no se conocían mucho, por eso pregunto.

—Me reuní con Hunter durante el día de ayer —respondió—, y me pidió encarecidamente que le entregara esto a su padre. —Sacó una carta de su maletín—. Me aseguró que era de suma importancia.

No esperaba eso. ¿Una carta para mi padre? Ellos apenas habían cruzado palabra y papá nunca le tuvo mucho aprecio a Sebastian.

—Comprendo. —Agarré la carta, y aunque estaba algo confundida, decidí no indagar mucho.

—Eso es todo, señorita —concluyó—. Por el momento me despido, y lamento mucho lo ocurrido. Con su permiso me despido, Oakley-san.

Tras despedirse, el abogado se marchó sin nada que añadir, cargando su maletín y su paraguas.

Alonso voló hasta mi hombro tras la partida del hombre.

—¿Todo bien o debí bañarlo con ese oloroso néctar que sale de mi... ?

—No es gracioso —lo interrumpí—. No puedes estar haciendo caca sobre todos. Además, parece ser un buen hombre. Era el abogado de Sebastian —aclaré, ondeando el sobre que me había dejado.

—¡Pues anda, vamos a abrirla! —El ave voló con rapidez alrededor mío, intentando acercarse a la carta, tratando de tirar de ella con el pico.

—No, leer cartas ajenas no está bien. Es para mi papá.

—¿Aunque tengan que ver contigo?

—Eso no lo sabemos —Tiré de la carta.

—¿Pero no lo quieres saber? ¿Aunque sea un poquito? —insistió Alonso.

—Con todo lo que ha pasado, no sé si quiera saber —suspiré, y me dispuse a volver a la habitación de papá.

—Algunas veces eres tan amargada.

—Y tú pareces una vieja chismosa —respondí sin muchos ánimos.

Entré sujetando la carta entre mis dedos, sin ánimos de abrirla. Primero, no era para mí; segundo, no quería saber nada de lo que él tuviera que decir. No sabía por qué, pero no tenía fuerzas para eso, no en ese momento.

Regresé a la habitación de mi padre y le entregué el pesado sobre.

—No me importa lo que hay en esa carta, no quiero saber más. Léela pero hazlo para ti. No me siento lista para esto.

Él me ignoró y abrió la carta. Dentro del sobre había un segundo sobre con una nota. Al ver eso, mi padre frunció el ceño y comenzó a leer de la hoja en voz alta:

—«Señor Oakley. Apenas lo conozco, con excepción de lo que Viola me ha contado de usted. Según entiendo, al ella estar ausente, sé que puedo confiarle lo único que me queda: unas palabras para su hija. Si ella regresa, entréguele la carta adjunta. Confío en que usted permitirá que solo sea ella quien lea, pues ahí le abro mi corazón y le confieso todos mis pecados».

El egoísta

Krane Utherwulf

Otra pieza más que encajaba en su vida. Mientras las cosas comenzaban a regresar a la normalidad para Viola, yo no estaba bien. Al menos eso fue lo que pensé cuando vi acercarse a Pendragon y unir sus labios con los de ella. Una vez más aprovechándose de las circunstancias.

Quise hacer muchas cosas, pero no tenía el derecho. Alonso revoloteó de un lado a otro, impidiendo que viera.

Me percaté de que no me encontraba del todo bien, en especial cuando la lluvia apareció de repente en pleno día soleado.

«¡No tienes derecho a enojarte, imbécil!», me dije, pero no quería verla. No quería ver su reacción, olvidando sus palabras hirientes y regresando a sus brazos sin problema.

Me di la vuelta, abrí una puerta mágica y me fui de allí, pues no estaba pensando con claridad y no quería hacer ninguna tontería.

Me manifesté en la habitación de sor Teresa, que se encontraba transcribiendo unas cosas en un libro. Al verme golpeó por accidente su tarro de tinta, haciendo que una espesa capa de líquido negro bajara lento por la esquina de la mesa hasta aterrizar en el suelo.

—¡No me gusta que hagas eso! ¡Te lo he dicho mil veces! —exclamó molesta, hasta que se percató de mi estado.

—Vieja… —la saludé cansado.

—Mi niño precioso, ¿qué te pasa? —preguntó, casi cayéndose de la silla. Corrió hasta mí con una rapidez sorprendente para su débil cuerpo. Me incliné un poco y ella acarició mis mejillas con el tacto maternal que siempre me hacía sentir tan bien—. ¡Ya me imaginaba que la lluvia había sido obra tuya! Tienes los ojos rojos y tristes… ¿Qué te pasa?

—Pasa que soy un idiota —dije, sin ser apenas capaz de mirarla a los ojos.

Le abrí mi corazón y le hablé de todo lo que pasaba por mi cabeza. De lo bien que me había hecho la compañía y la presencia de Viola en mi vida. Hablé de lo egoísta que me sentía al no querer dejarla ir y de cómo me aterraba pensar en que mi vida volvería a ser la de antes si ella no estaba.

Al final, le dije todo lo que pasó.

El rostro de Teresa se arrugó. Ella lo entendía mejor que yo mismo. Comenzó a reír, aunque había un lamento oculto en aquella triste carcajada. Parecía más preocupada que cualquier cosa.

—Esto es simple, muchacho… Estás enamorado —dijo mientras me pellizcaba las mejillas como si fuese un chiquillo.

—No, no, no… —lo negué rotundamente, y me alejé de ella—. Es solo que él la utiliza. Se aprovechó de Viola en cada momento y ella se lo permite. ¡Él no se la merece!

La monja se cruzó de brazos y me observó con una sonrisa típica de una madre.

—Y me imagino que tú sí te la mereces, ¿verdad? En especial con esa actitud de niño malcriado dejándola sola sin importarte los efectos de la pócima en su cuerpo. ¿Qué va a pasar si se convierte en gata delante de todos?

—Me fui porque no la quería ver cayendo tan fácil de nuevo…

—¡Te fuiste porque estabas celoso! —espetó.

—¡No, vieja, no es eso! Yo… —Dejé escapar un suspiro.

Quizás sor Teresa había dado en el clavo, pero tenía que resistirme a esa idea. Sabía que eso no estaba bien. No debía sentir nada por Viola.

—No puedo hacer nada, lo sabes. De todas formas, ella tiene su vida aparte —dije derrotado.

Por más que intenté aceptar las cosas como eran, una fuerza en mi interior me impedía dejar de pensar en ella.

Me cubrí el rostro con las manos temblorosas. Sentía que perdía el control.

—Cariño… tienes que…

—Sin embargo, trato de pelear con esto que siento, pero, Teresa —la interrumpí—, es la primera vez que… ¡No, no puedo controlarlo, maldita sea!

La lluvia comenzó a golpear con violencia la ventana y un trueno rugió, tan fuerte como la bofetada que me propinó Teresa.

—¡Pues más vale que puedas controlarte, porque no solo su vida estará en riesgo! Comienza a aceptar qué es lo que te ocurre. ¡Afróntalo y arráncatela del corazón antes de que sea tarde!

La lluvia cesó a pesar de que sentía que me moría por dentro.

—Eres un hombre, actúa como tal —continuó Teresa—. Necesitas olvidarte de ella y lo sabes. Sabes que, si tienes sentimientos por esa chica, la estás poniendo en peligro.

—Lo sé. —Ella tenía razón—. Pero… —respiré hondo—… no quiero alejarme de ella y no sé qué hacer con esto que siento.

—Así que por fin lo aceptas. —Me brindó su sonrisa triste mientras me tomó de la mano y nos sentamos en la cama—. Tardaste mucho en darte cuenta. —Apretó mis manos entre sus arrugados dedos—. Yo lo noté la primera vez que me hablaste de ella. Pero…

Me apretó con más fuerza y jugueteó con mis nudillos. Se preparaba para decirme algo que le costaba, lo sabía.

—¿Qué vas a hacer si ella no siente lo mismo? ¿Perder el control? —preguntó con genuina preocupación—. Con un tercero en el panorama debes recordar algo: en los asuntos del amor, debes tener el corazón preparado para ganar o perder.

—No le temo al rechazo. Mi mayor temor es que pierda la vida por mi culpa.

—Por eso te dije que te la arranques del corazón, pero sé que en él no se manda. Si la tienes tan clavada en el alma, tienes que buscar otra alternativa, tienes que liberarte del pasado.

—¿Liberarme? ¿Qué quieres, que la mate?

—¡No, hijo! No me refiero a eso —aclaró, mientras hacía la señal de la cruz para entrelazar de nuevo sus manos con las mías—. Pero es un problema que debes resolver. Si quieres a la señorita Oakley y compruebas que el sentimiento es mutuo, tienes que acabar con esto cuanto antes.

»Comienza por el principio, diciéndole tu verdad. Si quieres dejarla entrar en tu vida, hazle entender en dónde se está metiendo y el riesgo que corre. Tienes que comenzar por contarle todo. No dejes que lo que pasó con Katherine se repita.

Después de la conversación con mi vieja y un viaje de meditación que duró largas horas, volví a casa. Esperaba encontrarme solo a Alonso, pues suponía que ella estaría pasando el resto del día con Pendragon.

—Si no fuera tu casa te expulsaba ahora mismo, imbécil. ¡Te lo juro! —chilló Alonso, apareciendo de la nada y tirando de mi cabello con el pico. Estaba enojado conmigo y tenía toda la razón.

—Calma.

—¿Me pides que me calme? ¡Debería volar sobre tu narizota y sacarte los ojos con el pico! Se ve que tienes esa cabezota solo para cargar la melena, idiota.

—¿Y Viola? —pregunté, buscándola con la mirada—. ¿Le pasó algo? —pregunté, pues esa podía ser la respuesta a por qué Alonso no solo estaba enojado, sino que parecía querer matarme.

—¡Serás imbécil! Después de dejarla a su suerte, ¿ahora te preocupa?

—¿Dónde está? —insistí.

—Le dijo la verdad a Pendragon y decidió quedarse con él —respondió cortante.

Me quedé sin aire. Me mordí el labio inferior buscando la forma de calmarme. Conocía Alonso, tenía que estar gastándome una broma, o tal vez yo estaba en negación.

—¿Pero y todo lo que yo…?

Alonso no pudo resistirse mucho y dejó escapar una carcajada.

—¡Si vieras la cara que pusiste! —dijo Alonso—. Hubiera sido un éxito grabarla para que Viola la viera.

—¿Cómo está ella? ¿Cómo le fue?

—¿Ahora te importa? —Alonso revoloteó por la habitación hasta aterrizar sobre mi hombro—. El drama de hoy es digno de una telenovela. Esa mujer tiene los ojos tan hinchados de tanto llorar que parece más que, en vez de besar a Pendragon, ha boxeado con él. —Se acercó a mi oído para recalcar algo muy específico—: La cagaste de nuevo. La dejaste sola cuando más te necesitaba.

—¿Y él no estaba con ella?

—Si no fueras tan imbécil e impaciente, hubieras visto todo un espectáculo.

—¿Qué ocurrió?

—Ella rechazó a Pendragon —explicó, sorprendiéndome, y voló hasta su columpio para contarme todo.

Con cada detalle, me arrepentía más de haberme marchado.

—Y así fue cómo terminé cuidando de la llorona, que, por cierto, se portó estupendamente conmigo. Me dio muchos besitos, que posiblemente eran para ti —agregó, pavoneándose—. Por cierto, su amigo murió. Ya sabes, para que se sienta aún peor —recalcó—. Debe ser triste despertar tan alegre y terminar el día encerrada en un cuarto llorando.

—Voy a ir a hablar con ella, tengo que disculparme. —Procedí a marcharme. Me sentía en la necesitad de verla.

—Por cierto, un abogado le entregó una supuesta carta de parte de Hunter, pero ella está empeñada en no abrirla. Yo creo que no quiere hacerlo sola.

Corrí hasta mi habitación y, egoístamente, me alegré de lo que vi. La encontré en mi cama, convertida en gatita, asomando la peluda cabeza por el traje vacío.

Quería arreglar de inmediato su corazón roto, pero no quise interrumpir aquel sueño que tanto trabajo le tuvo que costar conciliar.

Aunque estaba cansado, me senté en el suelo, para no molestarla, y recosté la espalda del borde de la cama e intenté descansar un poco. Pude dormir tranquilo porque ella estaba allí conmigo.

Pero no sabía por cuánto tiempo.

El perdón

Viola Oakley

Desperté con el tacto de unos dedos sobre mi peluda cabeza. Había vuelto. Cuando abrí los ojos, me asusté al tenerlo de frente, arrodillado al borde de la cama con una sonrisa y observándome con sus grandes ojos azules.

—Buenos días.

—Buenos días —respondí desganada.

No me sentía muy contenta, ni con él ni con nada. Sin embargo, Krane trataba de animarme, a pesar de que parecía esconder algo que lo entristecía.

—¿Cómo te encuentras?

—Estoy bien, no te preocupes —mentí, y cerré los ojos de nuevo.

Me sentía terrible por todo. Aún incrédula por lo de Hunter, pero sin deseos de abrir su última carta.

Se me hizo extraño que Krane no insistiera. Al cabo de unos segundos, me acarició la cabeza y se cubrió los ojos con una mano mientras colocaba frente a mí el pequeño plato con la pócima.

—No quiero.

—¿La vas a echar a perder?

—No me importa, igual volveré a ser esta bola de pelos en unas horas.

—Vamos —insistió, al tiempo que me daba golpecitos con el dedo pulgar en la oreja—. Quiero darte el día que te merecías ayer —insistió, y de vez en cuando dejó ver uno de sus ojos a través de los dedos.

«¿Por qué haces esto? Por más que quiero enfadarme contigo… ¡no puedo! ¿Qué me pasa contigo?».

—No quiero.

—Ya te fallé dos días y quiero enmendar eso. Quiero compensarte por el día que me fui sin ti. Alonso me dijo que te habías quedado esperando, que querías viajar conmigo por el último ingrediente.

—Ya no me interesa. —Intenté ignorarlo—. De todas formas, ya lo conseguiste —respondí con dificultad, pues acariciaba mi cabeza, sabiendo que era mi punto débil y que me hacía ronronear.

—¿Recuerdas el nombre de la pócima?

—Sí, ¿por qué?

—¿Quieres ir? —Su sonrisa se ensanchó.

—No me digas que… —Mis pupilas se dilataron.

Él asintió con su amplia sonrisa y se encogió de hombros.

—Pero si no quieres, no te puedo obligar. —De esa manera se dio la vuelta y me dejó sola, con el corazón en la garganta.

Era hábil, me convenció. Era imposible decir que no ante algo como eso, así que estábamos listos para partir.

Sentí su respiración pesada cuando se detuvo detrás de mí. Pude jurar que estaba nervioso. Sus manos me cubrieron los ojos y noté que temblaban, como si no se atreviera a tocar mi cara, por lo que intentaba dejarlas en el aire. No entendía por qué un hombre que antes desbordaba tanta seguridad dio un cambio tan drástico.

Escuché el silbido de aire que siempre hacen sus puertas mágicas, solo que esa vez sonaba diferente. Mi corazón parecía estar a punto de explotar con tanta emoción, pues no podía creer que eso me estuviera pasando… a mí, una simple mujer.

—Vamos, gatita… —pidió con un tono de voz extraño, tímido. Di un paso al frente y él me siguió. Estaba muy cerca, tanto que sentí su respiración en mi oído cuando dijo—: Después de todo lo que te hice, me dije que haría cualquier cosa, hasta bajarte la luna, si eso te devolvía los ánimos. Pero ante la imposibilidad de hacer eso, por mera física, quise traerte hasta ella.

Su voz, el olor tan cautivador que siempre lo rodeaba y la situación hicieron que mi cuerpo entero sintiera miles de cosas al mismo tiempo, más fuertes que cualquier contacto físico.

Al cruzar la puerta, la temperatura pareció cálida pero no molesta. Sin embargo, con lo que no pude fue con la ligereza de mis pies, que me hizo sentir que estaba a punto de caer de espaldas. En ese momento destapó mis ojos con torpeza y enroscó sus brazos en los míos para evitar que cayera.

Entonces recibí el impacto más fuerte de mi vida por la vista que se mostraba ante mis ojos. Todo era precioso, un cielo negro relleno de brillantes estrellas, perfectas, y entre ellas una enorme esfera azulada: la Tierra.

No mintió; me había traído a la Luna.

—¡Oh, por Dios! —exclamé—. Pensaba que era una broma, que… —Me cubrí la boca, y mis lágrimas brotaron de manera incontrolable.

Era una reacción inesperada, incluso para mí, pues nunca en mi vida había experimentado una emoción tan fuerte.

Di un paso torpe hacia al frente y Krane dejó que me fuera acostumbrando a la gravedad. Me di la vuelta y lo miré, con la vista aún borrosa. Noté que no sonreía, más bien parecía preocupado.

—¿Estás bien?

Asintió. Aunque quise indagar, las palabras no me salieron. Sentía una fuerte presión en la garganta, pues no quería echarme a llorar y arruinar el momento.

—¿Por qué…? ¿Por qué me trajiste aquí? ¿Por qué a mí? —pregunté al fin.

—¿Estás bien? Si estás asustada, podemos irnos. —Frunció el ceño con ligereza. Parecía preocupado de verme reaccionar de aquella manera.

De nuevo me cubrí la boca; no podía internalizar tanta perfección.

—¿Cómo lo hiciste? ¿Cómo pasó esto? ¿Cómo respiramos?

—Hice una barrera que regula la temperatura y nos brinda una fuente de oxígeno para poder respirar sin problemas. Es como una atmósfera en miniatura, solo para nosotros.

—¡Eres increíble! —exclamé, mientras observaba nuestro alrededor.

Eso me salió del alma y aquel comentario pareció conectar con él, pues su expresión cambió tan pronto lo miré.

Krane sonrió y de inmediato cambió la vista; parecía sonrojado.

—¿Qué te parece? Es precioso, ¿verdad? Recordé que hace días intentabas mirar las estrellas. Sabía que echabas de menos ver correctamente, así que quería mostrarte el mundo. Aunque creo que fui muy *literal.* —Sonrió.

—Sí… —titubeé—… definitivamente, pero… ¡es genial! —Comencé a reír sin saber por qué. Todo aquello era demasiado para ser real.

Él se acercó a mí y me agarró la mano de una manera algo torpe e insegura, y, aunque no era la primera vez que tenía ese tipo de contacto, nunca había sido así. Compartimos un momento de silencio y tranquilidad, por lo que fue emocionante sentir su mano sudorosa.

Quería preguntarle si le pasaba algo, ya que me seguía pareciendo nervioso. No me dio la oportunidad de decir nada; tiró de mi brazo de repente para que caminase con él. Reí, pues todo me parecía muy extraño. Con cada paso, mis pies quedaban en el aire unos segundos y luego regresaba al suelo; era como caminar sobre un trampolín.

—Al principio es raro, pero luego te acostumbras —comentó, y caminó con ligereza—. Por cierto, ¿sabías que la Luna tiene una gravedad seis veces menor que la Tierra?

—Gracias por el dato curioso, profesor, pero… ¡No vayas tan rápido! ¡Me vas a hacer caer! —chillé al intentar seguirlo mientras saltábamos como niños.

Krane se giró y caminó de espaldas solo para verme y disfrutar mi torpe caminata.

—Pues veo que ya te estás acostumbrando.

—¡Solo te burlas de mí, quieres verme caer! —Hice pucheros.

Él debía pensar que yo había perdido el juicio, pues tenía los ojos empapados y no dejaba de reír. Krane, que me estuvo mirando maravillado, de golpe adoptó un gesto serio, mientras me agarraba por ambas manos. Las suyas temblaban muchísimo. Mi risa también se apagó por los nervios.

—¿Qué te ocurre? —insistí, tan nerviosa como él—. ¿Por qué hiciste todo esto? Tiene que haber un motivo, no solo porque quisieras subirme los ánimos —dije, con los labios temblorosos y con tal ansiedad que casi sentía nauseas.

—Te pude haber traído hecha una gatita —dijo al dejar escapar una sonrisa efímera—. Sería mucho más fácil…

—¿El qué? ¿Qué sería más fácil?

Krane cerró los ojos, tragó saliva y se le marcó la nuez. Se moría de los nervios y yo comenzaba a desesperarme. Krane parecía tener un conflicto interno y yo solo quería que me dijera qué le pasaba.

El mago —tan peculiar, tan evasivo, tan él— dejó escapar una sonrisa extraña. Intentaba ser el mismo de siempre, pero había algo diferente, una torpeza particular.

—Quiero que concluyamos algo que una vez comenzamos —cambió drásticamente el tema, y chasqueó los dedos.

Mi corazón se aceleró tanto que casi perdí la fuerza en las piernas.

En el silencio absoluto, no bajo la luz de la luna sino en la luna misma, retumbó aquella melodía que tanto me hizo sentir la primera vez: atracción, terror y un extraño sentimiento de euforia.

Hoy era igual, solo que no sentía terror; en mi corazón comenzaba a habitar otro sentimiento por él; lo sabía.

—No, no, no… No voy a hacer eso otra vez… ¡No hasta que me digas qué te pasa! —exclamé, dando un paso hacia atrás para alejarme de Krane.

Mi rostro ardía tanto como mi corazón en aquel instante.

—Sí, sí, sí lo harás… —insistió, con una sonrisa tan perfecta que solo me provocó querer acercarme a él, aunque intentara negarlo.

—Solo quieres cambiar de tema. Dime, ¿qué te ocurre?

—Y ahora tú eres la que quiere cambiar de tema… —respondió, con aquella sensual sonrisa mientras tiraba de mí—. Vamos. —Colocó la mano en mi espalda y me ofreció el brazo en la posición correcta.

Esta vez no sentí terror, pero sí miedo de mis propios impulsos. El lugar, su presencia, su olor tan deliciosamente masculino y su cercanía despertaron en mí el deseo de besarlo, pero dudaba sobre lo que él quería en realidad.

—Gatita… —Sonrió—. Si te molesta que te llame así, puedo parar. Me he acostumbrado, discúlpame.

—No, está bien… —respondí embobada.

«Esta no soy yo», pensé de nuevo, igual que la primera vez que lo tuve tan cerca; había algo magnético en él.

—Me atreveré a confesarte algo —dijo, mientras me conducía en aquel baile extraño, más que la vez anterior, pues flotábamos por fracciones de segundos con cada paso al ritmo de la música—. Lo pasé muy bien durante estos últimos días —mascullló—. Es decir, a pesar de todo lo malo que ha pasado, disfruto de tu compañía. —Y evitó mirarme de nuevo.

Me quedé sin habla. No sabía adónde quería llegar con eso. Lo dejé continuar, pues de alguna manera bailar le soltó la lengua.

—También quería disculparme por mi actitud de ayer.

—Estaba muy preocupada, ¿qué te pasó? —pregunté, y era cierto, me había preocupado, sobre todo con aquella lluvia.

Sabía que él no estaba bien y mi corazón pedía a gritos que me dijera qué le pasaba.

—Ver que algo de normalidad volvía a tu vida me hizo recordar que no formo parte de ella. Y es la primera vez que tengo una amiga.

Una espina pareció clavarse en mi pecho y me sentí decepcionada, quizás porque esperaba otra respuesta.

—Después de lo que ha pasado, para mí sería difícil volver a la normalidad —me sinceré.

—¿A qué te refieres? —Krane frunció el ceño. Parecía interesado en lo que iba a decir.

—Después de todo lo que vi, una vida normal me parecería aburrida.

Se quedó callado. Parecía pensativo, con deseos de decir algo, pero se contuvo.

Por un instante, contemplé la imagen de la Tierra sobre el firmamento, y sentí que mi alma se llenó hasta casi sentir escalofríos. Una sensación tan fuerte como la que me causaba la combinación del silencio de Krane y su mirada.

—¿Por qué no te fuiste con él? —soltó.

—¿Con Jiro? —titubeé. La pregunta me tomó desprevenida—. Fue extraño, había esperado eso durante días, pero luego no sentí nada.

—Mentiras. Siempre se siente algo.

—No siempre. ¿Por qué te interesa tanto?

—Mera curiosidad. —Ejerció un movimiento de baile rápido con sus pies que casi me hizo caer.

En respuesta a aquello, quise tomar represalias.

—A mí un pajarito me dijo otra cosa. ¿Debo creerle? —Sonreí.

Él frunció el ceño, pero no se atrevió a mirarme a los ojos. Estaba nervioso y sentía que era mi turno de molestarlo.

—¿Qué te dijo Alonso? —preguntó, acompañado de un suspiro.

—Que estabas celoso… —Ni yo me reconocía. No sabía si estaba yendo muy lejos. Krane no dijo nada y arrugó el rostro—. Quita esa cara o voy a pensar que es cierto —dije; solté una leve risa y bajé la mirada. Comenzaba a sentirme incómoda ante mis propias bromas.

La melodía concluyó y un silencio sepulcral reinó en el lugar. Sin embargo, Krane no soltó el firme agarre de mi cintura, y no me importó que me mantuviera cerca de él. De hecho, no quería que me soltara. Pensé que podría estar allí para siempre.

—Es cierto… —dijo con la respiración agitada—… y me da vergüenza admitirlo. Pero no puedo más… Perdóname, gatita —dijo con timidez. Colocó sus manos sobre mis mejillas y acercó su rostro al mío hasta tocar mis labios con los suyos.

Pensé que moriría allí mismo. No podía lidiar con tantas sensaciones. Mi pecho no daba para tanto.

Aquella pequeña muestra de cariño fue un toque tímido, sencillo e inocente, casi como si temiera romperme en pedazos. Las yemas de sus pulgares exploraban mi rostro con delicadeza y me estremecí por completo.

Deseaba más de él, que no tuviera miedo y que se entregara. Le rodeé el cuello con los brazos. Empujé mis labios contra los suyos y los saboreé, mientras mi corazón y mi cuerpo me pedían a gritos más de él.

Había deseado eso desde el primer día, solo que justo en ese momento comenzaba a aceptarlo.

Sus manos viajaron por mi rostro, apreciándolo. Aquel pequeño instante, aquella unión abrupta, lo fue todo para mí: fue mi vida, mi motor. No hizo falta nada más para que notara millones de sensaciones en mi cuerpo y saber que quería ser suya.

El suave tiento de sus labios, la calidez de su boca y el tacto de la callosidad de sus maltratados dedos sobre mi piel me hicieron estremecer, y me pregunté cómo había vivido toda mi vida sin eso, sin él.

Sin embargo, en un instante todo cambió. Sus labios comenzaron a perder ligereza y dejaron de ceder ante los míos. Algo parecía incomodarlo.

Krane colocó las manos en mis hombros y me apartó de él. Sus ojos brillantes querían decir algo. Pensé que iba a llorar.

—Perdóname, no debería hacer esto —dijo jadeante, justo antes de juntar sus labios con los míos de nuevo, pero parecía más concentrado en luchar consigo mismo. Así que se detuvo una vez más—. Perdóname, pero tengo que decirte algo —dijo nervioso.

—Más tarde —insistí, e intenté acercarme de nuevo a él.

Sin embargo, me alejó.

—Tengo que hablarte de Erika.

La lunática

Viola Oakley

Erika.

Escuchar su nombre se sintió como una puñalada justo en el centro del pecho. En mi egoísmo la había olvidado, y en aquel momento me irritó el mero hecho de pensar en ella.

¿Por qué tenía que mencionarla? ¿Por qué en ese momento que nos pertenecía? ¿Qué era tan importante?

No supe a ciencia cierta cómo reaccionar y solo recordé a aquella joven hermosa y de alma herida, inestable y sufrida.

Hacía días pensaba que Krane era el responsable de las desventuras de aquella mujer, pero después de conocerlo más a fondo, me costaba entender qué había pasado con Erika.

El rostro del mago se ensombreció con solo pronunciar su nombre. Me acerqué de nuevo para acariciarlo en señal apoyo, pero me esquivó.

Insistí y, aunque trató de evitarme, puse mi mano sobre su mejilla y la deslicé sobre su incipiente barba. Pensé que la alejaría, pero no; se inclinó hacia ella y la besó.

—Krane, ¿quién es? ¿Fue algún viejo amor? —Ladeé la cabeza. Lo miraba con preocupación; quería comprender cada cosa que pasaba por su mente.

No dijo nada, solo algo en latín que pareció ajustar la gravedad del lugar para convertirla en una más natural para nosotros.

Luego me agarró la mano, tiró de ella y comenzó a caminar.

—¿Amor? —bufó, y su respuesta pareció enlentecida; estaba inmerso en sus pensamientos—. No lo digas ni de broma.

—Entonces, ¿quién es?

—En el pasado fue una amiga —respondió de manera ambigua. Le costaba hablar y apreté su mano en señal de apoyo.

Caminamos por una llanura y fue inevitable distraerme un poco de la conversación.

—¿Qué miras? ¿La bandera? Perdió el color por la radiación del sol —explicó, y me llevó hasta ella para que pudiese verla más de cerca.

—Qué interesante… —respondí, pero a la espera de lo que realmente quería saber.

—¿Puedo preguntarte algo? —soltó de la nada—. Cuando llegaste a la isla, ¿qué decían las malas lenguas de mí?

—Mi padre me dijo que cada cierto tiempo te obsesionabas con alguna mujer y la volvías loca.

—Mentira. —Sonrió incrédulo mientras negaba con la cabeza.

—Cuéntame tu versión.

—Sinceramente, lo más cercano a actuar de manera obsesiva con alguien ha sido contigo. Siempre intento ser alguien normal, que trata de conocer a una chica si le parece agradable. —Se encogió de hombros, pero parecía triste—. Pero que las cosas terminen en locura no es cosa mía.

—¿A ninguna le espiabas el teléfono? ¿Las amenazabas de muerte? ¿Las convertiste en algún animal?

—No, solo a ti. Pero déjame explicarte el porqué de todo... por favor.

Se sentó frente a una roca lunar de gran tamaño, recostando la espalda en ella; luego, tiró de mi brazo para que cayera a su lado.

—Soy toda oídos.

—Todo lo hice para alejarte de Erika.

—Lo sé.

—Viola, Erika está loca.

—Lo sé.

—¡Ay, gatita! —suspiró, y colocó su mano en la punta de mi cabeza y movió los dedos de la misma forma en la que me acariciaba en mi cuerpo felino. Luego colocó su mano en mi hombro y me atrajo hasta él—. Me refiero a que es peligrosa. Te explicaré todo lo que pueda.

—¿Peligrosa? —Eso sí fue una sorpresa, pues siempre pensé que ella era una mera víctima de los juegos de Krane.

—Cuando llegaste a Valparosa... La primera vez que te vi, supe que estaba en problemas. —Se aclaró la garganta para lo que sería una larga historia—. Había escuchado qué tipo de persona eras y cómo te despreciaban por entrometida. Supe que intentarías desenmascararme de alguna manera.

»Al principio no me lo tomé en serio, solo quería divertirme contigo y confundirte. Fue cuando te acercaste a Erika que me empeñé en sacarte de la isla.

—¿Por qué?

—Si ella se enteraba de que tenías algún interés en mí, aunque no fuese romántico, podría malinterpretarlo y matarte.

—¡¿Qué?!

—Erika fue una amiga de la infancia que con el tiempo desarrolló sentimientos obsesivos por mí, al punto de arruinarme la vida. Cuando llegamos a la adultez y comencé a mostrar interés por otras chicas, las cosas empezaron a salir mal.

Fruncí el ceño. Aquello era inesperado.

—¿Le hizo daño a alguien? Hablan de una chica que se murió por tu culpa… No me digas que…

—Sí, fue Erika… —confirmó—. Se llamaba Katherine. —Al mencionarla, sus ojos se apagaron y entristecieron—. Justo empezaba a conocerla, éramos amigos, y estaba a punto de hablarle de mi condición de arcano. Si me aceptaba, le pediría que fuéramos algo más, porque tenía sentimientos hacia ella. Quería que fuera mi primera novia. —Krane hizo una pausa y suspiró con fuerza—. Ay, mi Kat... Mi *Katerina.*

Su forma de hablar de aquella chica me dolió, y aunque ya no existía, sentí una ridícula pizca de celos.

—Lo siento mucho.

—Pensaba que siempre que me interesaba en alguien yo era el causante de sus desgracias, pero no fue la única persona que comenzó a enloquecer al acercarme. Mi Katerina no soportó tanto y no pude detenerlo; fue demasiado tarde. Fue la misma Erika la que me confesó todo.

—¿Qué fue lo que hizo exactamente? ¿Qué le pasó a Katherine?

—Todas comenzaban con terrores nocturnos. Erika las atormentaba, utilizaba su magia para hacerles daño. Algunas huían de mí, otras terminaban con problemas mentales. Pero con Katherine, al ver que mis sentimientos por ella eran serios, Erika fue severa y le arruinó la vida.

«Así que Erika es una arcana...», analicé, pero lo dejé continuar.

—Su pobre corazón no aguantó y buscó la forma de acabar con su sufrimiento de otra manera. Fue su única forma de escapar. —Krane hizo una pausa y se cubrió los ojos con las manos.

—¿Se quitó la vida?

—Sí. —Su afirmación pareció desgarrarle el alma.

—Lo siento tanto.

—Por eso no me acerco a nadie, y aunque Erika esté cautiva, no me fío. Hace unos meses, no sé cómo, escapó y una chica murió después de ayudarme en un truco solo por darme un beso en la mejilla.

—Es por eso que evitas a las *fans.*

—No solo a las *fans*, a todo el mundo. Nunca he querido exponer a nadie. Incluso ahora mismo siento que estar cerca de ti está mal, que es un error.

En aquel silencio lo escuché sorber por la nariz. Lo miré y vi que sus ojos estaban enrojecidos.

—No estás haciendo nada malo, solo intentas vivir tu vida.

—No, Viola, soy patético… —Alzó el tono de voz—. Ni siquiera he podido intimar con una mujer, porque siento que al tocarla la voy a marcar y en pocos días me voy a enterar que ha muerto. Parecerá irreal e ilógico, pero aunque esté encerrada… ¡me muero de miedo! ¡No puedo estar tranquilo!

—Mírame. —Krane se giró y me dio la cara, a pesar de que sus ojos se movían rápido y me evadían. Sostuve su rostro—. Eso no te hace patético, ni menos hombre. Al contrario, pones el bienestar de otros antes que tus impulsos. —Le dediqué mi mejor sonrisa, a pesar de que verlo así me destrozaba por dentro. Mis manos recorrieron todo su rostro. Cada centímetro de él me parecía atractivo, maravilloso ante mis ojos, pero su mayor atractivo era su corazón.

Me abalancé sobre el mago y lo rodeé con los brazos, me apreté a su cuerpo con fuerza. Sentí su respiración en mi oído.

—Quiero que te vayas de Valparosa. Te llevaré pócimas al lugar que sea y buscaré una solución a tu problema, pero te quisiera lejos de mí.

—Me tenías que decir todo eso cuando no me importabas. —«No me digas eso, no me quieras alejar justo después de besarme», dijo una voz en mi cabeza—. ¿Pero ahora? No te voy a hacer caso. No es la primera vez que me veo amenazada de muerte, y si no he enloquecido aún con tus locuras, no creo que ella lo logre.

—Sabes que si te pasa algo me vuelvo loco, ¿verdad? Ya bastante daño te he hecho, no puedo causarte más. —Me alejó de él, aún con aquella tristeza en el rostro. No lo presioné y volví a sentarme a su lado.

—Tómalo con calma, no volverá a ocurrir, ella no va a escapar —insistí, aunque me moría del miedo.

Guardó silencio mientras apretaba mi mano.

—Oye, ¿cómo es que esa zorra está en un hospital psiquiátrico corriente? —pregunté—. ¿No tienen algún tipo de prisión mágica?

—Las autoridades arcanas no son muy diferentes a las terrestres. Si deciden que alguien hace algo malo, pero es inestable, lo tratan como un enfermo. En el caso de los arcanos con algún tipo de problema mental, les suprimen los poderes con medicaciones. En el caso de Erika, Sigmund es el custodio y encargado de suprimir su magia.

—¿Y no tienen hospitales psiquiátricos para ustedes? ¿Por qué la tienen con personas comunes y corrientes?

—Se dice, o al menos antes era así, que en diferentes regiones, algunos hospitales tienen sus ramas ocultas para trabajar con los arcanos problemáticos. Y funciona de maravilla, porque ven a una persona inestable decir que tiene poderes y no le van a creer.

—¿Y por qué odias tanto a tu padre? Si es el que evita que ella escape.

—No lo odio, podría perdonar que fuese un mal padre, pero no puedo justificar su último descuido que dejó que ella escapara; porque alguien murió por su culpa.

—Es comprensible que te sientas así, pero fue un error.

—Que costó una vida.

—No deja de ser tu padre.

Nos quedamos en silencio un buen rato. Me recosté sobre él, mientras sus dedos volvían a acariciar mi cabeza.

Nunca había escuchado un silencio tan absoluto como aquel, solo invadido por su respiración pesada. Me abrió su corazón, y eso dolía.

—Mago, ¿y si nos vamos juntos de Valparosa? ¿No lo has pensado?

—Creo que si ella escapa no habría dónde ocultarse.

—Entonces vamos a quedarnos aquí para siempre. —Me recosté de su hombro—. Colonicemos la Luna juntos —dije a modo de broma, con la intención de aligerar sus ánimos.

—Tendríamos que poblarla —agregó, y soltó una triste risa antes de besar mi cabeza—. Pero por ahora debemos regresar a casa para planear nuestra colonización lunar.

Y como payasos, ocultamos nuestros miedos con carcajadas tristes que de cierta forma nos dieron el aliento que parecíamos necesitar.

Regresamos a la realidad. Al cruzar la puerta y llegar a su casa, Krane no quiso soltarme la mano, y yo tampoco quise desprenderme de él. Para nuestra sorpresa, cuando llegamos a su habitación, Alonso nos vio y no bromeó.

—Siento fastidiarles el día, tortolitos, pero tienen que leer la carta. ¡Ahora mismo! —dijo cortante.

Cuando escuché a Alonso, un cosquilleo me recorrió el cuerpo. Fue una sensación tan fuerte de enfado que quise ir hasta él, agarrarlo por las alas y desplumarlo. Di un paso al frente.

—¡¿Quién demonios te dio el permiso para abrir eso?! —grité decepcionada. Comenzaba a confiar en él y se había aprovechado de eso.

—Sé que estuve mal, pero conociéndote no lo ibas a hacer *nunca*. ¡Vamos! ¡Me disculpo! —exclamó—. Pero lean la carta, ¡es urgente! Me lo van a agradecer. Sobre todo tú, Viola —insistió.

—Eso es asunto de ella, yo no tengo que leer eso. —Krane se cruzó de brazos y nos dio la espalda, desinteresado, para alejarse de nosotros.

—Krane, créeme que también es asunto tuyo —insistió Alonso—. El contenido de esa carta tiene que ver con tu familia.

La familia

Viola Oakley

Ambos estábamos inseguros de qué hacer con respecto a la carta. Llegamos a la conclusión de que si Alonso actuaba de manera extraña era porque tenía razón.

—¿De verdad es tan importante o es una excusa para que la abras? —Krane se acercó y me habló al oído—. Si no te sientes lista no lo hagas. Aunque si fue importante en tu vida, no dejes que su última voluntad quede en el olvido.

—Krane… —Lo agarré de la mano y tiré de él para acercarlo a mí—. Tenemos suficientes problemas con lo de Erika. ¿Y si aquí hay más? Yo solo quiero resolver este asunto de mi cuerpo y, tal vez, irnos de aquí.

—Entiendo lo que deseas —dijo, con una leve sonrisa—, pero deberías respetar su voluntad. Piénsalo.

—No le den tantas largas, ¡por todos los dioses! —intervino Alonso—. ¡Créame cuando digo que es importante! Al menos léela tú, Krane, pero uno de los dos tiene que leerla. ¡Ya! —gritó tan fuerte que parecía que iba a explotar.

Krane me lanzó una mirada tímida en busca de aprobación. Yo estaba insegura, pero después de que me abrió su corazón no vi mal que la leyera.

—Viola, el pronóstico para el día de hoy son lluvias, relámpagos y centellas. Ve buscando el paraguas, gatita —comentó Alonso, atento a la reacción de su amo, que se había sentado en el escritorio para leer la carta.

Después de abrirla, el rostro de Krane se arrugó en una mueca al leer las primeras palabras; luego, sus facciones se serenaron. Solo lo observé.

Fue en un determinado momento cuando el contorno de su cara pareció distorsionarse por completo. Se había vuelto más pálido de lo que era.

—¡Y… empieza la lluvia! —Alonso señaló lo evidente, y las gotas comenzaron a golpear la ventana, cada segundo con más intensidad.

En efecto, aquella carta lo estaba afectando emocionalmente.

—Krane, ¿qué pasa? —pregunté preocupada.

Al ver su estado, pensé que se desmayaría. Sin embargo, él me ignoró, con la mirada perdida, pensativo. Di un paso al frente para acercarme a él.

—¡Dame la maldita carta! —Estiré la mano y él no quiso decir nada, ni siquiera mirarme.

Me dolió el corazón al verlo estrujar el papel, convirtiéndolo en una pelota dentro de su puño justo antes de arrojarlo al suelo, como si le perteneciera y tuviese el derecho de descartarla.

—¡¿Qué demonios te pasa?! —pregunté alterada, mientras recogía la hoja arrugada del suelo.

En silencio, Krane se levantó y caminó con rapidez por la habitación en busca de algo. Seguí cada uno de sus movimientos. Estaba desencajado. Movió sus cosas con prisa, hasta que dio con el libro del códice arcano. Lo arrojó sobre la cama y hojeó las páginas con rapidez, y dio con lo buscaba.

Casi creí que se había vuelto loco. Parecía tan furioso que me preocupé.

—Krane, ¿qué te pasa? ¡Respóndeme!

Aún sin pronunciar palabra, arrojó el libro al suelo. Cuando fui a recogerlo, vi que abrió una de sus puertas mágicas y se marchó, muy alterado.

El encuentro

Krane Utherwulf

Al leer aquella maldita carta solo quise ir a un lugar a enfrentar al causante de esa cadena de acontecimientos. Tan pronto aquellas hojas me confirmaron las sospechas de la clase de persona que era, no quise perder el tiempo ni la saliva. Quería resolver ese problema de raíz y lo antes posible.

El corazón se me quería salir del pecho; quería vomitarlo y arrancarlo de mí para no sentirlo más, pues mi frustración era tan grande que mi cuerpo no parecía capaz de resistirlo. Lo más que me dolía era compartir la misma sangre de ese hijo de puta.

La lluvia caía a cántaros, pero era imposible hacerla parar. Aunque lo intenté, la emoción extraña que me invadía parecía impedirme arreglar las cosas. Poco me importó en ese instante si se inundaba la maldita isla, solo quería ir hasta ese individuo y confrontarlo.

El agua bajaba por la puerta de madera de su asqueroso hogar. Al llamar, el líquido salpicaba y casi parecía amortiguar el sonido de los golpes.

—¡Abre la maldita puerta! —grité, pero sabía que el ruido de la lluvia amortiguaba mis gritos.

Mi furia era tal que no medía mi fuerza, y en el centro de la madera comenzó a aparecer una hendidura, pero poco me importó.

Seguí golpeando aunque con eso rompiera la puerta.

—¡Hijo de puta! ¡Abre la maldita puerta! ¡O te juro que la tiro abajo! ¡Necesito hablar contigo!

La perilla se movió y allí lo tuve de frente. Sentí un fuerte deseo de golpearlo, pero primero debía hablar con él.

La realidad

Viola Oakley

Tan pronto Krane se marchó, fui corriendo tras la luz de la puerta con la intención de traspasarla; pero me quedé en el aire.

—¡Esto fue un error, Alonso! —exclamé—. ¿Por qué no me advertiste?

—¡Joder! ¡A mí no me vengas con ese cuento! ¡Llevo rato diciendo que la carta es importante y que tenías que leerla!

Corrí hasta la ventana y vi el clima hecho un desastre, todo obra de él. La lluvia se hizo más fuerte que nunca, y me fue inevitable no sentir terror. Miré al palomo, con los ojos entrecerrados.

—Supongo que ahora leerás la carta… ¡Pero hazlo rápido, antes de que Krane cometa alguna tontería! —advirtió Alonso con una seriedad perturbadora—. ¡Hazlo rápido!

Desplegué la hoja de papel que estaba hecha una pelota y corrí hasta la cama. Me senté y comencé a leerla:

Querida Viola:

Si estás leyendo esto es porque pasó lo inevitable y finalmente pagué por ser la basura de ser humano que soy. Si lo recibiste es porque morí, o más bien él *buscó la forma de deshacerse de mí. La razón de esta despedida recae en dos cosas: la esperanza de que algún día me perdones y que sepas algo muy importante. Así quizás no caigo tan profundo en el infierno que me merezco.*

—Alguien lo mató… —Me cubrí la boca con la temblorosa mano, mientras mi mente imaginaba muchas ideas disparatadas. Continué leyendo:

Sé que no fui el mejor de los amigos. Cada bofetada, cada mirada de odio en nuestros últimos días me las gané. Pero ahora que no me tienes de frente, puedo decir las cosas sin ningún tipo de consecuencias para mí y por fin puedo ser sincero.

Fuiste muy importante en mi vida, hasta el punto de que llegué a amarte. Al conocerte, en aquellas peculiares y difíciles circunstancias de trabajo, conocí a una mujer como ninguna: inteligente y tenaz. Fuiste capaz de despertar algo en mí con lo que no supe lidiar. Y aunque tuve la dicha de tenerte y hacerte mía entre las sábanas, en su momento fue algo que no aprecié. Tu piel, tu voz en mi oído y aquella pasión que desbordaste en cada caricia era un contraste con la inocencia que proyectabas. Y el opuesto a quien era yo, alguien indigno de tocarte, pues mis manos estaban manchadas con sangre.

—¡Oh, por Dios… era un asesino! Sabía que no era un buen tipo. Pensaba que era un ladrón, un charlatán y un abusador, pero de ahí a que fuera un asesino... —Fue inevitable que se me llenaran de lágrimas los ojos, y de nuevo me cubrí la boca, incrédula.

—Sí, genial, te acostaste con un asesino… Pero eso no es lo peor… Sigue —dijo Alonso indiferente, porque necesitaba que leyera rápido.

Después de que nuestro trabajo acabara y tomáramos rumbos distintos, conservé tu recuerdo y terminé casándome con una mujer muy parecida a ti. Pero cuando pensé que te había superado, surgió este trabajo. Así que tuve la dicha de encontrarte de nuevo.

Llegué dispuesto a todo, pero sin la más remota idea de cómo comportarme. Si me lo hubieras pedido, si tan solo hubiera percibido alguna muestra de cariño, lo hubiera dejado todo en un momento solo por estar contigo una vez más. Sin embargo, seguía sintiendo que no te merecía, ya que de nuevo tuve que mancharme las manos, por orden de nuestro jefe.

—¿Jiro? —Abrí los ojos, sorprendida, y observé a Alonso una vez más. Él estrujaba las alas, alentándome a seguir.

—Sí, casi te acuestas con otro asesino… Pero sigue.

Y aunque yo no quería que ocurriera, pasó lo inevitable y lo conociste. El condenado tipo perfecto, con fachada de educado y elegante. Pendragon, un tipo tan hábil que pudo zafarse de tu buen ojo y de paso hacer que te fiaras de él.

Mis manos no dejaban de temblar, quería hacer pedazos la carta.

¿No te pareció extraño su abrupto interés y cariño? Me carcomía ver sus dedos entrelazados con los tuyos, porque sé que sus manos están tan sucias como las mías. Sabía que todo era mentira, mientras tú, como una imbécil, lo mirabas con ilusión.

Simplemente no lo quería cerca de ti, no a un hombre que es capaz de hacer daño hasta a su propia sangre. ¿Crees que su familia lo dejó solo en Valparosa o que él los aisló? ¿Desde cuándo no se oye hablar de los Pendragon? De Makoto y Takeshi Pendragon, ¿has vuelto a oír hablar de ellos?

—Aquel espectáculo iba a ser de los Pendragon, no de uno solo…

Tuve la corazonada de indagar más sobre la familia e investigué un poco sobre su padre, Ken Pendragon. Como dato curioso, encontré una serie de documentos, como el reconocimiento de un hijo y diversos recibos de cheques dirigidos a la que parecía ser la madre de ese niño, una tal Sila Utherwulf.

—¿Pero Sila no es...? —Me concentré en la foto de la mujer de la pared—. Por el amor de Dios, ¿qué carajo está pasando?

—¿Ahora entiendes por qué él tenía que leerla?

Al atar cabos, comprendí el porqué de esta investigación; en especial los rumores que rondaban a los desaparecidos Utherwulf. Krane era el único que quedaba. O eso creía. El otro miembro de la familia parecía ser Drake Utherwulf, mejor conocido como Jiro Pendragon.

Entre lo que se dice de este tipo de gente está que son capaces de hacer cosas extraordinarias. Se hacen llamar arcanos o algo así. Así que, cuando me hablaste de las cosas que viviste, comencé a creerlo todo y a asustarme. No tanto por Krane Utherwulf, sino por lo que pueda ser capaz de hacer un individuo como Jiro Pendragon con alguna habilidad sobrehumana. Pero ¿qué quiere Jiro Pendragon de Utherwulf? ¿Aceptación? ¿Una familia? No lo creo.

Hay cosas que aún no tienen respuesta y me entristece no ser yo quien las descubra. Ahora lo dejo en tus manos, pues confío plenamente en ti. Pero ten cuidado; después de que lo conocieras, no sé si de manera inconsciente, le diste lo que necesitaba. Algo de lo que sí tengo constancia es de que después de conocerte él cambió. Y entiendo que planea algo que no puedo comprender, porque esto de las artes arcanas no es lo mío.

Siempre tuyo y en espera de tu perdón,
Hunter

—¡Oh, por Dios! ¡Es él! —Me cubrí el rostro y se me resbaló la mano por la cantidad de lágrimas que bajaban por mis mejillas. Creí que estaba a punto de desfallecer.

—Lo más curioso es que siempre tuve razón. El chinito es arcano —dijo Alonso, pero con voz triste. No parecía sentirse orgulloso de eso—. ¿Ahora qué hacemos?

Ambos nos miramos. Sabíamos que teníamos que controlar a Krane, por el bien del pueblo entero y de su misma alma.

La trifulca

Krane Utherwulf

La puerta se abrió y tuve de frente al arcano que tanto habíamos buscado: Jiro Pendragon, quien fingió estar sorprendido de verme. Su maldita cara me sacó de quicio, y mis puños comenzaron a arder. No tenía el control de mis manos y de ellas emanaba una sensación eléctrica que apenas era capaz de contener.

Poco me importó que estuviese apoyado de su bastón. Di un paso al frente y lo tomé del cuello. Lo empujé hacia el interior de la casa hasta que su espalda chocó con la pared.

—¿Cuánto llevabas esperando para nuestra reunión familiar? —pregunté alterado—. ¡Drake Utherwulf!

—No sé de qué me hablas. —Sin embargo, su gesto de sorpresa se transformó en una sonrisa.

—¡No mientas! —Le apreté el cuello y hundí los dedos en su piel. Estrangularlo parecía tentador con tal de acabar con el sufrimiento de Viola.

—¿Quién te dijo esa calumnia? —preguntó, y juraría que le divertía la situación. Se mostraba seguro y desafiante.

Quise apretar más y terminar el trabajo; en especial para borrar esa cínica expresión de su rostro. Me ardían los ojos y la mano con que lo sujetaba del cuello. Él no se inmutó, no dejó de sonreír.

—¡Mariko! ¡Llama a la policía! —alertó a su sirvienta, que nos miraba sorprendida sujetando un celular.

—¡No harás nada! —grité, y con un leve conjuro desbaraté su teléfono.

Ella dejó escapar un grito y soltó los restos del aparato. La observé por un instante y ella se dio la vuelta para huir. Aquel descuido sirvió para recibir un primer golpe en el estómago.

—¿Cómo te atreves a venir hasta aquí? —preguntó, y conectó el bastón una segunda vez contra mi abdomen.

Mis pies flaquearon y retrocedí.

—¿A qué viniste a esta isla? ¿Qué te interesa tanto de mí? —pregunté, sosteniéndome el estómago mientras intentaba tomar aire.

—Quería conocerte y, de paso, que te conozcas a ti mismo. —Dio un paso al frente y buscó impulso con su brazo.

Entendí sus intenciones, así que también me acerqué a él. Y antes de que me golpeara, le di un puñetazo en pleno rostro, esta vez sin medir mis fuerzas. Fue algo tan repentino que apenas lo dejé hablar.

—¿De qué hablas? —Lo golpeé de nuevo, tan fuerte que terminó con el cuerpo clavado en la pared—. ¡Contéstame!

Corrí para acercarme lo suficiente y lo agarré de su asqueroso chaleco. Estaba sangrando.

—¿Acaso no lo sabes? —Arqueó una ceja—. Justo como lo sospechaba, alguien como tú solo puede ser feliz en la ignorancia.

Su comentario me dejó pensativo, dándole la oportunidad de colocar las manos sobre mis hombros y darme un cabezazo en la frente.

Un hormigueo me invadió la cabeza y estuve a punto de desmayarme.

—¿De qué demonios me hablas? ¡Respóndeme! —pregunté, y me masajeé la frente en un intento de reponerme.

—¿Nunca te has preguntado por qué eres de los pocos arcanos que quedan en esta isla de mierda? —preguntó, con los ojos enrojecidos como un manifiesto de un alma dolida.

—No lo entiendo…

—¿Sabes qué le pasó al linaje entero de los Utherwulf? —inquirió, mientras caminaba con pasos torpes hacia mí. Se detuvo para recoger su bastón del suelo y tomar velocidad.

—¡Dime lo que sabes! ¿Qué buscas? ¿Qué quieres de mí? —lo abordé

Sin embargo, él se mantenía sereno y no parecía dispuesto a responder ninguna de ellas.

—Hoy solo quiero darte algo en lo que pensar, porque me tomaste por sorpresa.

—¿Algo en lo que pensar? —Me acerqué y, a pesar de golpearme con el bastón, lo agarré del cuello una vez más y lo empujé contra la dañada pared, con tal fuerza que varios pedazos de cemento salieron disparados.

Aquella pelea se había convertido en una sangrienta danza. Me empujó contra una de las ventanas, la cual se hizo trizas con el impacto de mi cabeza. El dolor fue contundente. Un último empujón que me sacó al balcón, tan repentino que no lo noté hasta que caí sentado sobre un charco.

—¿Sabes? Quisiera que me la devolvieras —dijo. Se acercó, me agarró del pelo y tiró—. Pero al saber que es imposible, solo quiero que sientas lo que experimenté durante toda mi vida y que termines con un vacío tan grande como el que tengo.

—Deja el melodrama. —Le dediqué una sonrisa—. Suficiente del discurso peliculesco. —No podía ni con mi vida, pero mantuve aquella sonrisa para irritarlo.

Aprovechando mi debilidad, Pendragon me tiró del pelo y me restrelló contra el suelo repetidas veces.

Sentía cómo las piedras me herían el rostro y la piel parecía estar a punto de desgarrarse con cada golpe. Había perdido mucha sangre y estaba mareado.

A pesar de que los golpes eran constantes, tenía que concentrarme para librarme. Necesitaba paz y tranquilidad en mi mente, aunque mi cuerpo estuviera en plena guerra.

Así que pensé en ella. «Hazlo por ella...», me repetí sin cesar. Mi mano tembló con una sensación electrificante y lo golpeé en el abdomen. Vi sus ojos agrandarse y una explosión de saliva y sangre escapó de su boca. Eso me dio la oportunidad de empujarlo y hacerlo rodar por el suelo. Su espalda aterrizó en un charco de agua y lodo. Apenas le podía ver el rostro. No me importó y seguí golpeándolo una y otra vez. Hasta que una voz me detuvo y me apaciguó por completo.

—¡Basta!

—¿Qué haces aquí? ¡Vete!

Su presencia bajo la lluvia, tan hermosa y sencilla, era como una fuente de luz en la oscuridad que me consumía. Me detuve y eso me distrajo. Sus ojos estaban enrojecidos; supe que había llorado y que se sentía herida por su culpa.

Había leído la carta. Y mientras me preguntaba cómo rayos llegó hasta ahí, sentí un golpe en el estómago que me hizo caer al suelo.

Pendragon se reincorporó y observó sus manos, maravillado, pues estas tomaron un color rojizo, como una nube que recorría sus palmas. Yo estaba débil. Aquel era su primer ataque mágico, y fue tan efectivo que comencé a temer por mi vida.

Cuando pensé que me remataría, Viola intervino:

—¡No le hagas daño, por favor! —exclamó. La vi dirigirse hacia mí con prisa; sin embargo, Jiro la ignoró. Justo tomó impulso para golpearme, y ella intentó protegerme—. Drake, no lo ... —No pudo terminar, pues el puño de Pendragon conectó con su rostro y en un instante su cuerpo salió disparado unos cuantos metros lejos de nosotros.

—¡¿Qué hiciste?! —chillé.

Abrí los ojos de par en par y miré a Pendragon, que adoptó una expresión muy parecida a la mía. Aun así, quise matar a ese hijo de puta con todas las fuerzas de mi; pero había cosas más importantes. Pendragon no hizo nada. Estaba tan mal y confundido como yo.

Me sentía mareado, apenas sin fuerzas, pero un poder mucho más grande me dio la energía necesaria para llegar hasta ella.

Pendragon, más desencajado que nunca, se quedó quieto. No sabía qué hacer, parecía invadido por la culpa.

Me acerqué a Viola y con la poca fuerza que me quedaba la tomé en brazos. Su boca estaba repleta de sangre y sus labios ligeramente abiertos. Al intentar cerrársela con mi pulgar, unos cuantos dientes se le desprendieron y cayeron al suelo, como si el interior se derritiera. Ella respiraba, pero tenía la mirada ausente.

—Háblame, gatita… —rogué con la voz temblorosa, y pensé lo peor—. ¡Insúltame, trátame mal, pero di algo!

No respondió.

Con ella en brazos, me di la vuelta. Allí lo vi, sorprendido por mi apego hacia ella, pero sobre todo desconcertado por sus propias acciones.

—En tu intento de hacerme daño, Viola fue tu víctima. Ella, que su único error fue confiar en ti… Conmigo haz lo que quieras, pero a ella no la toques de nuevo.

Frente a la mirada atónita de mi primo, abrí una puerta y me la llevé de allí. Él no me atacó, no hizo nada para detenerme.

Entonces comprendí que ella aún le importaba.

El problema

Krane Utherwulf

Su cabeza se me resbalaba de las manos. Viola no tenía fuerza en el cuello para sostenerse y yo apenas tenía las energías suficientes para cargar con su débil cuerpo. No supe cómo, pero cruzamos la puerta y escapamos de Jiro.

Antes de hacerlo, quise ir con Sigmund, pero para mi sorpresa, terminamos justo en mi habitación. El viejo estaba sentado en el escritorio frente al gigantesco libro del códice arcano.

Al vernos llegar se acercó a nosotros con los brazos extendidos para que le entregara a Viola.

—¡Esto es lo que consiguieron! —dije cortante, y evité a Sigmund, pues no quería que la tomara en brazos. No deseaba que nadie que no fuese yo se le acercara, como si fuera mía, como si fueran a romperla—. ¿De quién fue la gran idea? —grité, fulminándolos a ambos con la mirada.

—Fue idea suya —me advirtió Sigmund—. Viola me llamó diciendo que habías perdido el control.

—¿Por qué demonios la ayudaste? —pregunté, sintiendo el mismo cosquilleo en las manos, porque consideraba golpear a mi padre en pleno rostro.

—Estabas perdiendo el control, ¿qué querías? —intervino Alonso.

—¡Tú cállate, por favor! —grité, algo que rara vez había hecho con él, mi único amigo. Pero había días que ni él parecía comprenderme.

—Acuéstala en la cama —ordenó Sigmund.

Hice justo lo que me pidió. Su cabeza se iba hacia un lado, sus ojos me miraban vacíos y mi sangre le cubría la cara y su bonito traje. Si no hubiese sido porque aún respiraba, juraría que estaba muerta. Aquella visión me hacía recordar que al final, aunque quisiera culpar a otros, todo era mi culpa.

Me arrodillé en el suelo para tenerla al nivel de mi rostro. Después de eso no recordé más, pues yo también me quedé inconsciente.

Para mi sorpresa, desperté en otro lugar, rodeado del olor a incienso y cigarro, al punto de casi provocarme náuseas.

—Dimitri —dije al intentar incorporarme.

Estaba tirado sobre un grupo de apestosas sábanas en el suelo, aún repleto de sangre y con la cabeza que me quería explotar. Supuse que se habían olvidado de mí para prestarle atención a Viola.

Y pensé en ella. Hubiera dado todo por haberla visto al despertar, pero solo me encontré con mi plumífero y eterno compañero.

—¡Despertó el bello durmiente! ¿Cómo te encuentras, belleza? —preguntó, al acercarse a mí y tirar de mi cabello con el pico.

—Como mierda. —Me tapé la cara, cerrando los ojos por un momento, aún con poca fuerza—. ¿Cómo está ella?

—Te tengo una buena y una mala noticia.

—Dime algo bueno, por favor. —Respiré hondo, rogando que me dijera que ella había despertado.

—No ha muerto.

No era lo que esperaba, pero fue un alivio escucharlo.

—¿Y la mala?

—Pues que, si no hacemos algo, va a estirar la pata —agregó.

Me puse de pie con dificultad, solo quería verla y preguntar por su estado. Rebusqué por aquel lugar al que llamábamos «El museo», pues Dimitri tenía millones de accesorios: reliquias, objetos prohibidos, medicinas, entre otros.

Es por lo que siempre que me metía en un problema terminaba allí, porque él tenía una solución para todo. O casi todo. ¿Pero que Sigmund fuera el de la idea de ir con Dimitri? Jamás hubiese esperado eso. Eso significaba que Viola estaba realmente mal.

Llegué hasta un cuartucho que se utilizaba cada vez que Dimitri hacía uno de sus asuntos mágicos. Tuve la corazonada de que estarían allí, y así fue.

Viola aún tenía forma humana, a pesar de que había pasado mucho tiempo. Dimitri y Sigmund estaban cruzados de brazos, enfrascados en una conversación.

—Precisamente hablábamos de ti —me recibió Sigmund, con el rostro ensombrecido—. La chica presenta un cuadro serio.

Ese gesto no me agradaba, era el mismo que puso cuando me dio la noticia de Katherine, el día que la encontraron muerta.

—¿Empeoró?

—El golpe que recibió en la cara, sumado a un impacto que recibió en la parte lateral de la cabeza, la dejó en un estado similar a un coma. Sin embargo, después de unas medicaciones arcanas, ella nos mira y parpadea. Entendemos que fue un avance.

—El problema es… —Dimitri hizo una pausa. Parecía malhumorado, como si tuviera prisa por algo—. Explícaselo tú. —Miró a Sigmund.

Alonso apareció de la nada y voló hasta mi hombro, como para darme apoyo.

—Sospechamos que se quedará así para siempre. Y también… —continuó Sigmund.

—Sabemos que si se transforma en felino va a morir, porque su pequeño cuerpo de gato es demasiado frágil para resistir tanto —explicó Dimitri.

Aquella revelación me acrecentó las náuseas. Fui hasta ella y, efectivamente, sus ojos se cruzaron con los míos. Su mirada contenía el reflejo de su alma, pero destrozaba la mía al verla de esa forma. Aunque fuese con sus ojos de gatito, la quería ver activa y escucharla, molestarla y disfrutar de ella con una vida plena.

—Gatita… —utilicé una voz serena, y adopté una falsa sonrisa mientras le acariciaba la cabeza.

Ella pestañeó repetidas veces y lo interpreté como una reacción por su parte. Una asfixiante sensación invadió mi garganta y toda mi maldita existencia.

—Haré lo que sea por no dejar que te vayas… —traté de asegurarle, aunque me dolía el pecho de tanto resistir los deseos de lanzarme sobre ella a llorar. No quería mostrarme débil. No quería que se diera cuenta de que me dolía saber que podría perderla después de entregarle mi corazón.

—Supongo que tienes que haber escuchado lo que ellos dijeron —hablé—. Pero eso no será así, te juro que buscaré una alternativa. Pero por favor, recuerda que nos falta mucho por vivir. Hay tantos lugares que te quiero enseñar y tantas cosas que quiero que conozcas. Quiero que esas cosas sean contigo y nadie más —continué, muerto por dentro—. No olvides que vamos a colonizar juntos la Luna… —La voz se me quebró. Ella sería otra víctima más de un aura de mala suerte que parecía rodearme.

Sé que me entendió, pues sus ojos se abrieron de par en par y unas lágrimas cayeron. Las sequé sin darles tiempo, porque me dolían. No podía verla así, sufriendo más de la cuenta por mi culpa. Le di un beso en la frente, justo antes de darme la vuelta y darle la cara al par de ancianos que parecían mirarme atónitos.

—Sabes que alguien como tú no puede mezclarse con una simple humana, ¿verdad? —preguntó Dimitri. Parecía interesado y maravillado con ese asunto.

—Pero si muchísimos arcanos …

—¡Eso no es importante! —me interrumpió Sigmund—. Aquí lo que importa es saber qué haremos con esta niña.

—¿Cómo la mantienen así? —pregunté mientras la veía de reojo—. Ya debería ser un gato…

—Llevamos dos lágrimas lunares por intravenosa. Pero si abusamos de ellas, pueden perder su efecto. Así que tarde, o temprano, se convertirá en un gato.

—¿Me están diciendo que si no resolvemos ese problema hoy se muere? —Di un paso al frente y les pregunté muy de cerca, pues no deseaba que Viola escuchara mi pregunta ni la respuesta.

—Pues sí —dijo Sigmund, inseguro, y se cruzó de brazos.
—Oh, mierda… —Me cubrí el rostro con las manos temblorosas. Pensé en todo y solo había una alternativa para que no muriera ese día. Pero conllevaba un riesgo que estaba dispuesto a correr por ella.

El humillado

Viola Oakley

No hay sensación más desesperante que ser consciente de lo que ocurre a tu alrededor y no poder hacer nada; ni nada peor que estar a merced de los demás sobre una cama y sin ser capaz de mantener la saliva dentro de la boca.

Me picaban las piernas, me dolía la barbilla y tenía una sensación extraña en las encías. Sin embargo, lo peor de todo era mi incapacidad para hacer o decir nada mientras pasaban tantas cosas a mi alrededor.

—Si no tuviéramos que administrarle esto, podríamos sanarla —dijo Sigmund—. ¿Y si nos arriesgamos?

—Dos pócimas tan fuertes pondrían su sangre literalmente a hervir —aclaró el otro anciano.

Me rodeaban tubos y otros artilugios extraños utilizados por Dimitri y el doctor Shaw; objetos que descartaron al poco rato, pues parecían haber logrado lo que querían.

Mientras tanto, conversaban algo que no lograba comprender del todo.

—¿Consideraste que el chico está maldito de alguna forma después de aquellos acontecimientos? —preguntó Dimitri.

—A menudo pienso que aquel día fue producto de una maldición. ¿Pero un conjuro de mala suerte? No lo creo. Lo podría tener esta chica, que solo ha encontrado desgracias desde que llegó a Valparosa —declaró Sigmund, al tiempo que me clavaba algo en el brazo, lo cual me provocó una muy fuerte sensación de ardor. No me podía quejar, por lo que me quedaba resistir.

Me pregunté de qué acontecimientos hablaban. Mi respiración pareció detenerse por el dolor de lo que me habían inyectado. Por suerte, fue una reacción que se desvaneció en segundos y pude relajarme.

Pero mi corazón volvió a acelerarse cuando vi llegar a Krane. Su mirada sobre mí me hizo pedazos el corazón. Parecía preocupado, sufrido, y después de hablar con el par de ancianos se acercó a mí.

Me habló de la manera más bonita, como nadie lo había hecho en mi vida. Siempre me rechazaron o utilizaron, pero con él todo era diferente. Para Krane, yo era importante, era alguien. Verlo allí, frente a mí, me desesperó. Casi deseaba morir, pues no podía haber peor tortura que desear besarlo y abrazarlo y no poder hacerlo.

En la vida esperas siempre conseguir el hombre perfecto, el que, con virtudes y defectos, es la pieza que te completa. Ese que te convierte en otra persona; te mejora. Él era todo eso para mí y no podía decírselo, pues el destino, con sus malditas jugarretas, había arruinado eso que parecía haber encontrado.

«No llores…», pensé cuando lo vi quebrarse. Solo quise ser capaz de acariciarle el rostro y decirle que también quería lo mismo: compartir el mundo con él. Pero no, no podía hacer nada y eso me destrozaba. Sus grandes ojos estaban enrojecidos, tanto que casi hacían que el azul pasara desapercibido. Esto venía acompañado con su gesto lúgubre.

No quería que pasara esto, no quería que él me viera así, pero las lágrimas se presentaron sin invitación y bajaron por mi piel. Tampoco pude secarlas; sin embargo, él lo hizo por mí. Me di cuenta de que no iba a poder soportar aquel triste espectáculo por mucho más, y, después de depositar un tierno beso en mi frente, se dispuso a hablar con el par de ancianos.

Todos, incluyendo al palomo, parecían metidos en una conversación que no era nada favorable. En especial Krane, que no se veía del todo bien ante lo que los otros le decían.

Sospechaban que yo escuchaba, y supuse que no querían que me enterara de algo.

Quería ponerme de pie y saber qué ocurría, pues noté a Krane muy alterado ,y de repente, se marchó a través de una de sus puertas.

Tanto Sigmund como Dimitri parecían preocupados a raíz de la repentina partida del mago.

—¿Cuándo será el día que tu chico aprenda a pensar antes de actuar? —preguntó Dimitri.

Sigmund no quiso responder. Dejó escapar un suspiro y se cruzó de brazos. Mientras, seguí al viejo Dimitri con la mirada. Parecía muy concentrado en buscar algo, que de inmediato se guardó en uno de sus bolsillos.

El padre de Krane se remangó los puños de la camisa. Ambos parecían esperar algo, o a alguien.

Más tarde, la puerta mágica se manifestó y de ella no salió Krane, sino que fue el mismísimo Jiro Pendragon, que pareció ser expulsado de aquel marco de luz. Tras él, entró Krane, pero parecía distinto. Sus manos y sus ojos desprendían un destello azul.

Con zancadas rápidas se acercó al cuerpo de Jiro, para agarrarlo del abrigo y ponerlo de pie.

Al erguirse, Jiro se echó hacia un lado para soltarse del agarre de Krane y caminó hasta mí. No lo quería cerca, no quería verlo, ni escucharlo, ni tener que ver con él de ninguna manera. Menos después de lo que me hizo.

Tenía miedo, y él pudo notarlo en mi mirada, pues ese terror se reflejaba en mi constante parpadeo y en las lágrimas que escaparon. Alonso voló y se posó sobre mi pecho en un intento de protegerme.

La reacción de Jiro fue extraña, pues no hizo ni dijo nada. Se limitó a limpiar la saliva que bajaba en un hilillo por la comisura de mi boca y luego acercó su rostro al mío.

Aunque Alonso intentó espantarlo, Jiro posó sus labios sobre mi frente. Aquello no me gustó, de cierta manera fue humillante.

—Esa paloma… —Observó a Alonso con curiosidad—. ¿La espiabas hasta en su intimidad? Eres patético, Utherwulf. —Aunque nos miraba a nosotros, le hablaba a Krane.

Busqué a Krane con la mirada y lo vi cruzado de brazos detrás de Jiro. Parecía a punto de decir algo que le costaba y dio un paso al frente:

—Es posible que muera en unas horas si no hacemos algo —señaló Krane, colocando la mano sobre el hombro de su primo—. Irónicamente, su vida está en tus manos.

Abrí los ojos de par en par, pues no sabía nada de eso. Fue cuando entendí que todo el revuelo era porque yo estaba al borde de una muerte casi inminente.

Jiro… Drake, como se llamase, se cruzó de brazos y, aunque sus ojos desprendían un brillo extraño, fingió indiferencia.

—Explíquenme —dijo al trío de hombres, y se dio la vuelta para conversar con ellos.

Dimitri sacó de su bolsillo lo que parecía ser una pequeña pistola. Mientras le apuntaba a Jiro con ella, le explicaron todo lo que había sucedido. Pero él no pareció del todo sorprendido, más bien curioso y maravillado ante cada expresión de angustia de Krane.

—Según tengo entendido, entre ustedes pasó algo. Ahora es tu responsabilidad, no la mía —dijo a Krane.

Deseé con todas mis fuerzas poder moverme, ir hasta él y golpearlo.

—¿No te interesa ayudarla? —intervino Alonso, que estaba aún sobre mi pecho—. ¿O es que acaso te sientes orgulloso de lo que hiciste? ¿Qué parte no entiendes de que su vida está en tus manos?

Jiro frunció el ceño y se quedó mirando a Alonso, que resguardó su pequeña cabeza en mi pecho, como si Pendragon lo asustara.

—No tenía intenciones de hacerle daño. Ayer Viola se interpuso para proteger a *esta basura*, cosa que no entiendo, cuando la culpa de todo es suya y no mía. —Hizo una pausa y observó a Krane—. Supongo que también me la quitaste.

«¿También? ¿De qué habla?», me pregunté.

Krane gruñó y le clavó los dedos en el hombro.

—El hechizo *sí* fue obra tuya, no lo olvides —interrumpió Krane—. Si te interesa de alguna forma, ayúdame a deshacerlo. Entiendo que también sientes algo por ella. Olvida un instante ese odio que me tienes y ayúdala.

—¿Eso la curará por completo? Si hago eso que quieren que haga, ¿podría llevármela de aquí hoy mismo? —preguntó de una manera que no me gustó, como si fuese suya.

—Solo resolverá su condición de gato, y sin eso será mucho más fácil sanarla. —Krane se aclaró la garganta—. Pero de aquí no te la llevas.

—¡Machos! Dejen de marcar territorio. Ella es libre. Cuando se cure, la decisión debe ser suya —agregó Alonso.

«Gracias...», pensé.

Jiro se cruzó de brazos, muy pensativo. Tenía el ceño fruncido cuando me miró. Me sentí desnuda, expuesta.

—Ruégamelo y tal vez lo haga —dijo con indiferencia.

«Hijo de puta...», pensé.

Aquello me dolió. Él simplemente utilizaba la situación para alimentar su ego.

Para mi sorpresa, Krane lo agarró por el pelo y tiró. Sus ojos brillaron más. Jiro no pareció defenderse. Supuse que no se arriesgaba a contraatacar porque sabía que, de ese modo, Krane lo podría superar en fuerza. Además de que Dimitri seguía apuntándole con el arma.

—¿Sabes qué? —Nunca había visto al mago tan enojado—. Solo intentaba ser benevolente. ¡Se me haría mucho más sencillo matarte y la libraría a ella de su problema de una vez! —gritó en un intento de amedrentarlo.

—Mátame, entonces... No será la primera vez que te manchas las manos —respondió su primo, sin inmutarse.

«¿A qué se refiere con eso?», me pregunté.

Krane frunció el ceño. Jiro esbozó una pequeña sonrisa. En la distancia divisé el rostro de Sigmund, con los ojos muy abiertos por aquel comentario.

—¿De qué hablas? —Los ojos de Krane brillaron de nuevo.

—¡No sigan perdiendo el tiempo! —intervino Sigmund, que parecía más interesado en cambiar de tema.

—Escúchalo, no pierdas el tiempo ahora mismo —secundó Jiro—. Ya sabes lo que tienes que hacer. Mátame o ruega por ella.

El puño de Krane tembló y brilló. Estaba a punto de propinarle un golpe. En su mirada no vi otra cosa que no fuera ira contra el otro Utherwulf.

«No te rebajes. Vales mucho para ensuciarte las manos. Mago, no lo hagas. No...», dije para mis adentros. Lo hubiera dado todo por ser oída y detener aquello.

Jiro, sin embargo, no se inmutó.

—En este lugar no está permitida la violencia. Si me hacen usar el arma, se van con todo y chica, y ahí sí que se morirá —intervino el viejo Dimitri, dando un paso al frente y amenazando al par de hombres.

—¡Krane, cálmate! —exclamó su padre.

El mago trató de contener su puño hasta que finalmente bajó la mano y soltó a Jiro.

—Vamos, por favor, te lo pido... No hay tiempo —insistió Krane.

—Te quiero de rodillas —respondió Drake, cortante.

Aquello me rompía el corazón. Para ese hombre yo parecía ser una pieza más en una especie de vendetta en contra de Krane.

—¡Dátelas de importante en otro momento, Bruce Lee! —intervino Alonso—. ¿O acaso estás esperando a que sea demasiado tarde? Lo noté cuando la besaste en el hospital, vi tu cara de perrito abandonado cuando ella te rechazó. La chica te importa, la quieres, y si tienes los cojones bien puestos, deberías reconocer el daño que le has hecho y buscar la manera de enmendar eso.

El palomo me sorprendió, pues a pesar de las bromas casi siempre era la voz de la razón entre nosotros. Al Jiro lanzarle una mirada, Alonso se acurrucó buscando refugio.

Krane no lo pensó más y se puso de rodillas, con la vista clavada en el suelo.

—Por favor, hazlo por ella —pidió, y su voz sonó quebrada.

Las palabras de Alonso parecieron causar algún efecto en Jiro, pues tan pronto como vio a Krane de rodillas, no pareció satisfecho.

—¡Levántate, basura! —El asiático gruñó, lo agarró del abrigo y tiró de él—. Díganme qué tengo que hacer y lo haré, pero luego déjenme a solas con ella.

—¡No! —exclamaron Sigmund y Alonso al unísono.

Krane se había quedado callado. No pude comprender qué le pasaba por la cabeza.

—No sabemos qué harás ni qué le vas a decir —dijo Alonso—. No se pueden quedar solos.

—Es mi condición —concluyó Jiro.

La razón

Viola Oakley

—Yo me quedaré —dijo el viejo Dimitri, dando un paso al frente y apuntando su pequeña arma hacia Jiro—. Sinceramente, a mí ninguno de ustedes me importa. Así que, sea lo que sea que quieras decirle, no saldrá de esta habitación, pero tengo que mantener el orden. Es mi casa y hay reglas.

—Está bien —asintió Jiro.

—Si la tocas de manera indebida, hay bala. Si tratas de herirla, hay bala, ¿entendido?

El asiático asintió.

—Están hechas para matar a un arcano, no lo olvides, niño —aclaró mientras le mostraba el arma.

Él no pareció intimidarse con eso.

Jiro agarró mis manos, las entrelazó con las suyas y recitó unas frases en latín que no parecía conocer bien. Aunque no hubo ningún efecto visible, pude sentir algo extraño en mi cuerpo: una sensación de ligereza. De cierta manera me había liberado.

Dimitri dio un paso al frente y colocó su arrugada mano sobre mi cabeza, recitó unas cuantas cosas más mientras palpaba la piel de mi rostro, casi como una abuelita que comprueba la fiebre de un niño.

—Cumplió con su palabra —aseguró el viejo—. Lo deshizo.

Se me aguaron los ojos y busqué a Krane con la mirada. Sus brillantes ojos azules me observaban con insistencia. En su rostro vislumbré el reflejo de una ilusión, la esperanza de tenerme con él más tiempo. Dio un paso al frente, pero tanto Sigmund como Dimitri se interpusieron entre nosotros. El doctor me agarró la cabeza, mientras Dimitri sacaba una jeringa de su bolsillo y la clavaba en mi brazo.

De reojo, pude distinguir la reacción del grupo. Tanto Krane como Jiro quisieron acercarse, pero fueron los viejos los que se quedaron junto a mí.

El dolor era tal que dejé escapar un pequeño alarido. No sabía qué me habían inyectado, pero provocó una reacción extraña.

—¿Estás seguro de que era el momento indicado? —preguntó Dimitri.

—Sinceramente, no —respondió Sigmund, inseguro.

—¿Esto es una broma? ¿Cómo que no están seguros? —preguntó Krane, alterado.

Me moría del miedo. Jiro no reaccionó; parecía más concentrado en ver la reacción de Krane, que estaba preocupado por mí. Estaba segura de que maquinaba algo.

Alonso se quedó acurrucado en mi cuello, como una manera de darme su apoyo.

Quise gritar de nuevo para desahogar el dolor que sentía. ¿Acaso estaba pasando lo que temían y mi sangre había comenzado *literalmente* a hervir? ¿Iba a morir?

Me sentí insegura y me comenzó a faltar el aire. Lo busqué con la mirada, por si me iba, quedarme con aquella última visión y, de alguna manera, conectar su alma con la mía en la eternidad.

Pero todo se oscureció.

Recobré el conocimiento, pero todo parecía igual. Aún no podía moverme y apenas podía hablar. Mis ojos buscaron a Krane con desesperación. Sin embargo, era su primo quien esperaba que despertara. Dimitri se encontraba sentado en una esquina de la habitación, apuntando al asiático con un arma que reposaba sobre sus piernas cruzadas.

Jiro tenía la cabeza gacha y sus brazos descansaban sobre sus rodillas con las manos entrelazadas.

—Me desconcierta que esta sea la única forma en que puedas escucharme. Siento que te estoy forzando y no soy esa clase de persona —dijo tranquilo, casi triste.

«No hables como si fueras un buen hombre», pensé, y quise poder decirlo.

—Sé que piensas lo peor de mí después de aquel golpe, pero yo no soy el villano de esta historia, solo soy un hombre que está haciendo lo necesario para obtener cierto tipo de justicia.

«¿De qué demonios habla?». Lo seguí con la vista cuando se puso de pie y cruzó los brazos tras la espalda, como si me estuviera dando un espectáculo.

—¿Qué haces? —Miró hacia los lados—. ¿Lo estás buscando? —Hizo una pausa y dejó escapar un suspiro—. Me preocupas, ¿sabes? Aunque estoy completamente seguro de que no me crees, me importas.

«Matas a un hombre, casi matas a otro, te aprovechas de mi mal estado para humillarlo, ¿y piensas que voy a creerte?», pensé. Hice un intento de hacer acopio de fuerza en las manos, pero solo pude notar un leve temblequeo en los dedos. Traté de responderle y también fue imposible.

—No te imaginaba tan crédula con respecto a él —meditó—. Sinceramente, quisiera saber qué ocurrió entre ustedes. Fue un poco decepcionante que después de tanta búsqueda me dejaras en ridículo. —Hizo una pausa y dio un paso torpe en mi dirección—. ¿Sabes?. Me enfrenté a él por ti y apenas puedo caminar a raíz de eso. Sin embargo, eso no pareció importarte cuando nos vimos.

Jiro alzó un poco el tono de voz. Miré a Dimitri, y este preparó el arma en caso de tener que usarla.

Abrí los ojos de par en par. Pensé que me iba a hacer daño, pero solo colocó una mano sobre mi cabeza y con su dedo pulgar me acarició la frente.

—Si me lo pides, estoy dispuesto a perdonar tu humillación, porque en realidad, comenzaste a importarme cuando te conocí. Aquel mismo día que te morías de miedo por su culpa —continuó mientras entrelazaba sus dedos en mi cabello—. ¿Recuerdas? ¿O te lavó el cerebro para que olvides todo lo que te hizo pasar? ¿Acaso ya se te olvidó aquella noche que casi me entregas tu cuerpo a cambio de un poco de compañía?

Quería hablar, la boca me temblaba, pero comencé a sentir la saliva caer por la comisura de los labios.

—Después de lo de anoche y de ese hechizo que dicen que hice, es normal que desconfíes; lo veo en tus ojos. —Acarició con su pulgar el área de mi sien, cerca de la comisura de uno de mis ojos—. Pero ambos fueron meros accidentes.

La muerte de Sebastian no fue accidental, ni el hecho de que estuvo a punto de herir a Krane terriblemente. Al notar la expresión de mi rostro, hasta mi mentón y me secó la saliva.

—Pero te prometo que haré lo posible por ganarme tu confianza de nuevo —continuó—. En especial cuando consigas ver que ese hombre en el que pareces confiar realmente es un asesino más.

«¡No, él no es así! ¡Mientes!». Mis ojos se llenaron de lágrimas, incrédula por lo que me decía. Necesitaba una explicación, pero no podía pedirla.

—¡Es un asesino a quien la suerte le ha sonreído! —Jiro alzó el tono de voz y me dio la espalda—. De esta manera se libró de la justicia que debió caer sobre él hace mucho tiempo. Es decepcionante y frustrante que sus acciones hayan quedado impunes a pesar de afectar la vida de miles. ¡Incluyéndome!

«¿De qué habla?», me pregunté, y miré a Dimitri, que parecía sorprendido ante las palabras de Jiro. Su rostro se arrugó más que de costumbre, y por algún motivo se puso de pie. Eso me hizo pensar que Pendragon tenía algo de razón en sus palabras.

—Él es el causante de cada una de mis desgracias, y no solo de las mías, sino de miles de familias arcanas. Sus manos están manchadas de sangre y no hay nada que impida que eso vuelva a repetirse, a menos que yo haga algo.

«¿Miles de familias arcanas?». Traté de comprender a qué se refería. ¿Acaso me hablaba del día de la supuesta desaparición? No comprendía nada de lo que estaba pasando. Aquello había sido hacía años y Krane no podía tener que ver con eso.

Las lágrimas se me escaparon y bajaron violentas al llegar hasta la cama. Él las secó y me acarició las mejillas. No quería que me tocara, quería alejarme de él, de todos, y hacer preguntas. Quería entender qué demonios estaba pasando y por qué Krane no me había hablado de eso.

—No llores, yo ya lloré lo suficiente en esta vida de mierda que me tocó por su culpa —dijo con un tono melancólico, y un instante después dejó escapar una carcajada algo forzada—. En fin, supongo que no me crees.

Lo observé; las lágrimas bajaban por sus mejillas. Parecía pelear consigo mismo. Quise que me explicara más a fondo, pero no parecía muy cuerdo. Lo noté destrozado.

—Sé que de cierta forma él te cambió, pero quiero que entiendas que estás a tiempo de escapar de este círculo, regresar bajo mi ala, y te prometo que te cuidaré de él. Solo tienes que pedírmelo.

Aunque me hablaba de una manera extraña y algo retorcida, conservaba un tono dulce mientras me acariciaba la frente con afecto.

—Pero si permaneces a su lado, no me culpes si tengo que sacrificar mis sentimientos por ti y llevarte por delante. Lo haré pagar por todo.

Pendragon parecía dispuesto a marcharse tras aquella advertencia, pero mi cuerpo reaccionó. Lo agarré por la muñeca y clavé las uñas en su piel. Él se detuvo y me dedicó una última mirada.

—No lo hagas… —rogué, forzando mi voz casi inexistente, y lo miré buscando en sus ojos algo de compasión.

—Supongo que ya tomaste tu decisión. Espero que recapacites —respondió cortante.

Eso era el preámbulo de que las cosas empeorarían.

La despedida

Viola Oakley

No entendía nada de lo que estaba pasando. Quise decirle más cosas a Jiro, hablar, preguntar qué rayos ocurría y de alguna manera detener cualquier idea extraña que tuviera en la cabeza. Pero Pendragon se marchó sin más, dejándome con la palabra en la boca. Él no quería una conversación, solo aprovechó el momento para hacerse oír.

Me quedé sola, sin poder moverme de allí, y me sentí angustiada, pues ya no sabía quién era bueno o malo. Alonso fue el primero que llegó volando hasta mí y se acurrucó contra mi cuello. Moví los dedos en un intento de tocarlo, pero mi mano cayó flácida hacia un lado.

Krane fue el próximo en entrar y traer consigo una bonita sonrisa. No supe qué pensar. «Dime que todo es mentira, dime que tú no eres como él», quise rogarle.

—¡Gatita! Estarás bien, lo conseguimos. Fue doloroso, pero nos libramos de eso más rápido de lo que esperábamos, ¿no crees? —Me agarró la mano y la besó.

Parecía alegre de verme mejor, y yo de verlo así. No podía creer en las palabras de Pendragon. Lo hubiera hecho en un principio, pero no después de conocerlo y de haber visto otras facetas de él.

A pesar de todo, yo no estaba alegre, no podía sentir algo de felicidad entre tanta confusión. Krane pareció notarlo y me miró preocupado.

—¿Ese cabrón te dijo algo malo?

—Sabía que tenía que quedarme, pero no me dejaron —insistió Alonso.

—Él te odia… —dije con dificultad.

Quería seguir hablando, decirle parte de lo que Pendragon me había dicho, pero aún era difícil. Ante mi frustración comencé a llorar. Krane no sabía cómo reaccionar, ya que también parecía confundido.

Sigmund regresó y Krane aún tenía mi mano entre las suyas, inseguro de qué hacer. El médico buscó entre sus cosas y sacó un pequeño frasco y una nueva jeringa, más delgada que las anteriores.

—No, no —pedí, en un intento de huir de más situaciones dolorosas.

Krane agarró el brazo de su padre para detenerlo, pero el doctor continuó en su intento de brindarme una sonrisa como reflejo de una tranquilidad fingida.

—Hija, no te preocupes, esto es un calmante. —Krane lo soltó. Sigmund hundió la aguja con gentileza en mi brazo y presionó el líquido—. De esta manera podrás descansar, y cuando despiertes te habrás recuperado por completo. Necesito hablar con Krane. No te preocupes.

—Pero … —intenté decir.

—Dimitri me lo explicó —dijo el anciano, con una sonrisa amable—. Solo descansa.

Tras decir eso, me dejaron sola. Gracias a la medicación me sentí mucho más tranquila, tanto que todo se transformó en algo muy parecido a un sueño y comencé a olvidar la razón de mis pesares durante un rato, hasta que perdí el conocimiento

Un fuerte trueno provocó que despertara —de lo que pareció ser un largo sueño— confundida y con una presión fuerte en la cabeza. Estaba rodeada de sábanas blancas en una cama que no era la que sentía mía. Me encontraba en una habitación de hotel.

Para mi sorpresa, pude mover las manos y los pies sobre la seda como si nada hubiese pasado. Era delicioso sentir la suavidad y el olor delicado que desprendían.

—Buenos días, dormilona. Supe que ya habías mejorado cuando comenzaste a irrumpir mi sueño con tus ronquidos —comentó Alonso, que caminaba sobre, tan blanco como las sábanas mismas—. ¡Parecías una bestia en medio de la noche! Por un momento pensé que dormía con un camionero, no con una jovencita.

—¿Dónde está Krane? —pregunté, ignorando las tontas quejas de Alonso.

Miré hacia la puerta con la esperanza de que entrara en algún momento, me diera un beso de *buenos días* y dijera que todo había sido una pesadilla.

—No lo sé, pero… —Voló hasta la ventana y la golpeó con el pico.

—De nuevo —dije al ver la fuerte lluvia—. Supongo que eso tiene que ver con el asunto de Jiro. —Suspiré—. ¡Dime que no es verdad!

—De hecho, Krane te dejó algo, pero te juro que esta carta no la he abierto. —Alonso señaló el otro extremo de la habitación, donde había una rosa roja y un sobre.

Insegura, lo tomé y regresé a la cama. Alonso subió a mi hombro, y aunque consideré espantarlo, le permití que se quedara allí como apoyo.

Cuando inspeccioné el sobre, noté que esa vez no había dibujos, solo tenía escrito en el centro «Gatita». Ver eso me rompió el alma y mis manos se enfriaron. Tenía el presentimiento de que lo que contenía no era bueno.

Mi gatita:

Imagino que esperabas alguna de mis pésimas rimas, pero no me quedan ni fuerzas ni ganas de soltar palabras vacías en una hoja de papel. Iré al grano y simplemente me despediré de ti, porque ya es hora de que nuestros caminos se separen. Has vuelto a la normalidad y no necesitas más problemas… Y eso soy yo… un puto problema.

Perdóname si no hago esto de frente, pero soy un maldito cobarde. Sé que, ante la primera palabra que digas, llegaría a flaquear y con tan solo mirarte a los ojos ganaría mi lado egoísta, ese que te quiere para sí y no soltarte nunca.

Por eso mejor te evito, te evado y te arranco de raíz de mi corazón, como debí hacer desde el instante en que comprendí que tenía sentimientos por ti.

Me detuve; me dolía leer eso. Comencé a sentir náuseas y dejé caer unas cuantas lágrimas.

Creo que ya sabes el porqué. Sea lo que sea que te haya dicho Pendragon, es posible que fuese cierto. Me explicaron todo y no hace falta que te dé detalles, porque no quiero empaparte con nada que vaya a herirte más, ni a contagiarte con el sufrimiento tan horrible que me carcome en este momento.

Vive tu vida, lejos de estos problemas, lejos de esta isla de mierda, lejos de mí, que no te merezco. No te quiero cerca.

Aléjate.

No quiero verte más.

Estrujé la carta. Me dolía el pecho y los latidos de mi corazón eran fuertes y asfixiantes.

—¡No llores… que siento que es culpa mía y ni sé por qué! —exclamó Alonso.

Sé que lo que pasó entre nosotros fue efímero, pero significó mucho para mí. Conocerte fue lo mejor que me ha pasado. Quizás lo único bueno de toda mi vida.

Te quiero, mi gatita lunar, más de lo que te imaginas. Y es por lo que me alejo.

Te conocí con una rosa y con otra te digo adiós.

Siempre tuyo,
Krane

La verdad

Viola Oakley

Tiré la carta y salí corriendo hasta el baño. Sentía un dolor en la boca del estómago que solo se calmaba con toser. Las lágrimas me bajaban mientras escupía jugos gástricos y saliva, pues no había comido.

Alonso voló detrás de mí y me acompañó en todo momento.

—¡Joder! No puedo con el dramatismo de ese hombre. Es decir, lo que le dijeron es jodidamente devastador, pero cuando más apoyo necesita, nos aleja a todos —dejó escapar con un suspiro, y deslizó su pata para tirar de la cadena.

—¿Qué demonios fue lo que pasó? Explícamelo, por favor —pedí entre lágrimas, cuando miraba el agua bajar en espiral. Entonces me di cuenta de que no tenía casi dientes, pero poco me importó.

—Te contaré la versión breve. ¿Recuerdas el día que muchos desaparecieron?

—Ajá. —Sorbí por la nariz y me senté en el suelo. Alonso voló hasta el asiento y me miró, ladeando la cabeza. Casi pensé que sentía pena por mí.

—Pues eso fue el producto de uno de sus descontroles mágicos. Esos arranques emocionales, como el de ahora mismo.

Miré al exterior por la pequeña ventana del baño y desde allí vi el reflejo de sus sentimientos, plasmados en aquellas gotas de lluvia.

—Pero ese día, ¿no murió también su...? —Fruncí el ceño y me sentí aún peor.

—Sí —interrumpió Alonso—. Bella, su madre, y Sila, su tía, fueron algunas de las que desaparecieron ese día.

—Sila... Es por lo que Pendragon...

—Ajá, tiene muchas razones para estar furioso con Krane.

—Pero si era solo un niño. ¿Krane no dijo que tenía cuatro años cuando pasó?

Alonso agitó sus alas y voló hasta el suelo para caminar en círculos. Juraría que estaba pensando en algo.

—Ambos conocemos a la reina del drama —señaló Alonso—. Sabes cómo es él: aunque sea un accidente y no sea del todo su culpa, se va a sentir culpable.

—Pero es que es algo muy difícil. ¡Me siento mal por él! ¡Por Dios, es el responsable de la muerte de su madre! ¿Cómo puedes vivir con algo así?

Allí, sentada en el suelo, me cubrí la cara y lloré por Krane y por lo que debía estar pasando.

—¡Pero cálmate, mujer! ¡Que llorando no sacamos nada! —reclamó mientras agitaba sus alas delante de mis rodillas, golpeándome con ellas—. Dejemos los llantos de telenovela. Conociendo un poco la psicología masculina y la naturaleza tan extraña de Krane… estoy seguro de que, como siempre, cuando te pide que te vayas es cuando más quiere que te quedes.

Alonso ladeó la cabeza con movimientos rápidos y me miró.

—Él no puede estar solo, ahora no…

—Lo sé, mellada, pero es tu decisión. ¿Qué vas a hacer?

—Llamemos a Sigmund.

Tenía los ojos hinchados por lo mucho que había llorado. Por suerte, Alonso tenía memorizado el número telefónico de Sigmund y pudimos llamarlo.

El hombre llegó en unos minutos a través de las típicas puertas mágicas que tanto le gustaban a su hijo.

—No lo entiendo. Pareció tomarlo bastante bien, pero cuando vi que comenzaba a llover, entendí que no fue así —dijo el doctor, con un gesto lúgubre—. Fue un error por mi parte. Tendría que haberle dicho algo antes.

—¿Qué ocurrió realmente? —preguntó Alonso.

—¿Así que tú no lo sabías? —pregunté al palomo, frunciendo el ceño.

—Me conoces. Si yo supiera la historia entera, Krane lo hubiera sabido hace mucho tiempo —respondió.

El anciano se aclaró la garganta y tomó asiento en uno de los pocos sillones de aquel cuarto de hotel. Se acomodó y, con la punta de sus delgados dedos, se frotó la frente. Noté que tenía los ojos enrojecidos.

—Resulta que Krane es diferente, no sé cómo explicarlo. Lo haré lo más sencillo posible. —Hizo una pausa para tomar un poco de aire—. Ciertos arcanos poseen un poder distinto a los demás, tan fuerte que ellos mismos no lo pueden controlar.

—Eso sí lo sabía… —interrumpió Alonso.

—Sí, pero se lo estoy explicando a ella —aclaró Sigmund antes de proseguir—. Existe un grupo al que llamamos el Colectivo Arcano, que cuando detectan a un niño con esa cantidad de poder, lo adoctrinan a su antojo y lo alejan de su familia.

—Así que eso iba a pasar con Krane, ¿verdad? ¿Lo iban a separar de ustedes?

—Exacto, y ese día llegó. Después del examen de sangre que le hacen de manera obligatoria a todo niño arcano, decidieron que él era un Arcano Jerarca.

—Eso sí que no lo sabía —agregó Alonso.

—¿Y eso qué es? —indagué.

—Básicamente un arcano al que se le activó algún gen dormido proveniente de los *primeros*, nuestros antepasados.

—¿Entonces? ¿Qué pasó ese día?

—Un par de hombres vinieron a llevárselo. Yo intenté impedirlo. Sin embargo, Bella estaba dispuesta a dejarlo ir aunque le doliera. —El rostro del viejo se arrugó más; sus afables ojos seguían rojos en un intento de reprimir su llanto—. A diferencia de mí, ella sí respetaba las leyes arcanas. Yo no, yo siempre he puesto a mi chico por encima de toda la burocracia.

—Entiendo las dos versiones —comentó el palomo.

—Krane, mi pequeño, simplemente perdió el control. Hubo lluvias, rayos… lo de siempre. Pero uno de esos destellos de luz fue tan fuerte que el tiempo pareció detenerse por unos segundos. Cuando volví en mí, Bella no estaba, ni los dos hombres que fueron a buscar a mi niño —explicó.

—¿Y luego qué? ¿No vinieron a buscarlo?

—Mentí. Dije por un tiempo que Bella me había dejado, dije que los dos hombres que vinieron a examinar la sangre de mi niño nunca llegaron y falsifiqué la segunda prueba de sangre que se le hizo.

—Oh, ya veo por qué dices que no respetas las leyes arcanas. ¡Es un milagro que no estés en la cárcel! —comentó Alonso, un tanto exaltado. Y sí, era sorprendente que aquel hombre aún estuviera con nosotros—. Pero hay algo extraño, ¿cómo es que esos descontroles climáticos causados por Krane son recientes?

—Si te acuerdas, fue justo después de que dejáramos de vivir juntos. Me avergüenza decirlo, pero tuve que drogarlo durante años. —El hombre se cubrió el rostro para ocultar las lágrimas de arrepentimiento.

—¿Desde niño? —pregunté sorprendida.

—¡Pero era por su bien! —exclamó Sigmund, en su propia defensa.

—Eso sí lo descubrió, ¿verdad? ¿Por eso te guarda rencor?

El hombre asintió y, después de haberlo soltado todo, se inclinó en el asiento y rompió a llorar. Me le acerqué y acaricié su espalda como muestra de apoyo, aunque yo no paraba de sorber la nariz, pues su dolor se hizo mío. Les había tomado tanto cariño en tan poco tiempo que también lo sentí.

Pasé los dedos por su cabello blanco, y su llanto se hizo más fuerte. Vi en el pobre hombre el reflejo de mi padre y eso me impactó aún más.

—Señor, nada de lo que ha pasado es culpa de nadie, ni suya ni de su hijo. Entiendo que usted, a su manera, hizo lo que creía correcto.

—Pero ahora mismo él no está bien y es por no habérselo dicho antes.

—¿Podría abrir una de esas puertas y llevarme hasta él?

Sigmund se secó las lágrimas y se puso de pie.

—Vale. —Colocó una mano sobre mi cabeza—. Como la vez pasada, piensa en tus momentos con él, en los mejores. Si estuviste antes en dicho lugar, la puerta te transportará hasta él. Espero que tengamos suerte.

—Solo la mellada va a poder calmarlo —aseguró el palomo.

—Por cierto, antes de que se me olvide, tómate esto. —Sacó una pequeña botella de su bolsillo—. Es para tus dientes.

—Gracias. Le juro que lo había olvidado.

—Yo también.

—Pero yo no. ¡No puedo dejar de mirar el vacío en tu boca! —exclamó el pájaro, que como siempre buscaba la forma de sacarme una sonrisa.

Luego de tomarme aquella cosa, el doctor colocó la mano sobre mi cabeza. Cerré los ojos y pensé en todos aquellos momentos, los malos y los buenos. Había tanto de él en mí en tan poco tiempo, que no podía, no iba a dejar que nada nos separara.

La puerta se manifestó.

—Que la fuerza te acompañe —dijo Alonso.

Le sonreí, me adentré y crucé la puerta. Cuando llegué a aquel lugar, se me aceleró el corazón.

Los demonios

Viola Oakley

Allí me lo encontré, en aquella cueva donde disfrutamos de un pequeño momento juntos. El lugar que marcaba algo en mi corazón, pues en nuestra primera visita comprendí que me estaba enamorando de él.

Esa vez la vista era diferente. Era la primera vez que veía aquellos colores tan vivos desde otra perspectiva. Y fue hermoso, pero ese abrumador sentimiento se desvaneció al ver a Krane. Tenía la cabeza gacha, el cabello hacia al frente y sus ojos emanaban un destello azul que me erizó la piel con la primera mirada.

—Mago, tenemos que hablar —dije entristecida.

Su rostro tenía una mueca de disgusto. Me miró con furia y asco. De sus manos comenzó a emanar su típico fulgor electrizante. Dio un paso al frente, y habría jurado que me iba a atacar. Sin embargo, no me moví.

—¡Krane, escúchame! —insistí.

—Esto fue cosa suya, ¿verdad? ¿El viejo te envió hasta aquí? —preguntó con violencia, la cual no era propia de él. Parecía ser el mismo al que me enfrenté una vez y me hizo pensar que me mataría.

—Sí —respondí—, pero yo se lo pedí.

—¡¿Es que no sabes leer?! ¡Te dije que te fueras! —respondió con frialdad, tanto que me sentí mal al escucharlo así.

En otras circunstancias me hubiera marchado, pero él era demasiado importante para mí como para verlo de esa manera. Quería acercarme a él, abrazarlo y darle consuelo, aunque saliera herida en el intento.

—¡Eres un mentiroso! —insistí, y también subí la voz—. ¡Yo lo sé! ¡Yo estoy segura de que no quieres que me vaya!

—¡No seas tan terca, maldita sea! —gruñó.

Krane dio varios pasos al frente. Sus brillantes ojos eran un manifiesto de que algo lo consumía. Sus manos aún estaban encendidas para atacarme. Casi parecía que sería capaz de hacerme daño, pero no me iba a amedrentar con eso. Estaba segura de que no lo haría.

—Primero, cálmate y hablemos. —Hice un gesto con la mano con la intención de apaciguarlo; algo que no funcionó.

—¡Vete! ¡Punto y se acabó! —gritó más fuerte.

—¡Lo siento, pero no me iré! —grité.

Se mordió el labio inferior y apretó los puños. Aunque la luz que emanaba de ellos se redujo considerablemente, sus nudillos estaban blancos. Krane luchaba con sus propios demonios internos y yo estaba allí a merced de eso.

—¡No quiero hablar contigo! —gritó, y dio largas zancadas hasta que agarró uno de mis brazos—. ¡Te abriré una puerta lejos de aquí! ¡Y no vuelvas! ¡Te quiero lejos! ¡No te quiero ver más en mi vida!

Tiró de mí mientras gesticulaba con la mano para manifestar la puerta que me sacaría de su vida. Traté de ejercer presión con mis pies, pero él me ganaba en fuerza.

—No lo hagas, por favor… —pedí. Debía darle consuelo, pero terminé tan destruida como él.

—Es lo mejor. ¡Lo sabes! —insistió con voz temblorosa. Estaba inseguro, pero había otra parte de él, una insensata que lo controlaba.

—Por favor, no me alejes de ti —rogué. Nunca me había visto de aquella manera, implorándole a un hombre que no me dejara, pero con él todo era distinto.

—Viola, no me lo pongas más difícil. —Se sorbió la nariz a pesar de que gritaba, sin soltarme.

La puerta se manifestó y yo deseaba que mi cuerpo se desvaneciera allí mismo. Quería morirme, pues la sensación que me aprisionaba el pecho y la garganta era abrumadora.

Krane abrió la puerta y la imagen al otro lado era de la casa en la que crecí en Estados Unidos, pero aquel ya no era mi hogar; lo era él.

—No te quiero dejar solo —chillé en medio de lágrimas.

—¡No sigas! —exclamó.

Apretó mi brazo y me empujó para arrojarme hacia la puerta.

—Te amo. Con todos tus defectos, Krane. ¡Te amo! —grité en el mismo instante en el que crucé.

En el otro extremo lo busqué. En una fracción de segundo, vi que él pegaba un grito que se escuchó distorsionado. Vi que se dejaba caer al suelo y comenzaba a llorar sin control mientras se halaba del pelo.

La puerta comenzaba a cerrarse, pero no podía dejarlo, no iba a hacerlo, así que me lancé aunque con eso se me fuera la vida. Mi cuerpo regresó físicamente ileso, con la excepción del dedo meñique de mi mano izquierda, en el que me invadió un tremendo ardor.

El dolor físico no era nada comparado con el que me provocaba verlo de aquella manera. Sin pensarlo, me arrojé sobre su espalda y lo refugié en mis brazos.

Para mi sorpresa, no me alejó. Se giró y me abrazó tan fuerte que pensé que me dejaría sin aire. Su llanto era tan fuerte que las lucecillas que nos alumbraban se apagaron, asustadas.

A pesar de estar en plena oscuridad, abrazados. Parecíamos habitantes de un vacío que solo era iluminado por el resplandor de sus ojos.

—Llora, desahógate, pero por favor, no afrontes esto solo —dije mientras le acariciaba el cabello despeinado.

—¡¿No lo entiendes?! ¡Soy un asesino!...

—Nada es tu culpa... Nada. —Llevé su cabeza hasta mis labios y le besé la frente—. Imagina un niño que, al nacer, se lleva consigo la vida de su madre. ¿Es culpa suya? ¡No!

Me acomodé para mirarlo de frente y acuné su rostro entre mis manos, deslizándolas sobre su barba cada vez más abundante.

—Pero maté a cientos; ni siquiera sé a cuántos —insistió con voz triste, aún sollozando.

—¿Recuerdas algo de eso? —Me concentré en mirar sus ojos, que seguían siendo la única fuente de luz—. ¿Eras consciente de que lo hacías? ¿Fue por maldad? ¡No! Así que no puedes culparte de nada. Fue algo horrible, claro que sí, y es normal que te duela, pero no debes encerrarte en una burbuja y enfrentar esto solo. Tienes gente que se preocupa por ti y que te quiere.

—Viola... —El azulado destello se desvaneció y los brillantes habitantes de las estalactitas reaparecieron, potentes como estrellas en el cielo.

—No te quedes estancado en el pasado... Eso no puede convertirse en una carga que no te permita seguir adelante —dije—. Sé egoísta por primera vez en la vida y atrévete a ser feliz.

—No me lo merezco —me interrumpió—. ¡Como tampoco a ti! —espetó, negando con la cabeza repetidas veces.

—¿De verdad piensas eso? —Fruncí el ceño, sorprendida—. Pues créeme que es todo lo contrario. —Le brindé una sincera sonrisa—. Déjame decirte algo...

Me alejé un poco y me senté frente a él, con las piernas cruzadas. Krane me siguió con la mirada, confundido. Agarré sus manos entre las mías, y él vio mi herida en el meñique.

—Esto acaba de pasar... ¿verdad? —preguntó preocupado.

—Olvida eso, no me duele. Déjame hablar.

Él se concentró en la mano y frotó sus dedos contra el mío hasta que me liberó del dolor.

—Tenías que quedarte allá... No puedo creer que se te ocurriera cruzar...

—Déjame hablar, por favor, o te juro que se me olvidará —insistí, y le apreté las manos.

Me incorporé y lo miré de frente y le sonreí.

—No lo entiendo... —dijo un poco desganado. Era mi deber subirle el ánimo, aunque mi corazón aún dolía por verlo tan triste.

—Sé que una vida no se compara a la de cientos —comencé a decir, y sentí que mis mejillas ardían—. Pero quería que supieras que de cierta forma cambiaste la mía —divagué—. Yo... yo no era así... Mi *yo* de hace unos días se hubiera ido sin pensarlo. Pero hoy siento que sin ti mi vida no sería la misma. —Tomé una bocanada de aire, y con una sonrisa, continué—: Pensarás poco de ti, pero eres genial. Mírate, puedes hacer todo lo que deseas. Sin embargo, a pesar de poder tenerlo todo, eres quizás el hombre más recto y bueno que he conocido en toda mi vida...

—No exageres —me interrumpió.

—Y eso es algo de lo que tu madre debe estar muy orgullosa, dondequiera que esté —aseguré, ampliando mi sonrisa.

Sus enormes ojos, enrojecidos e hinchados, estaban sobre mí, pendientes de cada gesto, y supe que algo maquinaba. No me dejó continuar, pues aprisionó mi boca con la suya.

Sus labios y su olor seguían tan deliciosos como la vez anterior. Pero ese beso fue particular: cargado de sentimientos. Recordé que los dientes aún no habían vuelto por completo a, pero no pareció importarle.

No dijimos nada. No estaba segura de si eso era una manera de desahogar todo lo que sentía, sus emociones y demonios, pero quería alivianar su carga, hacerla mía, pues amaba a ese hombre con locura y por él, de ser necesario, hubiera muerto en ese momento.

Respondí a su beso mientras me correspondía con caricias en el rostro. Nuestros labios chocaron repetidas veces. Pero después de unos segundos, su boca pareció buscar más y se trasladó a mi cuello, donde depositó besos rápidos que me hicieron estremecer al tiempo que los vellos de su barba pinchaban mi piel.

—Krane… —susurré.

El mago apenas respondió y sus manos descubrieron lugares de mi cuerpo hacía mucho inexplorados. Le respondí de la misma forma, y ese intercambio hizo que nos despojáramos de todo lo que separaba nuestras pieles.

Lo besé con más fuerza que antes y exploré su rostro cubierto de lágrimas. Me detuve y nuestros ojos se encontraron una vez más, pero él volvió a poseer mi boca, tan fuerte, tan sincero y mágico que casi me desgarró el alma.

Fue tanto que no pude creer que cada caricia, cada beso, vinieran de un hombre inexperto, pues no dejaba de desbordar una pasión que me hizo desearlo en cuerpo y alma. Sentí que desfallecería en cualquier momento.

Sentados en el suelo, él tiró de mí y me poseyó en medio de un abrazo potente; uno que le devolví mientras las lágrimas se me desbordaban.

¡Por Dios, cómo amaba a ese hombre! Y en aquel acontecimiento tan natural de unión de nuestros cuerpos, sentí el lazo que faltaba para consagrar algo que era casi divino.

Ni mi cuerpo ni mi alma podrían soportar tanto. Miré hacia nuestro cielo artificial y las luces que nos alumbraban acompañaban en ritmo cada muestra de amor que nos dábamos. Esos movimientos torpes pero sinceros eran simulados con el encender y el apagar de aquellas luces.

Me apreté contra él y hundí las uñas en su espalda. Por primera vez me sentí amada por alguien, pues sus besos, delicados y respetuosos, manifestaban su devoción hacia mí, y eran la encarnación de un sentimiento tan puro como el agua que mostraba el reflejo de nuestros cuerpos entrelazados.

Sus manos temblaban y a veces me hacían daño, ya que él no podía controlar del todo sus poderes. Pero aquellas pizcas de dolor hacían la situación mucho más real para mí, llevándome a sentir algo indescriptible, digno de él.

Aquella danza, aquel encuentro inevitable de nuestros cuerpos, después de minutos de gran intensidad, concluyó de manera mágica y perfecta.

—No me apartes de ti. Sabes que es más fácil superar el dolor —le susurré al oído, y me refugié en su cuello.

—Te amo —respondió.

El descuido

Un simple guardia

Habíamos recibido órdenes estrictas de que nadie permitiera visitas para la señorita Randall; en especial después de los últimos acontecimientos, al atacar a uno de sus visitantes.

Pero me las veía negras, y justo cuando más necesitaba el dinero, se me apareció una oportunidad única. Nunca en la vida había visto un fajo de billetes tan grande.

—Necesito un pequeño favor… Solo guíeme y permítame hablar con la señorita unos minutos. Luego me marcharé y nadie se enterará de esto —solicitó el señor Pendragon con amabilidad.

Dada mi necesidad, no pude negarme a ese intercambio. Además, Pendragon era un buen hombre y alguien famoso en la isla. ¿Qué podría salir mal?

Lo escolté hasta la habitación de la señorita.Al abrir la puerta con mi pase, la muchacha nos recibió con tranquilidad. Hacía unos cuantos garabatos sobre una mesa con sus crayones, algo que utilizaba para calmarse. Ella no pareció hacernos caso, pues estaba centrada en el retorcido dibujo que nadie jamás apreciaría.

—Déjanos solos —ordenó el señor Pendragon, y, sin pedir permiso, tomó asiento frente a la señorita.

—Señor, pero yo no puedo hacer eso… No puedo dejarlo solo.

—Entonces no me hago responsable si ocurre algo —respondió, tras un suspiro, mientras se acomodaba en la silla y entrelazaba los dedos con los codos apoyados sobre la mesa.

—Pero, señor…

—Erika… —dijo el señor Pendragon, ignorándome por completo—… háblame de Krane.

Cuando Jiro Pendragon mencionó aquel nombre prohibido, supe que la había cagado.

La calma

Viola Oakley

Unas punzadas de dolor en las encías hicieron que poco a poco despertara de un profundo sueño.

Durante los primeros segundos de la mañana te encuentras en una especie de extraño trance: entre los sueños y la vida real. Generalmente, cuando regresas a la realidad, quisieras buscar la forma de volver a dormir, pero para mí aquel despertar era mejor que cualquier ilusión que pudiese producir mi cabeza.

Al recordar la noche anterior, sonreí. Había sido una extraña mezcla de emociones. Sentí alivio al ver a Krane mucho más tranquilo, pero lo mejor de todo fue despertar a su lado.

Estuve muchas veces en aquella cama, pero no de esa manera.

Lo miré durante un buen rato, y aunque quise despertarlo con un beso en los labios, lo dejé dormir, pues sabía por su semblante que en sus sueños estaba en paz.

Salí de allí, me dirigí al refrigerador, pero apenas había algo decente: huevos, leche y lo básico para sobrevivir. Sonreí al verlo, pues cuando conoces a un hombre como él, lo que menos esperas es que tenga una vida normal, que coma, o que vaya al baño como cualquier persona.

Esa fue mi primera mañana de normalidad en mucho tiempo, y en cierta manera me sentí bien. Agarré el paquete de huevos, con algunas otras cosas que tenía, y decidí prepararle algo.

Casi lo dejé caer todo al suelo cuando me di la vuelta y me encontré a Alonso sobre la mesa, sacudiendo las alas.

—No me despertaron al volver —señaló, y parecía un poco irritado—. ¿Qué pasó anoche? ¿Por qué no me avisaron? ¡Estuve casi toda la noche en vela por ustedes!

—¡Alonso, cálmate! Pareces una madre —respondí, haciendo pucheros mientras lo espantaba con la mano y colocaba los ingredientes sobre la mesa.

—Vaya, vaya… —dijo Alonso con un tono de voz extraño y entrecerrando los ojos—. Creo que ya entiendo. —Ladeó la cabeza y continuó—: Mi pequeño cerebro está procesando algo. Estoy atando cabos sobre lo que ocurrió aquí —señaló el ave, dando vueltas en el centro de la mesa.

—¿De qué hablas? —Fruncí el ceño, a punto de reírme, pues el maldito palomo estaba adorable.

—Krane no se ha levantado todavía. Tú saliste de su cuarto muy risueña y ahora vas a cocinar como si esta fuera tu casa —recapituló—. Ayer él estaba todo histérico, pero hoy duerme tranquilo. El día está soleado, como no lo había estado desde hace tiempo. ¡Y tú estás hasta más guapa! —El pájaro hizo una pausa, abrió las alas y se quedó paralizado, como si fuera una estatua.

—Ajá, ¿y?

Se quedó pensativo, hasta que finalmente explotó:

—¡Oh, por todos los dioses! ¡Krane te entregó el tesorito anoche! ¡Se estrenó! —exclamó, y me di la vuelta para buscar algo en el refrigerador—. ¿Y qué tal? Dime que al menos sabía qué hacer.

No respondí. Ni negué ni afirmé.

—Tengo que ir a ver al picarón, necesito detalles —dijo el ave con orgullo.

—Déjalo dormir…

—¡¿Qué le hiciste anoche, maldito súcubo?! —exclamó—. Son las once de la mañana, tiene que despertarse ya.

—¿De verdad? —Fruncí el ceño—. Anda, hazlo. Pero, Alonso, no le digas nada de eso…

—¡Así que es verdad! —El ave, sorprendida, emprendió vuelo hacia la habitación—. ¡Ay, mi niño se convirtió en hombre! —gritó mientras se alejaba.

—¡Hoy pareces una señora! —grité, y lo seguí con la mirada.

Aquella mañana de paz fue sobrecogedora, irreal. Era extraña la sensación que tenía en el pecho, tanto que apenas podía comer. Amaba tanto a ese par que me dolía saber que los podría perder en algún momento.

«¿En qué me convertiste, mago?», pensé. Definitivamente, ya no era la misma.

—Buenos días.

Lo vi salir con el ave en el hombro. Llevaba el torso desnudo, y aunque habían pasado cosas entre nosotros, fueron momentos más físicos que visuales. Verlo de aquella manera hizo que me sonrojara como una niña y esquivé su mirada.

—Hice el desayuno, aunque es hora de comer —dije, y me concentré en mirar lo poco que me quedaba en el plato.

—¡Almuerzo! —dijo, sonriente—. Comida es comida.

Él se sentó frente a mí y tomamos un desayuno tardío en completo silencio.

Me pregunté qué había cambiado y por qué nos sentíamos tan incómodos.

Lo de la noche anterior fue precioso. Sin embargo, las cosas parecían diferentes.

«¿Hice algo mal?», me pregunté mientras removía los huevos con el tenedor. Pues además de que me molestaba la boca, me notaba nerviosa.

—Voy a ser sincero —dijo Alonso desde el centro de la mesa—. No hay quien los entienda. Anoche se comen, se tocan hasta los pensamientos, ¿y ahora están tímidos?

—Vete a la mierda —dijo Krane, con una sonrisa tímida y un ligero rubor en las mejillas. Su gesto me alivió el corazón.

Así concluyó una bonita mañana, de esas que te sientes en familia, que te llenan el alma.

Quise ir a ver a papá, pero el asunto de mis dientes no mejoraba y no quería alarmarlo, así que lo llamé y tuvimos una conversación corta; de las que te recuerdan que, aunque la vejez es inminente, todavía tienes la dicha de poder escuchar a tu padre.

Al día siguiente, terminé con un dolor de cabeza tremendo, tanto fue que me vomitar varias veces, y juraría que tenía fiebre.

—¡Oh, por todos los dioses! ¿Ya la dejaste preñada? —dijo Alonso a Krane cuando corrí al baño.

—¡NO! ¡Por Dios, es la migraña! —grité desde el baño, antes de volver a vomitar.

Me recosté de la taza al tiempo que lloraba del dolor.

—Son los dientes. ¿Ahora entiendes por qué los bebés chillan tanto? —me dijo Krane al entrar, y se puso de cuclillas a mi lado—. ¿Quieres que te busque un mordedor?

—Me duelen las encías, la cabeza, todo —dije desesperada—. ¿No tienen algo para el dolor?

—Eso es un efecto necesario para que funcione la pócima; no puedo darte otra para contrarrestarla. Lo siento. Pero podría conseguirte algún analgésico.

—Está bien...

—Pero primero deja que te vea.

Con un poco de vergüenza, abrí la boca. Él utilizó el pulgar para apartar mis labios e inspeccionar con más detenimiento.

—Ya se ven las puntitas.

—Gracias a…

Él me interrumpió plantándome un inesperado y tierno beso en la boca.

—Vengo en un momento —avisó, y se marchó sin más.

Al cabo de unos minutos, regresó con un vaso de agua y un par de pastillas en la otra.

—Tómatelas y cámbiate de ropa; tengo una idea —dijo de repente, aunque sonaba extraño.

—Pero…

—Por favor, te lo ruego. Vamos.

Me pregunté qué rayos tenía en mente. No sabía qué le pasaba, pues con él siempre era todo un misterio.

Esa era una de las cosas que tanto amaba de Krane Utherwulf.

Llevaba puesto un abrigo, justo como el día que me dirigió la palabra por primera vez. Estaba guapo. Caminábamos de la mano con libertad por una calle que definitivamente no era en Valparosa.

—¿Dónde estamos? —pregunté mientras miraba aquel lugar tan bonito.

—Ni idea, solo lo busqué en Google. Creo que estamos en Francia. —Se encogió de hombros con indiferencia, pero más bien parecía que quería presumir.

—¿Qué? ¿Cómo que en Francia? ¿Y me lo dices tan tranquilo? —Alcé la voz, pues no dejaba de parecerme sorprendente cada vez que hacía ese tipo de cosas.

—Te llevé a la Luna y casi pareces más entusiasmada por estar en un pueblucho en Francia. No entiendo. —Frunció el ceño, más confundido que molesto.

—Acostúmbrate, así son las mujeres: inconformes —interrumpió Alonso—. Un día vas a tener que llevarla a Marte y no estará satisfecha.

—¡Cállate, paloma machista! No es eso. Es solo que es muy bonito este lugar —dije, y me adelanté.

Observé todo con una curiosidad tremenda. Los edificios eran preciosos, de apariencia antigua pero bien cuidados. Junto a nosotros había un cuerpo de agua apacible que reflejaba las luces de la ciudad y la luz de la luna. Aquel camino se dividía con un puente que conectaba a un lugar más poblado, así que decidí cruzarlo.

—Ese es el camino. ¡Pero no me dejes atrás! —pidió Krane, tratando de alcanzarme.

—¿Le diste medicina o alcohol? —preguntó Alonso, mientras volaba hacia mí.

Aquellas sensaciones se acrecentaron en el momento en que Krane me agarró de la mano y tiró de ella. Fue él quien comenzó a correr, tan rápido como palpitaba mi corazón.

—Vamos, que llegamos tarde —dijo muy serio, y corrimos por las calles sin poder apreciar mis alrededores.

Después de unos cuantos minutos de carrera, nos detuvimos frente a la puerta de un local. Una heladería.

¿Una heladería? ¿Todo este misterio por una heladería?

—Vi una palomita francesa y voy con ella a ver qué surge... Yo creo que ahora es mi turno de un poquito de *acción*.

—Anda ve, te esperamos aquí —respondí, aunque estaba avergonzada.

Bajé la mirada y me concentré en el vaso de helado de vainilla con una cucharita de madera clavada.

Al probarlo entendí el porqué de la idea del helado, pues el frío me alivió bastante las encías.

—Si no vuelves en media hora, me voy y te dejo, ¿de acuerdo? —dijo Krane.

—¡¿Media hora?! ¡¿Solo media hora?! —reclamó el palomo y se trepó en mi hombro—. ¡Apóyame, mellada!

—No creo que nos vayamos tan rápido, ¿o sí? —Me encogí de hombros.

—Está bien, ve, te esperamos —respondió Krane, con un suspiro—. Pero no tardes mucho.

—¡Gracias, gatita! ¡Eres mi humana favorita! —dijo.

Emprendió el vuelo, dejando a Krane con la palabra en la boca.

—Pero si fui yo quien te dio el permiso…

Exploté de risa.

—¡¿Perdón?!

Nos quedamos sentados en silencio sobre el borde del puente, uno al lado del otro, comiendo helado mientras observábamos las luces de la ciudad.

—¿Te encuentras mejor?

—Sí, gracias por preguntar —respondí. Me acabé el helado y coloqué el vaso a un lado para más tarde tirarlo a la basura—. Más importante aún, ¿cómo te encuentras tú?

—No lo sé. ¿Triste? ¿Preocupado?

—Siempre haces esto, ¿verdad? Buscas la forma de ocultar tus sentimientos haciendo cosas como estas.

—Me conoces bien… —respondió con voz triste, y agarró mi mano—. Pero hoy quería agradecerte por no dejarme solo ayer. Quería pasar un día sin problemas, sin tener miedo de llevarte de la mano.

Aquello me hinchó el pecho.

—No tienes que darme las gracias —respondí.

—Sin embargo, eras libre de irte. No sé cómo sigues soportándome —dijo, y parecía dolido por ello.

—Me gustas así… —aseguré— Histérico, como dice Alonso.

—¡¿Te contagió sus cosas?! —exclamó, colocando una mano en mi espalda para darme un leve empujón.

Mi cuerpo cayó, y en una fracción de segundo Krane me atrapó entre sus brazos, justo cuando la punta de mis zapatos estaba por tocar el agua.

Apretó su cuerpo contra el mío, y aunque no me dijo lo que sentía, sabía que me había empujado como excusa para abrazarme.

—Quédate conmigo para siempre y no me dejes pensar. Por favor… —me pidió al oído, y me apretó más entre sus brazos.

—No te preocupes… ahí estaré —respondí, y me refugié en él.

Así sellamos nuestro primer día de calma, antes de la tormenta que se avecinaba.

La tormenta

Krane Utherwulf

Luego de enterarme de aquella terrible verdad, hubo unos cuantos días de paz. Fueron momentos donde sentí distinta mi vida, pues, aunque llevaba una carga en el pecho y la preocupación por lo que podría pasar, Viola fue el sustento que me mantuvo cuerdo.

Pasaron los días, compartimos pequeños momentos, cosas minúsculas que me dieron a entender cómo sería una vida entera a su lado. Y aunque sabíamos que podía ser pasajero, hicimos eso: no pensar.

Cuando sus dientes crecieron y por fin pudo visitar a su padre, sentí que el alma se me iba con ella al pensar que se marcharía; sin embargo, evadió el tema.

Consideré que se quedaba solo por miedo, pues no se sabía nada de Pendragon. Pero con nuestras noches de largas conversaciones, bromas y pequeñas discusiones, entendí que a ella también le parecía agradable la idea de estar a mi lado.

Todas las noches concluían de la misma manera: con una entrega mutua e intercambios de cariño.

Pero no había placer más grande que verla dormir a mi lado, pues con eso demostraba la confianza que había depositado en mí. No me tenía miedo.

Esa noche en particular, verla así me hizo querer despertarla y pedirle lo que llevaba días dando vueltas por mi cabeza.

Ella sabía que la amaba; yo sabía que ella también sentía algo por mí.

Pero yo quería más.

Quería conocer a su padre y llamarla *mi novia*, aunque sonara infantil.

Con aquel pensamiento, me acerqué a su espalda y la envolví con los brazos, quedándome dormido con el aroma de su cabello.

Transcurrieron las horas y por alguna razón esa noche pareció ser distinta. Comencé a sentir una presión en el pecho, un presentimiento de que algo pasaba. Intenté dormir, y en medio de aquella divagación, el teléfono sonó.

Agarré el celular, que descansaba en la mesilla de noche.

Era mi padre, y eran cerca de las 3:25 de la madrugada. Aquello no podía significar nada bueno, así que le respondí:

—Dime.

—¿Estás con Viola?

—Sí, ¿por qué? —pregunté.

Sentí nauseas.

—¡Erika escapó! Perdió el control por completo. ¡Parece decidida a matar a cuanta mujer se encuentra; murieron cinco enfermeras! A los hombres no les hizo nada.

Me quedé perplejo, paralizado por las palabras de mi padre, y deseé con toda mi alma que fuera una pesadilla.

—¿Qué hago con Viola? —pregunté, y me dispuse a sacudirla para despertarla.

Entonces entendí que no había tiempo de escapar.

Miré al lado de la cama. Allí estaba ella, observando el cuerpo de mi Viola con la intención de clavarle un cuchillo ensangrentado.

La reunión

Viola Oakley

Sentí a Krane sobre mí. Lo hizo tan de repente que abrí los ojos asustada y con el corazón a mil. Giré el cuello para mirarlo, y sus gigantes ojos azules parecían aún más grandes que de costumbre.

No entendía qué pasaba hasta que sentí las cálidas gotas de sangre de la herida que tenía Krane en el hombro. Pude jurar que era la punta de un cuchillo lo que traspasaba su piel. Nunca había visto tanto terror en los ojos de alguien como lo que vi en él esa noche.

¿Cómo comenzó todo a desmoronarse tan rápido?

Aquello solo podía significar una cosa.

En aquel instante alguien gritó. La reconocí, era la voz de una mujer: Erika.

La cantidad de sangre que caía sobre mí aumentó cuando retiró el cuchillo de mi pobre mago.

Ella gritó de nuevo. Era un sonido desconcertante, distorsionado, que me erizó cada vello de la piel.

Aún sin creer que era real, tenía una idea de lo que ocurría.

Mis manos temblorosas buscaron la forma de ejercer presión en la herida, pero resbalaban inútilmente. Krane me rodeó con los brazos y me apretó con fuerza, al tiempo que nos empujó al suelo.

Nos levantamos sin pensarlo y le dimos la cara a Erika. Teníamos de frente al peor de nuestros miedos.

—¡Erika, cariño, no es lo que piensas! —gritó Krane, mientras daba un paso al frente y me protegía detrás de su espalda, como una barrera.

Trataba de sonar cariñoso con esa maldita loca con tal de que no nos hiciera daño. Parecía más un hombre asustado al ser pillado con su amante.

—Te juro que no quise hacerte eso, no quería hacerte daño —dijo la muchacha, tirando de su ondulado cabello y gritando con el rostro lleno de lágrimas y sangre—. Era a ella. —Hizo una pausa y me señaló con el cuchillo ensangrentado—. A esa perra.

»Yo-yo lo siento… A ti jamás te haría daño, amor mío. —En su rostro había dolor, de verdad le dolía haberlo herido.

Su llanto era tan fuerte que me laceraba los oídos; desgarrador y horripilante. Ella se echó hacia atrás, tan desencajada que casi daba pena. Parecía sentirse culpable por lo que había hecho.

A Krane no le importó Erika ni la herida en su brazo y con rapidez me agarró de la mano para escapar como pudiéramos.

Pero no, Erika corrió detrás de nosotros y agarró al mago por el pelo.

Sin pensarlo, Krane encendió un puño con un destello de electricidad, se dio la vuelta y la golpeó en el rostro. Erika salió disparada y su cuerpo chocó con la pared, rompiéndola.

Tuvimos un poco de tiempo para pensar.

—¡Te haré una puerta y te irás! —dijo Krane, y me agarró del brazo.

—¡Estás herido, vamos juntos! —insistí.

Si Krane le tenía miedo era porque la chica podía ser tan poderosa como él, así que no lo dejaría solo.

Él se mordió el labio inferior, considerando la idea, pero ese ridículo intercambio de palabras nos quitó tiempo, porque Erika parecía recuperarse.

Escuchamos un fuerte grito desde el otro lado de la pared destruida. Algunas piedrecillas entre los escombros comenzaron a flotar y a viajar como proyectiles hasta mí. El mago se interpuso, dijo algo en latín y nos rodeó en una especie de esfera, que nos protegió.

—¡Erika, detente! —insistió.

Pero ella salió de entre los escombros consumida por una luz violácea. Su cabello brillaba con intensidad, como si manifestara toda su ira de aquella forma.

Krane aún me tenía agarrada del brazo, y movido por el miedo y la adrenalina, se le olvidó que se desangraba por el hombro.

—¡¿Por qué me hicieron esto?! —gritó.

—Erika, necesito que la dejes ir —insistió Krane—. Por favor. O será un estorbo en nuestra conversación pendiente.

Erika no pareció escucharlo y corrió hacia nosotros, recitando algo en latín que hizo que un destello emergiera de su mano.

El mago me arrojó hacia un lado y utilizó ambas manos para gesticular una esfera de protección más potente, que pareció disolver ese golpe de energía.

Krane recitó algo más en latín, haciendo que todos los artículos de la habitación, incluyendo libros, espejos y su propia cama, flotaran rodeados por la misma electricidad y se impulsaran hacia la chica.

Milésimas de segundos antes de que ella pudiera contrarrestar el ataque, Krane pronunció otra palabra y movió los brazos de una manera extraña, como si atara un nudo invisible en ella. Sea lo que fuera que hizo, pareció funcionar, pues Erika no se defendió y los proyectiles eléctricos dieron con ella.

Eso nos dio unos segundos. Krane tiró de mi mano y me ayudó a incorporarme. Le comenzaban a temblar las manos, dándome a entender que se estaba debilitando, pero eso no nos detuvo, no había tiempo.

Nos aferramos a la mano del otro y corrimos para escapar.

—Alonso. ¿Dónde demonios está Alonso? —pregunté alarmada.

—Mierda —mascullo, y tiró más fuerte de mi brazo al tiempo que llegábamos a las escaleras y comenzamos a subir.

Mi corazón dio un vuelco cuando chocamos con algo blanco que estuvo a punto de hacernos caer.

—¡Carajo! ¿Qué está pasando? —exclamó una voz, que por suerte pertenecía a Alonso.

—¡Sígueme, no hay tiempo! —soltó Krane, alarmado, pero parecía tener algo en mente.

—No me digas que…

—Sí, sí, lo que estás pensando. Erika está aquí. ¡Vamos! —respondió Krane con prisa.

Lo seguí por las escaleras hasta que llegamos a un punto muerto de su casa.

—Alonso… —alertó el mago, mientras hacía un gesto con la cabeza, señalando hacia el techo desde donde colgaba un pequeño hilo.

El palomo haló de él con su pico hasta que bajó la puerta un poco y Krane tiró de ella.

Frente a nosotros se mostraron unas escaleras por las que subimos sin pensar, y después de que Alonso se reuniera con nosotros en el ático, entre Krane y yo aseguramos la entrada.

Hubo un breve lapso de tranquilidad, que ayudó a Krane a tomarse un respiro. Se tiró al suelo mientras se tocaba la herida. Estaba pálido, y no supe si era por el momento o porque había perdido demasiada sangre.

—Mago, ¿cómo estás? —pregunté, y registré con la mirada el lugar donde estábamos.

El ático era un sitio maloliente, lleno de polvo y alumbrado exclusivamente por la luz de la luna, que entraba por una gran ventana. Una iluminación a nuestro favor.

Había un desorden de objetos viejos, la gran mayoría de aspecto peligroso. Entre todas las cosas, encontré un pedazo de tela que parecía ser lo más normal de todo.

—No he muerto —espetó Krane, jadeante, mientras trataba de cubrirse la herida con la mano.

Rasgué el pedazo de tela sin importar que fuera un artilugio mágico o peligroso, solo quería detener el sangrado. Él siguió cada movimiento con la mirada, y lucía débil.

—Sube el brazo —ordené, y me tumbé a su lado.

Krane siguió mis instrucciones. Amarré el pedazo de tela y lo presioné con un nudo para detener el sangrado. Su mano ensangrentada me tocó el rostro.

—Voy a abrir una puerta y se van a ir, ¿de acuerdo? —soltó.

Intentó acercarse para darme un beso en la boca.

—No te voy a dejar solo, si eso es lo que pretendes —respondí molesta, echando la cabeza hacia atrás y evadiendo el contacto—. ¡Te vas conmigo o no me voy a mover de aquí!

—Está como loca matando mujeres, alguien tiene que detenerla —refutó—. No quiero ser el responsable de más muertes.

Y lo comprendí.

—Mago —agarré su mano—, estás débil. Si te nos mueres, ¿quién va a parar a esa loca?

—Gatita… —Intentó besarme de nuevo y se lo permití, no sin antes decir:

—Nos vamos juntos. ¿De acuerdo? —insistí.

Nuestros labios se conectaron en un suave beso con sabor a metal que duró meros segundos.

—Dejen la zalamería y piensen en una solución antes de que aparezca la loca —nos interrumpió el palomo—. Esto no es una telenovela, ni nos vamos a salvar por casualidad. ¡Si nos encuentra, nos vamos a joder! Abre la puerta y vámonos —concluyó, mientras volaba por todo el lugar como un reflejo de los nervios que se lo consumían.

—¡No puedo dejarla aquí como si nada!

Justo como Alonso había dicho, perdimos tiempo. Escuchamos un estruendo y vimos aparecer un hoyo en el suelo, producto de lo que parecía ser un fuerte golpe de aire.

Mi primera reacción fue abrazar a Krane, pues estaba muerta de miedo. Él me apartó a un lado y se levantó. Parecía que se le había ocurrido algo.

Se acercó a la ventana y la golpeó, destruyendo el cristal.

Erika gritaba desde abajo:

—¡Son dos traidores! ¡Ella dijo que era mi amiga! ¡Y tú me estás mintiendo! —dijo, mientras lanzaba otro golpe de aire, que rompió el suelo cerca de mí.

Fui corriendo hasta la ventana y me acerqué a Krane.

—¡Estoy cansada de que me engañes! ¡Ninguno de los dos va a salir vivo de aquí! —continuó gritando la loca.

—Bueno, al menos se olvidó de mí —dijo Alonso, aliviado.

—Por cierto, ¿dónde está tu pájaro? —preguntó Erika.

—¡Por todos los dioses, vámonos! —exclamó el palomo.

Nos pasó por el lado como una bala y salió disparado por la ventana.

—No suena tan descabellado —dije a Krane al oído—. ¿Qué estás esperando? ¡Vámonos!.

El suelo se abrió una vez más por un tercer golpe de aire. Asustada, le agarré la mano.

—Pase lo que pase, recuerda que te amo mucho, ¿está bien? —dijo Krane, y me mostró una rara sonrisa.

Vi sus ojos brillantes y un poco aguados. Y no me gustó para nada.

—¿Qué te pasa? ¿Qué vas a hacer? —pregunté nerviosa, pero él se limitó a sonreír y acariciarme el rostro con dulzura.

Hubo otro ruido y desde los orificios del maltrecho suelo vi los dedos de la chica y cómo tomaba impulso con las manos hasta que subió al ático y nos hizo compañía.

—Erika, cariño, cálmate. ¡A mí esta mujer no me importa! —exclamó Krane, y mi corazón se heló al escucharlo.

Entonces sentí que el mago, en fracciones de segundo, colocó una mano en mi pecho para arrojarme por la ventana. En aquel minúsculo instante lo miré confundida y lo vi gesticular y mascullar algo.

Mientras caía, Alonso voló veloz a mi lado y comenzamos a transportarnos por una maldita puerta mágica.

Mi mirada estuvo clavada en Krane en todo momento, pero no quería irme. Y menos cuando vi que Erika lo tiraba del pelo al punto de pensar que lo mataría.

El favor

Viola Oakley

Se me escapó un quejido cuando mi espalda golpeó el suelo de losa. Abrí los ojos y me di cuenta de que había caído junto a un estante de libros, de los que muchos me golpearon al caer.

—¡Mierda! —exclamé, por el dolor de espalda que me provocó la caída—. ¡Qué dolor!

Alonso aterrizó sobre mi pecho y me acercó el pico a la cara.

—Gatita, ¿estás bien?

—¡Sabes que no! —Arrojé los libros a un lado y me levanté de inmediato para ver dónde habíamos caído.

Aquel olor peculiar a incienso y a cigarro me invadió la nariz y me recordó al *museo* de Dimitri. Entendí que para Krane no había lugar más seguro para nosotros.

Allí estaba, en medio de una inmensa biblioteca con estantes tan altos que me triplicaban en altura.

—¡Tenemos que volver! —insistí.

Mis manos temblaban y no podía dejar de lagrimear. Moría del miedo de pensar lo que Erika fuera capaz de hacerle a mi mago.

—¿Volver para qué? ¿Para seguir corriendo? Lo que hay que hacer es buscar al viejo y esperar que nos ayude —dijo Alonso con inseguirdad—. Lo más complicado será dar con él.

—¿Cuán difícil puede ser eso? Vamos, no hay tiempo que perder.

Corrí sin dirección aparente buscando la salida. Me encontré en el centro de un inmenso cuarto con miles de estantes.

—Ya verás, no es tan fácil —presumió el palomo.

Con zancadas rápidas, busqué una salida de la biblioteca, pero esta no parecía acabar. Había libros por doquier, como si se tratara del refugio de todos los libros existentes.

—¡No entiendo nada! ¡Tenemos que salir de aquí, esa loca lo va a matar! —exclamé desesperada.

Me llevé las manos a la cabeza y me tiré del pelo. Estaba perdiendo la paciencia.

—¡Te lo dije! ¡Pero eres terca, mujer!

—¡Alonso, dime qué hay que hacer! ¡Sabes que no estamos para juegos! —insistí, tratando de respirar—. ¡No tenemos tiempo!

—¿Sabes que si te callas quizás podría encontrar el camino? —preguntó Alonso al tiempo que aterrizó sobre mi hombro.

—¿Pero cómo es que no sabes adónde ir? —pregunté jadeante—. ¿No es Dimitri tu *padre*?

—¡Mujer! Este lugar es tan grande que dicen que es infinito —explicó, e hizo un gesto con las alas dándome a entender que sí, que el lugar era inmenso.

—¿Es decir que Krane nos mandó a morir? —Miré a mi alrededor, y un sentimiento abrumador me invadió por completo, pues sentía que las cosas acabarían allí.

—¡Dimitri! ¡Viejo apestoso! ¿Dónde estás? —Alonso comenzó a vociferar de la nada, tan fuerte que las inmensas paredes de la biblioteca le hicieron eco—. ¿Vas a aparecer o tendré que buscarte siguiendo el rastro de tu peste?

—¿Qué diablos haces? —Moví la mano repetidas veces para espantar al ave.

—Él lo escucha todo. Sabe que estamos aquí, pero está haciéndose el tonto hasta entender qué pasó —explicó el palomo—. Así que quiero molestarlo.

Miré hacia arriba y el lugar me pareció condenadamente alto, tanto que no podía ver el techo. Aunque parecía extraño y Dimitri no dejaba de causarme miedo, me propuse a hablarle, con la esperanza de que nos ayudase de alguna forma.

Di un paso al frente y tomé un poco de aire antes de hablar:

—¡No sé qué clase de persona eres! —grité al viento—. ¡No sé cuáles son tus poderes ni de qué lado estás! ¡Pero no hay tiempo para juegos! ¡Sé que en cierta manera lo aprecias! ¡Y si no hacemos algo lo van a matar!

Y de esa manera le rogué a Dios que Alonso tuviera razón y el viejo fuese capaz de escucharnos.

—Bueno, quizás eso es más convincente... —comentó el ave.

—¡Por favor, ayúdanos! —grité de nuevo—. ¡Por favor!

—Ahora sí estamos hablando el mismo idioma. —El viejo salió de la nada desde uno de los estantes de libros y caminó hasta nosotros a paso lento—. Puedo hacer el favor de ayudarte.

De esta manera, dimos una caminata por el inmenso museo mientras le explicábamos todo lo más rápido posible y cómo Krane estaba en gran peligro. La gama de expresiones faciales del rostro del viejo no era muy extensa, así que no reaccionó mucho.

—Usted dijo que tenía balas que hacían daño a los arcanos... Así que...

Dimitri frunció el ceño y de repente, con una expresión, alzó la mano para mandarme a callar.

—No pienses que te voy a dar un arma —dijo malhumorado.

—¡Pues venga con nosotros, pero hay que hacer algo! —insistí en medio de lágrimas.

—Mi deber es estar aquí, en el centro de todo —respondió sin inmutarse.

—Ayúdeme como sea. Véndame un arma. Le daré lo que sea. ¡Pero, por favor, no deje que lo maten! —Me desplomé y le estrujé la tela de sus pantalones, humillándome—. ¡Sé que lo quiere mucho, por favor! —continué.

Era la segunda vez en tan pocos días que perdía el control y el orgullo por completo. Pero Krane hubiera hecho lo mismo por mí y por los demás. Ya no me imaginaba un día sin él, y pensar que quizás podía estar muerto ya me llevaba a la desesperación.

No solo estaba él en riesgo, sino personas ajenas a todo eso. Y si Krane no podía, yo debía ser quien actuara.

El viejo apenas reaccionó al verme así. Sin embargo, después de un rato, dejó escapar un gruñido que pareció costarle.

—Te puedo dar un arma y una sola bala que tendrás que utilizar a tu juicio —dijo al fin—. Pero…

Dejé de llorar y miré a Dimitri, quien sonrió. Alonso voló hasta mi hombro.

—Esa palabra me jode —interrumpió el palomo—. «Pero». Te dicen algo que suena bien y el *pero* siempre lo arruina todo.

—Pero ¿qué? —pregunté, ignorando por completo a Alonso.

—A cambio, me deberás un favor —dijo el viejo, con una sonrisa mientras me ofrecía la mano y me ayudaba a ponerme de pie.

—¿El qué? Dime. Haré lo que sea. Solo envíeme de vuelta a Valparosa con un arma para matar a esa zorra si es necesario —dije con insistencia.

—¡Cálmate, Sarah Connor! —exclamó Alonso, a quien ignoré de nuevo.

—Tranquila, todo a su debido tiempo —dijo el viejo, con una sonrisa y cruzado de brazos, con la misma expresión que tenía cuando dejó a Krane casi en la ruina económica.

—Ten cuidado. —Alonso se acercó y me habló al oído.

Pero el viejo Dimitri lo escuchó.

—¿Qué otra alternativa les queda? —Se encogió de hombros—. No hay tiempo que perder.

—¿Pues qué hay que hacer? ¡Dígamelo rápido!

—¡Sígueme! —dijo el hombre con la sonrisa de dientes blancos, a la vez que abría un portal que nos llevaba a su mostrador.

De allí cogió un papel viejo en blanco, lo acercó a mi rostro y las palabras simplemente aparecieron en él. Después, me entregó una pluma para que firmara. La trampa era que el *contrato* estaba en latín.

—En las películas esto nunca termina bien —dijo el plumífero—. No me digas que no te lo advertí si te quedas muda.

—Eso no me interesa ahora —dije a Alonso—. ¡Llévame de vuelta y deme el arma! —exigí a Dimitri, sin perder más tiempo.

Firmé la hoja sin hacer preguntas, pues solo pensaba en Krane y en quienes podían correr peligro si él fallaba.

El viejo amplió la sonrisa y buscó en sus cajones la pequeña arma con la que había amenazado a Jiro Pendragon.

—Úsala sabiamente. Te sirva o no, tarde o temprano me deberás un favor. Puede que sea mañana, o tal vez mueras antes de que me seas de utilidad para algo, solo el tiempo lo dirá.

—Está bien. —Asentí.

De esa manera el viejo nos abrió un portal.

—¿Vamos? —Le lancé una mirada a mi compañero de viaje.

—¡No me perdería esto por nada del mundo, Ripley! —exclamó entusiasmado.

—Ajá, ¡vamos!

Dejando escapar un suspiro ante las bromas tontas de Alonso, tan poco adecuadas para el momento, salimos disparados por la puerta que nos llevó de vuelta a la casa de Krane.

El lugar estaba destruido. Aquel hogar que durante unos días había comenzado a ser nuestro nido quedó hecho trizas, tanto como mi corazón cuando lo vi. Las paredes estaban hechas polvo, muchas partes ya estaban desnudas y daban con las afueras de la ciudad. Aunque el exterior no se podía ver del todo, porque una especie de espejismo le daba forma a lo que ya no estaba allí.

Alonso salió volando a la calle buscando a Krane y a Erika.

Corrí hasta la siguiente habitación, y así sucesivamente, con el arma en mano, sin importar que mis pies descalzos pisaran las ruinas de madera y cemento, haciendo que fuera doloroso pasar por ahí. No había tiempo para quejarse.

Pero al abrir una de ellas, me encontré con una sorpresa. Era Sigmund, que estaba tumbado en el suelo con la espalda recostada en una de las pocas paredes que quedaban, con una herida en el abdomen y la mirada fija en su maletín, a unos metros de él. Sus ojos brillaban y me pregunté si era él quien estaba haciendo todo eso.

Al verme, Sigmund se llevó el dedo índice a los labios para que guardara silencio. Caminé despacio hasta su lado y le acerqué el maletín, de donde sacó un pequeño frasco y se lo llevó a la boca.

—Estaré bien, muchacha, pero deberías irte —espetó, y tomó un poco de aire.

—¿Dónde están Krane y Erika?

—Cerca.

El anciano hizo un gesto y señaló hacia la puerta de un cuarto contiguo, de donde provino un estruendo, seguido de un grito de dolor que me desgarró el alma.

—¡Krane! —chillé.

La justicia

Viola Oakley

—¡Krane! —exclamé, por instinto y por error.

En el momento siquiera sentí miedo por Erika. Mis sentimientos estaban a flor de piel y no pensaba con claridad. Solo quería ver qué pasaba y asegurarme de que podía defender a mi mago.

—Deberías irte, niña —insistió el doctor, aún en el suelo y buscando un poco de aire, pero con más color en el rostro.

Negué con la cabeza. Me levanté y, con las manos temblorosas, sostuve el arma para caminar hacia Erika. Nunca había disparado una, por lo que ni siquiera estaba segura de qué estaba haciendo.

Cuando estaba a punto de acercarme a la puerta, en fracciones de segundo se escuchó otro estruendo, y la pared frente a mí se destrozó. Krane pasó disparado por mi lado. El golpe de aire hizo que yo cayera al suelo, y conmigo, el arma. Una montaña de polvo me invadió los ojos y por unos segundos vi todo borroso. Intenté dar con Krane, que había chocado con una pared cercana.

Estaba irreconocible: su pelo y su cara estaban teñidos de rojo y con una mano se apretaba el abdomen herido. Fui hasta él para socorrerlo.

—¿Qué diablos haces aquí? —gritó molesto al verme, pero apoyó su cuerpo en el mío.

Lo ayudé a sostenerse. Sus ojos se veían inmensos, casi como si fuesen a salírsele de las cuencas. Estaba muy mal.

Mascullé preocupada, pues no veía el arma por ningún lado. Supuse que se había perdido, hasta que vi a Sigmund rebuscando entre los escombros. El anciano estaba como nosotros: lleno de sangre y polvo.

Aquella escena de horror incrementó cuando, desde una de las paredes destruidas que daba al exterior, vimos la potente luz ocasional de los biombos policíacos.

—¿Cómo demonios?… —murmuró Sigmund, y la visión de las paredes se intensificó.

Habíamos olvidado por completo que estábamos justo en el centro de Valparosa y gente ajena a esta situación podría salir herida.

—Mierda —dijo Krane entre dientes, cuando Erika miró hacia la luz.

Involucrar más personas en ese problema acarrearía más víctimas y ambos lo pensamos al mismo tiempo.

—¡Erika! —la llamamos, y ella volteó hacia nosotros.

Pero fue Alonso quien apareció de la nada y aleteó repetidas veces hasta que se enredó en su cabello.

Ella empezó a gritar mientras trataba de deshacerse de Alonso. Krane, aunque herido, me protegió tras su espalda. Con la mano temblorosa, preparó un

orbe de luz para atacar a la demente. Parecía hastiado y dispuesto a matarla de ser necesario.

Estaba jadeante y cansado.

Erika se quitó al pájaro del cabello y lo agarró del gaznate. Alonso sacudió las plumas violentamente.

—¡Hagan algo! —gritó—. ¿Me va a matar? ¡No dejen que la parca me lleve! ¡Soy muy joven para estirar la pata! —rogó el ave con desesperación.

Erika abrió la boca y acercó la cabeza del palomo a sus blancos dientes.

—¡Me va a chupar la bruja! —exclamó el pájaro.

Krane ya estaba listo para soltar su golpe mágico, pero fue interrumpido por un fuerte sonido que nos dejó helados.

Sigmund había apretado el gatillo.

La mujer cayó desplomada al suelo con la cabeza destruida. Alonso cayó ensangrentado. Se levantó de inmediato y corrió tambaleándose hasta mí. Krane, con las pocas fuerzas que le quedaban, fue hasta su padre y lo abrazó. El anciano me vio con los ojos muy abiertos, pues nunca esperó una muestra de afecto por parte de su hijo.

—Eso me tocaba a mí… —dijo Sigmund, y rompió a llorar en los brazos de su hijo, a quien también escuché sorber por la nariz mientras apretaba a su padre.

Alonso se acercó a mi cuello y me acarició con su cabeza empapada de sangre.

—Jamás pensé que vería eso… —dijo serio—. Si pudiera llorar estaría como una magdalena.

Justo como yo lo estaba, pues aquella situación había sacado las mejores y las peores cosas de nosotros. No estábamos seguros de haber obrado bien, ni de cómo demonios estábamos aún con vida.

Nos sentíamos aliviados, pero muertos por dentro al mismo tiempo, pues nada de aquello debió pasar.

Sigmund buscó unas cosas de su maletín y atendió a Krane tan pronto se le hizo posible, antes de que el alboroto de las autoridades llegara hasta nosotros.

Cansado, el mago se puso de pie, caminó hasta mí y me dio un fuerte abrazo antes de llenarme de besos.

—¿Cómo se te ocurre volver? ¿Te volviste loca? ¿Por qué lo hiciste? —preguntó.

Estábamos llenos de polvo, ensangrentados, pero tocándonos la cara, incrédulos de seguir con vida.

El doctor fue hasta nosotros y nos rodeó entre sus brazos, antes de depositar un beso tanto en mi cabeza como en la de Krane. Alonso también se acercó y se trepó sobre mi cabeza.

—Váyanse —ordenó Sigmund—. Yo me encargo de este desastre. Recojan sus cosas y váyanse de aquí cuanto antes.

—¡Vas a terminar en la cárcel!

—No se preocupen, lo tengo todo controlado —dijo, con una sonrisa preocupada—. Bueno, eso espero.

Nos separamos, recogimos lo más importante y en minutos estábamos listos para marcharnos por una puerta que el viejo Sigmund nos abrió.

Cuando cruzamos, llegamos a un lugar de apariencia moderna, un sitio inmaculado. Era un edificio alto en las afueras de Valparosa. Fue un drástico cambio de ambiente, y tanto Krane como yo nos arrojamos en el suelo, aliviados, pues era reconfortante sentir un poco de paz y silencio.

Ese acontecimiento solo había durado minutos en nuestras vidas y pareció ser la noche más eterna de todas.

Buscando aire, regresé hasta él, lo ayudé a levantarse y lo llevé hasta el cuarto de baño.

Dejé el agua encendida mientras lo ayudaba a desvestirse y a entrar en la bañera. Corrí a buscar el maletín de su padre y volví con él. Tomé asiento a su lado y empecé a mostrarle varios frascos de los que Sigmund tenía.

—Dame ese verde.

Se lo entregué sin pensar. Él inclinó la cabeza, bebió del frasco y cerró los ojos. Comenzó a ganar color. Parecía mucho más tranquilo.

Busqué entre los cajones del baño hasta encontrar una barra de jabón. Abrí el desagüe de la bañera y dejé correr agua limpia.

Utilicé la barra y la sumergí dentro del agua, antes de pasarla por su torso, quitando la sangre que tenía pegada. Sus ojos estaban sobre mí, siguiendo cada uno de mis movimientos. Parecía como si quisiera decir algo. Siempre me incomodaba cuando me miraba de aquella manera.

—Hemos pasado por muchas cosas, ¿no?

Asentí con una sonrisa triste mientras pasaba la mano por su cuello y la herida de su hombro, que comenzaba a cicatrizar gracias al mejunje mágico de Sigmund.

Hubo un silencio entre nosotros, incómodo e íntimo, que interrumpí torpemente al llorar.

Krane buscó fuerza de donde no tenía para erguirse, tirar de mí y me dio un fuerte abrazo.

—Sé que es difícil —susurró a mi oído—. Pero no estás obligada a estar de mi lado. —Me apretó contra él, empapándome con agua y rastros de sangre.

—Estoy aquí porque quiero estarlo. Cualquier carga es más liviana juntos.

—Te quiero, gatita —dijo cansado.

Se acercó a mí y sellamos aquel momento con un beso y nada más.

—Sigmund jamás nos dijo nada sobre la huida de Erika —comenté, mientras restregaba a Alonso con algo de espuma dentro del fregadero.

—Definitivo, de ahora en adelante me bañas tú. —Cerró los ojos—. Hummm, qué gustito… —gimió—. Krane siempre me hace daño.

—¡Eh, cálmate! —exclamó Krane.

—¿Estás celoso? —pregunté, con una sonrisa.

—A menos que a ti te vayan los pájaros —refutó él, arqueando una ceja.

—Miren quien habla, el que se enamoró de un gato —agregó el palomo.

El mago masculló algo y solté una risa mientras seguía restregando al pájaro, hasta que comenzó a recobrar la blancura de su plumaje.

—Deberías llamar a Sigmund… —sugerí—. Necesitamos saber cómo va todo.

—Tienes razón —dijo.

Fue a buscar sus cosas, pero cuando regresó —un rato después—, le pasaba algo extraño.

—¿Pasó algo? —pregunté, pues la expresión que tenía en el rostro no me daba buena espina.

Él marcó el teléfono y pareció nervioso.

—Qué extraño… —gruñó.

—Krane, ¿qué pasa?

—Una llamada perdida de sor Teresa. Ahora la llamo y no responde —comentó algo ido.

—Díganme que no hay más problemas, ¡por favor! —se quejó Alonso, molesto, pero entendíamos su cansancio. Todos estábamos exhaustos.

—Voy a ir a verla —espetó Krane de la nada, mientras buscaba su abrigo.

—Vamos juntos —respondí—. No quiero que nos separemos. Esta noche no, por favor.

—Está bien —respondió, después de titubear un poco.

Con el ceño fruncido, abrió una de sus puertas mágicas. Actuaba de manera extraña y después de prepararnos él salió con prisa por la puerta. Sin pensarlo, lo seguí.

—¡Oigan! ¡No me dejen aquí! —El ave, con sus alas llenas de espuma y volando de una manera un poco torpe, nos alcanzó.

Llegamos a la habitación de sor Teresa, y se podía detectar algo extraño y maligno en ella. Los tres supimos que algo sucedía.

Su mesita de noche estaba volcada. Los platos de los que siempre comía avena estaban dispersos por el suelo, junto a sus demás cosas: cuadros, libros y sus frascos de pomada. Aquel pequeño espacio, que para nosotros era un hogar, estaba reducido a nada, a un desorden sin sentido.

—Mi vieja... ¿Dónde está? —El mago apretó los dientes y abrió la ventana.

Alonso salió por ella.

—Krane, la capilla está abierta —advirtió el palomo desde afuera.

—¿De madrugada? —pregunté.

Algo no iba bien. Alonso voló. Krane saltó por la ventana y, mientras flotaba en el aire, me agarró de la mano para guiarme hasta pisar el suelo.

Los tres nos dirigimos a la entrada de la capilla. Comenzó a llover, por lo que apreté la mano de Krane, pero este la soltó. Estaba demasiado nervioso como para tener fuerzas para sostenerla.

Entramos a la capilla con paso lento. Ya dentro, la respiración de Krane se volvió pesada. Afuera, la lluvia cobró fuerza, y mi corazón se desbarató en mil pedazos ante la imagen que teníamos frente a nosotros.

—No. No. ¡Mi vieja! —Krane corrió, alejándose de nosotros.

No pude dejarlo solo, no en ese momento. Así que corrí para alcanzarlo.

Nuestros zapatos pisaron un camino de sangre, que seguimos con la mirada, el cual terminaba bajo un cuerpo.

Sostuve el brazo de Krane y noté que temblaba con tanta fuerza que me encogió el corazón. Dio un paso al frente y se zafó de mi agarre.

—No puede ser... —Alonso voló hasta su amo.

Él se acercó al cuerpo inerte y pegó un grito tan fuerte que se reflejó en el clima y en nosotros. Llegué hasta él, y efectivamente, ese era el cuerpo sin vida de sor Teresa; magullado, amoratado, solo en medio de aquel oscuro templo e iluminado por velas.

—Mi vieja... —Su voz sonaba áspera, y, con el rostro lleno de lágrimas, apretó con fuerza el pequeño cuerpo.

Tomé asiento en el suelo con ellos y también rompí a llorar. Sor Teresa no se merecía eso.

Sentí que se me heló la sangre. La tristeza se convirtió en un terror inmenso. Un escalofrío me recorrió cada centímetro del cuerpo cuando escuchamos el sonido de un bastón golpear el suelo, seguido de un aplauso.

—¡La justicia divina, en el templo de Dios!

El duelo

Viola Oakley

—Justo como le había comentado a tu novia, Utherwulf. Que tarde o temprano la justicia caería sobre ti —dijo Jiro Pendragon, entre aplausos, con una sonrisa escalofriante.

Krane permanecía sentado frente al cuerpo de sor Teresa, sin ser capaz de hablar. De sus ojos comenzó a emanar un brillo azulado.

Estaba helado, ido, como si algo en su alma se hubiese roto. Nunca lo había visto así.

—¿Por qué le hiciste esto? —pudo decir.

Pero su voz sonaba distinta, más profunda. Ese hombre no sonaba como mi mago.

Pendragon no pareció sorprendido y se puso de cuclillas frente a nosotros, aún sonriente.

—Quiero que sepas lo que se siente perder a una madre y al único sustento que tienes en la vida —dijo, y le empujó la frente con el dedo índice—. Porque *tú* me la arrebataste y era lo único que tenía

—¿Esto es sobre Sila? —preguntó Alonso—. ¡Él también perdió a su madre!

—Pero… —ladeó la cabeza e ignoró al ave para dirigirse a Krane—… ¿acaso la recuerdas? ¿Recuerdas su sonrisa? ¿Su olor? —Lo miró con desdén mientras se levantaba—. ¿Y qué tal el resto de las cientos de familias que arruinaste? No me malinterpreten, no es solo por lo que yo perdí, es por el peligro que representas, *primo.*

—Algo no va bien… —dijo Alonso a mi oído.

Krane no se movió. No mostró reacción alguna en su rostro. Percibimos el ruido de la lluvia cobrando fuerza. Jiro pareció no notarlo, pues estaba más enfocado en hablarle al mago.

—¡Qué vas a saber! —dijo el asiático—. ¡Eras un niño! ¿Qué te iba a importar, si apenas conociste a tu madre? —Se encogió de hombros—. Pero yo supe lo que era una vida con y sin ella. —Subió el tono de voz y sus ojos se tornaron llorosos—. ¡Y fue su ausencia la que dio paso a mi vida de mierda. ¡Y el detonante de todo esto fuiste tú, Krane Utherwulf!

—Krane… —Quise acercar la mano hasta él, pero fue imposible. Di un respingo de dolor por la electricidad que provenía de su cuerpo.

—¿Sabes qué fue lo peor? Descubrirte y ver que tenías todo lo que yo deseaba y que apenas lo apreciabas, cuando debiste ser castigado.

—Bueno, ya, Jiro, Drake, o cómo se llame, se está preparando... —dijo Alonso en mi oído.

Indiferente, Jiro Pendragon caminó a nuestro alrededor en círculos, con un paso lento y torpe, acompañado del intimidante golpeteo del bastón.

—Aquí viene el monólogo —comentó el plumífero.

—Tuve una familia que me consideraba una vergüenza, me maltrató y me utilizó. Tú tenías un padre que lo daba todo por ti y a quien pareces despreciar —continuó Pendragon, golpeando el suelo más fuerte con el bastón—. Fui la sombra de mis hermanastros, pero tú te llenaste de fama y dinero, despilfarrando tu fortuna. Incluso tuviste una figura materna que terminó dando la vida por ti.

—¿Cómo sabes tanto? —preguntó el palomo.

—Llevo años tras este imbécil... —respondió, y luego le habló directamente a Krane—. Tú me robaste la vida, así que me empapé de la tuya. Solo me faltaba entender más sobre ese asunto mágico del que tenía sospechas. Fue cuando *esta mujer* entró en el panorama. —Me miró con asco—. Que, por cierto, parece quererte sin razón, justo como esta *vieja*. —Hizo una pausa y se dispuso a golpear el cadáver de sor Teresa.

Krane ganó un brillo que lo cubrió por completo, siendo él la principal fuente de luz en la pequeña y oscura capilla.

El mago, convertido en algo más que un hombre, agarró la pierna de Jiro y tiró de él, haciendo que la espalda del asiático golpeara el suelo con tanta fuerza que el mármol se agrietó.

Krane, pareciendo otro, tomó a Pendragon del pelo y lo golpeó repetidas veces en el rostro. Lo golpeaba con tanta fuerza que Jiro salió despedido contra el humilde altar, que quedó destruido ante el abrupto impacto.

—La tragedia de tu vida no te da derecho a hacer daño a un inocente. —La voz del mago seguía distinta.

Jiro se revolcó en aquel desastre de objetos religiosos y pedazos de madera. Dejó escapar una carcajada y se levantó. La lluvia y los truenos del exterior eran acompañados de ráfagas de viento.

Alonso y yo solo éramos espectadores de una extraña demostración mágica de la que desconocíamos cuál sería su conclusión.

—¡Le estás demostrando tu verdadera naturaleza! —vociferó, y aunque le hablaba a Krane, miraba en mi dirección—. ¡Adelante!

El mago se mantuvo en silencio. Parecía una fuente de luz con forma humana que caminaba hacia su rival, mientras este disfrutaba el espectáculo.

—¡Solo me das la razón! —exclamó confiado, como si buscara la manera de enfadarlo más—. Pierdes el control fácilmente. No cambiarás y te mancharás las manos de sangre una vez más.

—Viola, ¿qué demonios? —Alonso enganchó sus garras en la piel de mi hombro, pues la imagen frente a nosotros nos dejó impresionados.

Los asientos de la capilla comenzaron a flotar junto a las velas que nos iluminaban y algunos otros objetos.

Tras cada segundo que pasaba, la luz que irradiaba del cuerpo de Krane se acrecentaba como demostración de que estaba perdiendo el dominio de sus emociones y poderes. Jiro Pendragon lo miraba, sorprendido, como si tuviera un plan.

—Justo como me habían descrito el suceso que los mató a todos. La historia se repite. —Jiro parecía satisfecho, divertido—. Tan poderoso como vulnerable —continuó, y una amplia sonrisa se apoderó de sus labios.

Sus manos comenzaron a adoptar un color rojo brillante, un indicio de lo que estaba a punto de hacer: atacar a Krane.

—¡Santa cachucha, Viola! —exclamó Alonso—. ¡Krane va a explotar o lo harán explotar a él! ¡Ahora sí que nos va a llevar la huesuda! ¡Vámonos! —gritó desesperado, y tiró de mi pelo con su pequeño pico.

No supe qué hacer, pues estaba muerta de miedo, tanto por nosotros como por él.

El control

Viola Oakley

Tenía que actuar. Si Krane perdía el control, podría cometer un grave error.

La lluvia se hacía cada vez más fuerte, como un reflejo a su mal estado.

Sentía que estaba en mis manos hacer algo por él, pero Jiro parecía tener algún plan descabellado. Alzó los brazos, con sus palmas brillando, y masculló. Tenía que darme prisa.

—¡Mago! —Di un paso al frente.

Krane no respondió. Tenía la esperanza de que dentro de quien se había convertido estuviera mi mago; ese de buen corazón, el que no le haría daño a nadie.

—¡Mujer, vámonos de aquí! —insistió Alonso, aleteando. Respiraba agitado; jamás lo había visto tan nervioso.

—¡Mago! —repetí, con la esperanza de que me escuchara. Krane giró ligeramente la cabeza, guiado por el sonido de mi voz—. Recuerda que estamos juntos en esto.

Sus manos temblaban y su cabeza aún seguía en mi dirección. Me escuchaba. Pude jurar que la lluvia comenzó a perder fuerzas.

—Por favor, recuérdalo… —rogué, al borde de las lágrimas.

—Te necesitamos cuerdo —añadió Alonso.

El brillo pareció acrecentarse hasta convertirse en una centella inmensa, que de inmediato se apagó. De alguna manera había vuelto en sí, y aunque una luz todavía irradiaba de él, era mucho más débil.

—Pudo controlarlo… —dijo Alonso, aún con sus garras clavadas en mi piel.

Su agarre se hizo más fuerte cuando nos dimos cuenta de las intenciones de Jiro.

El asiático subió las manos y las bajó en nuestra dirección, lanzando un golpe mágico de aire. Siempre fuimos su blanco. Con un movimiento de manos, Krane pudo dispersar el ataque.

—Deberían alejarse —dijo bastante calmado.

Se mordió el labio inferior y salió disparado hacia Pendragon, casi imperceptible para nuestros ojos.

—¡Te había dicho algo! ¿No lo recuerdas, pedazo de mierda? —Krane lo agarró del cuello y lo subió con tanta fuerza que el rostro de Jiro comenzó a adoptar un color morado.

Pero su vista estaba clavada en mí.

Me sonrió, subió la mano y se escuchó un crujido desde arriba. Miré hacia el techo y pegué un grito al ver una tabla desprenderse y caer hacia mí, transformada en una estaca metálica.

—¡Gatita! —advirtió Alonso, aleteando con fuerza, y me hizo a un lado para evitar que la estaca me atravesara, cayendo junto a mis pies.

El grito provocó que Krane se distrajera, cosa que Jiro aprovechó para encender mágicamente una de sus piernas y conectar su rodilla en el abdomen del mago.

—¿Cómo demonios hiciste eso? —pregunté, observando la estaca que había aparecido de la nada.

—Transmutación —respondió Alonso—. ¿O se te olvidó que fue él mismo el que te convirtió en gato? Todavía te sorprendes con la magia, ¡no puedo creerlo!

Krane cayó al suelo sosteniéndose el abdomen, pues no estaba del todo recuperado. Jiro se aprovechó de eso y caminó con pasos torpes hacia nosotros. En sus labios se dibujó una sonrisa.

Alzó el brazo y abrió la palma de la mano para que su bastón volviese a él.

Se acercaba más a nosotros y a mí se me iba a salir el corazón del pecho. No quería que me mirara de aquella forma ni que se acercara. Me di la vuelta y corrí para huir de él, pero mi cara chocó con una pared de cemento que se manifestó delante de las puertas de la capilla.

Caí de espaldas al suelo sujetándome la nariz fracturada. La sangre bajó hasta mis labios y el dolor me invadió desde las fosas nasales hasta la cabeza. Me sentí un poco mareada por aquel impacto y usé las pocas fuerzas que tenía para cubrirme el rostro en un estúpido intento de detener la hemorragia.

—¡Oye! ¡Aléjate de ella! —reclamó Alonso.

Aunque yo no me encontraba del todo bien, entendí a quién le hablaba; en especial cuando sentí unas manos sobre mis hombros.

—Viola… nunca fue mi intención hacerte daño —susurró Jiro en mi oído, erizando cada vello de mi cuerpo y dejándome helada.

—¡No la toques! —exclamó el palomo, que voló hasta nosotros e intentó enredársele en el pelo de Pendragon.

Jiro lo apartó con un golpe de aire.

Para mi alivio, escuché unos pasos. Krane se acercaba, pero se detuvo por una barrera que Pendragon creó para rodearnos y aislarnos. Abrí los ojos de par en par y lo miré al darme cuenta de que me había encerrado con él. Pendragon llevó la mano hasta mi rostro y me limpió la sangre con el pulgar.

—Me hubiese gustado conocerte en otras circunstancias. —Acarició mi mejilla con la yema de su dedo hasta llegar a mis labios temblorosos y repletos de sangre—. Quizás hubieras enmendado mi vida.

Bajé la mirada. Temía mirarlo a los ojos. Algo en su tacto me causaba náuseas y un escalofrío tremendo. Sentía que sus intenciones no eran buenas, esa caricia no era cariñosa.

—Mírame… —ordenó, y me sostuvo del mentón—. Dime algo.

—Por favor, no nos hagas daño —rogué entre sollozos, y evadí su mirada.

—¡Mírame!

—Detente… No me toques —pedí en medio de las lágrimas.

Sin decir más, colocó ambas manos sobre mi cabeza y me dio un suave beso en la frente. Enredó los dedos entre las hebras de mi cabello y comenzó a apretar mi cabeza como si deseara aplastarla, afuera Krane trataba de romper a puños la barrera.

Todo ocurrió muy rápido. Comencé a sentir una presión inmensa. Era una sensación tan asfixiante que intenté escapar de su agarre. Supe que moriría en sus manos.

Comencé a marearme; el dolor de cabeza era cada vez más intenso y la sangre salía con más fuerza por mi nariz. Sentía como si mi cráneo fuese a explotar en cualquier momento.

Pudo haberme matado antes, pero parecía alargar el proceso.

De pronto fui liberada. La barrera se convirtió en cristal y se rompió en millones de pedazos cuando Krane le dio el último golpe. Había adoptado una vez más aquel brillo peculiar. Jiro soltó su agarré provocando que cayera de espaldas al suelo.

—Te había dicho algo… —Krane lo agarró del pelo—. Conmigo haz lo que quieras, ¡pero a ella no la tocas! —Lo golpeó en el rostro, con la mano tan brillante que molestaba a la vista.

A diferencia de su enfrentamiento anterior, no dejó que el impacto se llevara lejos a Jiro.

Me arrastré hacia atrás, ensangrentada y asustada. Alonso volvió a mi lado y se acurrucó en mi cuello, sin importarle que se manchara de sangre. Me senté y vi lo que ocurría entre ambos arcanos.

—¡Por todos los dioses, ese hombre está más loco que una cabra! Lo que me asusta es que es como Krane —observó.

—¿A qué te refieres? —Me levanté con dificultad, aguantándome la cabeza mientras tenía frente a mis ojos la imagen de Krane dándole una paliza a su primo.

—Transmuta cosas, crea barreras, controla más de un tipo de magia. De él podremos esperar cualquier cosa.

Krane lo hundió en el suelo con repetidos puños en el rostro. Sus nudillos se llenaron de sangre, pero continuó golpeándolo hasta el cansancio. Jadeante, me observó, y me dolió verlo de esa manera. Solo quería que la noche y las pesadillas llegaran a su fin.

—¿Estás bien? —preguntó.

Asentí y nos miramos por un instante, pues de la nada recibió un golpe de aire en la entrepierna por parte de Jiro. Su primo le propinó una patada en sus ya debilitadas piernas, haciendo que perdiera el equilibrio y cayera al suelo.

De inmediato, Jiro subió la mano y transmutó una tabla más del techo, transformándola en otra estaca de metal que se le clavó a Krane en la pierna y repitió el proceso unas tres veces más en cada una de sus extremidades.

Él grito de Krane me desgarró el alma.

Jiro, repleto de sangre, cansado y con el rostro ligeramente hinchado, se levantó con dificultad. Krane me buscó con la mirada y él pareció notarlo.

Pendragon se dirigió en nuestra dirección una vez más, con paso vacilante, para terminar lo que había empezado.

Alonso voló hasta él y aleteó repetidas veces para alejarlo de mí o retrasarlo bastante en lo que Krane se reincorporaba. Intenté alejarme y el palomo buscó interponerse ante nosotros. Jiro encendió su mano con un destello y lo descargó con furia en un manotazo sobre el ave.

Salió disparado contra la pared y unas cuantas plumas flotaron en el aire.

—¡ALONSO! —grité.

El dividido

Viola Oakley

Alonso había recibido un golpe. Estaba cabizbajo y sus plumas volaron delante de mí. En ese momento, sentí cómo se me desgarraba el alma.

Busqué al mago con la mirada. Krane comenzó a liberarse de las estacas que lo tenían en el suelo. La piel de su brazo se le desgarró parcialmente al liberarse de la primera. Luego con el brazo débil pudo arrancarse las demás.

Me moría del miedo al verlo así, estaba perdiendo mucha sangre, pero apenas tuve tiempo para pensar. Pendragon venía hacia mí.

Vi a Krane, que con una articulación y un gesto de manos materializó una puerta mágica a unos metros de distancia. Lo miré insegura. Él asintió, y pude leer en sus labios:

—Necesito que te vayas —dijo.

Pero negué con la cabeza. No lo iba a dejar solo, no de aquella manera.

—Estaré bien —insistió.

Subió la mano y murmuró algo más, que paralizó a Pendragon por unos segundos.

Esa pequeña cantidad de tiempo me dio la oportunidad de recoger el débil cuerpecito de Alonso, que aún respiraba, para así lanzarme por la puerta. Pero el agotamiento de Krane era evidente y su agarre mágico no duró mucho.

Cuando estaba por atravesar la puerta, sentí un ardor punzante en el cuero cabelludo: Jiro me había agarrado del pelo. Al girar la cabeza me encontré con su mirada. Dejé caer el cuerpo de Alonso, que rodó por el suelo. Sus ojos se abrieron ligeramente para observar el forcejeo. Estaba débil pero aún seguía con vida.

Tiré aunque sintiera que me arrancaba los mechones de cabello.

—¡No te vas! —exclamó—. No lo voy a permitir —insistió, pero no podía moverse del todo.

Aunque un tanto borroso, vi lo que pasaba: Krane se acercó a él, lo agarró por las piernas y evitó que cruzara.

Sin embargo, Jiro insistió, y se resistía a los intentos del mago para obligarlo a soltarme.

—¡Tienes que salirte de la puerta! No puedo mantenerla por más tiempo —dijo Krane entre dientes.

Así pareciera dispuesto a mantener el portal abierto, se le estaba haciendo difícil. Con un último intento, tiró de Jiro con más fuerza. Pendragon se giró, y cuando estaba a punto de retroceder, no hubo tiempo, el portal se cerró, con el hombre atravesado. Su torso cayó cerca de mis pies, junto a un inmenso charco de sangre y parte de sus órganos.

Aquella fue la peor imagen que pude haber presenciado en toda mi vida. Era algo que me acompañaría para siempre: un pedazo de su cuerpo sin vida bajo la luz de la luna.

No lloré, no temblé más, el estado de shock era tal que no estaba segura de cómo me sentía en realidad.

Fui hasta el palomo y lo recogí.

—Justicia divina, perra… —dijo al cadáver con las pocas fuerzas que le quedaban.

—Olvídalo ya, Alonso —dije con voz débil. No tenía fuerzas y apenas podía creer que lo ocurrido hubiera sido real.

Guardé al pajarito entre mis pechos y caminé para alejarme lo antes posible.

—He muerto, ¡y qué cómodas se sienten las nubes! —Se acurrucó en mi piel y se quedó dormido.

Quise esperar a Krane, pero la vida de Alonso estaba en juego. Así que, con la suerte de que aún no había amanecido y que apenas había un alma por las calles, emprendí camino en busca de un lugar seguro.

El hogar

Viola Oakley

—Papá… —dije en el intercomunicador, con la voz casi inaudible—… te necesito.

—¡Hija! —respondió exaltado. Supo que algo iba mal—. Voy para allá.

Esperé sentada en las escaleras, observando lo que era Valparosa y cómo días atrás veía todo distinto.

Recordé que en ese lugar había conocido a Krane. Lo que menos pensaba era que él se convertiría en alguien tan importante; tanto que más tarde estaría dispuesta a lo que fuera por volverlo a ver.

—Viola, ¡¿qué te pasó?! —preguntó papá, alterado al abrir y verme en esas condiciones. Corrió hasta mí, se quitó el abrigó, me rodeó con sus brazos y me cubrió los hombros—. Vamos dentro.

Lo seguí y, al llegar a su habitación, busqué un lugar donde poner a Alonso. Lo coloqué sobre unos pañuelos y me dejé caer en el sillón. Papá me observaba atónito, pues no tenía idea de por qué cuidaba con tanto esmero de aquella avecilla.

Sin decir nada, corrió por el cuarto y regresó a mi lado con un cuenco lleno de agua y unos cuantos paños.

—Hija, cuéntame —dijo es un hilo de voz.

Agarró el paño y limpió mi rostro. Lo hizo con delicadeza, sin arriesgarse a hacerme daño en la nariz.

—Llama a Sigmund, por favor —insistí, aunque sabía que él no comprendía nada.

Sin reclamar, dejó el paño sobre mi regazo y se alejó.

El agua se volvió roja y papá llegó con un nuevo envase de agua fresca.

—Solo pude dejarle un mensaje de voz —dijo, y se sentó a mi lado. Agarró mis manos y las estrechó con fuerza—. Pero ahora creo que debes contarme qué pasó.

Expliqué las cosas como pude, sin evadir nada, pues era lo más conveniente. Después de muchos «Te lo dije» y expresiones de asombro por su parte, me envolvió en un fuerte abrazo y me besó la cabeza repetidas veces.

—Así que todo era cierto, ¡por el amor de Dios! —chilló.

—Pero los rumores sobre el mago no lo son, créeme. Él es un buen hombre, o era, no lo sé. —Mi voz falló, pensando en la posibilidad de que hubiese muerto.

Papá casi murió de un infarto al ver un aro encenderse. Él desconocía qué era, pero sonreí y me acerqué al portal. Me llevé una decepción al ver que no era Krane, sino Sigmund.

El hombre analizó la habitación de hotel antes de mirarme a los ojos. No hizo falta ningún intercambio de palabras para comprender que él estaba tan preocupado como yo.

—¿Dónde está Krane?

—Intenté buscarlo, pero la puerta me llevó a la capilla. Sé lo que pasó. —Cerró los ojos y se aclaró la garganta. Entendía el sentimiento, sor Teresa era muy importante para la familia Utherwulf—. Este descuido no ha podido ocultarse. Cuando llegué, la policía ya estaba en eso. —Respiró hondo, antes de limpiarse el sudor de la frente con la mano.

—Estamos jodidos —dijo la avecilla, recuperando la conciencia—. Viene sangre, muerte y destrucción. ¡Van a descubrir a los arcanos y vamos a morir todos!

Papá se sobresaltó y corrió hasta el nido de pañuelos a ver al ave parlante.

—No me dijiste que hablaba —comentó perplejo, casi maravillado.

—Después te sorprenderá cuando guarde silencio —agregó Sigmund, acercándose al palomo.

—Lo que pasó en la capilla es un problema. Y supongo que el asunto de Erika también. ¿Qué hiciste con eso? —indagué preocupada, y caminé hasta él.

—Yo no me preocuparía por el asunto de Erika. Con ella hice un *ersatz*—dijo muy tranquilo, al tiempo que estiraba las alas del ave que se desplegaba ante él de manera dramática.

—¿Con qué se come eso? —preguntó Alonso.

—Es una copia exacta. —El hombre continuó masajeando las alas del palomo, mientras el ave parecía adolorida—. Bueno, ni tan exacta. Esta copia de Erika es dócil, es un cuerpo vacío, sin alma —aclaró.

—¿Y su cuerpo real?

—Lo enterré —dijo como si nada. Eso me reafirmó algo: estaba dispuesto a hacer lo que fuera para proteger a su hijo—. No se preocupen.

—Está bien —asentí, y aunque no me pareció del todo bien lo que hizo, mi preocupación era otra: Krane—. ¿Y qué hacemos con Krane?

—Si Alonso está aquí es porque Krane sigue con vida, o al menos eso espero —dijo, y buscó en su maletín una pequeña botella con un gotero que utilizó para medicar a Alonso.

—¡Pero qué mal sabe esto! —Alonso agitó una de sus alas con fuerza.
Sigmund sonrió levemente y lo dejó quejarse.
—Alonso estará bien, su cuerpo es solo una carcasa de quien es realmente. —Dejó caer su mano sobre mi hombro.
—¿Y Krane?
—Iré a ver a Dimitri. Es el único que podría saber algo.
—Está bien.

Tomé un baño, desayuné sin muchas ganas y más tarde me comí las uñas sentada junto a mi palomo. El reloj en la pared seguía su curso y el tiempo parecía eterno.

Perdía la paciencia, tanto que papá, preocupado como siempre, apareció con una taza de té de manzanilla y la colocó a un lado.

Sentí euforia cuando vi de nuevo una puerta mágica y se repitió la historia. Fui hasta el portal muy emocionada para encontrarme una vez más a Sigmund.

—¿Nada? —pregunté.
—No, nada…
—Krane estaba malherido, ¡tiene que encontrarlo!
—Fui a ver a Dimitri y no tiene idea. —Sigmund negó con la cabeza y regresó junto al palomo para inspeccionarlo. Después de haber usado una de sus pócimas sobre él, el ave parecía mucho mejor, solo que tenía fracturada una de sus alas—. No me sorprendería que él estuviese mintiendo.
—¡Estoy lesionado! —exclamó—. ¡Ay, mi alita!
—Calma, ya te recuperarás. —Me acerqué y acaricié su pequeña cabeza.
Él se acurrucó en mi mano.
—A ustedes les dan sopita, ¡a mí me dan esa cosa con sabor horrible! —Tosió de manera exagerada.
—No había alternativa. La «sopita», como la llamas, funciona a la perfección en humanos o arcanos, en animales es ineficiente —explicó el doctor.
—Ustedes lo tienen todo —dijo con recelo.
Como era común en nosotros, lo ignoramos y cambiamos el tema, pues estábamos muy preocupados por Krane.
—¿Qué tal si intento buscarlo con las puertas? —pregunté.
Papá estaba confundido, y, con rapidez, Sigmund se lo explicó al colocar una mano sobre mi cabeza para manifestar una puerta frente a mí.
Fuimos en su busca: la cueva, la playa, el bosque, la Luna… No estaba por ningún lado.
Regresamos derrotados y preocupados.

—¿No ha aparecido? —preguntó mi papá desde su sillón, tratando de encajar con nosotros.

—Alonso, ¿y si murió? ¿Y si se desangró? —Me senté cerca de él y me comí las uñas, imaginándome a Krane, de las peores maneras, en cualquier rincón del mundo.

—Como comenté, Alonso sigue vivo, es buena señal —aseguró el padre de Krane.

—Creo que deberíamos dejarlo procesar todo —intervino Alonso—. Cuando está en esos días del mes, sabemos que se pone así.

—Como siempre, enfrentando sus cosas solo. No va a cambiar —dije.

—Yo tú me iría acostumbrando.

Los días pasaban y con el tiempo Alonso comenzó a mejorar. Aunque volaba cortas distancias y con algo de torpeza, no se alejaba de mi lado, como una especie de ángel guardián. Me aseguraba que su misión era estar conmigo porque eran los deseos de Krane.

La compañía, aunque era agradable y creó entre nosotros un lazo tremendo, no me llenaba del todo. Faltaba algo. Él.

Por las noches me era imposible conciliar el sueño. Mi cabeza trabajaba durante la madrugada y me hacía tener pesadillas horribles.

—Gatita, ¿no puedes dormir?

—No.

—No te va a pasar nada, yo te voy a cuidar siempre. Duerme tranquila.

Las palabras de Alonso, aunque reconfortantes, no bastaban. Necesitaba saber que Krane estaba bien.

Días más tarde, comencé a notar que mi padre estaba muy sospechoso. Él era alguien a quien apenas le gustaba salir, pero esos días parecía muy interesado en estar fuera del hotel.

—Quizás encontró a alguna señora que le robó su el corazoncito —supuso Alonso—. Pero eso no viene al caso. Tengo hambre y sed.

—Te pregunto: ¿con Krane eres igual o solo te gusta molestarme a mí?

—Las dos cosas.

Desde que llegué a Valparosa mi vida había estado rodeada de secretos, y ese fue uno de ellos. Papá me había acompañado por algo, de lo que no tuvo tiempo de hablarme o simplemente ocultaba.

Ese día, cuando llegó cansado, quise hablar con él, pero Alonso se adelantó.

—Tenemos aquí una apuesta. ¿Te conseguiste una novia?

—¿A qué viene eso?

—Te notamos extraño —confesé.

Papá frunció el ceño y comenzó a reír. Metió una mano en uno de sus bolsillos y arrojó unas llaves sobre la mesa, junto a un sobre. Me invitó a abrirlo con un gesto, cosa que hice de inmediato.

—Son las escrituras de una pequeña casa en las afueras del pueblo, mi única posesión. Quería ahorrarte toda la burocracia el día que yo faltase —explicó—. ¿Quieres ir a ver tu nuevo hogar?

Asentí, con los ojos aguados.

La prensa de la ciudad habló de lo ocurrido con Pendragon; sin embargo, fueron un poco ambiguos. La versión de la iglesia era distinta. Se hablaba de cómo las demás monjas no escucharon nada. Sigmund alegó que había rastros mágicos a través del templo. Al parecer, Pendragon protegió a las monjas y al padre Benito con una especie de barrera mágica que evitó que salieran de sus habitaciones, y eso me pareció muy triste, pues su odio insensato y envidia exclusivos hacia Krane fueron los que lo llevaron a la ruina.

Lo ocurrido, con su conclusión y sus consecuencias, permanecía en mis pensamientos. Tanto que, aunque ocurrieran cosas buenas, no me sentía en completa plenitud.

En mi nueva casa estaba mucho más cómoda, pero noche tras noche se me hacía difícil pegar el ojo pensando, en lo que vi y en lo que pudo haber sido.

Quise hablar con Alonso, pero estaba dormido en un pequeño columpio improvisado, tan compacto que podía descansar a mi lado desde la mesita de noche.

Necesitaba hablar con alguien y me dispuse a hacer algo que llevaba días evitando: llamar a mamá. Salí al balcón y marqué su número. Era la primera vez en semanas que hablaba con ella. Necesitaba una opinión femenina sobre mis sentimientos.

Omití la gran mayoría de los detalles, pero le hablé de Krane: de lo genial que habían sido mis días conociéndolo y de cómo me cambió la vida. Terminé llorando a mares, y ella suspiró al escucharme.

—Me imagino que ya te acostaste con él y se fue satisfecho.

—Pasaron cosas… —dije—. Pero no es lo que crees.

—Vamos, Viola. Maldita sea, ¿estás llorando por un simple hombre? —preguntó desencantada—. Yo te eduqué para que fueras una mujer fuerte. Un tipo me hace llorar dos veces y le zampo una patada en el culo.

—No, no lo entiendes, mamá; él sí vale la pena.

—¡Ay, si estás enamorada hasta el fondo! —Dejó escapar un suspiro, y entendí que, como siempre, la decepcionaba.

Rompí a llorar más fuerte.

—¿Quién demonios es ese hombre? ¿Superman? Porque me decepciona que estés tan afligida por un idiota.

—No lo llames así… —murmuré, tratando de calmarme para no colgar la llamada.

—Y aun así lo defiendes. Por más estupendo que te parezca, no puedes dejar que un hombre lo sea todo. Pon la frente en alto. Si quieres, vuelve aquí y por fin te presentaré a Ricardo.

—¿Quién diablos es Ricardo?

—Ricardo es hijo del señor Miller, es un agente de bolsa…

Colgué la llamada. De solo escuchar del supuesto Ricardo, me aburrió hasta la muerte.

Me recosté de la baranda de la terraza y observé mi teléfono. Accedí a la plataforma de videos y busqué el nombre de Krane Utherwulf, con la esperanza de que me hablara a través de alguno, pero todos habían desaparecido.

Introduje su nombre en el buscador y no dio resultados, como si hubiese dejado de existir y formara parte de un sueño que un día tuve.

Puse a un lado el celular y deposité la cabeza entre mis brazos, recostados sobre la baranda. Sorbí por la nariz, respiré hondo e intenté calmarme. Ya llorar se había convertido en un pasatiempo para mí.

Hacía frío afuera. Hice lo posible por retomar el aire para volver adentro. Me giré, dispuesta a entrar, pero al abrir la puerta, mi corazón se detuvo al escuchar una melodía que ya hacía nuestra.

La kriptonita

Viola Oakley

Eran las mismas notas con las que trató de amedrentarme, las mismas con las que terminó robándome el corazón.

Di la vuelta y bajé las cortas escaleras de la cabaña con rapidez. Lo busqué con la mirada, siguiendo la dirección del sonido del violín, hasta que lo encontré sentado en el tejado. No me sorprendió, pues era algo típico de él. Iba vestido de traje, tan y con ese aire misterioso que siempre me erizaba la piel.

Al darse cuenta de que lo miraba, me vio con una preciosa sonrisa. Bajó del techo con elegancia, mientras tocaba el instrumento. Descendía como si el tejado conectara con el suelo mediante una escalera invisible. Liberó sus manos y el instrumento continuó en el aire, ejecutando aquella hermosa melodía.

—¿Me permite esta pieza, Luisa Lane? —Me ofreció su mano.

Mis ojos se llenaron de lágrimas. Lo golpeé levemente para que la alejara de mí, aunque quería saltar sobre sus brazos y comérmelo a besos.

—¡Me tenías preocupada! —grité, y lo golpeé en el hombro—. ¡Estaba muerta de miedo! ¿Crees que voy a estar tan contenta? ¡Y para colmo escuchas la conversación con mi madre! —reclamé, y lo golpeé de nuevo.

Reí y lloré al mismo tiempo. Estaba molesta con él, pero a la misma vez se me llenaba el corazón de tenerlo allí frente a mí.

Cuando fui a golpearlo de nuevo, retrocedió un paso y se quedó pensativo hasta que algo pareció ocurrírsele.

—No te muevas de aquí, dame cinco minutos. —Sonrió y subió el dedo índice—. ¡No te muevas, quédate aquí! —insistió con su típica expresión, esa que adoptaba cuando venía con una de sus extrañas sorpresas.

—¡No, no te vayas!… —Traté de agarrar su brazo, pero me ignoró.

Se soltó y se marchó por una puerta mágica, dejándome con la palabra en la boca. Las manos me comenzaron a sudar. Me sentí como una adolescente con su primer amor.

Hacía un frío tremendo. Me froté los brazos con las manos buscando un poco de calor.

Aquellos minutos parecían eternos, tanto que comencé a dudar de que aquello fuese real. Empecé a divagar y a desconfiar de mi propia cordura.

Por suerte duró poco, pues Krane regresó justo a tiempo, antes de que yo perdiera la cabeza.

Volvió con dos ramos de flores distintos, uno de violetas, otro de rosas y una caja de chocolates. Estiró los brazos, acercó las cosas y arqueó las cejas, nervioso.

—Tengo entendido que es una buena forma de disculparse. —Se encogió de hombros—. ¿Y a quién no le gusta el chocolate?

«Krane Utherwulf, ¿por qué todavía no puedo enfadarme contigo?», pensé, y lo envolví en un abrazo que hizo que los ramos y los chocolates cayeran al suelo. Fue una muestra de cariño que él me devolvió sorprendido, porque no la esperaba tan pronto.

—No vuelvas a hacerme esto —le susurré al oído, y refugié mi nariz en su cuello. Echaba de menos su olor.

—¿Qué? ¿Traerte chocolates? ¿Eres alérgica? —preguntó preocupado y con esa inocencia natural en él.

—¡No! ¡Irte y dejarme sola, tonto! —Golpeé su hombro, con suavidad esa vez, y de nuevo me refugié en sus brazos.

—Vamos, Luisa, que tu madre me dio una buena idea —susurró.

—¿De qué hablas? —pregunté nerviosa.

Se posicionó a mi lado, colocó su brazo bajo el mío para sostenerme mientras nos impulsábamos en el aire.

Abrí los ojos de par en par y me agarré a él. Subimos muy alto, tanto que los árboles comenzaron a parecer pequeños como las luces lejanas del centro de Valparosa. Agarré su brazo y le clavé las uñas.

Con una sonrisa, Krane me invitó a ponerme cómoda.

—Confía, gatita.

Le hice caso; estiré el cuerpo en el aire y permití que me sostuviera de la mano. Sentía miles de cosas; estaba temblando, tenía náuseas y un sentimiento me invadió por completo: regocijo.

Cerré los ojos y me concentré en la brisa que nos golpeaba. Nunca me había sentido tan plena. Estábamos juntos y sentía que era lo correcto, como si ambos estuviésemos hechos para aquel momento, siendo libres y desplazándonos como dos aves en el viento.

«¿Qué eres, Krane Utherwulf? Quisiera que pudieras leerme la mente y entender lo importante que eres para mí…», pensé y lo observé. Él respondió con una sonrisa y me pregunté qué pasaba por su cabeza.

—Viola, tengo que decirte algo… —dijo de la nada, arruinando el éxtasis en el que nos encontrábamos.

—¿Qué? —pregunté con nerviosismo, preparándome para lo peor.

—Es importante —aseguró, pero no parecía del todo preocupado, más bien nervioso.

Krane tenía esa habilidad para crear momentos preciosos y arruinarlos en cuestión de segundos.

Regresamos a la casa, pero aterrizamos en el techo. Se sentó y me invitó a sentarme a su lado. Así lo hice, y me sostuvo de la mano.

—¿Qué pasa? —pregunté nerviosa—. No me digas que hay otra exnovia malvada.

Krane sonrió y esquivó mi mirada. Pensativo, jugueteó con mis dedos.

—Sabes cómo es la vida conmigo. ¿Estás segura de que esto es lo que quieres? —preguntó avergonzado. Su pelo se movió hacia delante y apenas podía ver su cara.

—Sí.

Ante mi respuesta, se quedó callado mientras acariciaba mis nudillos con el pulgar.

—¿Dónde estabas? —quise saber.

—Fui a meditar por unos días —explicó—. Aprendí a vivir con lo que pasó hace años. Me ayudaste a entender que fue un accidente, pero eso no quita que me preocupe el hecho de que vuelva a ocurrir.

—Pero pudiste controlarlo —insistí.

—Nada garantiza que no vuelva a ocurrir —refutó—. Así que emprendí una búsqueda y de ahí surge algo que quiero pedirte.

Se me aceleró el corazón, tanto que pensé que me caería del tejado.

—¿Quieres ser mi... pareja? —Bajó la mirada, enfocado en su intento de evitar mirarme—. Me refiero a algo oficial, conocer a tu familia y todo eso, con vistas a compartir tu vida conmigo tarde o temprano.

—¡¿Qué?! —Me sobresalté.

—Cabe decir que ahora mismo estoy en la ruina económica y mi casa está tan destruida como mi carrera. Pero algo que te garantizo es amor incondicional y viajes gratis e instantáneos; aunque tal vez uno que otro problema de vez en cuando.

—Me conformo con eso del amor incondicional. —Krane parecía nervioso y la mano le sudaba a pesar del frío.

Me acerqué a él y besé su mejilla. Krane se giró y me besó. Su mano se enredó en mi cabello mientras disfrutaba de mis labios como yo de los suyos.

—¿Estás segura? —Se separó para preguntar.

—Sí —respondí, antes de darle otro beso.

—¿Segura? —Se separó de nuevo.

—Carajo, cállate y bésame... —insistí, y me perdí en él una vez más.

Sus manos y las mías viajaron por nuestros cuerpos de una manera tan placentera que olvidábamos por completo dónde estábamos. No solo besamos nuestras bocas, sino que nos aventuramos a explorar y conocernos más el uno al otro.

Comenzamos a reír como dos idiotas al percatarnos de que habíamos caído desde el tejado sobre los arbustos tras la cabaña, y nos dimos cuenta de que habíamos perdido la cabeza por unos cuantos besos y caricias. Pero me quedé helada cuando el mago colocó un collar sobre mi cuello.

—¿Y esto? —pregunté, contemplando la joya más bonita que había visto en la vida: un pendiente dorado con una preciosa piedra azul.

—Mi kriptonita —respondió, cambiando el semblante—. Si vuelve a pasarme algo, te doy el poder de detenerlo.

—Pero, Krane…

—Shhh… —Me silenció con otro beso—. Solo así podré vivir en paz: entregándote con esto mi vida —aclaró—. ¿Está bien?

Y aquello fue mucho para mí. Krane, sin duda, me quería hasta el punto de confiarme tanto. No solo su corazón: me entregaba un poder y una responsabilidad muy grandes. Y aunque me aterraba, no quería alejarme de eso.

—Está bien. Pero por ahora, no pensemos… —respondí, acaricié su rostro y me perdí en esos grandes ojos azules que me miraban con tanto amor.

Un cariño tal que ninguna palabra ni acción era suficiente para demostrarlo, pero lo manifestamos de la mejor manera: amándonos el uno al otro.

Solo la luna fue testigo de lo que pasó allí. Ambos nos sentimos plenos, pues cualquier carga es más liviana juntos.

Epílogo

Meses más tarde...

La pesadilla de mi padre se cumplió. Un día llegué de la mano de Krane, que, a la antigua, le pidió permiso para cortejar a su hija, mientras me moría de la vergüenza, tanto como Alonso, que se cubría la cabeza con las alas ya recuperadas.

—Saben que son dos adultos, ¿verdad? —dijo papá, con una sonrisa bajo su espeso bigote—. Tienen mi permiso para lo que sea. Ahora que sé que Sigmund es tu padre, el panorama cambia.

A papá no le importó mucho, ya que a fin de cuentas sí tenía una amiga, justo como Alonso había predicho. Después de una visita que le hizo en Nueva York, se quedaron juntos y yo me quede en Valparosa con mi mago.

Quedarme en la isla con ellos supuso unos días de inmensas risas, sobre todo por parte de Krane. Verlo lleno de alegría fue de los mejores obsequios de la vida. Me sentía tan bien que era ridículo. Así fue como comenzamos a convivir.

Para mantenernos, tuvimos la idea de ofrecer un pequeño espectáculo de magia, que solo por el morbo estuvo repleto. Fue algo que nos mantuvo durante meses. Y para el futuro, habíamos comenzado a planificar un híbrido entre su magia real y mi habilidad con las ilusiones, para que él pasara desapercibido como un mago más y a la misma vez no muriéramos de hambre.

Algunas tardes, intercalábamos el trabajo con un poco de descanso, escapábamos de Alonso y salíamos a pasear, sin puertas y sin nada mágico. Muchas veces solo era a caminar y nada más, para sentirnos normales, como cualquier otra pareja.

Una de esas escapadas fue una cena. Comimos bocadillos en el Café del Alba y nos enfrascamos en una conversación sobre planes futuros e ideas para trucos mágicos, algunos realistas, otros descabellados.

A primera hora de la noche, justo antes de que el sol se ocultase por completo, dimos una vuelta por las calles. Era estupendo no tener miedo, pues no había nada del pasado que nos atormentase. Aunque aún existían espinas clavadas en mí, como una que encontré al otro lado de la calle.

—¡Krane! Hazme un favor —rogué, entrelazando las manos a modo de súplica—. Haz esa cosa que siempre haces con el cabello. ¡Por favor!

—¿Por qué? ¡Me van a reconocer! —Negó con la cabeza.

—Por favor… —insistí.

—De acuerdo… —respondió derrotado, y se pasó la mano la cabeza, haciendo que se volviese abundante y azabache.

Crucé la calle y me adelanté, acercándome a una chica de cuello estirado y larga melena dorada.

—¿Qué hiciste con los trescientos dólares? —pregunté, con una sonrisa.

La muchacha se detuvo y arqueó una ceja mientras me miraba de pies a cabeza.

—Te aseguro que más que tú con la rosa, *niña* —respondió, estirando más el cuello y mirándome con el mismo desdén que la primera vez.

Krane ganó velocidad, me agarró de la mano y tiró de mí para que pasáramos de largo. Giré la cabeza y vi la cara de sorpresa de la rubia: ligeramente sonrojada. Se atrevió a mirarme a los ojos y yo le saqué la lengua.

—Pensaba que eras la madura de esta relación —comentó Krane, y seguimos de la mano.

—Oye —dije de la nada—, quédate con el pelo oscuro, solo por esta noche.

—¿Por? —Frunció el ceño, pero con una sonrisa de complicidad.

—Solo hazlo, por favor.

Llegamos a la casa y agradecimos por el silencio en ella. Aprovechando que estábamos a solas, Krane acunó mi rostro entre sus manos y me besó. Me arrinconó contra la pared y yo envolví su cintura con las piernas. Él me sujetaba con fuerza en sus brazos mientras caminaba decidido hacia nuestra habitación.

No detuvo sus besos. Ambos nos deseábamos con ansias, pero cuando entramos en la habitación, todo se detuvo. Krane me dejó caer.

Nuestros planes se vieron frustrados al ver que los cajones donde Krane guardaba la ropa estaban desordenados.

—¿Han entrado a robarnos? —Seguí a Krane con la mirada al tiempo que él rebuscaba en sus cosas para encontrar lo que faltaba.

Había un desastre por doquier; su ropa estaba dispersa por todo el lugar, como si alguien hubiese estado hurgando exclusivamente en sus cosas.

Fui a investigar en otros lugares de la casa, hasta que di con algo que pareció darme la respuesta:

—¡Viola! —gritó Krane, bastante alarmado.

—¡Krane! —le llamé al mismo tiempo.

—¡Ven aquí! —exclamamos al unísono.

Fui hasta él con un pequeño frasco. Él apareció con una nota.

—¿Esto es…? —pregunté, sabiendo ya la respuesta pero buscando la confirmación de mis sospechas.

—¡Sí! ¡Las lágrimas lunares! —exclamó, y sus ojos parecían salírsele de las órbitas.

—Y ese papel, ¿qué es?

—Una carta de Alonso —respondió, con la mirada perdida.

—Espera… —Guardé silencio unos segundos, tratando de procesarlo todo—. ¿Eso quiere decir que Alonso anda como un humano por las calles?

—Los problemas nunca acaban, ¿no? —dijo Krane, y se encogió de hombros con una sonrisa.

OTRAS PUBLICACIONES POR

Romance

Poesía

Poesía

Poesía

Made in the USA
Columbia, SC
09 November 2024